W0024822

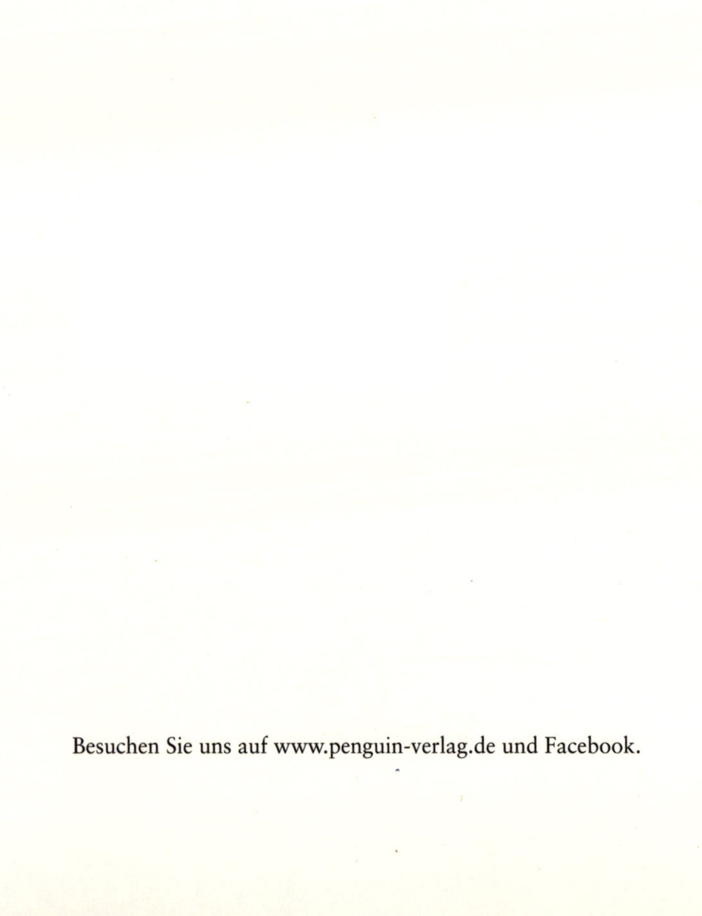

Jan Beck

Das Spiel

Thriller

Sollte diese Publikation Links auf Webseiten Dritter enthalten, so übernehmen wir für deren Inhalte keine Haftung, da wir uns diese nicht zu eigen machen, sondern lediglich auf deren Stand zum Zeitpunkt der Erstveröffentlichung verweisen.

Verlagsgruppe Random House FSC® N001967

1. Auflage 2020

in der Verlagsgruppe Random House GmbH,
Neumarkter Straße 28, 81673 München
Vermittelt durch die Literarische Agentur Kossack
Umschlag: Favoritbüro
Umschlagmotiv: Gettyimages/Mike Kuipers
Redaktion: Kristina Lake-Zapp
Satz: Buch-Werkstatt GmbH, Bad Aibling
Druck und Bindung: CPI books GmbH, Leck
Printed in Germany
ISBN 978-3-328-10557-2
www.penguin-verlag.de

Dieses Buch ist auch als E-Book erhältlich.

Freitag, 21. August

1 Im Wald

Sie lief und wollte ihr Glück in alle Welt hinausschreien. Sie hatte es geschafft. Endlich war es vorbei.

Endlich war sie frei.

Nie wieder würde sie den Menschen gegenübertreten müssen, die ihr die letzten Jahre zur Hölle gemacht hatten. Diese Scheusale. Aber am Ende hatten sie bezahlen müssen. Und zwar teuer.

Man erntet, was man sät.

Sie lief schneller.

Die Genugtuung, die sie empfand, brannte stark wie ein Feuer in ihr. Vor wenigen Stunden erst war das Urteil im Prozess gegen ihren Arbeitgeber verkündet worden. Aufhebung der Kündigung und volle Wiedergutmachung des ihr entstandenen Schadens. Ersatz aller Behandlungskosten und Nachzahlung des Gehalts seit ihrem Rauswurf. Und: Strafanzeige gegen unbekannt.

Sie würde das Gesicht ihres Chefs niemals vergessen.

Ich habe gewonnen.

Sie bog in die große Waldschleife ab.

Das Gericht sieht es als erwiesen an, dass die Klägerin an ihrem Arbeitsplatz erheblichem, systematischem Druck ausgesetzt war. Als dies nicht zu ihrem freiwilligen Ausscheiden führte, wurde ihre Arbeit nachweislich manipuliert, um eine außerordentliche Kün-

digung aus wichtigen Gründen zu rechtfertigen. Da diese Gründe nicht vorlagen, war der Klage stattzugeben.

Sie lief und lief. Wie jeden Abend würde sie erst anhalten, wenn sie keine Kraft mehr hatte. Aber gerade fühlte sie sich, als könnte sie die ganze Welt umrunden.

Sie wollen Krieg? Den können Sie haben!

Und wie sie Krieg bekommen hatte. Nach allen Regeln hatte die Firma Krieg gegen sie geführt. Tarnen und Täuschen inklusive. Man wusste erst, was systematisches Mobbing hieß, wenn man es am eigenen Leib erlebte. Wenn sich jeder distanzierte, wenn das Opfer zum Täter gemacht wurde, zum Störfaktor, zum Spinner, der sich das alles nur einbildete, bis sogar die eigene Familie sich abwandte. Aber sie hatte durchgehalten. Hatte sich von niemandem unterkriegen lassen. Und hatte diesen Krieg, den sie nie wollte, am Ende gewonnen.

Ohne Mark hätte ich das nie geschafft.

Mark hatte vor Glück geweint, als sie ihn vorhin am Telefon erreicht und ihm alles erzählt hatte. Er kam erst am nächsten Tag aus London zurück. Sie hätte ihn so gerne bei der Urteilsverkündung an ihrer Seite gehabt. Damit er höchstpersönlich mitbekam, dass sein Vertrauen in sie gerechtfertigt war.

Ich war nicht verrückt. Die waren es. Und du hast immer an mich geglaubt. Ich liebe dich, Mark!

Tränen stiegen ihr in die Augen, als ihr klar wurde, dass für sie nun ein neues Leben begann. Mit der Entschädigung konnten sie eine Weltreise machen, wenn sie wollten. Oder eine riesige Hochzeit feiern. Vorausgesetzt, Mark fragte sie endlich. Sogar Kinder konnte sie sich jetzt vorstellen, ein Gedanke, der in den letzten Wochen und Monaten ganz weit in die Ferne gerückt war.

Warmer Sommerwind umstrich ihre Beine. Wie lange hatte sie nicht mehr so befreit laufen können? Wie lange hatte sie sich selbst jede Freude verboten, hatte das Ritual der täglichen Joggingrunde mit verbissener Disziplin durchgezogen, den Blick starr nach vorne gerichtet, aus der irrationalen Überlegung heraus, jeder Genuss vor der Urteilsverkündung könnte böses Karma geben? Wie lange hatte sie sich tief im Innern schuldig gefühlt und fast schon selbst zu glauben begonnen, was die anderen behaupteten? Der eigene Kopf spielte einem die schlimmsten Streiche.

Vorbei, vorbei.

Sie erreichte die Lichtung mit dem kleinen Waldsee. Über ihr leuchteten die Sterne. Die Vorhersage behielt recht: Es würde eine klare Nacht werden. Das war auch nicht schwer zu erraten. Seit Wochen brachte ein riesiges Hochdruckgebiet ganz Europa zum Schwitzen, nur die Nachtstunden waren halbwegs erträglich. Aber sie würde sich niemals darüber beklagen. Kalt wurde es noch früh genug.

In ein paar Tagen war Vollmond. Schon jetzt leuchtete er hell, spiegelte sich im Wasser und tauchte die ganze Umgebung in weißbläuliches Licht. Sie schaltete ihre Stirnlampe aus und konnte trotzdem jede Unebenheit des Weges erkennen. Sie fühlte sich, als würde sie schweben.

Dann blieb sie stehen. Einfach so. Weil sie konnte. Weil sie durfte. Sie war frei. Nichts hielt sie mehr davon ab, ihr Leben zu genießen. Ihr Kopf war leer. Sie atmete ein, sie atmete aus. Was jetzt folgte, war ihre Entscheidung, nicht mehr die eines Anwalts oder eines Richters. Sie bestimmte wieder selbst über sich und ihre Zukunft.

Da kam ihr ein Gedanke.

Soll ich es wagen? Einfach … reinspringen? Nackt?

Es war zu verrückt. Und gerade deshalb perfekt. Perfekt wie dieser ganze Tag. Sie lächelte, zog sich das Top über den Kopf und spürte, wie sie dabei die Stirnlampe abstreifte. Achtlos ließ sie beides ins hohe Gras fallen und schlüpfte aus den Joggingschuhen.

Plötzlich hörte sie etwas und hielt inne. Ein kurzes Rascheln nur, aus der Richtung, aus der sie gekommen war. Sie horchte. Angst hatte sie keine. Im Wald gab es die verschiedensten Geräusche, und sie kannte sie alle. War es ein Vogel, der durchs Unterholz streifte? Zu leise. Außerdem zu dunkel. Ein Reh? Zu laut für das, was sie gehört hatte. Vermutlich war ein Eichhörnchen von einem Baum zum anderen gesprungen.

Sie kannte diesen Wald wie ihre Westentasche. Sie war hier aufgewachsen und hatte einen guten Teil ihrer Kindheit unter den Bäumen verbracht. »Eine Halbwilde« hatten ihre Eltern sie scherzhaft genannt, wenn Leute zu Besuch waren. Es hatte ihr stets ein tierisches Vergnügen bereitet, Kindern aus der Stadt den »dunklen, bösen« Wald zu zeigen.

Der Wald ist mein Freund.

Eine Weile blieb sie ganz ruhig stehen und lauschte, aber das Geräusch wiederholte sich nicht. Schließlich zog sie sich aus, zögerte noch einmal kurz, dann gab sie sich einen Ruck und rannte nackt ins Wasser hinein. Der Kies am Ufer bohrte sich schmerzhaft in ihre Fußsohlen. Das Wasser war kalt, aber angenehm, und wurde schnell tiefer. Eine Sekunde später stürzte sie sich vornüber ins kühle Nass.

Als sie wieder auftauchte, musste sie lachen vor Glück. Was für ein tolles Geschenk, das die Natur ihr da machte! Alles war Sommer, alles war Leben.

Mit ein paar Zügen gelangte sie in die Mitte des Sees, ließ die Füße sinken und bewegte ihre Arme gerade genug, um ihren Kopf über Wasser zu halten. Sie staunte über das Konzert der Grillen um sie herum. Die Vögel waren schon seit Einbruch der Dunkelheit still, aber die Klangwolke, die über der Lichtung aufstieg, aus allen Richtungen zugleich, suchte ihresgleichen. Außer dem Zirpen hörte sie nur ihren Atem und die Geräusche, die ihre Schwimmbewegungen auslösten: weiches, sanftes Wasserplätschern.

Sie atmete tief ein, brachte ihre Beine an die Wasseroberfläche und streckte sich. Ließ sich mit offenen Augen auf dem Rücken treiben. Wieder sah sie Sterne, Sterne, Sterne. Der Mond war zu hell, als dass sie die Milchstraße hätte erkennen können, und doch waren da oben mehr Lichtpunkte, als sie zählen konnte.

Nach einer Minute völliger Harmonie zwischen sich und dem Universum beschloss sie, dass sie Frieden schließen wollte mit der Welt und allem, was war.

»Ich vergebe euch«, sagte sie laut. »Alles ist wieder gut.«

Dann drehte sie sich auf den Bauch zurück und schwamm ans andere Ufer. Dort setzte sie sich auf, vom Bauchnabel abwärts im Wasser, mit den Händen im Kies abgestützt. Immer noch war ihr nicht kalt.

Plötzlich sah sie aus dem Augenwinkel ein Licht aufblitzen. Ganz kurz nur, in etwa dort, wo sie in den See gelaufen war. Vielleicht ein Glühwürmchen.

Zu hell für ein Glühwürmchen.

Sie kniff die Augenlider zusammen. Ihre leichte Kurzsichtigkeit war bei dem schlechten Licht doch hinderlich. Nein, da war nichts. Bestimmt hatte sie sich getäuscht. Vielleicht hatte eine Welle den Mond im Wasser reflektiert.

Welche Welle? Der See war spiegelglatt.

Sie ging in die Hocke, stieß sich vom Ufer ab und schwamm zurück, schneller, als sie ursprünglich wollte. Auch wenn sie es sich niemals eingestanden hätte, war da jetzt noch etwas anderes als Glück und Harmonie in ihr.

Angsthase.

Das mit dem Schwimmen war wohl doch zu verrückt gewesen. Selbst als Kind – als *Halbwilde* – hätte sie sich das nie getraut. Ihre Mutter hatte sie immer vor dem See gewarnt. Und nun war sie mittendrin, und ihre Sinne spielten ihr Streiche. Zum Beispiel, dass da eine Gestalt im Gras kauerte, keine fünf Meter von ihr entfernt.

Sie spürte den Uferkies an ihren Fingerspitzen. Kniete sich hinein. Kniff die Lider noch schmaler zusammen.

Doch, da war etwas. Aber was? Ein Reh? Ein Hund? Jedenfalls etwas, das vorhin nicht dort gewesen war. Etwas Lebendiges. Sie kannte jeden Wurzelstock und jeden größeren Stein in der Gegend. Das da kannte sie nicht.

»Hey!«, rief sie.

Nichts passierte. Sie griff sich eine Handvoll Kies und warf ihn ans Ufer. Die Gestalt wuchs in die Höhe.

Die Silhouette eines Menschen.

Ihr Herz fing an zu rasen, adrenalinbefeuert. »Hau ab, du verdammter Spanner!«, schrie sie mit sich überschlagender Stimme, nahm eine neue Ladung Kies vom Grund und schleuderte ihn der Gestalt mit aller Kraft entgegen. Dann zog sie sich rückwärts ins Wasser zurück, den Blick starr nach vorn gerichtet.

Die Gestalt ließ sich weder von ihrem Geschrei noch dem Kies aus der Ruhe bringen. Im Gegenteil, jetzt kam sie auf sie zu, ganz langsam.

»Hau ab! Hau ab!«

Konnte das ein Scherz sein? Nichts hätte sie lieber geglaubt. Aber sie kannte niemanden, der sich Späße dieser Art erlaubte. Und wenn doch, dann konnte er was erleben. Sie mochte keine unheimlichen Scherze.

Sie glitt ins tiefere Wasser zurück, schwamm vom Ufer weg und überlegte panisch, was sie tun konnte. Rundum lag dichter

Wald. Nur vorne gab es diesen einen Trampelpfad, überall sonst wuchsen dichtes Gras und stacheliges Strauchwerk, auch am anderen Ufer gab es viele Pflanzen, denen man besser nicht mit nackten Beinen begegnete.

Sie paddelte im tiefen Wasser auf der Stelle, drehte sich um sich selbst und suchte einen Ausweg, fand aber keinen. Wollte sie entkommen, musste sie direkt an der Gestalt vorbei.

Wie lange kann ich hier durchhalten?

Langsam wurde ihr nun doch kalt. Sie überlegte, laut um Hilfe zu rufen, aber es wäre reines Glück gewesen, hätte sie jemand gehört. Hier war schon tagsüber kaum etwas los und um diese Uhrzeit gar nichts mehr. Das Zirpen rundum klang jetzt fast spöttisch.

Stark sein, erinnerte sie sich an die Empfehlung im Selbstverteidigungskurs. Die meisten Vergewaltiger wurden von Frauen, die in die Opferrolle verfielen, nur noch angespornt. Man sollte sich stattdessen so ordinär wie möglich verhalten. Nichts törnte einen Vergewaltiger mehr ab als eine Frau, die so tat, als wollte sie es.

Das sagt sich so leicht.

Die Gestalt stand da, am Ufer des Sees, und konnte noch stundenlang durchhalten. Sie selbst würde definitiv früher aufgeben müssen. Und was dann?

Sie zitterte, hatte Gänsehaut am ganzen Körper, klapperte mit den Zähnen. Aber innerlich loderte die nackte Angst.

Eine weitere Minute verging. Dann, von einem Moment auf den anderen, drehte sich die Gestalt um und entfernte sich in aller Seelenruhe, bog links ab und nahm den Weg, der weiter in den Wald hineinführte.

Der Rückweg war frei. Aber wie lange? Jetzt musste sie schnell sein. Mit wenigen kräftigen Zügen schwamm sie ans Ufer und eilte mit großen Schritten aus dem Wasser. Zweimal verlor sie fast die Balance im feinen Kies, aber dann hatte sie Gras unter den Füßen und lief zu der Stelle, an der sie sich ausgezogen hatte. Ihr Blick schweifte über den Boden auf der Suche nach ihren Sachen, sie überlegte, suchte weiter – aber ihr Zeug war weg. Ihre Kleidung, die Stirnlampe, das Täschchen mit dem Handy …

Nichts, was sich nicht ersetzen ließ.

Der Schlüsselbund. Verdammt!

Wenn der Dieb wusste, wo sie wohnte, hatte er jetzt freien Zutritt zu ihrem Haus. Sie musste sofort einen Schlosser rufen, wenn sie zu Hause war.

Und wie komm ich ohne Schlüssel rein? Sie hatte keine Ersatzschlüssel deponiert, da sie das für ein Sicherheitsrisiko hielt.

Zu den Nachbarn. Notfalls nackt.

Sie lief los. Ohne ihre Joggingschuhe wurde jeder Schritt zur Qual. Aber sie konnte, sie durfte nicht zögern. Tempo war das Einzige, was jetzt zählte. Sie lief zum Weg und rechts weiter auf den Joggingpfad, der aus dem Wald herausführte.

Da raschelte etwas hinter ihr. Ein winziges Ästchen brach. Rhythmische Schritte ertönten. Die andere Person folgte ihr. Sie war getäuscht worden!

Sie öffnete den Mund zu einem Schrei, doch sie brachte keinen Ton heraus. *Schneller, lauf schneller!* Sie ignorierte alles – Steine, Wurzeln, Dornen, Brennnesseln –, nichts war wichtig, außer dass sie rannte. Noch konnte sie entkommen. Sie war gut im Laufen. Wochen- und monatelang war sie wie eine Besessene gelaufen. Ihre Kondition war besser denn je, ihre Muskulatur gestählt.

Wenn ich nur meine Schuhe hätte …

Sie streckte die Hand aus, als sie den dicken Zweig eines Strauchs erkannte, der in den Pfad hereinragte. Sie kannte ihn, wie so viele Details dieser Strecke. Wieso machte sich eigentlich niemand die Mühe, ihn abzuschneiden? Sie bog ihn von sich weg und ließ ihn zurückpeitschen, lief weiter, so schnell sie konnte.

Gleich darauf hörte sie, wie der Zweig ihren Verfolger traf, der einen erstickten Fluch ausstieß. Die Schritte wurden langsamer, aber höchstens für eine Sekunde. Von einem Zweig würde er sich nicht aufhalten lassen.

Sie erreichte dichter bewachsenes Gelände. Hinter ihr leuchtete etwas auf. Eine Taschenlampe. Ihr Verfolger gab sich also keine Mühe mehr, unentdeckt zu bleiben. Der Lichtkegel zitterte aufgeregt. Sie sah, wie sich ihre Silhouette auf dem Waldboden vor ihr abzeichnete. Die Schritte hinter ihr wurden lauter.

Er holt auf.

Aber noch konnte sie entkommen. Gleich gelangte sie an einen ihrer vielen Geheimplätze. Wenn sie nur schnell genug hinter der nächsten Biegung verschwand, sich fallen ließ und dann gleich links im Dickicht verkroch, würde er sie niemals finden. In der Kindheit war das ihr bestes Versteck gewesen.

Ob ich überhaupt noch reinpasse? Vielleicht ist es längst zugewachsen!

Sie verbot sich jeden Zweifel und lief, so schnell sie konnte. Noch zehn Meter … noch fünf …

Geschafft!, dachte sie noch.

Und dann ging alles ganz schnell. Sie wusste, dass sie eben noch gerannt war und jetzt ausgestreckt dalag, dass sie mit dem Gesicht voran auf dem Waldboden aufgeschlagen war, ohne sich mit den Händen schützen zu können. Nur das Dazwischen fehlte. War sie gestolpert? Aber worüber? Hier gab es keine hohen Wurzeln. Was konnte sonst noch so scharf, so unnachgiebig, so unvorhersehbar gemein sein?

Ein gespannter Draht?

Was immer es gewesen war, es hatte sie ihrem Verfolger ausgeliefert. Sie wurde gepackt und brutal in die Höhe gerissen, schmeckte das Blut, das warm über ihr Gesicht lief. Sie wollte es mit der Hand abwischen, aber ihre Hände gehorchten ihr nicht. Völlig benommen spürte sie, wie sie ins Unterholz gezerrt wurde, weiter und weiter. Gestrüpp streifte an ihrem nackten Körper entlang. Der Wald war hier so dicht, dass man selbst bei Tageslicht kaum zwei Meter weit sehen konnte, das wusste sie. Ein Dornenzweig verhakte sich in ihrer Seite und riss ihr die Haut auf. Sie stöhnte.

»Hier!«, zischte jemand.

Sie spürte die spröde Rinde eines Baums an ihrem Rücken. Ihre Arme wurden nach hinten gezogen und mit schnellen, kräftigen Bewegungen zusammengebunden.

»Bitte nicht«, flehte sie. Die eigenen Worte klangen merkwürdig verwaschen. Da war Blut in ihrem Mund. Etwas stimmte nicht mit ihren Zähnen. Sie fuhr mit der Zunge darüber. Mehrere Schneidezähne waren ausgeschlagen. Sie hatte es gar nicht gespürt.

»Bitte nicht«, wiederholte sie, schloss die Augen und fing an zu weinen. Was mochte ihr Verfolger wollen? War er ein Sexualstraftäter, ein Perverser, der sie beim Nacktbaden beobachtet hatte? Und warum war da noch jemand? Wollten sie etwa gemeinsam über sie herfallen? Aber so zugerichtet, wie sie war, musste ihnen doch jede Lust vergehen.

Als sie eine Hand an ihrer Schulter fühlte, beschloss sie, dass sie sich nicht wehren würde. Sollten sie ihren Körper nehmen. Ihren Geist bekämen sie nicht. Sie würde das hier überleben, so schlimm es auch werden mochte. Und eines Tages würde sie die Gelegenheit haben, sich an ihnen zu rächen. Ja, das würde sie. Sie würde sie finden und sich rächen. Der Gedanke gab ihr Kraft.

»Da ist es«, hörte sie eine Männerstimme mit italienischem Akzent sagen. »Das Mal. Siehst du?«

Das Mal?

»Ja!«, antwortete eine Frau.

Die beiden gaben sich keine Mühe, ihre Stimmen zu verstellen. Sie ahnte, dass das kein gutes Zeichen war.

Sie zwang sich, die Augen zu öffnen. Blut und Tränen machten es ihr fast unmöglich, etwas zu erkennen. Dennoch sah sie die Umrisse zweier Gestalten, direkt vor ihr, in bläuliches Licht getaucht, anders als das der Taschenlampe, beinahe violett. Oder spielten ihr die Sinne einen Streich?

»Also, was sollen wir tun?«, fragte die Frau nahezu gleichgültig.

»Warte ...«

Sie fühlte eine Hand an ihrem Bauch. Die Finger drückten und zogen, fuhren über die Haut rund um ihren Nabel.

»In der Mitte durch.«

»Quer durch? Lass sehen ... Mist, du hast recht.«

Sie verstand nicht, wovon die zwei sprachen. Als sie den Kopf senkte, sah sie nichts als das seltsame blaue Licht. Und dann noch etwas: ein Leuchten. An ihrem Bauch. Sie erkannte nicht, was es darstellen sollte.

Malen die mich gerade an? Ist das vielleicht doch alles nur ein ... ein verdammt schlechter Scherz?

Sie durfte sich nicht wehren. Musste das, was auch immer da passierte, über sich ergehen lassen. Konnte sich später rächen.

»Los jetzt!«

Eine rasiermesserscharfe Klinge drang in ihren Bauch ein. Der Schmerz raubte ihr den Atem. Sofort rann warmes Blut aus der Wunde, über den Unterbauch, über ihre Scham, die Beine hinunter.

Die wollen mich schlachten.

Die Erkenntnis traf sie wie ein Hammerschlag. Sich nicht zu wehren, würde ihren sicheren Tod bedeuten. Sie riss an ihren Fesseln, scheuerte daran, wehrte sich, zog ein Bein in die Höhe und trat aus, traf jemanden, wiederholte die Bewegung, aber dieses Mal fuhr ihr Fuß ins Leere.

»Dämliche Bitch!«, hörte sie die Frau schreien.

Jemand riss an ihren Haaren und drückte ihren Kopf mit Gewalt gegen den Baum.

Sie spürte das Messer, links an ihrem Hals, spürte, wie es gegen ihre Haut drückte, bevor es tief durch ihre Kehle schnitt.

Mark, dachte sie noch.

Samstag, 22. August

2

Wien, 18.11 Uhr

Christian Brand,
Einsatzkommando (EKO) Cobra

Brand kauerte hinter einer halbhohen Sitzbank aus Beton. Neben ihm lag die Tragetasche mit dem Geschenk, das er eben für die Hochzeit seiner Schwester Sylvia besorgt hatte, die in einer Woche stattfinden sollte.

Er hörte Sirenen in den Seitenstraßen. Dazu nervös klingende, von Megafonen verstärkte Durchsagen: *Bleiben Sie in den Häusern! Verlassen Sie die Straße!* Die Kollegen waren gerade dabei, die Gegend weiträumig abzusperren.

In der Mariahilfer Straße selbst herrschte angespannte Stille, immer wieder von Schüssen unterbrochen, die ein Amokläufer in alle Richtungen abfeuerte. Das Geräusch erinnerte an Peitschenhiebe und schmerzte in den Ohren. Jemand schrie. Eine Frau ächzte.

Brand wusste, dass er eingreifen musste. Er wusste auch, dass er sich damit über sämtliche Dienstvorschriften hinwegsetzte, nach denen er als Mitglied des österreichischen Einsatzkommandos Cobra zu handeln hatte. Doch es war die Lösung mit der höchsten Erfolgswahrscheinlichkeit. Zugegeben, auch die mit dem höchsten Risiko. Aber es gab keine andere Option. Außerdem hatte er Feierabend. Und in seiner Freizeit konnte er tun, was er wollte.

Ein Beamter ist immer im Dienst.

Brand verzog den Mund, als ihm die Worte seines Ausbilders in den Sinn kamen. Ein Polizeibeamter, ein Elite-Polizist wie er, hatte Vorbild zu sein. Und moderne Vorbilder hielten sich an Regeln.

Regeln retten keinen hier.

Er machte sich bereit. Er wusste, dass der Mann, der hier in der Fußgängerzone auf Höhe der Zollergasse Angst und Schrecken verbreitete, mit seinem Leben abgeschlossen hatte. Und er wusste, dass die Überlebenswahrscheinlichkeit des Kerls auch im gegenteiligen Fall unter fünfzig Prozent lag. Entweder erschoss er sich am Ende selbst, oder ein anderer tat ihm den Gefallen. Aber einen Wahnsinnigen mit gezielten Schüssen auszuschalten, war schwerer, als es in der Grundausbildung der österreichischen Polizei aussah. Wenn, dann musste man es so machen, dass der andere garantiert nicht mehr aufstand. Und die Skrupellosigkeit, die man brauchte, um auf den Kopf eines Menschen zu zielen und abzudrücken, besaßen Streifenpolizisten bestimmt nicht.

Brand rannte los, gut zehn Meter, ohne ein Geräusch zu machen, und ließ sich hinter den nächsten großen Blumentrog aus Beton fallen, bevor der andere auch nur die geringste Chance hatte, ihn zu bemerken.

Er spähte am Blumentrog vorbei. Der Amokläufer war schwer bewaffnet: zwei Pistolen, eine Automatikwaffe und jede Menge Magazine. Dazu trug er schusssichere Kleidung an Oberkörper und Beinen sowie einen gepanzerten Helm. Er sah aus, als wäre er auf direktem Weg in den Krieg.

Bestimmt stand er unter Drogen. Brand tippte auf Methamphetamin. *Crystal Meth.* Das war das Zeug, das Menschen dazu bringen konnte, sich die eigenen Genitalien abzuschneiden, weil sie sie im Rausch für Fremdkörper hielten. Oder – was zum Glück viel öfter vorkam und sozial weitaus verträglicher war – drei Tage und Nächte lang durchzuvögeln. Unter Meth konnte ein Mensch zum Pitbull werden, der im Blutrausch so lange kämpfte, bis gar nichts mehr ging. Eine Kugel würde ihn nicht aufhalten können, es sei denn, sie drang ihm direkt in den Schädel und verquirlte sein Gehirn. Und genau deshalb war die Situation so gefährlich. Es war nur natürlich, dass die Kollegen diesem Pitbull hier lieber in die Beine schossen als in den Kopf. So natürlich wie tödlich.

Vier Menschen lagen im Umkreis von geschätzt dreißig Metern am Boden. Der Mann im Anzug war tot. Eine Kugel hatte seine Halsschlagader erwischt. Ein Taxifahrer hing halb im Gurt seines Mercedes-SUV. Auch er war tödlich verwundet. Der Motor lief, die Fahrertür stand offen, die Füße des Toten hingen raus. Ob er vergessen hatte, sich abzuschnallen, bevor er die Flucht antrat, war schwer zu sagen. So oder so musste der Mann wahnsinniges Pech gehabt haben. Wie alle hier. Falsche Zeit, falscher Ort. Die beiden anderen Opfer – eine Frau mit Stock und eine weitere, wesentlich jüngere, die mit dem Fahrrad unterwegs gewesen war, das jetzt unter ihr lag – waren vielleicht noch zu retten. Brand sah, dass sie atmeten. Aber sie brauchten Hilfe, und zwar so schnell es ging.

Brand war unbewaffnet und würde es auch bleiben. Bis er den Kollegen erklärt hätte, wer er war und was er vorhatte, wäre es vielleicht zu spät. Außerdem würde keiner von ihnen so leichtsinnig sein, ihm seine Glock auszuhändigen. Die eigene Waffe lieh man niemandem.

Brand hörte neue Einsatzwagen kommen. Das Blaulichtmeer, das gegen die Häuserwände der Seitenstraßen brandete, wurde greller. Nichts deutete auf ein schnelles Ende hin. Vielmehr war das hier erst der Anfang. Garantiert warteten alle in sicherem Abstand auf das Eintreffen der Kollegen von der Cobra. Schließlich waren sie für kritische Situationen wie diese ausgebildet und ausgerüstet. Aber selbst unter besten Verhältnissen brauchte die Bereitschaft noch mindestens fünf Minuten. Fünf Minuten zu viel. Und dann musste zuerst ein Überblick gewonnen, der Einsatz abgewogen und koordiniert werden …

Brand hatte diesen Überblick bereits. Und abzuwägen und zu koordinieren hatte er bloß mit sich selbst. Eine Win-win-Situation für alle, ihn vielleicht ausgenommen. Das klang doch rational.

Als sich der Amokläufer umdrehte und mit ausgestreckter Schusshand auf ihn zukam, duckte sich Brand schnell hinter den Blumentrog. Er hörte Schüsse. Kugeln schlugen in Häusermauern ein oder trafen auf Glas. Worauf der Dummkopf gerade zielte, konnte sich Brand nicht erklären. Vielleicht halluzinierte er? Egal. Bestimmt würde er gleich wieder abbiegen und auf ein anderes Ziel zusteuern. Er bewegte sich wie einer dieser Staubsauger-Roboter, die nach dem Zufallsprinzip arbeiteten. War unberechenbar. Irrational. Und genau das war seine Schwäche. Früher oder später lief dieser Roboter in sein Verderben.

Brand wartete fünf Sekunden, dann spähte er wieder über seine Deckung. Wie erwartet, bewegte sich der Attentäter von ihm fort.

Jetzt!, sagte er sich, stand auf und lief die letzten Meter zum Taxi, so schnell und so leise er konnte. Er beugte sich über den toten Fahrer hinweg ins Fahrzeuginnere des Geländewagens, löste den Gurt und zog den Mann heraus. Nur einen Moment später saß er hinterm Steuer und stellte den Wählhebel der Automatik auf *Drive*.

Der Amokläufer bewegte sich immer noch von Brand weg. Jetzt zielte er auf einen Mann, der sich viel zu auffällig hinter einer Litfaßsäule versteckte. Gleich gab es hier Opfer Nummer fünf.

Jetzt oder nie.

Brand drückte das Gaspedal durch. Der Mercedes beschleunigte. Brand überfuhr den Anzugträger mit der zerfetzten Halsschlagader, der das Pech hatte, genau zwischen dem Wagen und dem Ende dieses Amoklaufs zu liegen. Ein kurzer Hopser, mehr nicht.

Er hätte es bestimmt verstanden.

Viel zu spät bemerkte der Attentäter, dass etwas auf ihn zukam. Er drehte sich um. Legte an und zielte.

Brand duckte sich nicht. Er nahm bloß die Hände vom Lenkrad, um sie vor der Explosion des Airbags zu schützen.

Einen Augenblick darauf erfasste der Geländewagen den Amokläufer und zermalmte ihn an der Litfaßsäule.

Als Christian Brand gegen einundzwanzig Uhr in seiner Wohnung in der Neubaugasse ankam, hatte seine Mutter schon dreimal angerufen. Er wusste, dass sie Angst bekam, wenn sie zu lange nichts von ihm hörte. Beim letzten Besuch in Hallstatt hatte sie – seine *Mutter!* – ihm eines dieser modernen Handys schenken wollen, damit er sich bei WhatsApp registrieren und ihr *texten* konnte, wenn er nicht zum Telefonieren kam. Brand hatte Gänsehaut bei der Vorstellung. Nicht, weil er ihr keine elektronischen Nachrichten hätte schreiben wollen, aber wenn er sich die Zombies seiner Generation ansah, die mehr in ihren Smartphones steckten als sonst wo, wusste er, dass er sich dagegen wehren würde, solange es ging. Wenn etwas mitzuteilen war, ging das bestimmt auch über sein altes Nokia.

Brand beschloss, später zurückzurufen, und atmete tief durch. Im Dachgeschoss staute sich die Hitze. Lüften war längst aussichtslos geworden. Auf dem Weg ins Badezimmer zog er sich aus, stellte sich unter die Dusche, stellte den Mischhebel auf ganz kalt, doch das Wasser lief nur lauwarm an ihm hinab. Gar nichts wurde mehr kalt bei dieser Hitzewelle.

Er hatte Nackenschmerzen, aber nicht stark genug für ein Schmerzmittel. Den medizinischen Check nach dem Einsatz hatte er abgelehnt. Er wollte schnellstmöglich nach Hause, doch die Kollegen vom Landeskriminalamt hatten noch tausend Fragen gehabt. Ob er sich ausweisen könne, war noch die harmloseste gewesen. Ob er den Mann absichtlich umgefahren habe, die dümmste. Oberst Hinteregger, sein Vorgesetzter, hatte den Spuk dann beendet – besser gesagt: auf den nächsten Tag verschoben.

Brand stieg aus der Dusche und blieb nass im Bad stehen. Er spürte die Verdunstungskälte auf der Haut. Sonst nichts. Dabei sollte, nein: *musste* ein Mensch in seiner Situation doch etwas empfinden. Aber es war, als löschten sich die Genugtuung über den gestoppten Amokläufer und der Ärger über das eingegangene Risiko gegenseitig aus. Sein Verhalten würde ein Nachspiel haben. Nicht nur im Dienst, auch in seinem Kopf. Ganz besonders in seinen Träumen. Das war ihm schon klar gewesen, bevor er den Plan mit dem Taxi gefasst hatte.

Schneller als erhofft, war das Wasser verdunstet und die Hitze in seinen Körper zurückgekehrt. Er zog die Boxershorts an, in denen er üblicherweise schlief. Jedes weitere Kleidungsstück wäre eines zu viel gewesen. Im Restlicht der Dämmerung ging er ins Wohnzimmer, das er zu seinem Atelier umfunktioniert hatte. Mehrere Leinwände lagen auf dem Boden oder standen irgendwo angelehnt, Farbtuben, Kohlestifte und eingetrocknete Pinsel waren überall verstreut. Eine halb volle Flasche Jack Daniels stand neben einem benutzten Glas auf dem Couchtisch. Er goss sich etwas Whiskey ein und trank. Dann rief er zu Hause an.

»Mein Gott, Chris, ich hab mir solche Sorgen gemacht! Wo warst du?«, rief seine Mutter aufgeregt.

»Hallo, Mum ... ich hatte noch zu tun.«

»Du klingst komisch. Was ist passiert?«

Er schluckte. Wieso merkte sie es immer? »Nein, alles gut.«

»Was war denn los? Was hast du gemacht?«

Die Fragerei nervte ihn. »Ich hab das Hochzeitsgeschenk für Sylvia besorgt.«

Sie atmete schwer. »Chris, hast du denn noch gar nichts von dem Attentäter in der Mariahilfer Straße gehört? In den Nachrichten haben sie vermummte Cobra-Beamte gezeigt. Warst du etwa einer davon?«

»Ach so, das. Nein, das war nach meiner Schicht. Aber jetzt ist es ja eh vorbei.«

»Weil so ein Taxifahrer ihn mit seinem Auto zerquetscht hat. Sie sagen, er sei ein Held.«

»Hm.« Brand nahm einen weiteren Schluck. Der Alkohol brannte in seiner Kehle. Meistens brauchte er den Whiskey nur nach üppigem Essen. Heute würde er ihm helfen müssen, die Bilder in seinem Kopf zu verdauen.

Er hatte das Richtige getan. Manchmal war das Richtige in den Augen der anderen falsch. Brand musste unbedingt verhindern, dass Mum von seiner Aktion erfuhr. Er hatte ihr auch von den anderen Toten nichts erzählt.

»Wie geht's Sylvia?«, fragte er, um sie abzulenken, und dachte an die Tragetasche mit dem Geschenk, die er nach dem Einsatz nicht mehr hatte finden können. Irgendwer musste sie mitgenommen haben.

»Sie ist aufgeregt. Stell dir vor, die Musikkapelle rückt aus, extra für sie. Ist das nicht großartig?«

»Hm«, machte er wieder. Es war ja wirklich schön, dass seine

Schwester ihr Glück gefunden hatte, aber meistens führte das Thema schnell zu ihm und seinem eigenen Beziehungsstatus oder gar zu Enkelkindern, und das gefiel ihm gar nicht.

»Wann kommst du?«

Er war sich sicher, dass er ihr das bereits gesagt hatte, doch bestimmt schwirrte ihr der Kopf vor lauter Hochzeitsvorbereitungen. »Übermorgen, gleich mit dem ersten Zug. Kannst du mich vom Bahnhof abholen?«

»Ruf an, wenn du Verspätung hast.«

»Klar.«

»Ach, warte, das weißt du ja noch gar nicht, hör zu ...«

Sie erzählte ihm von seiner Cousine, die ein ziemliches Früchtchen war und angeblich irgendwas Verrücktes für die Hochzeitsfeier plante, was man ihr unbedingt ausreden musste. Brands Gedanken drifteten ab. Vor seinen Augen waren da noch die Betonsäule, der erschlaffte Airbag ...

Die zerquetschte Leiche.

Wurde man von einem tonnenschweren SUV an eine Litfaßsäule genagelt, nützte einem der beste Kampfanzug nichts mehr. Lebenswichtige Körperteile wurden auf einen Bruchteil dessen komprimiert, was noch als zu retten eingestuft wurde. »Polytrauma« lautete der sterile medizinische Fachausdruck, der dem Anblick des Toten nicht im Mindesten gerecht wurde. Die neuen Bilder im Kopf gesellten sich zu den alten. Zu Wasserleichen, Bahntoten, halb verwesten Alten und Selbstmördern, die sich das Gehirn rausgeschossen hatten. Brand wusste, dass er sich allen Sinneseindrücken stellen musste. Ekel und Abscheu durften seine Einsatzfähigkeit nicht beeinflussen. Dass ihn die Toten manchmal in seinen Träumen heimsuchten, musste keiner wissen. Auch dass es nach einem Tag wie heute unmöglich war, ohne Alkohol und seine Malerei erholsamen Schlaf zu finden, ging niemanden etwas an.

Brand schloss die Augen und sah den Amokläufer wieder vor sich. Sein Kopf war in Ordnung, der Gesichtsausdruck fast friedlich, aber von der Brust abwärts war da nur noch dieser Brei aus Knochen, Blut, Fleisch und Innereien.

»Wie findest du das?«

Er schreckte auf. Was hatte sie gesagt? »Äh … ich find's gut!«, versuchte er sein Glück.

»Du findest es gut? Chris, hast du Fieber?«

»Mum, hör zu, ich bin total erledigt.«

»Du hast mir nicht zugehört«, empörte sie sich.

»Tut mir leid. Ich komme übermorgen für zwei Tage nach Hause, und dann reden wir. Gut?«

Wenige Momente später hüllte Brand wieder die Stille seiner Wohnung ein. Er legte das Handy weg, ließ sich auf die Couch fallen und starrte an die dunkle Zimmerdecke.

Seine Mutter meinte es nicht böse, aber sie nervte. Brand wusste, dass es ihr sehnlichster Wunsch war, ihren Sohn als Dorfpolizist in den engen Gassen seines Heimatorts Hallstatt zu sehen, wo er dafür sorgte, dass sich die Horden chinesischer Touristen nicht gegenseitig auf die Füße stiegen. Wenn er dann noch eine Einheimische heiratete und viele Kinder bekam, war er fertig, ihr Traum von seinem Leben. Für ihn dagegen war es keine Option, als einfacher Polizist am Hallstätter See zu arbeiten, tage-, wochen-, monate-, nein jahrelang immer das Gleiche zu erleben, bis sein Körper irgendwann in der Hallstätter Erde verrottete. Brand war glücklich in Wien. Er hatte Freunde hier, hin und wieder eine Kurzzeitfreundin, aber die Richtige war bisher nicht dabei gewesen. Was machte das schon? Er war neunundzwanzig. Kein Grund für irgendwen, in Panik zu geraten.

Er stand auf und suchte eine leere Leinwand, fand aber keine. Also musste ein Bild herhalten, das er ohnehin nicht leiden konnte, von damals, als er sich als Landschaftsmaler versucht hatte, um diese Kiki zu beeindrucken. Ein Motiv aus dem Nationalpark Donau-Auen. Grün in Grün, harmonisch, hoffnungsvoll, beruhigend. *Schrecklich.* Kiki hatte es gemocht. Doch bevor er es ihr hätte schenken können, hatte sie ihn abserviert. Ein Grund mehr, es aus der Welt zu schaffen.

Er nahm eine Farbwalze und öffnete eine Dose Schwarz. Schwarz war die richtige Grundierung für das Motiv, das er aus seinem Kopf bringen musste. Mit schnellen Bewegungen rollte er die Walze über die Donau-Auen. Es fühlte sich gut an.

3

Hamburg, 22.55 Uhr

Mavie Nauenstein,
Schülerin

Mavie hatte sich entschieden. Sie würde es tun.

Sie setzte sich auf den Fenstersims in ihrem Zimmer, winkelte die Beine an, duckte sich unter dem Fenstersturz durch und streckte die Beine in den Abgrund. Dann drehte sie sich um und tastete mit den Füßen nach einem Halt, während sie sich mit einer Hand an den Fenstersims klammerte. In der anderen hielt sie das Geschenk. Ihr rechter Fuß fand die Strebe des Blitzableiters.

Geschickt griff sie in die Dunkelheit, packte die Metallleitung und kletterte Strebe für Strebe abwärts, bis sie das kleine Vordach erreichte. Dort ging sie in die Knie und tastete nach dem Fallrohr, das von der Regenrinne senkrecht in die Tiefe führte. Mavie warf das Päckchen ins weiche Gras, umfasste das Rohr mit beiden Händen, ließ sich daran zwei Meter nach unten rutschen und sprang. Fast lautlos landete sie auf dem weichen Rasen vor der Nauenstein'schen Villa am Harvestehuder Weg und kauerte sich hin.

Das kann keiner bemerkt haben.

Sie war im blinden Bereich der Überwachungskameras, leiser als jeder Einbrecher. Sie hatte das schon oft so gemacht. Aber noch nie um diese Uhrzeit.

Das Geschenk war unversehrt geblieben. Mavie hob es auf, schlich in die Deckung der Büsche, die die Einfahrt säumten, und wartete wieder. Wenn Vater sie jetzt erwischte, würde die Strafe vielleicht nicht ganz so hart ausfallen. Sie konnte sich immer noch eine Ausrede einfallen lassen. Zum Beispiel, dass ihr etwas aus dem Fenster gefallen war und sie es schnell wiederholen wollte, ohne Lärm zu machen.

Sie dachte nach. *Nein, das nützt gar nichts.*

Er hatte ihr ausdrücklich verboten, jemals wieder die Fassade hinabzuklettern. Es reichte schon viel weniger, manchmal gar nichts, damit er seinen Spazierstock holte. Vergangene Woche erst hatte sie beim Abspülen Mist gebaut. Sie hatte eine seiner Lieblingstassen zerbrochen, und er hatte sie dafür geschlagen. Er meine es nur gut, hatte er behauptet. Wie so oft. Aber wenn er sie jetzt beim Ausbüxen erwischte, würde es richtig wehtun. Vielleicht so wie vergangenes Jahr, nach ihrem Weinkrampf, weil sich ihre Eltern auf der Rückfahrt aus Italien so böse gestritten hatten, dass sogar das Wort »Scheidung« gefallen war. Mavie war derart verzweifelt gewesen, dass sie nicht mehr aufhören konnte zu weinen. An einer Tankstelle in Südtirol war eine Polizeistreife auf ihr Schluchzen aufmerksam geworden und hatte sich von Vater die Ausweispapiere zeigen lassen. Weder er noch Mutter hatten bis Hamburg ein einziges Wort mit ihr gesprochen. Als sie zu Hause angekommen waren, hatte sie solche Prügel bekommen, dass sie drei Tage lang nicht mehr …

Nicht daran denken.

Aber sie wollte, nein, sie *musste* das Risiko eingehen. Heute musste sie tun, was sie für richtig hielt. Egal, was morgen kam.

Sie hatte Schmetterlinge im Bauch.

Sie dachte an Silas, an sein süßes Lächeln, das Kinngrübchen, den selbstsicheren Gang. Und daran, wie er sie vor zwei Wochen zur Geburtstagsparty in seiner Wohnung eingeladen hatte. Einfach so. Sie, die noch auf keiner einzigen richtigen Party gewesen war.

Er mag mich.

Seit der Einladung trug sie ein Gefühl in sich, das jedes andere überstrahlte, das größer war als jede Konsequenz. Ja, er mochte sie. Ganz bestimmt. Und selbst wenn andere sie deshalb für dumm halten würden, wusste sie: Diese Party war ihre große Chance.

Mavie hatte zwei Mitschülerinnen dabei belauscht, wie sie sich über Silas unterhalten hatten. Er lebe bei seiner Mutter, in einer riesigen Wohnung am Rübenkamp, und sei abends oft allein. Sein Vater sei abgehauen, und deshalb müsse seine Mutter die Brötchen nachts *auf Pauli* verdienen. Mavie konnte nur hoffen, dass es nicht das war, wonach es im ersten Moment klang.

Silas war schon achtzehn und somit der Klassenälteste. Er war einmal sitzen geblieben und seit zwei Jahren in ihrer Klasse. Sein Leben hörte sich unglaublich aufregend an, und der Gedanke, bei ihm zu sein, mit ihm zu sein, von ihm beschützt zu werden, war so verwegen, dass sie ihn kaum zu denken wagte.

Ich brauche ihn.

Er würde ihr aus ihrem bisherigen Leben heraushelfen, das so wenig Freude und so viel Schmerz brachte. Sie malte sich aus, wie es an seiner Seite sein würde. Sogar an eine gemeinsame Familie hatte sie schon gedacht, irgendwann in ferner Zukunft. Er würde ihr nicht wehtun. Ihr nicht und Kindern schon gar nicht.

Sie hatte das Geschenk für ihn mit dem Geld gekauft, das sie sich nicht bloß sprichwörtlich vom Mund abgespart hatte. Ganze zehn Tage lang hatte sie in der Schule aufs Mittagessen verzichtet. Das hatte ihr fünfzig Euro verschafft, von denen ihre Eltern nichts wussten. Sie hatte Silas' Geschenk in ihr Zimmer geschmuggelt und das Geschenkpapier heimlich aus Mutters Sachen genommen, hatte das Papier so gerade wie möglich vom Bogen abgeschnitten, damit sie nicht merkte, dass etwas fehlte. All das war sehr aufregend gewesen. Aufregend und gefährlich zugleich. Denn Mutter hasste es, wenn man in ihren Sachen stöberte.

Mavie fühlte, dass es richtig war. Es war, als hätte Silas' Einladung eine kleine Flamme in ihrem Inneren entfacht. Sie ahnte, dass daraus ein Feuer werden konnte. Und sie würde es zulassen.

Zuerst aber musste sie zur Party kommen. Zum Rübenkamp brauchte man zu Fuß über eine Stunde. Dann wäre alles vielleicht schon vorbei. Also hatte sie sich eine viel bessere Möglichkeit ausgedacht.

Sie verharrte in der Deckung der Büsche und konzentrierte sich ganz auf ihre Sinne. Über ihr leuchtete der Vollmond. Sanfter Wind strich um ihren Körper, immer noch warm, obwohl es schon nach elf war. So lange hatte sie warten müssen, bis sie sicher sein konnte, dass ihre Eltern schliefen und kein weiteres Mal nachschauen kamen, ob es ihrer Tochter auch gut ging. Sie machten sich solche Sorgen um sie. Immer schon.

Irgendwann sprang sie auf und lief zum Einfahrtstor. Sie konnte nicht einfach hindurchspazieren, weil hier eine Kamera hing, aber an der Seite ging es. Mit ihrem Talent fürs Klettern fiel es ihr leicht, auf die Mauer zu gelangen und sich an einem Verkehrsschild auf die Straße hinabgleiten zu lassen.

Bei den Nachbarn war alles dunkel. Nicht, dass die *von Nauensteins* mit ihrer Nachbarschaft verkehrt hätten. Aber wenn jemand sie hier draußen sah, rief er vielleicht die Polizei, und der Effekt wäre derselbe, als würde er sie direkt bei Vater verpetzen.

Sie ging los. Die ersten zehn Meter noch auf Zehenspitzen, bald aber mit jedem Schritt selbstsicherer, bis sie anfing zu laufen, und als sie endgültig außer Hörweite der Nachbarschaft war, schon an der Hochschule für Musik und Theater vorbei, musste sie lachen, laut lachen. Sie rannte schneller, fühlte den warmen Wind im Gesicht und erreichte die Baustelle, an deren Zaun sie ihr Geheimfahrrad festgemacht hatte. Niemand durfte wissen, dass es ihr gehörte. Und niemand konnte es wissen. Sie hatte es gefunden und sich von den zwanzig Euro, die nach dem Kauf von Silas' Geschenk übrig waren, nicht nur ein Zahlenschloss, sondern auch zerrissene Hotpants und ein schwarzes, enges Spaghettiträger-Top besorgt. Die Klamotten hatte sie anschließend in einer unscheinbaren Plastiktüte beim Fahrrad versteckt. Jetzt zog sie die Sachen heraus, streifte ihre Jogginghose ab und schlüpfte in die Pants. Ihre nackten Beine glänzten im Mondlicht. Dann kam das Top dran. Es war wirklich knapp, verdeckte aber gerade noch die Brandnarbe an ihrem Rücken. Mavie sah stolz an sich hinab. Sie war schlank, ihr Körper wohlproportioniert. In diesem Aufzug, den Vater und Mutter niemals toleriert hätten, würde sie auf der Party garantiert der Hingucker sein. Schon das Anprobieren der Sachen in einer KiK-Filiale in der Baumeisterstraße war ein besonderes Erlebnis gewesen. Als hätte ihr dort aus dem Spiegel ein ganz anderer Mensch entgegengeblickt. Ein Mädchen, das selbst entscheiden konnte, was es wollte. Ein Mädchen, das eine Zukunft hatte.

Der Gedanke, so viele Geheimnisse vor ihren Eltern zu haben, war prickelnd, geradezu erregend. Aber an diesem Abend würde sie, nein: musste sie noch viel weiter gehen.

Sie sprang aufs Rad und trat in die Pedale. Schnell war sie an der großen Hundewiese vorbei. Ihre langen braunen Haare, die sie am Hinterkopf zu einem Pferdeschwanz zusammengebunden hatte, strichen über ihre Schultern. Rechts von ihr glitzerte die Außenalster. Mavie schaltete in den nächsthöheren Gang. Ein einzelner Fußgänger war auf dem Gehweg unterwegs, aber der hatte nur Augen für seinen Hund. So oder so hätte sie niemand in diesem Aufzug erkannt. An der ägyptischen Botschaft ging es scharf rechts vorbei, über die Alster und gleich links in eine Fahrradstraße hinein.

Mavie kannte die Strecke genau. Das hier war ihr täglicher Schulweg, den sie so oft wie möglich mit dem Fahrrad nahm. Ihrem offiziellen Fahrrad, das jetzt zu Hause in der Garage stand. Mit dem hier war es ungleich schwerer, voranzukommen. Das Hinterrad lief nicht mehr rund, die Kette schleifte, dazu sprang immer wieder der Gang um. Trotzdem war es toll. Vielleicht, weil der schäbige Drahtesel das Erste war, über das sie – und nur sie – bestimmen konnte, wie sie wollte. Sie liebte das Gefühl.

Genau wie sie es liebte, verbotene Sachen zu tun. Schon immer. Egal, wie sehr Vater und Mutter sie bestraften – da war etwas tief in ihr, das sie antrieb, Grenzen zu überschreiten. Fast konnte sie ihre Eltern verstehen, wenn sie langsam an ihr verzweifelten. Aber Mavie konnte nicht anders.

Weil der Teufel in mir steckt.

Zumindest behauptete das ihre Mutter, wenn sie sich gar nicht mehr zu helfen wusste. Aber das war Unsinn. Mavie war überzeugt, dass es den Teufel gar nicht gab. Jedenfalls nicht als gehörntes Wesen mit Bocksfuß, der in einen fahren und dazu verleiten konnte, Böses zu tun, wie Mutter ihr weismachen wollte. Der Teufel – das waren die schlimmen Sachen, die die Menschen anstellten, für die sie ganz allein verantwortlich waren, und nicht irgendein geheimnisvolles Wesen.

Mavie hatte es immer schon schwer gefunden, Mutters Gedanken nachzuvollziehen. Streng genommen glaubte sie nicht einmal an die Kirche, die sie so oft besuchen musste, weil Mutter es wollte. Manchmal hatte sie den Eindruck, dass auch Vater nicht freiwillig hinging. Aus seinem Mund hörte sie nie etwas, das mit Religiosität zu tun gehabt hätte. Im Gegenteil. Manchmal, wenn Mutter nicht in der Nähe war, konnte er fluchen wie ein Kutscher. Dann fühlte Mavie sich ihm so viel näher als sonst.

»Hey!«, schrie jemand, der ohne zu gucken auf die Straße getreten war. Mavie bremste nicht. Stattdessen wich sie gekonnt aus und strampelte einfach weiter. Der Mann gab ihr noch ein paar Freundlichkeiten mit, aber sie war längst um die nächste Ecke gebogen, schon in der Maria-Louisen-Straße.

Sie überfuhr eine rote Ampel und stellte sich vor, wie es sein würde, in Silas' Wohnung zu kommen. Wie es dort wohl aussah? Und was würde er zu ihrem Geschenk sagen? Sie hatte sich so viel Mühe gegeben, etwas für ihn zu finden, aber plötzlich fürchtete sie, dass es für einen Achtzehnjährigen zu albern sein könnte. Ob er es vor den anderen Gästen auspackte? Und dann? Würden sie sie auslachen?

Sie wurde oft ausgelacht. Besonders wegen der Kleidung, die sie tragen musste. Oder wegen ihres adeligen Namens – sie hieß offiziell Mavie *von* Nauenstein –, was sie ja selbst lächerlich fand und was am Johanneum völlig deplatziert war. Vor drei Jahren hatte Vater sie in diese Schule gesteckt. Weil sie nicht folgen wolle, hatte er behauptet. Aber Mavie wusste, dass sich ihr Vater das Geld für die private Brecht-Schule nicht mehr leisten konnte. Sie hatte ein Telefonat mit seinem Bankberater belauscht, als er seine Kreditraten aufschieben wollte. Danach hatte Vater geweint. Sie war zu ihm gegangen, um ihn zu trösten, was ordentlich nach hinten losgegangen war, denn in dem Augenblick, als sie ihm die Hand auf die Schulter gelegt hatte, war seine Traurigkeit in Wut umgeschlagen.

Die Erinnerung an ihre Außenseiterrolle am Johanneum versetzte ihr einen Stich. Auch der Gedanke, die Party könne nur ein Trick sein, um sie vorzuführen, ließ sich nun nicht länger verdrängen. Sollte sie wirklich hingehen? Am Ende warteten alle nur auf das Eintreffen der dummen Pute und lachten sie aus. Oder die Party fand gar nicht statt und sie stand vor verschlossenen Türen. Dabei wollte sie Silas vertrauen. So sehr.

Zu sehr?

Ihre Tritte verloren an Kraft. Jetzt merkte sie, dass sie schwitzte. Würde man es riechen? Daran hatte sie überhaupt nicht gedacht. Bestimmt würden sich alle die Nase zuhalten, wenn sie Silas' Wohnung betrat.

Sie überlegte, umzudrehen, und verbot es sich einen Moment später. Aber die Zweifel hatten sich längst festgesetzt.

Bei der Schule hielt sie an. Sie hätte sich ohrfeigen können. Da war sie nun, viel zu knapp bekleidet, und schwitzte wie blöd. Etwas nördlich der Schule, direkt vor ihr, lag der Stadtpark, den sie zwar schon oft besucht hatte, aber noch nie alleine und schon gar nicht bei Nacht.

Ziemlich unheimlich im Dunkeln.

Tränen stiegen ihr in die Augen. *Jetzt fang bloß nicht an zu heulen,* schalt sie sich innerlich, doch schon spürte sie, wie ihre Wangen nass wurden. Sie war froh, nicht geschminkt zu sein, denn dann hätte sie beim Eintreffen am Rübenkamp noch schlimmer ausgesehen. *Wenn* sie denn jemals dort ankommen würde. Der Gedanke ans Umdrehen war jetzt mindestens genauso verlockend wie der, auf Silas' Party zu gehen.

Ich fahre zurück, beschloss sie.

Im selben Moment hörte sie eine Männerstimme. »Hallo?«

Mavie drehte den Kopf zur Seite. Da stand ein Polizeiauto. Sie hatte es gar nicht kommen hören.

»Geht's Ihnen gut?«, fragte der Beamte auf dem Beifahrersitz.

Als sie vor Schreck nicht gleich aus ihrer Starre fand, öffnete er die Tür und stieg aus.

Mavie konnte nur eines denken.

Vater schlägt mich tot.

4

Stuttgart, 23.01 Uhr

Werner Krakauer,
Journalist

Krakauer saß an seinem PC. Er wusste instinktiv, dass er es gefunden hatte. Das Puzzlestück, das ihm verriet, dass es dieses Puzzle tatsächlich gab.

Während er den Artikel las, spürte er, wie er zu zittern begann.

– Südtirol Online News –

Mann ohne Arme irrte durch Waldstück

Bozen. Es müssen grauenhafte Szenen gewesen sein, die sich Samstag früh im Bergdorf Kohlern oberhalb von Bozen zugetragen haben. Ein Pärchen, das in den Wäldern kampiert hatte, wurde gegen sechs Uhr früh von Geräuschen aus dem Schlaf gerissen. Laut Richard R. (22) dachten er und seine Begleiterin zunächst an ein verwundetes Tier. Sie beschlossen nachzusehen und stießen nach kurzer Suche auf einen geknebelten Mann, der vor ihren Augen zusammenbrach. Es handelt sich um den ortsansässigen Schmied Peter G. (30), dem beide Arme fehlten. Was genau sich zugetragen hat, ist noch völlig unklar. Der Schwerstverletzte wurde im Zentralkrankenhaus Bozen sofort in den künstlichen Tiefschlaf versetzt. Die behandelnde Ärztin spricht von großem Glück, dass das Pärchen augenblicklich die Rettungskette in Gang gesetzt und Erste Hilfe geleistet habe.

»Dennoch schwebt der Patient in Lebensgefahr«, sagte Dottoressa Elisa Bertagnolli in einer ersten Stellungnahme. Die Polizei habe die abgetrennten Arme zwar finden können, aufgrund des kritischen Zustands des Verletzten sei es aber nicht möglich gewesen, diese wieder anzunähen. Wie der Patient eine derart schwere Verletzung überleben und wie es überhaupt dazu kommen konnte, bleibt rätselhaft. Die Staatspolizei der Quästur Bozen geht von einem Verbrechen aus. Konkretere Ergebnisse werde es aber frühestens im Laufe der nächsten Woche geben.

Krakauer hatte den Beweis, den er brauchte. Es gab kein Zurück mehr. Er würde es tun. Er musste sich fast zwingen, nichts zu überstürzen und systematisch zu arbeiten, einen Schritt nach dem anderen zu machen, genau wie er es sich vorgenommen hatte.

Bevor er ins Darknet einstieg, ergriff er die üblichen Sicherheitsmaßnahmen. Die waren keine Hexerei, auch für jemanden wie ihn nicht, der noch ohne Computer aufgewachsen war. Wenige Mausklicks später konnte ihm niemand mehr nachweisen, was er im anonymen Teil des Internets anstellte. Trotzdem bedeutete das, was er vorhatte, ein enormes Risiko.

Risiko.

Er schnaubte. Das ganze Leben war ein Risiko. Seit seiner Lungenkrebs-Diagnose – seit er wusste, dass ihm trotz Operation und anschließender Chemotherapie nur noch wenige Monate zu leben blieben – war alles anders. Früher hätte er sich das, was er da gerade tat, niemals getraut. Aber jetzt, da ihm die Lebenszeit wie Sand durch die Finger rann, war es höchste Zeit, etwas zu schaffen, was ihn überdauerte. Er wollte sich mit einem Paukenschlag von dieser Welt verabschieden. Vielleicht würde man ihm posthum einen Preis verleihen. In jedem Fall würde er für riesiges Aufsehen sorgen und seinem Arbeitgeber, dem *Stuttgarter Blatt*, neuen Schwung geben. Egal, wie verbockt sein Leben war, er würde als grandioser Enthüllungsreporter in Erinnerung bleiben und nachfolgenden Journalistengenerationen ein Vorbild sein.

Er schüttelte den Kopf, um die Gedanken zu vertreiben. Im Moment hatte er noch nichts, was er hätte enthüllen können. Sein Finger kreiste über der Computermaus. Nur noch ein Klick – ein Hunderttausend-Euro-Klick –, und er wäre im Spiel. Krakauer schwitzte.

Um das Startgeld fürs »Jagdspiel« aufzutreiben, hatte er seine Wohnung verpfänden müssen und die Bank angelogen. Ein großer Sturm habe das Haus seiner Eltern in Marbella abgedeckt, hatte er seinem Bankberater verklickert. Der hatte ihm geglaubt und auf nähere Informationen verzichtet. Krakauer war schließlich immer ein braver, verlässlicher Kunde gewesen, da musste man nicht unbedingt nachforschen oder lästige Fragen stellen.

Er würde die Kreditraten nicht lange bezahlen können. Aber die Bank hatte ja diese Wohnung als Sicherheit. Die würde natürlich versteigert werden. Anwälte, Notare und das Nachlassgericht würden gut verdienen, den Rest bekäme seine Ex-Frau. Niemand würde durch seinen Tod belastet werden. Im Gegenteil.

Mein Tod ist ein gutes Geschäft.

Krakauer lachte auf und musste unweigerlich husten. Er hielt sich die Hand vor den Mund und sah nicht hin, als er sie auf die Maus zurücklegte. Ziemlich sicher war jetzt Blut daran. Aber das war nicht mehr wichtig.

Das Jagdspiel war wichtig. Es war seine letzte große Chance, als Journalist etwas Großes zu enthüllen. Ursprünglich hatte er für eine andere Geschichte recherchieren wollen, die sich um die vielen illegalen Dinge drehen sollte, die im Darknet eine sichere Heimat gefunden hatten. Drogen- und Waffenhandel waren noch die harmloseren davon. Man konnte genauso einfach Auftragsmörder engagieren oder menschlichem Abschaum dabei zusehen, wie er sich an Kindern verging. Aber damit wollte Krakauer nichts zu tun haben. Er hatte sich auf gewöhnliche Drogen konzentrieren und mittels eines kleinen Spesenbudgets den einen oder anderen Testkauf tätigen wollen, den er natürlich den Behörden übergeben hätte, bevor der Artikel erschien. So weit, so harmlos.

Doch dann war er über verschiedene Foreneinträge auf dieses Jagdspiel gestoßen. *Bist du bereit, alle Grenzen zu überschreiten?* Ein simpler Satz, der unter einer kryptischen, sechzehnstelligen Web-Adresse mit der Endung *.onion* zu finden war, zusammen mit einem ebenso kryptischen Zahlungsempfänger, an den ein hoher Geldbetrag zu überweisen war, wenn man das Portal betreten wollte. Normalerweise hätte ihm eine solche Webseite ein müdes Lächeln entlockt. An jeder Ecke der vernetzten Welt lauerten Abzocke und Betrug. Kurz darauf hatte Krakauer über einen Insider erfahren, dass es sich um das heißeste Ding drehen sollte, das es derzeit im Darknet gab. Ein regelrechter Hype, der sich in diversen Foren und sozialen Medien nachverfolgen ließ. Natürlich nicht auf Facebook. Das Darknet hatte sein eigenes Facebook und darüber hinaus noch eine Unzahl an Foren jeder Geschmacksrichtung. Alles geschah unter der Oberfläche und war trotzdem da.

Es hieß, dass auf dem Jagdspiel-Portal ein Wettbewerb stattfand, bei dem es darum ging, Menschen aufzuspüren, die irgendwie als Opfer gebrandmarkt waren. Hatte man sie gefunden, musste man Anweisungen befolgen. Angeblich ging es darum, ihnen Körperteile abzutrennen. Und genau deshalb vermutete Krakauer, dass der Mann ohne Arme, den man in Südtirol gefunden hatte, eines der Opfer war.

Und die Polizei tappt im Dunkeln …

Der Jackpot, den der erfolgreichste Jäger gewinnen konnte,

sollte riesig sein. Mehr hatte er auf konventionellem Weg nicht herausfinden können. »Steig doch selber ein, wenn du neugierig bist«, hatte ihn einer der Jäger, den er über ein Forum kontaktiert hatte, auf die Idee gebracht.

Ein weiterer Hustenanfall hielt ihn vom allerletzten Klick ab. Er drehte sich zur Seite und krümmte sich zusammen.

Als sich die Anfälle nicht länger verbergen ließen, hatte er seinen Vorgesetzten gebeten, für einige Zeit von zu Hause aus arbeiten zu dürfen. Wieder hatte er zu einer Notlüge gegriffen, bei der seine Eltern die Hauptrolle spielten. Dieses Mal lebten sie bei ihm um die Ecke, und er musste sie pflegen, was auch bedeutete, dass er nur unregelmäßig arbeiten konnte. Die gesamte Kommunikation mit dem *Stuttgarter Blatt* lief seither über E-Mail.

Als der Husten nachließ, wandte er sich wieder seinem Schreibtisch zu. Er legte die Hand auf die Maus, drückte auf Senden, und das Geld war fort. Hunderttausend Euro, zuvor an einer Internet-Börse in die Kryptowährung *Monero* getauscht, damit man die Transaktion nicht zurückverfolgen konnte, gehörten jetzt jemand anderem.

Vielen Dank! Es kann bis zu einer Stunde dauern, bis die Transaktion bestätigt ist.

Krakauer hatte gehofft, dieses Jagdspiel sofort sehen zu können. Seine Zeit war kostbar – und jetzt war er zum Warten verdammt. Er hörte das Ticken der Wanduhr. Starrte auf das Hintergrundbild seines Monitors. Das Bild einer Familie, die es nicht mehr gab. Franziska, Magdalena und er in Lignano, bei einem ihrer ersten gemeinsamen Urlaube. Eine Sandburg im Vordergrund, dahinter das Meer. Sie machten, was alle jungen Familien an den Stränden der Adria machten: Pizza essen, faulenzen und Sandburgen bauen. Lena strahlte übers ganze Gesicht. Wie hätte er bei diesem Selfie ahnen sollen, dass Franziska und er ihre kleine Tochter schon wenige Monate später beerdigen mussten? Der Unfall war zugleich der Beginn vom Ende ihrer Ehe gewesen. Wie bei so vielen Elternpaaren, die plötzlich ohne ihre Kinder dastanden. Nach der Trauerbewältigung schwieg man sich an, weil die Gesprächsthemen fehlten. Man existierte noch eine Zeit lang still nebeneinander und lebte seinen Alltag, so gut es ging. Dann begann einer von beiden ein neues, außereheliches Leben, und am Ende wurde der verbliebene Rest Gemeinsamkeit wie ein Zigarettenstummel ausgedrückt. Es war, wie es war. Krakauer gab Franziska nicht die geringste Schuld dafür, dass sie als Erste einen Neustart gewagt hatte.

Sein Blick streifte über den Schreibtisch und blieb am Tischkalender hängen. Unter dem aktuellen Wochenblatt leuchteten die rot eingekreisten Buchstaben *OP* hervor. In fünf Tagen war es so weit. Dann würden sie ihm den linken Lungenflügel entfernen und schnellstmöglich mit der Chemotherapie beginnen, um sein Leben für einige Wochen, vielleicht sogar Monate zu verlängern. Krakauer betrachtete diesen Umstand nüchtern. Fast so, als beträfe er jemand anderen. Er hatte schließlich genügend Zeit gehabt, sich an den Gedanken zu gewöhnen. Jetzt blieben ihm noch fünf Tage, um den wichtigsten Artikel seines Lebens zu schreiben. Er hatte nichts zu verlieren – er konnte nur gewinnen.

Er stand auf, nahm seine Medikamente, goss die Pflanzen, schaute hinaus. Unten auf der Straße pulsierte das Leben. Nachts, wenn die Temperaturen erträglich wurden, kamen die Menschen hinaus, besonders in die Theodor-Heuss-Straße, auf die er hinuntersah. Krakauer ärgerte sich nicht mehr über die lärmenden Massen, im Gegenteil: Er freute sich über die Illusion, unter Leuten zu sein. Er selbst verließ die eigenen vier Wände nur noch, wenn es gar nicht mehr anders ging. Das wenige Essen, das er noch brauchte, bestellte er über Online-Lieferservices. Hunger hatte er kaum noch. Seit der Diagnose konnte er den Kilos förmlich beim Purzeln zusehen. Er war immer übergewichtig gewesen, weshalb die Sprünge umso größer ausfielen. Letzte Woche alleine drei Kilo. Früher hätte er sich darüber gefreut. Jetzt aber war die Digitalanzeige, die bald nur noch zweistellig sein würde, wie ein Countdown zum Tod, auch wenn er im Moment, verglichen mit einem Durchschnittsmenschen, immer noch ziemlich dick war.

The Final Countdown, dachte Krakauer und verzog den Mund.

Unten lachte eine Gruppe junger Leute und feierte das Leben. Was wohl der Anlass war? Ein Geburtstag? Ein Junggesellenabschied? Oder wurde jemand bald Vater? Obwohl Krakauer nie ein neidischer Mensch gewesen war, wünschte er sich jetzt, einer von denen dort unten sein und sich mit ihnen über Belanglosigkeiten freuen zu können – ausgestattet mit einem Leben, dessen Verfallsdatum sich noch nicht einkreisen ließ.

Er ging zum Schreibtisch zurück und lud die Webseite neu, doch der Stand blieb derselbe wie vorhin. Es waren auch kaum zehn Minuten seit der Überweisung vergangen. Er musste geduldig sein.

Krakauer machte ein Handtuch nass, legte es über seinen Kopf und genoss das Gefühl, wie sich einzelne Wassertropfen lösten und über seinen Nacken den Rücken hinunterrannen. Jede Abkühlung, jeder Schauer und jede Gänsehaut waren willkommen.

Ein Ton signalisierte das Eintreffen einer E-Mail. Krakauer ging zum Schreibtisch zurück, rief das Postfach auf, das er extra für seine Recherchen bei einem Anbieter aus der Schweiz eingerichtet hatte, und las den Betreff.

Weidmannsheil!

Sein Herz stolperte. Ungeduldig klickte er auf die Nachricht.

Lieber Krake! Ihre Startgebühr wurde bestätigt und akzeptiert. Vergessen Sie nicht, die » **SPIELREGELN** zu lesen. » **ZUM SPIEL**. Halali und Weidmannsheil!

Krake war der erstbeste Benutzername, der Krakauer eingefallen war, als er bei der Registrierung danach gefragt wurde. Nicht besonders originell, aber egal.

Er klickte auf den Link zum Spiel. Nach dem Log-in baute sich der interne Bereich auf seinem Bildschirm auf.

_ □ ×

Halali und Weidmannsheil, Krake!

Ihr Jägercode: ZU93PR
Ihre Trophäen: 0
Kurswert des Jackpots: € 648.843
» Opferbereich
» Spielregeln
» Forum
» Persönliche Nachrichten (0)
» Ausloggen

Krakauer klickte gleich auf *Opferbereich*.

Er sah Fotos von Menschen, Männer wie Frauen, alt wie jung. Zwölf quadratische Bilder. Über manchen lag ein rotes X.

Krakauer klickte auf eines davon. Eine Unterseite erschien.

Er sah neue Fotos.

Und vergaß zu atmen.

5

Hamburg, 23.41 Uhr

Mavie Nauenstein

Mavie war da. Verausgabt, aber sie hatte es geschafft. Sie hätte es nie für möglich gehalten, aber sie war den Polizisten tatsächlich entkommen. Dem Stadtpark sei Dank.

Nun stand sie vor einem der Treppenhäuser eines riesigen, vierstöckigen Wohnblocks am Rübenkamp. Zum hundertsten Mal schaute sie sich um, aber da war keine Polizei.

Was jetzt?

Sie war schweißnass und bereute, dieses Wagnis überhaupt eingegangen zu sein. Sie würde dafür büßen. Ihre Eltern würden sie bestrafen. Irgendwie würden sie es herausfinden. Wie schon so oft.

Silas.

Ihre Fingerspitze lag mehrere Sekunden lang auf dem Knopf, neben dem »Dahrendorf« stand. Silas Dahrendorf. Aber sie drückte nicht. Die Wahrscheinlichkeit, sich zu blamieren, war riesengroß. Sie nahm die Hand weg, ging zwei Meter zurück und schaute die Fassade hinauf. Sie hörte Musik, Menschen unterhielten sich lautstark, lachten und grölten. Die Party fand also wirklich statt. Kein Trick, um sie vorzuführen.

Aber so, wie sie jetzt aussah, konnte sie unmöglich hinaufgehen. Ihre Haare hatten sich aus dem Pferdeschwanz gelöst und fielen ihr schweißnass ins Gesicht, das Spaghetti-Top klebte an ihrem Körper. Bestimmt drückte sich viel zu viel durch. Auch das Geschenk für Silas war in erbärmlichem Zustand. Bei der Hetzerei durch den Stadtpark war es vom Fahrrad gefallen. Als hätte sie nicht schon Angst genug gehabt, hatte sie umkehren und es in der Dunkelheit suchen müssen. Jetzt war die Verpackung zerrissen. Nein, so konnte sie nicht rauf.

Sie wollte gerade kehrtmachen, als sie Schritte hörte. Sie versuchte, sich so unauffällig wie möglich zu verhalten, bückte sich und gab vor, einen Namen auf der großen Klingeltafel zu suchen. Mehrere Leute kamen, blieben direkt hinter ihr stehen, ein Mann steckte den Schlüssel ins Haustürschloss und hielt den anderen die Tür auf.

»Kommst du oder nicht?«, fragte der Mann einen Moment später an ihren Rücken gewandt.

Sie drehte sich um. Er starrte sie an. Und ihren Körper. Dann blickte er den anderen nach, die schon die Stufen hochstiegen.

»Äh … ja!«, antwortete Mavie schnell. Sie durfte nicht auffallen. Sie konnte ja einfach im Treppenhaus stehen bleiben. Dort wäre sie sicherer als auf der Straße. Sie würde ein paar Minuten verstreichen lassen, sich vergewissern, dass die Luft rein war, und sich dann auf den Nachhauseweg machen.

Ein Stück Sicherheit.

Sie betrat das Haus. Der Mann interessierte sich nicht weiter für sie und folgte den anderen. Eine Tür ging auf und flog wieder zu. Dann waren nur noch dumpfe Geräusche von Silas' Party zu hören.

Mavie stellte sich seitlich an die Glasfront der Eingangstür und spähte hinaus. Immer noch kein Blaulicht. Unweigerlich kam die Erinnerung an ihre aberwitzige Flucht zurück …

Als sie sich vor der Schule aus ihrer Schockstarre hatte lösen können, war sie losgelaufen und aufs Fahrrad gesprungen. Der

Polizist war ihr noch ein paar Meter nachgesprintet, hatte sie aber um Haaresbreite verfehlt.

Sie hatte einfach fest in die Pedale getreten und sich nicht umgesehen. Eine Autotür schlug zu, der Polizeiwagen fuhr mit quietschenden Reifen an. Das Blaulicht spiegelte sich an Häuserwänden, in Fenstern und an Bäumen. Der Wagen holte schnell auf, aber dann erreichte sie den Grasweg und bog hinter den Pollern in den schmalen Pfad unter den Eichen ein. Kurz darauf war sie im Stadtpark. Auf den Rad- und Spazierwegen konnten ihr die Polizisten nicht folgen, und plötzlich boten sich ihr viele verschiedene Optionen zur Flucht.

Sie hatte die schnellste davon genutzt.

Mavie versuchte sich vorzustellen, was die Polizei jetzt gerade tat. Sie war keine Verbrecherin, hatte keine Bank überfallen oder jemanden verletzt. Sie war einfach nur abgezischt. Der Verstand sagte ihr, dass nichts weiter passieren würde.

Gerade, als sich Erleichterung in ihr breitzumachen begann, sah sie durch die Scheibe, wie ein Auto heranrollte. *Ein Polizeiwagen*, erkannte sie nur einen Moment später. Ohne Blaulicht. Er hielt direkt auf der Straße, keine fünf Meter von ihr entfernt.

Ihr Herz hämmerte. Mavie schwankte zwischen neuerlicher Flucht und dem irrationalen Einfall, sich hastig irgendwo zu verstecken, aber der Hauseingang war nüchtern und bot keine Schlupfwinkel.

Die Polizeibeamten stiegen aus, setzten ihre Mützen auf und kamen direkt auf die Eingangstür zu. Jeden Moment würden sie sie entdecken, und dann wäre es aus. Ein zweites Mal würde sie ganz bestimmt nicht entkommen.

Los jetzt!

Der Überlebensinstinkt trieb sie die Treppen hoch, direkt vor Silas' Wohnung – zumindest nahm sie an, dass es die Wohnung der Dahrendorfs war. Sicher sein konnte sie sich nicht, denn das Türschild fehlte, aber aus dem Inneren kam der Partylärm. Sie drückte auf die Klingel. Niemand öffnete. Sie hämmerte gegen die Wohnungstür. Unten surrte der Türöffner, gleich darauf betrat jemand das Treppenhaus, schon klar, wer. Wieder hämmerte Mavie gegen die Tür, wieder passierte nichts. Ihre Verfolger stiegen die Stufen hinauf. Gleich würden sie um die Ecke biegen, und sie wäre geliefert. Mavie trommelte wie eine Wahnsinnige gegen die Tür, die endlich aufging.

»Aber hallo!«, grüßte ein Junge in ihrem Alter. Sie kannte ihn von irgendwoher. Er ging nicht in ihre Klasse, aber ziemlich sicher hatte sie ihn schon mal an der Schule gesehen. Egal, sie musste rein, an ihm vorbei und weiter.

Der Gang war voller Leute, die sich angeregt unterhielten, rauchten und tranken. Der Luftschwall, der ihr entgegenschlug, stank erbärmlich. Mavie drängte sich durch die Menge. »Ich muss ... durch ... lasst mich!« Sie versuchte, die anderen aus dem Weg zu schieben, aber es waren einfach zu viele. Dann steckte sie fest. »ICH MUSS ...«, schrie sie, und jemand drehte sich zu ihr um.

»Du musst!«, wiederholte er lachend.

»Sie muss?«, fragte sein Kumpel, der das ebenfalls ungeheuer komisch fand.

Mavie hörte die Türklingel schrillen. Die Polizei war da.

»Dann geh schnell, bevor noch ein Unglück passiert!«, sagte der zweite und hielt eine Tür auf. Die zur Toilette. Mavie eilte hinein und sperrte hinter sich ab.

Aber was nützte das schon? Die Polizei würde sich einfach durchfragen, und früher oder später würden die Beamten wissen, dass sie sich hier drinnen vor ihnen versteckte. Am Ende würden sie noch die Tür aufbrechen. Es gäbe eine Riesenszene, und ihre Eltern wären längst nicht die Einzigen, die sie gerade in Schwierigkeiten gebracht hatte. Mit Sicherheit gab es außer Mavie noch andere Minderjährige auf dieser Party. Auch Silas würde Probleme bekommen.

Niemand wird mich je wieder einladen.

Sie kämpfte mit den Tränen, stellte sich ans Waschbecken und wusch sich das Gesicht, dabei war es ohnehin egal, wie sie aussah, wenn Vater kam und sie von der Polizeiwache mit nach Hause nahm. Und dann …

Daran darfst du gar nicht denken.

Draußen war es jetzt still. Eine Frauenstimme sagte etwas, das Mavie nicht verstehen konnte, ein Mann antwortete, doch auch ihn verstand sie nicht. Sätze flogen hin und her.

Mavie ließ sich auf den Toilettendeckel fallen und vergrub ihr Gesicht in den Händen. Sie atmete ein, aus, wieder ein, wieder aus, erwartete ihr Schicksal, aber nichts passierte.

Im Gegenteil: Die Wohnungstür ging zu, die Gäste unterhielten sich weiter, zuerst leise, dann lauter, und auch die Musik wurde aufgedreht. Nur eine Minute später war es genauso laut wie vorhin.

Mavie überlegte. Waren die Polizisten vielleicht gar nicht ihretwegen hier gewesen? Hatte man sie nur wegen des Lärms gerufen?

Jemand klopfte an die Toilettentür. »Hey! Ich muss auch mal!«, rief ein Mädchen.

Mavie zögerte, dann stand sie auf, drückte die Spülung, schlich zur Tür, bückte sich und spähte durchs Schlüsselloch. Davor war nichts als heilloses Durcheinander zu erkennen.

Das Klopfen wurde fordernder. »Jetzt mach schon! Komm endlich raus!«

Mavie holte tief Luft und öffnete. Vor der Tür stand Mona, eine der halbwegs erträglichen Klassenkameradinnen. Kopfschüttelnd drängte sie sich an Mavie vorbei, schob sie aus der Toilette und knallte die Tür hinter sich zu.

»Mavie!«, rief jemand. Mavie wusste sofort, wer.

Sie drehte sich um und sah Silas. Er kam auf sie zu, beugte sich zu ihr und drückte ihr einen Kuss auf die Wange. »Schön, dass du gekommen bist!« Dann: »Du riechst gut!«

Sie glaubte, nicht recht zu hören. Sie und *gut riechen*, nach der schweißtreibenden Fahrt? Bei all dem Gestank um sie herum? Aber er schien es ehrlich zu meinen, denn er blieb ganz nah bei ihr stehen und lächelte sie an.

»Danke für die Einladung«, sagte sie schüchtern und erwiderte sein Lächeln.

Danke für die Einladung. Eine der Floskeln, zu denen man griff, wenn man nicht wusste, was man sagen sollte. Mavie hätte sich ohrfeigen können. Aber Silas schien damit zufrieden zu sein.

»Ich dachte schon, du kommst nicht mehr. Was magst du trinken?«

Wenn sie ehrlich war, wünschte sie sich nichts mehr als ein riesiges Glas Wasser, fürchtete aber, dass sich das auf einer Party wie dieser nicht gehörte. »Ich trinke, was du trinkst«, sagte sie deshalb.

Er nickte. »Dann komm mit«, forderte er sie auf und fasste sie an der Hand. Mavie registrierte, dass er für sie zwei Jungs stehen ließ, mit denen er sich bis eben unterhalten haben musste. Er zog sie hinter sich her in die Küche, nahm ein Bier aus dem Kühlschrank, öffnete es mit einer lässigen Handbewegung und reichte es ihr. Sie prosteten sich zu. Mavie versuchte, sich nicht anmerken zu lassen, dass sie Bier schon immer eklig fand.

»Was ist denn das?« Er deutete auf das Päckchen, das sie in der Hand hielt.

Das – war sein Geschenk. Für das sie hungern musste. Das Geschenk, das ihr jetzt so unfassbar dämlich vorkam.

»Ach, das ... ich wollte ... das ist für dich! Zum Geburtstag! Ich hoffe, es gefällt dir! Aber bitte später auspacken, okay?«

»Geht klar!«, antwortete er und nahm ihr das Päckchen ab. Er schien sich nicht mal über das zerrissene Papier zu wundern, unter dem das Fell des Stoffbären zu erkennen war. Peinlicher ging es nicht. Nachdem er es auf der Anrichte neben einem Kuchen abgelegt hatte, beugte er sich zu ihr vor und drückte ihr einen weiteren Kuss auf die Wange, der länger zu dauern schien als der, den er ihr zur Begrüßung gegeben hatte. »Danke, Mavie!«, flüsterte er ihr ins Ohr. Sie fühlte seine Bartstoppeln. Die Härchen in ihrem Nacken stellten sich auf. Dann wich er zurück, nippte an seiner Flasche, und sie machte es ihm nach in der Hoffnung, dass er nicht merkte, wie ihr die Hitze ins Gesicht stieg.

»Tanzen?«, fragte er und streckte ihr die Hand entgegen. Mavie griff einfach zu. Er zog sie hinter sich her in den Raum, aus dem die Musik dröhnte. Viel zu laut für eine Wohnung in einem Mehrfamilienhaus. Das ganze Zimmer strahlte in bläulichem Licht, Dunstschwaden sorgten für eine fast gespenstische Stimmung. Die Gäste bewegten sich im Rhythmus der Musik, lachten und schnitten komische Grimassen.

Mavie fiel ein, dass sie gar nicht tanzen konnte. Wie sollte sie auch? Der Cello-Unterricht war alles, was ihre Eltern in puncto Musik tolerierten. Sie würde sich garantiert blamieren.

Silas drehte sich zu ihr, ging leicht in die Knie und wiegte seinen Körper hin und her. Mavie machte es ihm einfach nach. Er lächelte, sie lächelte zurück und versuchte, ihre Verlegenheit zu überspielen.

Etwas faszinierte sie: Wenn er seinen Mund aufmachte, leuchteten seine Zähne strahlend hell. Es musste mit diesem blauvioletten Licht zu tun haben. Auch bei anderen leuchteten die Zähne – und die hellen Klamotten. Sie blickte an sich hinab und stellte fest, dass die weißen Fransen ihrer Hotpants strahlten. Richtig cool sah das aus. Auch Silas starrte immer wieder dorthin, auf ihre Beine. Unter anderen Umständen hätte ihr das vielleicht gefallen, aber jetzt tobten zu viele widerstreitende Gefühle in ihr. In die Erleichterung, es bis hierher geschafft zu haben, und das Glück, mit Silas zu tanzen, mischten sich Selbstzweifel, Verunsicherung, Angst.

Silas drehte sich um, gab dem Mann an der Soundanlage ein Zeichen und tanzte weiter.

Das nächste Lied war viel langsamer. Silas breitete seine Arme aus und legte sie um Mavie. Einfach so. Sie ließ es geschehen, umarmte ihn ebenfalls, ganz fest. Spürte, wie sie sich entspannte. Für diesen einen Moment wollte sie ihre Sorgen vergessen. Am liebsten hätte sie ihre Bierflasche irgendwo abgestellt, um ihn mit beiden Händen spüren zu können. Sie drehten sich jetzt ganz langsam auf der Stelle. Mavie legte ihren Kopf an seine Brust und schloss die Augen. Roch sein Aftershave. Fühlte, wie seine Hände sie zu streicheln begannen, wie sie weiter an ihren Lenden hinabwanderten. Ganz langsam. Beinahe hätte sie laut aufgelacht. Er mochte sie wirklich! Sie konnte ihn einfach machen lassen, und sie *würde* ihn einfach machen lassen. Der Gedanke, ihn zu küssen, berauschte sie. Würde er sie küssen? Oder sollte sie die Initiative ergreifen? Plötzlich waren ihre Gedanken so anders. So leicht. Alles war leicht. Mavie wusste – ja, sie wusste ganz genau, dass von diesem Moment an alles besser werden würde.

»Geiles Tattoo!«, sagte Silas.

Sie nahm ihren Kopf von seiner Brust. »Was?«

»Auf deinem Rücken! Dein Tattoo! Total geil!« Er zog ihr Spaghettiträger-Top nach hinten und spähte darunter. »Wo hast du das denn machen lassen?«

»Machen lassen?«, protestierte sie und stieß ihn weg. Sie hatte doch nichts an sich *machen lassen*! Außerdem durfte keiner ihre Narbe sehen. Niemals. Auch Silas nicht. Er hatte kein Recht, unter ihr Top zu gucken. Schon gar nicht zwischen ihre Schulterblätter. Niemand durfte das, seit Mutter …

Hinter ihr leuchtete ein Licht auf, dann blitzte es. Die Handykamera einer Mitschülerin. Mavie fuhr herum und stellte fest, dass die anderen sie anstarrten, die Smartphones oder Zeigefinger in ihre Richtung hielten und miteinander tuschelten.

Schließlich entdeckte sie, was sie so spannend fanden: In einem Wandspiegel sah sie sich selbst, und wenn sie den Kopf ganz zur Seite drehte, erkannte sie etwas Weißes, das hinten aus ihrem schwarzen Top herauszukriechen schien. Was war das? Ein … Skorpion? So grell leuchtend, dass man hätte meinen können, er glühte. Ekelerregend. Wieder blitzte eine Kamera auf.

Taubheit legte sich über Mavie wie ein dickes, undurchdringliches Tuch. Silas bewegte seine Lippen, doch sie hörte nur noch das Blut, das in ihren Ohren rauschte, laut und immer lauter. Ihr Verstand suchte nach einer Antwort, fand aber keine. Aus welchem Grund sollte ihr Rücken so grässlich leuchten, genau dort, wo Mutter sie vor drei Jahren …

Alles um Mavie herum schien sich in Zeitlupe zu bewegen. Silas. Die anderen. Und sie selbst stand im Mittelpunkt des Interesses, wie ein entstelltes Wesen in einem altertümlichen Zirkus.

Sie musste raus hier. Jetzt sofort.

Ohne auf irgendetwas oder jemanden Rücksicht zu nehmen, stieß sie sich den Weg frei, drängte, stolperte, fiel hin, stand auf. Jemand fasste ihre Schulter. Mavie schüttelte die Hand ab, stürmte zur Wohnungstür hinaus und die Treppen hinunter, raus aus dem Haus, zu ihrem Fahrrad und weg, weg, weg.

Sonntag, 23. August

6

London, 02.19 Uhr

Inga Björk,
Europol-Sonderermittlerin

Inga Björk öffnete die Hecktür des Krankenwagens und stieg aus.

»Können wir jetzt fahren?«, fragte der Arzt sie auf Englisch mit indischem Akzent. Björk drehte sich um, warf einen letzten Blick zurück und nickte. So mechanisch, als ginge es um eine Formalität und nicht um den Abschied von Lucy Barrows, der britischen Kriminalpolizistin, deren Leichnam mit multiplen Frakturen auf dem Transportbett lag.

Chief Inspector Lucy Barrows. Oder, für Björk wie für die meisten anderen Menschen, die mit ihr zu tun hatten: *Just Lucy.*

Björk stieg aus.

Lucy in the Sky with Diamonds, fiel ihr spontan ein.

Lucy war tot.

»Inga!«, rief Julian Kirchhoff, der inzwischen eingetroffen war und väterlich die Arme ausbreitete.

Björk nickte zur Begrüßung und drehte sich schnell weg. Die Umarmung ihres Chefs hätte ihr jetzt gerade noch gefehlt. Wie immer erinnerte sie sein Äußeres an einen Brummbären. Mollig, dichter Bart, freundliches Gesicht. Er war schon seit Ewigkeiten Polizist und hatte sie vor fünf Jahren zu Europol geholt. Kirchhoff war in Ordnung, auch wenn er es mit der Fürsorge für seine Mitarbeiter manchmal übertrieb. Er hatte so gar nichts vom Klischee des knallharten Vorgesetzten, der seinen Untergebenen Saures gab, wenn sie sich nicht bis zur Selbstaufgabe in ihre Fälle knieten. Dank ihm hatte sie die besten Ausbildungen bekommen, die bei Europol zu haben waren.

Aber Björk wollte jetzt nicht getröstet werden. Sie wusste, dass nichts wiedergutmachen konnte, was hier geschehen war. Genau wie sie wusste, dass jemand dafür büßen würde.

Brandgeruch lag in der Luft. Der Wind trug fein zerstäubtes Löschwasser in Schwaden durch die Marylebone Street bis zu ihnen hin, obwohl sie gut zweihundert Meter vom Ort des Geschehens entfernt standen. Blaulichter, aufgeregtes Treiben und aufblitzende Handykameras, dazu ein Lärmbrei aus Sirenen, eilig gebrüllten Kommandos und Maschinengeräuschen verschiedenster Art. Mittlerweile waren auch Teams der größten TV-Anstalten Englands vor Ort.

Björk sah zum vierten Stock des Wohnhauses hoch, dem sie ohne einen Kratzer entkommen war. Aus einem der Fenster züngelten immer noch Flammen, obwohl die Feuerwehr bereits Unmengen von Löschwasser ins Innere der Wohnung gepumpt hatte. Holzbalken krachten, Funken stoben.

»Eine Falle«, sagte sie. »Eine verdammte Bombe.«

»Riesiges Pech«, entgegnete Kirchhoff. »Sei bloß froh, dass du noch lebst, Inga. Fehlt dir auch bestimmt nichts?« Er legte seine flache Hand auf ihren Rücken.

Sie hätte sie am liebsten weggewischt, aber sie schüttelte bloß den Kopf. Sie hatte nur noch ein wenig Ohrensausen, sonst nichts. Es war nicht fair. Wäre die Gewalt dieser Explosion gerecht auf sie beide verteilt worden, würde Lucy vielleicht noch leben.

»Wieso habt ihr denn nicht auf Verstärkung gewartet? Wieso wusste ich nichts davon?«

Björk schwieg. Vielleicht hätte sie entgegnen sollen, dass sie nicht hatten warten können. Jimmy Fields war in Gefahr – und was hätte schon passieren sollen?

Er war eines der möglichen Opfer des Jagdspiels. London bot den großen Vorteil, dass in fast jedem Winkel eine Überwachungskamera hing. Sie hatte sich tagelang die Bänder von der gesamten Borough angesehen, wieder und wieder, bis sie den Mann entdeckte.

Dann hatte sie Lucy kontaktiert, die schon einmal bei einem Einsatz auf britischem Boden mit ihr zusammengespannt worden war. Lucy und sie hatten Fields abfangen und in Sicherheit bringen wollen, aber als sie hier eingetroffen waren, reagierte er nicht auf ihr Klingeln. Stundenlang hatten sie unten gewartet, doch die Wohnung in der Marylebone Street blieb dunkel und verlassen.

Irgendwann hatte Lucy beschlossen, dass genug Zeit vergangen war. »Los jetzt!«, hatte sie gerufen und darauf gedrängt, dass sie sich oben umsahen. »Komm, Einstein.«

Sie hatten zunächst an der Wohnungstür geläutet, genau wie tags zuvor. So simpel, als lieferten sie eine Pizza aus. Nur dass Pizzalieferanten nicht meterweit inmitten eines Balls aus Feuer und Trümmern durch die Luft geschleudert wurden und mit dem Rücken gegen die Wand des Treppenhauses prallten, viel zu heftig, als dass ein Mensch es hätte überleben können. Björk hatte alles mit angesehen. Möglicherweise bildete sie sich das auch nur ein, schließlich war auch sie fortgestoßen worden, aber bloß zur Seite, weil sie zufällig mit dem Rücken an der Wand neben der Tür gestanden hatte.

»Ich zuerst!«, hatte Lucy gesagt, war in die Knie gegangen, hatte einen Dietrich genommen und sich damit an dem Zylinderschloss zu schaffen gemacht. »Zehn Sekunden«, hatte sie geflüstert. Björk hatte ganz automatisch mitgezählt. *Zehn … neun … acht … sieben … sechs …*

»Nein, nur fünf«, waren Lucys letzte Worte gewesen. Denn im selben Moment, in dem sie den Türknauf drehte, war die Hölle losgebrochen.

Björk erinnerte sich an den Knall, ohrenbetäubend für einen Moment, dann war da nichts mehr. Während Lucys Knochen brachen, kam Björk nahezu unverletzt davon. Nach dem ersten Schreck hatte sie sofort aufstehen und sich über die Trümmer zu Lucy ein Stockwerk tiefer vorarbeiten können, hatte das schwere Türblatt hochgehoben, unter dem sie lag, am Fuß der ersten Treppe. Doch schon der Blick auf ihren merkwürdig verdrehten Kopf hatte gereicht, um zu wissen, dass jede Hilfe zu spät kommen würde. Björk war auf die Knie gesunken und hatte Lucy in ihre Arme gezogen; es mussten mehrere Minuten gewesen sein, doch angefühlt hatten sie sich wie ein Wimpernschlag. Dann waren die Feuerwehrmänner gekommen und hatten sie beide ziemlich grob rausgeschafft.

Björk durfte keinen Schmerz zulassen. Sie musste konzentriert bleiben.

»Ganz ruhig, Inga. Ganz ruhig«, sagte Kirchhoff neben ihr. Sie hatte ihn zwangsläufig über den fatalen Ausgang des Einsatzes informieren müssen. Am Telefon hatte sie ihn kaum verstanden, so taub war sie von der Detonation gewesen. Während sie bei Lucys Leiche im Krankenwagen gesessen hatte, war er mit dem Hubschrauber aus Den Haag hergeflogen, zusammen mit mehreren Forensik-Experten von Europol. Aber was wollten die jetzt noch finden? Jimmy Fields war verschwunden, und die Sprengfalle hatte alle Spuren beseitigt, die zu ihm hätten führen können.

Doch wozu diese Bombe? Fields beim Nachhausekommen in die Luft zu jagen, entsprach nicht den Vorgaben des Spiels. Es war unnötig. Unlogisch.

Sie sah dem Krankenwagen nach, der gerade aus der gesperrten Zone gelassen wurde und um eine Ecke bog. Dann war er fort.

Lucy in the Sky with Diamonds.

»Nimm dir eine Auszeit, Inga. Inga? Hörst du mich?«

Sie wandte sich Kirchhoff zu. »Niemals!«, protestierte sie. »Wir müssen wissen, wie das passieren ko…«

»Hallo? Hallo, Sie?«, brüllte ihr ein uniformierter Polizist entgegen und kam mit schnellen Schritten auf sie zu. »Björk von Europol, richtig?«

Sie nickte.

»Sie wollten doch informiert werden, wenn wir etwas finden.«

»Ja?«

»Die Feuerwehr hat eine Leiche entdeckt. Vermutlich der Bewohner, ein gewisser Mr. Fields. Aber etwas ist merkwürdig.«

»Was?«

»Die Feuerwehr sagt, er habe Verletzungen, die unmöglich von der Explosion stammen können. Wie von einer …«

»Ja? Was? Nun sagen Sie es schon!«

»Wie von einer Kettensäge.«

7 Wien, 06.59 Uhr

Christian Brand

Oberst Hinteregger hatte noch am Sonntagvormittag mit Brand über dessen »Privateinsatz« sprechen wollen. Allerdings hatte Brand nicht geahnt, dass Hinteregger ihn um sechs Uhr morgens anrufen und noch vor Dienstbeginn herbeizitieren würde. Nicht einmal Zeit fürs Rasieren war geblieben.

»So, Brand«, sagte Hinteregger nun und seufzte schwer, bevor er richtig loslegte: »Mein Gott, Brand. Nummer fünf!« Er schlug die Akte vor sich auf und nahm ein Blatt zur Hand. »Toter Nummer fünf. Und dabei sind Sie erst seit zwei Jahren bei uns. Jetzt spielen Sie schon in Ihrer Freizeit den Superhelden und nageln Leute an Litfaßsäulen. Wieso?«

Brand erwiderte den strengen Blick, sagte aber nichts. Hinteregger stand knapp vor dem Ruhestand und war kein übler Vorgesetzter, zumindest hatte Brand das bisher so gesehen. Aber jetzt machte er ihm etwas zum Vorwurf, für das es keine andere Option gegeben hatte. Brand hatte den Amokläufer auf die einzig mögliche Weise gestoppt. Dass sie nicht den Einsatzregeln entsprach, wusste er. Dass die Cobra kein James-Bond-Verein mit der Lizenz zum Töten war, auch. Dennoch musste er handeln, wenn es die Situation erforderte. Was konnte er schon dafür, dass ausgerechnet *er* immer wieder in solche Situationen geriet?

»Ich höre?«

»In allen fünf Fällen hat mein Eingreifen wesentlich größeren Personenschaden verhindert«, sprach Brand den Satz aus, den er sich schon vorher zurechtgelegt hatte. Vor seinem inneren Auge tauchten die fünf Täter auf. Er hatte sie töten müssen. Alle. Sonst wären andere gestorben.

Nicht »alle«.

Brands Gewissen erinnerte ihn an die Sache mit dem Toten Nummer drei. An den Kerl, der wegen eines Abrissbescheids seines Schwarzbaus einem niederösterreichischen Bürgermeister das Messer an den Hals gesetzt und zu ziehen begonnen hatte. Er hätte ihn nicht gleich in den Kopf zu schießen brauchen. Das rechte Schienbein, das kurz zuvor für einen Moment zwischen den Beinen der Geisel aufgetaucht war, hätte es auch getan. Aber er hatte gezögert. Ein Mal, ein einziges Mal hatte er nicht auf seine Intuition vertraut. Er hatte sehen wollen, ob der Kerl tatsächlich schnitt oder den Bürgermeister nur anritzte. Und auch wenn Brand für genau diesen Einsatz ausdrücklich gelobt worden war, wusste er, dass nicht nur der Lokalpolitiker, sondern auch der durchgeknallte Eigentümer des Schwarzbaus noch leben könnte. Die anderen vier nicht. Keine Chance.

»Den Erfolg bezweifelt ja auch keiner. Trotzdem, Brand: Wir sind Teamspieler. Wir arbeiten koordiniert. Gewaltfrei, so weit möglich.«

Brand wich dem Blick seines Vorgesetzten aus.

»Jetzt hören Sie mir mal gut zu!« Hinteregger wurde laut und wartete, bis Brand ihm wieder in die Augen sah. »Seit 2011 musste keiner meiner Mitarbeiter einen Schuss auf Personen abgeben. Kein einziger! Und dann kommen Sie und ballern hier herum wie John Rambo in seinen besten Zeiten!«

Brand runzelte die Stirn. Es wäre Haarspalterei, wenn er jetzt erwähnte, dass er gestern gar nicht *herumgeballert* hatte. Ihm war klar, worauf Hinteregger hinauswollte, und er würde seine Litanei wohl oder übel über sich ergehen lassen müssen. Wie jedes Mal, wenn ein Polizist jemanden im Einsatz verletzte oder tötete.

»Fünf Tote in zwei Jahren, Brand. Damit sind Sie alleiniger Spitzenreiter. Und zwar seit Bestehen des EKO Cobra. Kein einziger Cobra-Beamter österreichweit hat jemals mehr Menschen getötet als Sie. Nicht einmal die, die ihr ganzes Berufsleben in unserem Kommando verbracht haben! Und jetzt sagen Sie mir, wie ich das dem Innenministerium und der Presse erklären soll.«

»In allen fünf Fällen hat mein Eingreifen wesentlich größeren Personenschaden verhindert«, wiederholte Brand den Satz von vorhin. Der Schlafmangel und der Gedankenwirrwarr in seinem Kopf machten es ihm unmöglich, sich richtig auf dieses Gespräch zu konzentrieren.

»Was ist das da überhaupt?«, fragte Hinteregger und deutete auf Brands rechten Arm.

Brand blickte auf die fragliche Stelle und sah, was der Oberst meinte: Farbe, die unter dem Hemd hervorschaute. Überreste einer nächtlichen Malaktion. Ein Fleck rot, einer blau, darüber ein lang gezogener schwarzer Strich. Er hatte sich bemüht, alle Spuren loszuwerden – der ganze Inhalt des Warmwasserboilers und eine halbe Flasche Babyöl waren dafür draufgegangen –, aber die Stelle hier hatte er offensichtlich übersehen.

»Farbe«, antwortete er wahrheitsgemäß. Was blieb ihm schon übrig?

»Farbe.«

»Ja. Ich ... male.«

»Aha.«

Stille.

Nun fiel es Brand schwer, Hintereggers Blick standzuhalten.

Unweigerlich dachte er an das Bild zurück, das er geschaffen hatte. Weil er nicht hatte schlafen können.

All das Blut. Die Innereien. Die Knochensplitter …

Er hatte seine dunklen Augenringe im Badezimmerspiegel betrachtet, kurz nachdem der Anruf gekommen war. Er wusste, dass man ihm den Schlafmangel ansehen konnte.

»Sie malen die Toten.«

Der Satz des Obersts stand glasklar im Raum. Er durfte sich seine Überraschung nicht anmerken lassen. Sollte er leugnen? Auf keinen Fall durfte er zögern, wenn er sich nicht verraten wollte.

»Hören Sie, Brand. Ich sehe in Ihnen mein früheres Ich. Bei Ihnen ist's die Kunst. Bei mir war's der Marathon.« Er zeigte auf ein Foto an der Wand. »Dreimal in den Top 100. London, Berlin und zehn Jahre später noch einmal in Wien. Drei fanatische Laufjahre. Und jetzt raten Sie mal, wie viele Leute ich töten musste.«

Brand sah immer noch zum Bild. Der Oberst mit Vokuhila-Frisur, gertenschlank im Laufdress, angefeuert von Menschen in Siebziger- und Achtzigerjahre-Mode. Unter anderen Umständen wäre es komisch gewesen.

Hinteregger schlug die Akte zu. »Es waren drei, Brand. Drei. Nicht fünf. Sehen Sie mich an. Glauben Sie mir, es funktioniert nicht, alles mit sich selbst auszumachen. Dafür sind Sie noch viel zu jung und haben zu viel Leben vor sich. Bis Ihr aktueller Einsatz aufgearbeitet ist, werden Sie daher …«

»Was?«, platzte Brand dazwischen, dem schwante, dass nichts Gutes folgen würde.

»Unterbrechen Sie mich nicht, Brand. Nicht jetzt. Sie werden heute nicht zum Dienst antreten. Sie werden runterkommen und dann … Moment.« Hinteregger öffnete eine Schreibtischschublade und nahm eine Visitenkarte heraus. »Hier. Maria Klingler. Gehen Sie zu ihr.«

Brand nahm die Karte entgegen und las. *Maria Klingler, Psychotherapeutin, Oberlaa.* »Das ist nicht Ihr Ernst!«, protestierte er und war schon im Begriff, aufzustehen.

»Und ob das mein Ernst ist, Brand. Jetzt bleiben Sie sitzen und hören Sie mir zu. Ich tue Ihnen damit einen großen Gefallen. Ich meine es gut mit Ihnen! Ich kenne sonst niemanden, der Ihnen aus dieser Situation heraushelfen könnte, Brand.«

Nicht in tausend Jahren. Brand wurde heiß. Er hatte Hinteregger falsch eingeschätzt. Völlig falsch. »Situation«. Das hier war nicht das übliche Rechtfertigungsgespräch nach einem Einsatz mit Personenschaden. Er war in einer »Situation«. Er dachte, er hätte die Aufgabe bestmöglich gelöst, aber was er zu hören bekam, erinnerte ihn eher an eine Hinrichtung.

Hinteregger fuhr fort: »Reden Sie mit ihr oder mit unserem Supervisor. Aber dann garantiere ich Ihnen, dass der Ihnen empfehlen wird, die Cobra zu verlassen.«

Brand würde weder das eine noch das andere tun. Er würde aus diesem Raum gehen, seine Sachen holen und seine Arbeit machen. Er brauchte nur ein Argument, mit dem er Hinteregger den Wind aus den Segeln nehmen konnte. Wenn er sich nur besser konzentrieren könnte …

Diese verdammten Bilder.

»Hören Sie zu, Brand. Ich habe mir heute Nacht die Videos Ihrer Einsätze angesehen. So weit es denn welche gab. Ihre Instinkthandlungen sind unglaublich. Fast schon … unheimlich. Ich habe noch nie jemanden gesehen, der so schnell, präzise und effizient zuschlägt. Ich will auch gar nicht abstreiten, dass Ihr Handeln immer wieder Menschenleben gerettet hat und dass wir in manchen Situationen als Team zu langsam gewesen wären.

Aber Einzelkämpfer sind gefährlich. Für sich selbst und noch wichtiger: für die Kollegen.«

»Bin ich jetzt suspendiert?«, fragte Brand, dem das Geschwafel zu dumm wurde. »Gefährlich«. Hatte der Oberst gerade angedeutet, er sei eine Gefahr für die Kollegen?

»Sie hören mir immer noch nicht zu, Brand. Ich will Sie nicht suspendieren. Ich will, dass Sie zu Maria Klingler gehen. Was Sie dort besprechen, bleibt Ihre Sache. Versprochen. Und genauso verspreche ich, dass Sie aus dem EKO fliegen werden, wenn Sie es nicht tun. Klar?«

Brand wollte ihm die Visitenkarte auf den Tisch zurückwerfen und einfach gehen, aber Hinteregger war noch nicht fertig. »Ja, Sie werden aus dem EKO fliegen, Brand. Und zwar nicht meinetwegen. Sie werden sich selbst rausbefördern. Eines Tages werden Sie einen Fehler machen, und dann stehen Sie ganz alleine da. Keiner aus dem Kommando wird Sie decken. Oder Sie zerbrechen schon vorher am eigenen Druck. Sie können gerne glauben, dass Sie Ihre Gefühlswelt vor mir und den Kollegen verbergen können. Genau wie Sie ans Christkind glauben können. Aber irgendwann wird die Realität Sie überfahren, und dann sind Sie weg. WEG, hören Sie, Brand?« Hintereggers Stimme wurde laut. Er atmete mehrmals tief ein und aus, dann fuhr er, leiser jetzt, fort: »Um auf Ihre Frage zurückzukommen: nein, keine Suspendierung, Brand. Urlaub. Sie nehmen jetzt Urlaub. Zwei, drei Wochen. Fahren Sie nach Hause und melden Sie sich bei Maria. Sie wird mir berichten, ob Sie zu den Terminen erscheinen. Mehr will ich gar nicht wissen. Ich habe selbst Sorgen genug. Ich weiß nur, dass ich ungern auf Sie verzichten würde. Aber wenn Sie sich nicht endlich in Ihr Team integrieren und die Alleingänge aufgeben, werde ich die Notbremse ziehen. Verstanden?«

Brand betrachtete die Farbreste an seinen Fingernägeln. Es

war nicht zu leugnen, dass Hinteregger gerade ein paar Treffer gelandet hatte. Vorausgesetzt, man sah die Sache aus der Perspektive eines Vorgesetzten. Aber Brand dachte nicht im Traum daran, eine Psychotherapie zu machen. Völlig ausgeschlossen. Er brachte seine Talente doch genau dort ein, wo sie gefragt waren. Das war seine Aufgabe. Er hatte Menschenleben gerettet und die damit verbundene Last auf sich genommen. Dafür bestraft zu werden, war ungerecht.

»Nein«, sagte Brand.

»Was?«

»Nein. Ich nehme ganz bestimmt keinen Urlaub.«

Hintereggers Stirn legte sich in Falten.

Brand wollte nachlegen, dass auch Maria Klingler umsonst auf ihn warten würde, ahnte aber, dass er den Bogen damit überspannt hätte.

»Wir sehen uns in ein paar Wochen wieder«, sagte Hinteregger, als hätte er Brands Weigerung gar nicht gehört.

8 Hamburg, 7.40 Uhr

Mavie Nauenstein

Mavie saß am festlich gedeckten Esstisch im Wintergarten der Villa Nauenstein und versuchte, sich nichts anmerken zu lassen. Wie jeden Sonntag begannen ihre Eltern das Frühstück um sieben und zogen es dann entsetzlich in die Länge, bevor sie gemeinsam zum Gottesdienst um zehn in der St.-Johannis-Kirche aufbrachen.

Alles genau wie immer.

Wie immer wurde bei den von Nauensteins auch von Mavie erwartet, dass sie bis zum Ende des Frühstücks sitzen blieb und sich ruhig verhielt. Die Sonntagsruhe war Wilhelm und Claire von Nauenstein heilig.

Das filigrane Porzellanschälchen mit dem Rosenmuster stand drohend vor Mavie. *Klapper mit mir, und er schreit dich an. Zerbrich mich, und er verprügelt dich.* Wobei man das nie so genau vorhersehen konnte.

Sie verabscheute diese Sonntage, noch mehr aber sich selbst. Was hatte sie sich nur bei der Aktion gestern gedacht? Sie wusste doch, wie kompliziert hier alles war. Sie hatte sich sinnlos in Gefahr gebracht und war auf etwas gestoßen, was sie noch mehr verwirrte.

Sie hatte das Ding mit eigenen Augen gesehen. Den strahlenden Skorpion an ihrem Rücken. Und nicht nur sie. Mit ihr die halbe Klasse. Einige hatten Fotos gemacht. Was sie damit vorhatten, wollte sich Mavie lieber gar nicht vorstellen.

Ihr war schlecht. Sie hatte die ganze Nacht kein Auge zugemacht. Hatte überlegt, ob sie sich krank stellen sollte, um nicht hier sitzen zu müssen, aber das hätte sie nur noch verdächtiger gemacht. Krankheiten machten ihre Eltern misstrauisch.

»Tee?«, fragte Mutter.

»J … ja.«

»Geht es dir gut, Mavie?«

»Ja. Alles gut, Mama!«

Sie sah Mutter zu, wie sie den bernsteinfarbenen Tee in ihr Schälchen goss, und betrachtete die Dampfwölkchen, die vor ihr aufstiegen. Könnte sie nur genauso verdampfen.

Sich einfach in Luft auflösen …

Viel zu hell und zu heiß war es hier. Schon jetzt strahlte die Sonne unerbittlich durch die Fenster, die geschlossen bleiben mussten, weil Mutter keine Zugluft vertrug. Mavie hielt das für Unsinn. Aber es war nicht gut, Mutters Überzeugungen infrage zu stellen. Im schlimmsten Fall hörte sie dann wieder ihre Stimmen.

Vater hielt sich die Zeitung vor, die in den hölzernen Rahmen eingespannt war. Er war zerbrochen, als er ihn eines Sonntagmorgens nach ihr geworfen hatte. Warum, wusste sie nicht mehr. Nur, dass Vater ihr die Schuld gegeben hatte – wie hätte es auch anders sein sollen? Sie hatte die Teile mit in ihr Zimmer genommen, Leim besorgt, den Rahmen repariert und an seinen Platz zurückgebracht. Vater hatte ihn am nächsten Tag zur Hand genommen, als sei nie etwas geschehen. Seither hatte er kein Wort mehr darüber verloren. Nur die geleimte Bruchstelle blieb eine stetige Warnung an Mavie, was passieren konnte, wenn sie nicht brav war.

Mutter interessierte sich nicht für die Nachrichten. Sie starrte vor sich hin, schmierte sich ein Brot, zerteilte es mit dem Messer in viele kleine Stücke, die sie einzeln mit der Gabel zum Mund führte, wobei der Oberkörper immer gerade blieb. Jeden Bissen kaute sie dreißig Mal, damit er leichter verdaulich war. Nach jedem dritten Bissen nahm sie einen Schluck Tee. Mavie hatte schon so oft mitgezählt, dass es sie nicht einmal mehr störte.

»Hat sie ihre Tage?«, fragte Vater hinter der Zeitung. Es klang so beiläufig, als erkundige er sich nach dem Wetter.

»Nein«, antwortete Mutter für sie.

Mavies Beine kribbelten. Sie hatte das Gefühl, laufen zu müssen. Weg, weit weg. Aber das ging nicht. Sie musste durchhalten. Musste hoffen. Das Frühstück überstehen. In die Kirche gehen. Den Nachmittag schaffen. Am Abend würde es wieder besser sein. Bis zum nächsten Sonntag.

Wenn sie es überhaupt bis dahin schaffte.

Wenn Vater erfuhr, was sie letzte Nacht getrieben hatte, wenn Mutter auf ihr Geheimfahrrad oder ihre gewagte Kleidung stieß, wenn die Fotos von ihrem Rücken auftauchten, war sie geliefert.

Es war so leicht gewesen, unentdeckt ins Zimmer zurückzukehren. Niemand hatte ihr aufgelauert. Nirgendwo ein Polizeiauto, kaum Leute auf den Straßen. Wie ausgestorben war ihr die Stadt vorgekommen. Sie hatte das Fahrrad an der Baustelle hingeworfen, ohne es anzuketten, und beinahe hätte sie vergessen, sich umzuziehen, bevor sie wieder in ihr Zimmer zurückgeklettert war. Sie konnte nur hoffen, dass sie dabei keine Spuren hinterlassen hatte.

»Hast du denn gar keinen Appetit, Mavie?«, fragte Mutter und sah sie mit großen Augen an. Unfassbar, wie sie das bei dieser Helligkeit schaffte.

»Doch, habe ich, Mama. Ich … nehm mir gleich was.«

»Recht so!«, knurrte Vater.

Mavie nahm sich ein Brötchen aus dem Korb, den Mutter ihr hinhielt. Sie schmierte nichts drauf, sondern biss einfach ab. Um ein Haar hätte sie gewürgt.

»Die Preise am Alsterufer sind schon wieder gestiegen«, schimpfte Vater und hielt Mutter und ihr eine Seite hin, die auf diese Entfernung unmöglich zu lesen war. »Zwei Millionen! Ich sage euch, diese Villa hier ist zwei Millionen wert. Locker! Und auf wie viel schätzt sie die Bank? Achthunderttausend! Weniger als der Kredit. Das ist doch ein Witz! Wir könnten reich sein! Reich! Und was tun wir? Leben wie die armen Schlucker und gelten als ›Risiko‹. Weil die Bank sich an mir rächen will. Zum Kotzen!«

Sein letztes Wort, das er auf ordinäre Weise ausgespuckt hatte, verhallte unerwidert.

Vater hatte seinen Vorstandsposten bei der Bank verloren, nachdem er einen Politiker zu bestechen versucht hatte. Mutter hatte ihr einmal erzählt, er könne von Glück sprechen, dass er nicht eingesperrt worden war. Aber weder Mavie noch Mutter hätten gewagt, ihm das zu sagen. Auch Mutter bekam Schläge, wenn sie nicht spurte. Sie versuchte dann, ihre blauen Flecken mit diversen Kleidungsstücken zu kaschieren. Das ging manchmal gut, oft wirkte es aber eher lächerlich. Was egal war, denn für gewöhnlich blieb Mutter in solchen Fällen einfach im Haus und traf sich mit niemandem.

»Unglaublich!«, legte er nach und fuhr sich mit der flachen Hand durch seine schneeweiße Frisur, die wie eine Schuhbürste aussah.

Sie zwang sich, nach der Teetasse zu greifen. Als sie sie anhob, schlug sie klappernd gegen die Untertasse. Mutter registrierte es mit einem angespannten Seitenblick. Aber es war nichts passiert.

Kein verschütteter Tee, kein zerbrochenes Porzellan. Und der nächste Bissen Brötchen. Jetzt musste Mavie tatsächlich würgen, was sie mit einem Husten überspielte. Ihr Körper hatte sich in den letzten Wochen ohne Mittagessen ganz auf Hungern eingestellt. Aber sie schluckte. Sie musste sich wieder ans Essen gewöhnen. Sie durfte ihnen keinen Anlass zur Sorge geben. Sorgen taten weh.

»Zu lange fort gewesen gestern?«, fragte Vater hinter seiner Zeitung.

Mavie wurde blass. Ihr Herz setzte einen Schlag aus, nur um gleich darauf umso schneller zu hämmern. Wusste Vater alles, stand er gleich auf, um …?

Er schaute hinter der Zeitung hervor. »Das war ein Witz! Ein verdammter Witz! Warum lacht denn keiner?«

Mutter kicherte leise und tupfte sich den Mund mit der Serviette ab.

Mavie sah auf den Boden, in dem sich Äste von draußen spiegelten. Sie erinnerten sie an die Beine eines Insekts. Und an den Skorpion.

Nach dem Duschen hatte Mavie Mutters Kosmetikspiegel zu Hilfe genommen, um ihren Rücken genau zu betrachten. Aber da war kein Leuchten mehr. Nur die alte Brandnarbe. Dass der Skorpion lediglich in diesem violetten Disco-Licht zu sehen war, in dem auch die Zähne und weißen Klamotten so hell strahlten, konnte sie sich natürlich zusammenreimen. Aber wie sollte er auf ihren Rücken gekommen sein?

Es war zu viel. Alles. Das Frühstück. Der Gottesdienst. Der Skorpion. Silas. Mavie spürte, wie ihr die Tränen kamen und sich am Rand ihrer Augenlider sammelten. Gleich würden sie verräterisch über ihre Wangen laufen. Schnell improvisierte sie ein Niesen, um sie wegwischen zu können.

»Gesundheit!«, sagte Vater.

Mutter blieb still. Sah sie mit großen Augen an, in der Deckung von Vaters Sonntagszeitung.

Sie hatte genau gesehen, dass Mavie Theater spielte.

Zwei Stunden später standen sie in einer der vordersten Bänke in der St.-Johannis-Kirche. Mavie in der Mitte, Vater links, Mutter rechts.

»Im Namen des Vaters und des Sohnes und des Heiligen Geistes.«

»Amen.«

Sie schwitzte, ihr Mund war völlig ausgetrocknet. Sie hatte beim Frühstück zu wenig getrunken.

Vor ihr ragten die Backsteinwände in die Höhe, die den holzgeschnitzten vergoldeten Altar umrahmten. Darüber boten kunstvoll bemalte Glasfenster den Ausblick in eine andere Welt. Die beiden hell angestrahlten Bögen an den Seiten des Altars hatten auf Mavie schon immer wie ein Rätsel gewirkt, das es zu lösen galt. Führten sie in andere Welten? Aus diesem Leben hinein in ein neues, besseres Leben? Welchen sollte sie nehmen – den linken oder den rechten?

Sie verschränkte die Finger so fest, dass sie schmerzten. Es fiel ihr schwer, der Pastorin zuzuhören, weil sie ganz andere Dinge im Kopf hatte. Die Aufregung gestern. Den Skorpion.

Silas. Was mochte Silas jetzt von ihr denken? Sie war von seiner Party weggelaufen, ohne sich noch einmal umzusehen. Hatte sich lächerlich gemacht und ihn gleich mit. Wie kam dieser verdammte Skorpion auf ihren Rücken? Sie hatte sich die halbe Nacht den Kopf zermartert …

»Herr, erbarme dich.«

Er war dort, wo auch die Brandnarbe war.

Mutter musste den Skorpion irgendwie entdeckt haben. Und

dann war das mit dem Bügeleisen passiert. An Mavies vierzehntem Geburtstag. Als Vater fort gewesen war und Mavie ihrem Ärger freien Lauf gelassen hatte, weil sie wieder kein Handy bekommen hatte, obwohl sie es sich doch so sehr gewünscht hatte. Die riesige Enttäuschung. Die hysterischen Tränen.

Die Stimmen, die zu Mutter gesprochen und ihr gesagt hatten, der Teufel stecke in Mavie.

Es war nur gut gemeint.

Das Bügeleisen auf der nackten Haut. Das Zischen. Der Gestank. Die Worte aus Mutters Mund.

»Sie sagen, ich muss das tun … Es ist nur zu deinem Besten … Halt still, Mavie! … Wir müssen den Teufel verbrennen …«

Die Hand, die Mavies Kopf auf den Steinboden gepresst hatte.

Hatte Mutter den Skorpion für das Zeichen des Teufels gehalten und deshalb zum Bügeleisen gegriffen?

Mavie erinnerte sich noch an die Schmerzen. Die Taubheit. Das viel zu hohe Fieber und Mutters Hausmittel. An Vater, der Tage später nach Hause gekommen war und nicht hatte wissen können, warum es Mavie so schlecht ging. Die Lügen. Dass Mavie krank sei. Grippe. Topfenwickel um den Oberkörper gegen das Fieber.

Fieber ab dem zweiten Tag. Entzündung und Eiter. Und noch mehr Fieber. Vater, der den Notarzt hatte rufen wollen, und Mutter, die ihm mit der Scheidung gedroht hatte.

Schließlich die Offenbarung. Die Brandwunde in Bügeleisenform. Zwischen ihren Schulterblättern.

Nur gut gemeint.

Der Streit. Die Krise. Die Vorwürfe. Vater, der Mutter befohlen hatte, sich behandeln zu lassen.

Die Klinik, in der Mavie gelandet war. In einer anderen Stadt. Vater, der sie mit dem Auto hingebracht hatte.

Der Riese mit der Glatze und der sanften Stimme. Drei Wochen lang hatte er sich um Mavie gekümmert, hatte Mutter später einmal erzählt. Mavie hatte gemeint, sie sei höchstens drei Tage dort gewesen. Sie erinnerte sich nicht mehr genau an die Zeit. Wie sollte sie sich auch erinnern, an eine Klinik, die es nicht geben durfte? Die so geheim war, dass Vater den Arzt hatte bar bezahlen müssen? Weil sonst herausgekommen wäre, was Mutter angerichtet hatte?

Da war nur dieser muffige Geruch gewesen, dazu der Arzt, immer derselbe Arzt, und die Infusionsflaschen und Schläuche, die in ihre Arme führten. Sie war so unendlich müde gewesen, immer so müde …

Als sie wieder nach Hause gekommen war, hatten Vater und Mutter nicht mehr gestritten. *Alles ist wieder gut, Mavie*, hatten sie gesagt. Nur die Narbe war geblieben.

Und der Skorpion.

Mutter hatte sich nie entschuldigt. Sie hatte sich auch niemals wegen der Stimmen im Kopf behandeln lassen. Vaters Forderung hatte sich über die Zeit einfach in Luft aufgelöst.

Mavie biss sich in die Wange, bis sie Blut schmeckte. Sie durfte nicht schon wieder weinen.

Aber sie musste.

»Na, Mavie, du stehst ja heute ziemlich neben dir«, sagte Vater, als sie zu zweit durch die Hitze nach Hause gingen. Mutter war geblieben, um noch mit der Pastorin zu sprechen. Worüber, wollte sich Mavie lieber nicht vorstellen.

Vaters Hand, die so fest zuschlagen konnte, streichelte über ihren Hinterkopf. Über das lange braune Haar, das sie wie jeden Sonntag offen tragen musste. Sie spürte, wie sie sich innerlich verkrampfte.

Tock, tock, tock machte der Spazierstock, den er in der anderen Hand mit sich führte.

Der Stock.

Was wusste Vater? Was ahnte Mutter? Wann würde sie auffliegen, und was wären die Konsequenzen? Nur der Stock? Oder noch mehr?

Bestimmt mehr.

»Du weißt, du kannst mit mir über alles sprechen. Ein junges Mädchen wie du erlebt die Pubertät als sehr verwirrende Zeit. Glaub mir, das ist alles normal. Völlig normal.«

Ja, Vater, dachte Mavie und schluckte hinunter, was ihr auf der Zunge lag. Dass er nichts verstand. Gar nichts.

Tock, tock, tock.

»Als ich in der Pubertät war, mussten meine Eltern auch manchmal streng sein, und es hat mir nicht geschadet. Erziehung ist das A und O. Wir zeigen dir, was du zum Leben brauchst. Genau wie ein Rennpferd zuerst lernen muss, den Sattel zu tragen, bevor es Derbys gewinnen kann. Verstehst du?«

Mavie nickte und erkannte, dass sie direkt auf die Baustelle zugingen, wo ihr Fahrrad auf dem Boden lag. Neben den Klamotten von KiK. Wieder drang ihr der Angstschweiß aus den Poren. Sie wusste, dass ihre Angst irrational war. Vater konnte unmöglich von den Sachen auf sie schließen. Aber trotzdem sträubte sich etwas in ihr, daran vorbeizugehen.

»Lass uns doch die Straße nehmen, Papa«, schlug sie daher so beiläufig vor wie möglich. Ihre Stimme brach.

»Aber wieso denn, Liebes? Wir gehen doch immer hier lang! Was hast du denn heute? Bist du heiser? Komm!«

Tock. Tock. Tock. Sein Stock klackerte. Sie folgte ihm. Jeder Meter fühlte sich an, als näherte sie sich dem elektrischen Stuhl.

Sie sah den Absperrzaun. Das Fahrrad lag davor. Nicht angekettet.

Man konnte die Verzweiflung von gestern förmlich riechen.

»Baustellen, Baustellen. Wohin man auch sieht, wird investiert. Wir leben in der reichsten Wohngegend Deutschlands, aber die Bank sieht das natürlich anders. Das alles ist überhaupt nichts wert. Gar nichts!«, schimpfte Vater und ging weiter.

Jetzt kamen die Hotpants und das schwarze Top mit den Spaghettiträgern in Sicht, achtlos hingeworfen in den Staub.

Vater blieb direkt daneben stehen. »Da ist's aber gestern jemandem heiß geworden!«, spottete er, stocherte mit dem Stock in den Sachen, zog sie auseinander und lachte. »Jetzt sieh dir nur diesen Nuttenfummel an!«

Mavie wurde schwarz vor Augen. Bei ihrem niedrigen Blutdruck kam das schon mal vor und ging normalerweise gleich wieder weg. Aber jetzt wurde es um sie herum immer dunkler und dunkler. Bis nur noch ein schmales Guckloch übrig blieb mit dem Fahrrad im Zentrum. Und dem Nuttenfummel, in dem Vater stocherte und stocherte.

Ihr Nuttenfummel.

Da wurde auch das Guckloch schwarz, und ihre Beine gaben nach.

9

München, 11.42 Uhr

Sabine Dipaoli,
Erbin und Jägerin

»Schon wieder ein Neuer!«

»Was?«

»Ein neuer Jäger. Nennt sich Krake.«

»Krake? Wie nett!«

»Damit sind es jetzt schon zwölf. Zwölf, Sabine! Mehr Jäger als verfügbare Trophäen. Machst du dir denn überhaupt keine Sorgen?«

»Wieso? Weil wir jetzt noch mehr Geld gewinnen können?«

»Bravo! Wir stehen uns alle gegenseitig im Weg. Willst du das? *E poi?*«

Sabine Dipaoli wandte sich ab und ging in die Küche. Enzos Ängste langweilten sie zu Tode. Sie hatte ihren Mann völlig falsch eingeschätzt. Hatte zu spät erkannt, dass er ganz anders war als sie.

Sie hatte geglaubt, das Jagdspiel verschaffe ihrer Beziehung einen Kick, und ihm deshalb die Teilnahme zum Geburtstag geschenkt. Aber mittlerweile drehte Enzo wegen jeder Kleinigkeit durch und wurde selbst zum Risiko. Wenn er so weitermachte, wäre ihre Beziehung bald ihr kleinstes Problem. Dann müsste sie sich überlegen, wie sie ihren Ehemann aus dem Spiel nehmen konnte, ohne großes Aufsehen zu erregen.

Sabine öffnete den Kühlschrank, holte die Magnumflasche

Dom Pérignon heraus, goss den letzten Rest in eine Flöte und leerte sie in einem Zug. Am dritten Tag schmeckte der Champagner abgestanden. Natürlich. Man sollte ihn am selben Tag austrinken, an dem man ihn öffnete. Zusammen mit Leuten, mit denen man etwas zu feiern hatte. Aber Enzo hatte keinen haben wollen. Also trank sie ihn eben alleine.

So schal wie der Champagner war auch das Gefühl, das von ihrer ersten erfolgreichen Jagd übrig geblieben war. *Erfolgreich!*, dachte Sabine und hätte am liebsten laut über die Ironie gelacht. Der *tolle Erfolg* hing wie eine Karotte vor ihrer Nase und wollte und wollte nicht anerkannt werden.

Dabei hatte es so gut für sie ausgesehen. Es war ein ausgesprochener Glücksfall gewesen, dass eines der zwölf Ziele des Jagdspiels, Laura Wittwer, ganz in der Nähe gewohnt hatte. Viel erfuhr man über die Opfer ja nicht gerade. Eine aktuelle Aufnahme und den letzten bekannten Aufenthaltsort, das war alles. Aber für den ersten Jagderfolg hätte auch das Foto allein gereicht. Denn Sabine kannte die Häuser im Hintergrund und wusste sofort, wo das Bild gemacht worden war.

Danach war es ein Kinderspiel gewesen, die Frau zu finden. Enzo und sie waren auf gut Glück in den Vorort gefahren, aus dem die Aufnahme stammte. Schon nach einer halben Stunde hatten sie Laura Wittwer entdeckt, die mit einer Einkaufstüte beladen nach Hause spazierte. So zufällig, als wollte das Schicksal dem »Team Paul« schnell mal einen kleinen Vorsprung bescheren. Sie waren ihr in sicherem Abstand gefolgt und hatten sie anschließend tagelang ausspioniert. Wittwer schien nicht berufstätig zu sein. Nur am Tag des Zugriffs hatte sie nachmittags für ein paar Stunden das Haus verlassen. Abends um zehn war sie wie immer zum Laufen aufgebrochen, durch ein Waldstück, das kaum frequentiert war. *Die* Gelegenheit. Ja wirklich, ein Kinderspiel.

Aber dann hatte Enzo plötzlich kalte Füße bekommen. Zuerst hatte er die Zielperson noch einen weiteren Tag lang beschatten wollen. Obwohl sie bereits alles wussten, was sie wissen mussten. Die Zeit neben ihm im Siebener-BMW war längst zu gähnender Langeweile verkommen. Sabine hatte endlich loslegen wollen, doch Enzo fand eine Ausrede nach der anderen, um die Sache hinauszuzögern. Hätte sie nicht darauf bestanden, endlich zuzuschlagen, würden sie heute noch dort sitzen und Wittwer beim Leben zusehen.

Sie hätte erkennen müssen, dass Enzo der falsche Partner für dieses Spiel war. Aber dann waren Fotos der ersten Opfer eingetrudelt, und diese hatten sie so gereizt, dass sie über Enzos Schwäche hinweggesehen hatte.

Hat sich ja auch gelohnt.

Das mit der Stolperfalle aus Draht war Sabines Idee gewesen. Ursprünglich hatte Enzo dem Opfer Angst einjagen sollen, während Sabine den Draht spannte. Aber dann war Wittwer völlig unvorhersehbar schwimmen gegangen. Enzo wollte schon abbrechen, aber Sabine hatte die Nerven behalten. Sie hatte gewusst, dass ihre Gelegenheit kommen würde – und sie hatte recht behalten. Dass Wittwer nackt gewesen war, hatte die Sache sogar noch leichter gemacht.

Wie die Frau ausgesehen hatte, nachdem sie mit dem Gesicht voran auf der Wurzel aufgeschlagen war! Sabine spürte immer noch ein Prickeln, wenn sie daran dachte. Kleine Ursache, große Wirkung. Wittwer war so überrascht gewesen, dass sie völlig das Schreien vergessen und nur leise gewimmert hatte. Sie hatten sie gar nicht ruhigstellen müssen, hatten sie einfach ins Unterholz zerren und alles genau so machen können, wie es von ihnen erwartet wurde. Sie hatten Beweisfotos von Wittwers Körper sowie von dem *Mal* geschossen, das der Verifizierung des Opfers diente und gleichzeitig Auskunft darüber gab, was man mit ihm anstellen sollte. Auch ihren Jägercode hatten sie ins Bild gehalten, groß mit UV-Stift auf Sabines Unterarm geschrieben – wie Spielregel Nummer fünf es wollte. Anschließend hatten sie alles ins Darknet hochgeladen.

Aber dann waren die Probleme gekommen, und die brachten Enzo völlig aus dem Konzept.

Ein Signalton erklang. Eine neue persönliche Nachricht war auf dem Jagdspiel-Portal eingetroffen. Sabine ahnte, was als Nächstes kommen würde.

»Schon wieder abgelehnt!«, schimpfte ihr Mann aus dem Wohnbereich.

Bingo.

Sie konnte es nicht mehr hören. *Ihn.* Sie wünschte, sie hätte schon viel früher den verweichlichten Bastard in ihm erkannt, der er war. Aber er hatte ihr etwas vorgespielt. Schlimmer noch: Er hatte sie damit rumgekriegt. Mit seinem italienischen Akzent und dem Äußeren, das an den jungen Sean Connery erinnerte. Mit achtundvierzig war er eigentlich zu alt für sie, dafür aber herzeigbar. Ein Gentleman und Gigolo. Einer, der zu ihr passte – hatte sie gedacht. Damals …

Damals, als sie ihn zum ersten Mal getroffen hatte, auf diesem BMW-Event für Premiumkunden, hatte er so selbstsicher gewirkt. *Einer wie ich*, hatte sie gedacht. Einer, der weder Blitzlichtgewitter, öffentliche Reden noch andere Anlässe scheute, bei denen sich Max Mustermann in die Hose machte. Einer, der das Spiel liebte wie sie. Wer Enzo sah, konnte ihn sich jederzeit inmitten hoher Politiker und Hollywood-Stars vorstellen. Auch sie hatte sich von dem Spross einer italienischen Industriellenfamilie blenden lassen, und das passierte ihr eigentlich nie.

Die ersten Tage mit ihm waren wie ein einziger Rausch gewesen. Sie waren von einem Nobelort in den nächsten gejettet. Luxushotels, Luxusautos, Luxusleben. Zwei Wochen später hatten sie sich Hals über Kopf in die Ehe gestürzt. Einfach so. Weil sie konnten. Weil sie wollten. Und keinesfalls des Geldes wegen. Seit ihre Eltern tot waren, hatte sie selbst mehr als genug davon und nahm es Enzo gar nicht übel, dass er ihr in dieser Beziehung etwas vorgemacht hatte. Im Gegenteil: Insgeheim bewunderte sie ihn für die Schmierenkomödie, die er ihr aufgetischt hatte.

In Wahrheit hatte Enzos Schwester das Familienvermögen geerbt. Sein herrschaftliches Anwesen am Gardasee, die Motorjacht und der Bentley waren nur geliehen gewesen. Enzo erhielt eine monatliche Zuwendung von knapp zehntausend Euro aus der Dipaoli-Familienstiftung, und das war's. *Die Eltern werden schon gewusst haben, wieso.* Vermutlich hatten sie erkannt, was mit Enzo passierte, wenn einmal nicht alles lief wie geschmiert: Dann verlor er die Kontrolle. Schlecht für ein Industrie-Imperium und noch schlechter fürs Jagdspiel. Ihr Instinkt sagte ihr, dass er längst ein unkalkulierbares Risiko für sie geworden war.

»Was soll ich denn jetzt machen, Sabine?«

Sie gähnte und sah in den Garten hinaus. Sommerwarme Luft fuhr in ihr Seidenmäntelchen, unter dem sie nichts anhatte. Der Badeteich lud zum Schwimmen ein. Irgendwo zwitscherte ein Vogel. Das alles konnte man durchaus schön finden. Vorausgesetzt, man hatte die Zeit und Muße, es auszukosten.

»Was, Sabine? *Dimmi! Cosa dovrei fare?*«

Sie hasste dieses weinerliche Italienisch, in das er immer dann verfiel, wenn er die Nerven verlor. Gleich würde er noch zu heulen anfangen. Sabine verabscheute Gefühle. Alle. Aber ohne kamen die Leute nun mal nicht aus.

»Erst mal wär's vernünftig, ruhig zu bleiben, Enzo!«, antwortete sie mit Nachdruck und ging zu ihm. Er sah sie an. Vor Kurzem noch hätte er jetzt seine Hand zwischen ihre Beine gestreckt und mit ihrer Muschi gespielt, hätte ihre Klitoris massiert und gemerkt, dass sie feucht war. Sie wäre auf die Knie gegangen und hätte ihn in den Mund genommen. Anschließend hätte sie ihm alle Sorgen weggevögelt. Aber seit diesem Jagdspiel bekam Enzo ihn nicht mehr hoch. Er sah nur noch all die Dinge, die schiefgingen oder noch schiefgehen konnten. Ihre Muschi war ihm völlig egal geworden.

»Du sagst das so einfach, *mia cara*. Wie kannst du nur so kalt sein?«

Sie griff zwischen seine Beine und spürte seinen Schlappschwanz.

»He! Lass das!«, protestierte er und stieß sie weg.

Wie du willst. Dann schau ich mich eben nach einem anderen Fuckbuddy um. Sex gehörte zur Abmachung. War seine verdammte eheliche Pflicht. *Bis dass der Tod uns scheidet!*

Vielleicht sollte sie für heute Nachmittag einen Termin mit Harald vereinbaren. Er hatte bestimmt Zeit für eine kleine mobile Massage samt Happy End. Der Gedanke, sich noch heute einen Ersatz für Enzo ins Haus zu holen, erregte sie.

»Wir werden nie den Punkt bekommen. Wir haben es falsch gemacht! Schau! Genau derselbe Grund wie gestern.«

»DU hast es falsch gemacht! Von Kopf abschneiden war keine Rede. Oder hat das Mal irgendwie danach ausgesehen? Hm?«

»Schschsch!«, machte er und legte den Zeigefinger an seinen Mund, gerade so, als könnten hier im Wohnbereich Wanzen versteckt sein oder irgendwelche Nachbarn mithören. Enzo war so lächerlich, so alt, so – erbärmlich.

»Ich habe ihr nicht den Kopf abgeschnitten, das weißt du ganz genau! Das ist alles nur passiert, weil du sie nicht ordentlich gefesselt hast!«

»Du warst dir ja so sicher, dass wir genug Fotos haben! Hättest du nicht sofort abhauen wollen, hätten wir in aller Ruhe noch weitere Aufnahmen …«

Plötzlich kam ihr ein Gedanke. Sie schnalzte mit der Zunge, üblicherweise ein sicheres Zeichen, dass eine Idee etwas taugte.

»Was hast du, *cara*?«

»Lass uns zum Waldsee fahren!«

Bei der Vorstellung, Laura Wittwer noch einmal zu sehen, stellten sich die Härchen an ihren Unterarmen auf. Die Leiche. Bei Tageslicht. Der Bauch. Die verklebten Organe. Das eingetrocknete Blut. Die Wirbelsäule, die zu durchtrennen wahre Schwerstarbeit gewesen war. Vielleicht gab es sogar schon den ersten Wildfraß. Sie könnten neue Fotos von allem schießen. Fotos, die nicht den Eindruck erweckten, als hätten sie Laura Wittwer enthauptet und damit gegen die Spielregeln verstoßen.

»Spinnst du?«, stammelte Enzo und hielt sich die Hand vor den Mund.

»Wieso? Was spricht denn dagegen? Wir holen uns die Bilder, die wir brauchen, und bekommen den Punkt.«

Sie stellte sich vor, wie sie hinterher noch im See baden gehen würden – nackt, genau wie Wittwer es getan hatte. Dann würden sie sich lieben. Ihre Erregung ließ sich kaum noch zügeln.

»Aber wenn man sie längst gefunden hat?«

Du jämmerlicher Idiot. »Dann hätten wir davon gehört, glaubst du nicht? Eine zersägte Frau im Wald – also wenn das nicht ins Fernsehen kommt, dann weiß ich auch nicht.«

»Hör auf, so zu reden! Aber was ist, wenn genau das die Falle ist? Im Fernsehen sagen sie, der Täter kommt immer zum Tatort zurück.«

»Wenn du die Hosen voll hast, fahr ich eben alleine.«

»Nein, *cara!* Das ist Wahnsinn. *Follia!* Da kannst du auch gleich zur Poli…«

Ein weiterer Signalton unterbrach ihn.

»Warte … wir haben eine neue Mail!«, kommentierte Enzo überflüssigerweise.

Betreff: dein Fang

Hallo, Paul,
gratuliere zum ersten Fang! Ich habe, was dir für die Bestätigung fehlt. Übergabe nur persönlich. Morgen A8 Raststätte Aichen?
Beste Grüße,
Krake

»Na sieh mal einer an«, sagte Sabine und schürzte die Lippen. Wieder bekam sie eine Gänsehaut. Ihre Intuition sagte ihr, dass sie es gerade mit einem ganz ausgebufften Menschen zu tun bekamen.

Einem ausgebufften *Mann.*

»Assurdo! Una trappola!«

»Erspar mir dein blödes Geschwätz und lass mich an die Tastatur!«

Sie drängte ihn zur Seite und setzte sich. Während sie tippte, wanderten ihre Mundwinkel nach oben. Dieses Jagdspiel war ein Geschenk. Ein einziger Rausch. Neue Herausforderungen, neue Kontakte, neue Risiken. Sie war für dieses Spiel gemacht.

Hallo, Krake!

Drei Fragen:

1.) Was mag das wohl sein?

2.) Was macht dich so sicher, dass ich da nicht selbst rankomme?

3.) Was willst du dafür?

Gruß

Paul

»Wieso antwortest du überhaupt? Das ist doch eine Falle! Der will uns nur in seine Falle locken!«, jammerte Enzo.

Du wirst mir das jetzt nicht vermasseln.

Sabine klickte auf Senden und sah ihrem Mann ins Gesicht. »Ach ja? Du glaubst also, jemand zahlt hunderttausend Euro, nur um uns eine Falle zu stellen? Ich sag dir was: Du bist schon so von der Rolle, dass du überall Gespenster siehst. Reiß dich zusammen! Du wolltest spielen, also spielen wir. Wir sind Gewinner, Enzo. Gewinner!« Damit stand sie auf und ging in die Küche, wo sie kaltes Wasser über ihre Unterarme fließen ließ, um das Prickeln auf der Haut noch ein wenig zu verlängern. *Krake.* Schon der Name war faszinierend. Sie stellte sich einen Hünen mit acht Armen vor und all die Dinge, die er damit anstellen konnte … die er damit anstellen *würde*, wenn sie sich morgen träfen.

Sie hörte, wie Enzo mit eiligen Schritten zu ihr kam. »Ich wollte nicht spielen. DU hast mich dazu gedrängt! Hätte ich gewusst, was ich da machen muss, wäre ich doch niemals … Hör zu, lass uns das alles löschen und vergessen, ja? Jetzt gleich. Ja, *cara?*« Er fasste sie an den Hüften und rieb sein schlappes Teil an ihrem Hintern, merklich bemüht, Erregung vorzutäuschen. Für einen kleinen, klitzekleinen Moment dachte Sabine tatsächlich daran, sich einfach fallen zu lassen.

Doch da erklang ein Signalton.
Krake hat geantwortet.
»*Cara*? Komm, *cara.*«
Ich bin für dieses Spiel gemacht.
Sabine sah den Block mit den großen Küchenmessern vor sich.
Und traf eine Entscheidung.

10

Stuttgart, 15.49 Uhr

Werner Krakauer

Krakauer saß in seinem alten Saab. Obwohl der Wagen schon seit Jahren zickte, hatte er es nie übers Herz gebracht, ihn wegzugeben. Jetzt war es auch egal. Bald schon würden sie beide ausgedient haben.

Nur diese eine große Sache noch.

Er beobachtete das Haus, vor dem er in sicherer Entfernung gehalten hatte. Noch konnte er nicht hingehen.

Er nahm sein Smartphone zur Hand und überprüfte den Posteingang seines offiziellen E-Mail-Kontos. Immer noch keine Antwort von Breme. Dabei hatte er dem Chefredakteur des *Stuttgarter Blatts* in aller Deutlichkeit zu verstehen gegeben, dass er die Story seines Lebens bekommen würde. Vorausgesetzt, er wäre flexibel genug, ihm ein kleines Spesenbudget zur Verfügung zu stellen. Krakauer selbst war nahezu pleite. Er brauchte Benzin, Hotels und die Summe, die er dem Jäger versprochen hatte. Sein letztes Geld steckte als Teilnahmegebühr im Spiel.

Dem Jagdspiel.

Krakauers Mundwinkel zuckten, als er an die Konversation mit diesem Paul zurückdachte. *Hallo, Krake!*, hatte der ihn begrüßt. *Krake.* Spontane Einfälle waren doch die besten. Krake klang gefährlich und mystisch. Es war der Name eines Jägers und damit der perfekte Benutzername für jemanden, der in den Reihen der wirklichen Jäger nicht auffallen wollte.

Er blickte auf die Uhr. Breme war sonntags nur bis vier in der Redaktion. Wenn er ihn noch erreichen wollte, dann jetzt.

Krakauer räusperte sich und drückte aufs Anrufsymbol.

»*Stuttgarter Blatt* Fischer guten Tag was kann ich für Sie tun?«, leierte Bremes Stellvertreter so leidenschaftslos herunter, als wolle er verhindern, dass irgendwer auf die Idee kam, ihn tatsächlich um einen Gefallen zu bitten.

»Krakauer hier. Geben Sie mir Breme«, forderte er den jungen Mann auf, den er noch kurz vor seinem Wechsel ins Homeoffice kennengelernt hatte.

»Ach, hallo, Herr Krakauer! Es tut mir leid, aber der Chef ist krank. Sie müssen mit mir vorliebnehmen.«

»Wie bitte?«

»Ich vertrete ihn.«

Krakauer stellte sich den Jungspund mit den Segelohren vor, wie er die altgedienten Mitarbeiter herumkommandierte und den Blattinhalt des nächsten Tages verantwortete. Das Bild, das vor seinem inneren Auge entstand, war absurd.

»Was hat er denn?«

»Lungenentzündung.«

Krakauer quittierte die Ironie des Schicksals mit einem Stirnrunzeln. Lungenentzündung – das klang nicht nur artverwandt, sondern auch nach Schmerzen, Fieber, Kurzatmigkeit und Husten. Wie aufs Stichwort spürte Krakauer das Kitzeln in seiner eigenen Kehle.

»Wie geht's Ihren Eltern?«, fragte Fischer.

»Meinen ... Eltern?«, empörte er sich über die indiskrete Frage und wollte schon erwidern, dass Fischer das wohl gar nichts angehe, als ihm gerade noch rechtzeitig einfiel, dass ihm deren angebliche Pflegebedürftigkeit als Vorwand gedient hatte, um von zu Hause aus arbeiten zu können. »Ach, nicht besonders …«, beeilte er sich daher zu klagen.

»Das tut mir leid. Also, wenn ich sonst nichts mehr für Sie tun kann …«

»Doch!«, unterbrach Krakauer. »Es ist wegen der E-Mail, die ich Breme geschickt habe. Ich bin an einer Mega-Story dran und brauche dringend ein Spesenbudget.«

»Ach ja, die Zehntausend für diese Darknet-Geschichte. Hab ich schon gesehen. Hören Sie, Krakauer, das klingt ja alles ganz interessant, aber das Darknet ist bereits zigfach von der Konkurrenz abgehandelt worden.«

»Haben Sie mit Breme gesprochen?«

»Nein. Während seiner Abwesenheit bin ich zu allen Entscheidungen befugt.«

Krakauer staunte wieder. Der Mangel an kompetenten Mitarbeitern musste groß sein, wenn man diesem Grünschnabel Bremes Kompetenzen übertrug. »Also gut, hören Sie. *So* wurde bestimmt noch nicht über das Darknet berichtet! Vertrauen Sie mir. Das ist *die* Story des Jahrhunderts. Die wird das *Stuttgarter Blatt* berühmt machen.«

»So berühmt wie die Erbhoff-Geschichte?«

Krakauer erschrak. *Erbhoff.* Fischer wusste also bereits über den journalistischen Supergau Bescheid, der Krakauer die Karriere gekostet hatte. Seither waren fast drei Jahrzehnte vergangen. Aber manche Fehler verjährten eben nie. Jeder in der Szene wusste davon, und jeder machte sich darüber lustig. Auch heute noch.

Aber klar. Wie der Kinderstar einer Fernsehserie würde auch Krakauer auf Lebenszeit mit seiner Paraderolle gebrandmarkt sein. Dem Erbhoff-Skandal, den es nie gegeben hatte. Ein dummer Anfängerfehler. Er hatte einem falschen Informanten geglaubt und dem *Stuttgarter Blatt* ewig dafür dankbar zu sein, dass es ihn nach der Geschichte überhaupt behalten hatte. Unter strenger Aufsicht, aber immerhin. Niemand sonst hätte ihn nach der Sache noch eingestellt.

Obwohl er Fischer jetzt liebend gern mitgeteilt hätte, dass seine Vorgeschichte hier völlig irrelevant war und der junge Mann gerade selbst einen ähnlichen Fehler beging wie er damals, legte er einfach auf und gab sich dem Hustenreiz geschlagen.

Krakauer wusste, dass er sich seine Kräfte aufsparen musste, genau wie er jetzt wusste, dass er sich vom *Stuttgarter Blatt* keine Unterstützung erhoffen durfte. Jedenfalls nicht, solange ein Praktikant den Chefredakteur spielte. Krakauer musste alleine klarkommen. Ohne Spesenkonto. Und dem Blatt trotzdem die Story liefern, damit sie Verbreitung fand.

Keine Ursache.

Hundert Meter vor ihm rollte ein dunkler Geländewagen aus der Einfahrt. Genau wie Krakauer erwartet hatte. Als der Mercedes aus seinem Blickfeld verschwunden war, fuhr Krakauer vors Haus und stieg aus.

Kies knirschte unter seinen Schuhen. Es war Kies, den er selbst geschöpft hatte, irgendwann, als das Leben noch besser gewesen war. Ziemlich sicher zu der Zeit, als Franziska und er ihr Kind erwarteten.

Magdalena.

Der Rasen sah verwahrloster aus, als er ihn in Erinnerung hatte. Franziska hatte nie einen grünen Daumen gehabt. Auch Frank schien kein Pflanzenmensch zu sein. Dabei war es doch kein großer Aufwand, sich einen Rasensprenger zuzulegen, regelmäßig zu mähen, das Unkraut zu zupfen und zweimal im Jahr zu düngen. Der Zustand des Gartens kam Krakauer wie ein Verrat an ihrer Tochter vor, die hier, auf diesem Rasen, das Laufen gelernt hatte. Einige seiner schönsten Erinnerungen lagen hier begraben, auf diesen paar Quadratmetern Glück am Stadtrand von Stuttgart. Einem Glück, von dem nichts übrig geblieben war.

Das Haus gehörte Franziska. Sie hatte es von ihren Großeltern geerbt. Gemeinsam hatten sie einiges in die Renovierung gesteckt. Bei der Scheidung hatte sie ihm eine Entschädigung für seine Investitionen angeboten, doch er hatte es nicht übers Herz gebracht, sie anzunehmen. Genau dieses Herz hatte sie ihm herausgerissen, als sie nur Wochen, nachdem er sich die Wohnung in der Theodor-Heuss-Straße genommen hatte, Frank hier hatte einziehen lassen. In sein altes Haus und sein altes Leben. Aber wie hätte es auch anders laufen sollen? Franziska hatte sich neu verliebt, und ein besseres Heim gab es eben nicht.

Krakauer war niemandem böse. Frank war in Ordnung, soweit sich das anhand der wenigen Begegnungen beurteilen ließ. Genau wie er war auch Frank nicht sonderlich attraktiv. Franziska strahlte eben gern, und an Quasimodos Seite strahlte es sich besser als neben dem Bachelor. Frank verdiente gut als Regionalleiter eines Discounters, jedenfalls wesentlich besser als Krakauer. Er war ein guter Mann für Franziska, und zusammen gaben sie ein gutes Paar ab: fleißig, gesellig – und seit einiger Zeit auch sportlich. Franziska hatte ihm vor Monaten erzählt, dass sie sonntags um vier immer zum Nachmittagsgolf nach Schloss Nippenburg fuhren. Genau wie heute. *Jeder, wie er will*, hatte Krakauer damals gedacht und nur mit Mühe ein Lachen unterdrücken können. Vielleicht, weil es zu komisch war, sich vorzustellen, wie die beiden in Golfbekleidung hinter kleinen Bällen herliefen.

Franziska wusste nichts von seinem Krebs. Er hatte niemandem davon erzählt, und jetzt war es auch egal. Er hatte nur noch eine einzige, große Aufgabe zu erledigen – sein Vermächtnis zu schaffen –, bevor er den Rest seines Lebens im Krankenhaus, in Reha-Einrichtungen und im Hospiz verbringen würde. Kein Grund, andere in seine Misere hineinzuziehen.

Er stand vor dem Eingangserker, den er mit seinen eigenen Händen hochgezogen hatte, weil im Inneren des Hauses zu wenig Platz für einen Kinderwagen gewesen war. Eine Narbe an seiner linken Hand zeugte heute noch davon, dass er mit einer Tastatur besser umgehen konnte als mit der Stichsäge. Dennoch sah sein Werk passabel aus und stand immer noch.

Er griff in seine Hosentasche. Fühlte den Ring mit dem scharfkantigen Diamanten. Franziskas Verlobungsring. Sie hatte ihn nur ein Jahr lang getragen, dann hatten sie geheiratet. Vor gut zwölf Monaten war der Ring in seinen Sachen aufgetaucht. Krakauer hatte ihn Franziska zurückgeben wollen, aber der Lungenkrebs war dazwischengekommen.

Er ging in den Garten und bog um die Hausecke zum Apfelbaum, den Franziskas Großvater gepflanzt hatte. Der Stamm war dick und knorrig und wirkte wie ein pflanzliches Abbild des Alten, den er um Jahrzehnte überlebt hatte. So kreuz und quer, wie die Triebe wuchsen, hätte der Baum einen Schnitt dringend nötig gehabt. Aber immerhin, auch er stand noch.

Krakauer bückte sich. Sein Atem rasselte. Es war eine Schande. Nein, *er* war eine Schande.

Nicht wichtig.

Er legte den Ring ins Gras, dem Baum zu Füßen, auf eine Stelle, an der die Erde locker aussah. Der Diamant funkelte im Sonnenlicht.

»Auf unser besseres Leben«, sagte er und drückte den Ring mit dem rechten Zeigefinger so tief ins Erdreich, wie er konnte. Dann stand er auf, stieg in den Wagen und fuhr davon.

11

Den Haag, 22.17 Uhr

Inga Björk

Björk saß seit vielen Stunden an ihrem Arbeitsplatz und studierte die Kamerabilder, die Scotland Yard übermittelt hatte. Auf einem Monitor daneben liefen Mitschnitte aktueller Polizeieinsätze aus verschiedenen europäischen Partnerländern.

Sie versuchte, so viele Details wie möglich parallel aufzunehmen und miteinander in Verbindung zu setzen. Wobei sie selbst nicht wusste, was sie sich davon versprach. Als Super Recogniser konnte sie sich zwar eine Unzahl von Gesichtern einprägen und an verschiedensten Orten wiedererkennen, aber Wunder konnte sie sich davon keine erwarten.

Vielleicht hegte sie immer noch die Hoffnung, sie könne den Fehler bemerken, der Lucy zum Verhängnis geworden war. Dabei kannte sie die Aufzeichnungen aus der Marylebone Street längst auswendig. Sie hatte nichts übersehen. Jimmy Fields war am Abend vor ihrem Eintreffen in seine Wohnung gegangen und nicht mehr herausgekommen. Ob sein Mörder bereits auf ihn gewartet hatte oder später dazugestoßen war, ging aus den Kamerabildern nicht hervor. Menschen spazierten ein und aus, Pakete und Post wurden geliefert, Handwerker kamen und gingen – wie in jedem größeren Wohnhaus überall auf der Welt. Aber da das Haus einen zweiten Eingang besaß, der nicht überwacht wurde, erinnerte die Tätersuche an die nach der berühmten Nadel im

Heuhaufen. Außerdem – was nützte es schon, *einen* Täter zu erwischen?

Jimmy Fields hatte tot in seinem Bett gelegen, den Körper der Länge nach zersägt, in gerader Linie vom Schädel bis zu den Genitalien. Das war inzwischen auf der Jagdspiel-Webseite dokumentiert und bestätigt. Der erfolgreiche Jäger hatte jetzt einen Punkt – eine *Trophäe* – mehr auf seinem Konto.

Die Kettensäge hatte nicht viel von Fields' Gesicht übrig gelassen. Trotzdem hatte Björk ihn zweifelsfrei identifiziert. Sie brauchte nicht auf das offizielle Obduktionsergebnis aus London zu warten. Das, was nach der Detonation von Fields' Körper übrig geblieben war, würde ganz sicher keine neuen Fakten liefern.

Diese verdammte Bombe.

Björk merkte, dass sich ihre Gedanken im Kreis drehten. Ihre Lider waren so schwer, dass sie sie kaum noch offen halten konnte. Aber sie durfte weder der Müdigkeit noch der Trübsal nachgeben. Sie brauchte einen neuen Anhaltspunkt. Irgendeinen Hinweis, wie sie diese kranke Menschenjagd stoppen oder wenigstens weitere Opfer aufspüren konnte, die keine Ahnung hatten, welche Bestien hinter ihnen her waren.

Einfach so weiterzumachen, fühlte sich falsch an. Doch Lucy hätte es genau so gewollt. *Get those bloody bastards!*, wären ihre Worte gewesen.

Aber worauf sollte sie ihre Aufmerksamkeit jetzt richten? Wen aufzuspüren versuchen und wo? Sie hatte nicht die leiseste Idee. Trotzdem musste sie die Zeit nutzen. In ein paar Stunden wäre es vorbei mit dem ungestörten Arbeiten. Julian Kirchhoff würde sie gleich nach Dienstbeginn zu sich holen, um sie entweder nach Hause zu schicken oder ihr einen neuen Partner aufs Auge zu drücken. Das hatte er bereits angekündigt. Es war pures Glück gewesen, dass sie früher schon einmal mit Lucy Barrows von Scotland Yard zusammengearbeitet hatte und so der Zwangsbeglückung bislang entgangen war.

Pures Pech für Lucy.

Normalerweise kooperierten sie mit den nationalen Polizeieinheiten und waren vor allem beratend tätig. Aber dieser Fall war längst viel zu komplex und dringlich geworden, als dass sie noch weitere Kollegen aus den Partnerländern hätte einweihen können. Alles unterlag jetzt der höchsten Geheimhaltungsstufe. Björk wollte sich gar nicht vorstellen, was passieren konnte, wenn die Öffentlichkeit vom Jagdspiel erfuhr.

Ziemlich sicher würde Eric Duchamps ihr Ermittlungspartner werden. Der Franzose, der erst kürzlich von der *Police judiciaire* zu ihnen gekommen war, wartete noch auf eine Aufgabe. Björk hielt ihn für einen Poser. Groß, stark und gut aussehend, aber auch ein vulgärer Dummkopf. Er laberte und laberte, und was er da von sich gab, erinnerte eher an einen fünfzehnjährigen Pubertierenden als an einen erwachsenen Polizisten. Die beste Hardware nützte eben nichts, wenn man die falsche Software geladen hatte.

Björk seufzte, rieb sich den Kopf, ging in den Aufenthaltsraum und holte sich einen Energydrink aus dem Kühlschrank. Nicht, dass dieses Zeug jemals etwas bei ihr ausgerichtet hätte, aber sich die Beine zu vertreten, half auch ein wenig gegen die Müdigkeit.

Auf dem Rückweg kam sie an Eric Duchamps' Arbeitsplatz vorbei. Er hatte sich häuslich eingerichtet: ein Kaktus, ein Tintenfass von Montblanc, ein Lade-Pad für seine schicke Smartwatch sowie ein Foto von sich und ein paar seiner Kollegen am Strand, die Sixpacks beeindruckend, die dummen Gesichter auch. Nein, sie würde keinesfalls mit Duchamps arbeiten. Typen wie er brachten einen ins Grab.

Und Typen wie ich.

Verdammt!

Sie setzte sich wieder vor die Monitore und wollte gerade den linken ausschalten, um sich ganz auf den großen rechts konzentrieren zu können, als ihr Blick an der Filmsequenz einer Überwachungskamera hängen blieb. Ein Werbeschild blinkte aufgeregt über einem Schaufenster, irgendwo in einer Einkaufsstraße. Autokennzeichen am Rand der Fußgängerzone verrieten, dass die Bilder aus Österreich stammten. Björk erinnerte sich, von einem Amoklauf in Wien gehört zu haben, doch sie hatte keine Zeit gehabt, die Nachrichten zu verfolgen.

Einem spontanen Gefühl folgend, sah sie sich die Aufnahmen an und beobachtete einen Mann in Zivilkleidung, der sich angesichts des Wahnsinnigen, der in unmittelbarer Nähe durch die Gegend ballerte, auffallend abgeklärt verhielt.

Was er dann tat, konnte sie zunächst nicht glauben. Es war so unfassbar, dass sie sich die Sequenz noch einmal ansah. Und noch einmal.

Eine halbe Stunde später wusste sie alles über den Mann, was nötig war, und schmiedete einen neuen Plan.

Einen Plan, der den Dimensionen und der Abartigkeit dieses Falls gerecht wurde.

Lucy hätte er bestimmt gefallen.

Vor zehn Jahren

12

Berlin

Marlies Bauer,
Psychotherapeutische Heilpraktikerin

Marlies sah auf die Uhr. Ihr erster richtiger Kunde sollte in wenigen Minuten hier sein. Nervös ging sie ins Bad und prüfte ihr Make-up. Bereits zum dritten Mal in der letzten Stunde. Sie deckte einen Pigmentfleck an der linken Schläfe neu ab, zog den extraroten Lippenstift nach und kämmte ihr Haar durch. Zwei Pumpstöße »Jil« von Jil Sander, direkt aufs Kostüm, eine Fluse von der extralangen Hose gepickt – und dann musste es gut sein.

»Ich bin bereit«, sagte sie zu ihrem Spiegelbild, als hätte dieses Zweifel angemeldet. Sie kehrte in die Praxis zurück, in ihren Ausgehschuhen, was dem Hallux am rechten Fuß gar nicht gefiel. Aber darum würde sie sich am Abend kümmern. Gleich wollte, nein: musste sie sich von ihrer besten Seite zeigen.

Sie hatte die Einzimmerwohnung, die Heinz für sie bezahlte, auf Hochglanz poliert. Ursprünglich hatte Marlies gedacht, ihre eigenen Ersparnisse würden für die Anmietung dieser kleinen Praxis reichen, aber die zehntausend Euro waren schon für die Ausbildung zur psychotherapeutischen Heilpraktikerin und ihre Homepage draufgegangen.

»Natürlich versteh ich, dass du eine Beschäftigung brauchst, Schatz.«

Heinz' Reaktion auf ihre Pläne hatte sich unauslöschlich in ihr Gedächtnis gebrannt. Er hatte es gar nicht böse gemeint. Aber von diesem Moment an war Marlies klar gewesen, dass ihr Mann sie für eine Hausfrau hielt, die »Beschäftigung« brauchte. Ein Hobby, um Zeit totzuschlagen, nachdem die Kinder aus dem Haus waren.

Sie aber wollte kein Hobby, sondern endlich – zum ersten Mal überhaupt in ihrem Leben – auf eigenen Beinen stehen. Sie wollte für sich selber sorgen, ihr eigenes Geld verdienen und Heinz jeden Cent, den er jetzt für ihre »Beschäftigung« ausgab, mit Stolz zurückzahlen. Deshalb brauchte sie Klienten. Und die zu finden, hatte sich als sehr viel schwerer erwiesen als gedacht.

Sie war davon ausgegangen, auf ihren Freundeskreis zählen zu können. Heinz war Chirurg, was eine hohe gesellschaftliche Stellung mit sich brachte. Die Bauers pflegten viele freundschaftliche Kontakte und waren gern gesehene Gäste auf Feierlichkeiten und Events. Marlies hatte zahllosen Menschen von ihrem Plan mit der eigenen Praxis für Psychotherapie erzählt und nur positives Echo bekommen. Schließlich waren die Leute schon oft mit ihren Problemen zu ihr gekommen. Manche hatten sogar spontan zugesagt, sich nach Abschluss ihrer Heilpraktiker-Ausbildung von ihr behandeln zu lassen. Und wie viele hatten es dann tatsächlich getan? Keiner. Kein Einziger. Die Ausreden waren so zahlreich wie kreativ gewesen. Unterm Strich war nur eins geblieben: Ihre sogenannten Freunde hatten sie im Stich gelassen.

Auf diese erste große Enttäuschung hin hatte Marlies mit einem kleinen Bankkredit – eigentlich hatte sie nur das Girokonto bis zum Maximum überzogen – Inserate in verschiedenen Zeitungen gebucht. Auf gar keinen Fall hatte sie Heinz ein zweites Mal um Geld anbetteln wollen. Die Erfolgsbilanz der Zeitungskampagne: zwei Kennenlerngespräche. Aber in beiden Fällen war eine mögliche Therapie am Honorar gescheitert. Was nicht an ihren überzogenen Vorstellungen gelegen hätte. Sie hatte den empfohlenen Mindesttarif angeboten. Aber beide Interessenten hatten gedacht, die Therapie sei gratis oder die Krankenkasse würde dafür bezahlen.

Tag für Tag und Woche um Woche hatte Marlies allein in ihrer kleinen Praxis gesessen und den Eindruck gehabt, als würde der Raum um sie herum immer kleiner. Als bewegten sich Wände und Decke auf sie zu. Zu Hause hatte sie Heinz vorgelogen, alles laufe bestens, aber spätestens ihr Buchhalter hatte sie auf den Boden der Tatsachen zurückgeholt: Sie war nach allen Regeln der Kunst gescheitert. Pleite mangels Einnahmen. Sie war ein halbes Jahr lang »beschäftigt« gewesen. Völlig erfolglos.

Genau wie Heinz es erwartet hat.

Doch dann war eine E-Mail eingetrudelt. Über das Kontaktformular ihrer Homepage, die sie schon seit Monaten nicht mehr beachtet hatte.

Sehr geehrte Frau Bauer,
bei meiner Suche nach einer Psychotherapeutin bin ich auf Ihre Webseite gestoßen. Die Texte zum Thema Lebensplanung und Glück gefallen mir. Ich glaube, Sie sind die Richtige für mich. Sagen Sie bitte, wann wir mit einer Therapie anfangen können.
Besten Gruß
Stephane Boll

Marlies hatte zu diesem Zeitpunkt längst mit ihrer Praxis abgeschlossen und frustriert geantwortet:

Lieber Herr Boll,
danke für Ihr Interesse. Mein Honorar beträgt 300 Euro pro Stunde. Ich empfehle mindestens zehn Stunden pro Monat über einen Zeitraum von einem Jahr oder mehr. Zahlung im Voraus. In zwei Monaten hätte ich den ersten Termin für Sie frei.

Freundliche Grüße
Marlies Bauer
Psychotherapie

Nie im Leben hatte sie mit seiner Reaktion gerechnet, die schon nach wenigen Minuten gekommen war:

Liebe Frau Bauer,
das klingt toll! Geht es nicht schon früher? Ich werde gleich eine Anzahlung leisten.
Freundlichen Gruß
Stephane Boll

Am nächsten Morgen waren dreitausend Euro auf ihrem Bankkonto gelandet. Von Stephane Boll. Einfach so. Sie hatte sich gefragt, wie das überhaupt funktionieren konnte, bis sie sich erinnerte, dass ihre Bankverbindung im Impressum der Homepage stand.

Dreitausend Euro. Das völlig überzogene Honorar für zehn Therapiestunden. Mehr als das Dreifache ihres Normaltarifs. Genügend Geld, um das Minus auf ihrem Konto auszugleichen. Um weitermachen zu können. Um vielleicht doch noch die Kurve zu kriegen und als psychotherapeutische Heilpraktikerin arbeiten zu können.

Um es Heinz zu zeigen! Und allen, die nicht an mich geglaubt haben!

Nach der anfänglichen Freude hatten sich aber schnell die ersten Fragen aufgedrängt. Wer war so dumm, einem wildfremden Menschen derart viel Geld zu überweisen, ohne ihn persönlich zu kennen? Konnte sie so jemandem überhaupt helfen? Sie hatte versucht, ihn zu googeln. Erfolglos.

Voller Neugier hatte sie ihm geschrieben:

Lieber Herr Boll,
danke für die Anzahlung. Zufällig ist ein Klient ausgefallen, womit ich schon morgen um 10 Uhr einen Termin frei hätte. Ginge das bei Ihnen so kurzfristig?
Freundliche Grüße
Marlies Bauer
Psychotherapie

Ja, es ging. Und sie wettete, dass er pünktlich sein würde. Niemand überwies einfach so dreitausend Euro und kam dann nicht.

Marlies hoffte, Herrn Boll nicht zu enttäuschen. Nicht nur, was ihr Erscheinungsbild betraf. Denn wenn sie ehrlich war, waren die Texte auf ihrer Homepage, die er so toll fand, gar nicht von ihr. Jedenfalls nicht so richtig. Sie hatte sie teils von Wikipedia kopiert, teils aus ihren Lieblingsbüchern abgeschrieben, umformuliert und neu angeordnet. Mehr aus Bequemlichkeit denn aus Vorsatz. Jeder Heilpraktiker brauchte eine Homepage, das wurde einem in der Ausbildung beigebracht. Also hatte sie eben eine programmieren lassen und eilig ein paar Inhalte zusammengeschustert.

Die Anzeige am oberen Rand ihres Bildschirms sprang auf zehn Uhr. Eine Minute verging. Marlies trommelte mit den Fingerspitzen auf die Schreibtischunterlage und wartete.

10 Uhr 02.

Hatte sie ihn falsch eingeschätzt?

Als der Dreiklang der Türklingel ertönte, schnellte ihr Puls in die Höhe.

Sie stand auf, ging die paar Schritte zur Tür und hob den Hörer der Gegensprechanlage ab. »Hallo?«

Nichts.

Nur einen Moment später klopfte es laut an die Wohnungstür. Marlies holte Luft, sperrte auf und öffnete.

»Herr Boll?«

»Ja.«

»Bitte, kommen Sie herein!«

Das Erste, was ihr auffiel, war seine Größe. Stephane Boll überragte Marlies gleich um mehrere Köpfe und musste sich ducken, um durch den Türrahmen zu passen. Das Zweite war seine Attraktivität. Seine hohen Wangenknochen und die gepflegten Haare erinnerten an die eines Models, vielleicht auch eines Schauspielers. Marlies gefiel, was sie sah.

»Schön, dass Sie Zeit haben«, sagte Boll. Seine Stimme klang überraschend sanft und offenbarte eine Sprachmelodie, die Marlies nicht gleich zuordnen konnte. Am ehesten hätte sie auf Köln getippt. Woher auch immer er kam, er schien ein angenehmer, freundlicher Mann zu sein. Sie schätzte ihn auf knapp vierzig.

»Sie hatten großes Glück, dass eine Klientin ausgefallen ist«, erneuerte Marlies ihre Lüge. »Nehmen Sie doch gleich hier drüben Platz.«

»Danke.«

Weil er Kaffee und jede andere Bewirtung ablehnte, setzte sie sich ihm gegenüber in den zweiten Ohrensessel. Alles in diesem Raum hatte sie sorgfältig auf Wohlfühlatmosphäre getrimmt. Die Farbtöne passten zueinander, die dunkel bezogenen Möbel brachten den nötigen Kontrast, die Grünpflanzen gediehen prächtig. Kein Wunder bei der Zeit, die sie ihnen hatte widmen können. Jetzt konnte ihre Praxis zum ersten Mal ihren eigentlichen Zweck erfüllen.

»Ich dachte, Sie seien jünger«, sagte Boll wie beiläufig und ließ seinen Blick durchs Zimmer schweifen.

Marlies gab sich Mühe, nicht zu irritiert zu wirken. Sein Satz hatte sie getroffen. Und wie. Mitten ins Schwarze hinein.

Sie setzte ihr strahlendstes Lächeln auf. Als sich ihre Blicke trafen, entgegnete sie: »Alter kann auch seine Vorteile haben, Herr Boll. Gerade im Bereich der … Therapie.« Sie merkte, wie schwer es ihr fiel, das Wort auszusprechen. Insgeheim wusste sie, dass sie es sich noch nicht wirklich zutraute, Menschen zu therapieren. Zu sehr hatten die vergangenen Monate an ihrem Selbstvertrauen genagt.

Er antwortete nicht gleich. Sie hatte das Bedürfnis, die Ärmel ihrer Kostümjacke ganz nach vorn zu ziehen. Nach einer Weile verdichteten sich die Lachfältchen um seine stahlblauen Augen. »Aber nein, ich habe ein Kompliment gemacht! Ich bin sehr froh, dass Sie nicht zu jung für mich sind!«

Zu jung für mich.

Ihr Blick wanderte vom Gesicht zu seinem Körper. Boll war nicht nur groß, sondern auch ziemlich mager. Das fiel besonders im Sitzen auf. Die Oberschenkel waren kaum dicker als die Unterarme. Hemd und Stoffhose waren ihm um gut zwei Nummern zu groß. War er womöglich krank? Sie bekam ein mulmiges Gefühl, wenn sie sich vorstellte, vielleicht einen Menschen mit Krebserkrankung begleiten zu müssen. Hoffentlich würde er nicht seine schönen Haare verlieren.

Dann dachte sie an das Geld. Dreitausend Euro. Wie flexibel musste sie sein? Könnte sie ihre Hemmschwelle überschreiten, oder würde sie es ihm zurückgeben müssen? Und dann? Starb ihr Traum?

»Was führt Sie zu mir?«, fragte sie, um Gewissheit zu haben.

Boll sah sie erneut ein paar Sekunden lang an, prüfend, wie ihr schien. Sie fröstelte. »Das habe ich doch schon geschrieben«, antwortete er.

»Die … Texte? Auf meiner Homepage?« Marlies merkte, wie sie nach und nach ihre innere Stabilität verlor. Was sie ihm natürlich niemals zeigen durfte.

Er nickte einmal.

»Welcher davon hat Sie denn am meisten angesprochen?« Natürlich hatte sie ihre Homepage vor dem Termin noch einmal durchgesehen und sich insgeheim für den Unsinn geschämt, der dort zu finden war. Sie hatte sich vorgenommen, alles zu überarbeiten, jetzt, wo das Internet ihr tatsächlich einen Klienten beschert hatte.

»Der mit den Träumen, die plötzlich in Erfüllung gehen können, man aber Angst vor dem Weg bekommt. Weil vertraute Dinge dann für immer verschwinden könnten.«

Paulo Coelho, wusste sie. *Der Dämon und Fräulein Prym.* Marlies liebte Coelhos Weisheiten. Und was hatte sie getan? Sie hatte sie gestohlen, entstellt und als ihre eigenen verkauft. Sie fühlte sich schlecht.

»Gibt es denn einen Traum, der sich für Sie erfüllen könnte?«, fragte Marlies und räusperte sich, um das Zittern in ihrer Stimme zu überspielen.

»Nein.« Er starrte sie unverwandt an.

Sie richtete sich auf und zupfte ihre Hose an den Knien so weit nach vorne, wie es ging. Sein Blick folgte ihren Händen und blieb für einen Moment an ihrem linken Bein hängen. Etwas zu lange, als dass es ihr hätte entgehen können. Hatte er es gesehen? Marlies stieg die Hitze ins Gesicht. Sie erinnerte sich an die Zeit, als Männer gute Gründe gehabt hatten, ihren Körper anzustarren. Es musste Jahrzehnte her sein. In jedem Fall vor dem Unfall mit der Straßenbahn.

Auch Boll setzte sich jetzt anders hin. Sie blickte direkt in seinen Schritt und spürte, wie ihr das Blut in die Wangen schoss.

Sie hätte sich dafür ohrfeigen können. Natürlich hatte sie es bemerkt. Sein Glied, das genau wie alles an ihm um ein paar Nummern zu groß geraten schien. Ihr wurde noch heißer. Um es zu überspielen, besann sie sich eilig auf Coelhos Weisheit zurück. Von »vertrauten Dingen« war dort die Rede …

»Sie haben Angst, dass Ihnen vertraute Dinge abhandenkommen?«, fragte sie und merkte selbst, welchen Fehler sie gerade beging. *Er* sollte reden, nicht sie. Aber sie hatte nicht die geringste Chance, dieses Gespräch zu lenken.

»Ich habe meinen Vertrauten verloren«, erwiderte er unvermittelt und sah auf seine Hände.

»Oh … das tut mir leid. Wie ist das passiert?«

»Er musste sterben.«

Marlies holte Luft. *Er musste sterben.* Nicht: Er *ist* gestorben. Aber bestimmt hatte er sich nur versprochen, denn mittlerweile war sie überzeugt, dass Boll eine andere Muttersprache als Deutsch sprach. *Französisch?*, fragte sie sich und beschloss, genauer darauf zu achten.

Wollte er bei ihr seine Trauer verarbeiten? Sie sah sich selbst eher als Lebensbegleiterin, die ihren Klienten half, besser durch den Alltag zu kommen. Extremsituationen wie der Verlust lieber Menschen bereiteten ihr großes Unbehagen.

»Wie ist er gestorben?«, fragte sie.

»Darüber möchte ich nicht sprechen«, blockte er ab.

In ihr regte sich Ärger. »Herr Boll, ich möchte gerne wissen, wer Sie sind, was Sie zu mir führt und ob ich Ihnen überhaupt helfen kann. Also bitte, erzählen Sie mir, worum es geht.«

Er hob entschuldigend die Hände. »Verzeihen Sie. Ich bin oft ungeschickt in diesen Dingen. Bitte vertrauen Sie mir, wenn ich sage: Ich weiß, dass Sie die Richtige für mich sind. Das spüre ich. Ich brauche jemanden, bei dem ich über meine … Gedanken …

reden kann. Vertrauen ist mir wichtig. Wichtiger als alles andere. Vertrauen und Stillschweigen. Vertrauen Sie mir? Kann ich Ihnen vertrauen?« Er fasste in seine Hosentasche und zog etwas heraus.

Es war Geld. Viel Geld. Er entfaltete es, knickte es der Länge nach und legte es dann auf den Couchtisch zwischen ihnen.

Marlies starrte auf den Stapel. Unwillkürlich überschlug sie die Summe. Drei-, vier-, fünftausend Euro vielleicht?

Genug, um Heinz die bisherige Miete zurückzuzahlen.

Aber sie war doch nicht käuflich. Außerdem: Was war so viel Geld wert? Hier ging es wohl kaum um ein Allerweltsproblem, das leicht zu lösen war. Würde sie dem gewachsen sein?

»Kann ich Ihnen vertrauen?«, fragte er wieder und starrte auf ihre Knie.

Sein Blick nahm ihr die Konzentration. Vertrauen hin oder her – sie mochte es nicht, wenn jemand so offensichtlich ihre Beine ansah. Vergleiche zog. Sich fragte, was damit nicht stimmte.

Quatsch!

Sie wusste doch, dass es nicht an den anderen lag, sondern an ihrer eigenen Unsicherheit. Die meisten Blicke hatten gar nichts zu bedeuten. Irgendwo musste man ja schließlich hingucken, und manchmal waren Beine eben bessere Rastpunkte für die Augen als fremde Gesichter. In der Reha nach dem Unfall hatte sie gelernt, damit umzugehen. Eigentlich.

Trotzdem beschlich sie ein merkwürdiges Gefühl.

Sei's drum, sagte sie sich. Sie war eine erwachsene, reife Frau, die erfolgreich zwei Kinder großgezogen und ihren älteren Sohn davor bewahrt hatte, weiter in die Berliner Drogenszene abzurutschen, und es erfüllte sie mit Stolz, dass ebendieser Sohn ihr in wenigen Monaten das erste Enkelchen bescheren würde. Ja, sie hatte in ihrem Leben schon größeren Herausforderungen gegenübergestanden. Bedeutend größeren.

Das hier war ihre Chance. Sie brauchte Stephane Boll. Er war der Startschuss für ihre Praxis. *Marlies Bauer, Psychotherapeutische Heilpraktikerin.* Was wollte Boll schon groß von ihr? Wissen, ob er ihr vertrauen konnte. Natürlich konnte er! Jeder konnte ihr vertrauen. Sie war die Vertrauenswürdigkeit in Person.

»Kann ich Ihnen vertrauen?«, fragte er zum dritten Mal.

»Ja«, antwortete sie schlicht und nahm das Geld an sich.

Montag, 24. August

13

Wien, 08.56 Uhr

Christian Brand

Brand saß im Railjet 596 der Österreichischen Bundesbahnen und konzentrierte sich darauf, wach zu bleiben. Er durfte nicht vergessen, in Attnang-Puchheim umzusteigen. Von dort ging es mit dem Regionalzug nach Hallstatt weiter. Nach Hause.

Die Sonne schien ihm ins Gesicht, was seine Kopfschmerzen verstärkte. Die Plätze auf der Schattenseite des Großraumabteils waren alle besetzt gewesen, und sein Vordermann weigerte sich beharrlich, das Sonnenschutzrollo unten zu lassen.

Sein Handy klingelte. Gleichzeitig spürte er den Vibrationsalarm am Oberschenkel. Bestimmt Mum, die wissen wollte, ob er schon unterwegs war. Sie sollte nicht hören, dass er ordentlich über den Durst getrunken hatte, also tastete er nach dem alten Nokia in seiner Hosentasche und drückte den Anruf weg.

Brand seufzte.

Er hatte den Zug gerade noch erreicht. Vor allem dank der Hilfe seines besten Kumpels Erich Langthaler, bei dem er übernachtet hatte. Dieser hatte eine Unzahl von Verkehrsregeln gebrochen, um ihn rechtzeitig zum Hauptbahnhof zu bringen. Es war gerade noch genug Zeit geblieben, das Zugticket am Automaten auszudrucken, zum Bahnsteig zu laufen und sich todesmutig durch die halb geschlossene Wagentür zu werfen. Spitzauf-Knopf-Momente wie dieser waren in Brands Leben nicht selten. Irgendwie schaffte er es trotzdem immer.

Erich hatte ihn gestern Nachmittag angerufen und zu sich eingeladen, nachdem sie mehrere Wochen nichts voneinander gehört hatten. Als hätte er gespürt, dass Brand Ablenkung brauchte. Dieser hatte sich zunächst vor einem Treffen drücken wollen, doch wie es Langthalers Art entsprach, hatte er nicht lockergelassen, bis Brand schlussendlich zugesagt hatte.

Die beiden kannten sich seit dem Kunststudium. Langthaler war drangeblieben und hatte nun seinen Abschluss in der Tasche, während es für Brand eher unrühmlich ausgegangen war. Nach nur einem Semester. Seither wusste er: Die künstlerische Kompetenz von Professoren anzuzweifeln, deren Amtstitel mit *Rat* endete, konnte in Österreich böse enden. Es half natürlich auch nicht, ihnen nach einer durchzechten Nacht die Reifen abzumontieren und diese die Donau hinabtreiben zu lassen.

Sie hatten sich auf dem Weingut von Langthalers Eltern verabredet, die gerade in Spanien urlaubten, und sich dort über den Weinkeller hergemacht. Grüner Veltliner, Zweigelt und schwere Cuvées – wie viele Gläser Brand am Ende »verkostet« hatte, konnte er beim besten Willen nicht mehr sagen. Sie hatten geredet, gelacht und noch mehr geredet. Wie immer hatte sich Langthaler dabei kein bisschen für Brands Polizeidienst interessiert. »Lass mich bloß mit deiner *Kieberei* in Ruh«, war sein Standardspruch. Mit Langthaler konnte Brand über alles sprechen, von der Kunst über Beziehungskram bis zum Weinbau, nur über Cobra und Polizei nicht. Und das war gut so. Es war Mittag, Nachmittag, Abend und Nacht geworden, irgendwo dazwischen hatte Langthaler eine Jause mit fettem Speck, Bauernbrot und allerlei pikanten Kleinigkeiten aufgetischt. Weil Brands Sommerkleidung auf Dauer doch zu kalt für den Weinkeller war, hatte

Langthaler ihm Sachen von sich geliehen. Jeans und ein Hemd, beides zu weit und zu kurz. Es war die Kleidung, in der Brand immer noch steckte.

Irgendwann war es zu spät gewesen, als dass es sich noch gelohnt hätte, heimzufahren. Brand hatte im Gästezimmer übernachtet und prompt verschlafen. Verkatert, unrasiert und in Sachen, die ihm nicht passten, saß er jetzt im Zug nach Attnang-Puchheim auf dem Weg nach Hallstatt.

Das Handy klingelte erneut.

Nächstes Mal, beschloss Brand, nächstes Mal würde er drangehen. Er lehnte den Anruf ab und machte sich auf den Weg zum WC.

Kaum hatte er sich hingesetzt, meldete sich sein Handy erneut. Jetzt spürte er das Vibrieren am Schienbein.

Mum!

Es reichte. Er zog das Handy aus der Tasche und nahm das Gespräch entgegen, ohne das Display zu beachten.

»Mum, ich sitze im Zug«, sagte er genervt.

»Hallo? Brand, sind Sie das?«

Brand erkannte die Stimme seines Chefs sofort. »Ja?«

»Hinteregger hier. Brand, sagten Sie gerade, Sie sitzen im Zug?«

»Ja ...?«

»Ja ...«, echote dieser. »Sie erinnern sich doch sicher an unser Gespräch von gestern.«

Brand biss sich auf die Zunge. Wie sollte er sich auch nicht an die schlimmste Kränkung erinnern, die ihm seit dem Eintritt in den aktiven Polizeidienst widerfahren war?

»Also, Brand, Planänderung. Obwohl das, was ich gestern gesagt habe, auch heute noch gilt. Nur – wir haben in der Nacht eine Anforderung aus Den Haag bekommen. Für Sie, Brand.«

Normalerweise hätte er jetzt erstaunt nachgefragt: »Den Haag? Die fordern mich an?« Stattdessen sagte er nur: »Aha.«

»Ja, genau so habe ich auch reagiert, als ich vor einer Stunde davon erfahren habe. Europol. Die werden schon wissen, was sie tun.«

Europol klang wirklich interessant, doch Brand schwieg.

»Sie wurden direkt über das Innenministerium angefordert. Womit Sie hiermit zu diesem Assistenzeinsatz abkommandiert sind. Wir unterhalten uns danach wieder. Zwischen Ihnen und mir bleibt alles wie besprochen, nur damit das noch einmal gesagt ist.«

»Sie haben mich beurlaubt«, konterte er.

»Nein, das habe ich nicht, Brand. Schon vergessen? Sie waren dagegen. Das habe ich stillschweigend zur Kenntnis genommen. Somit sind Sie dem gestrigen Dienst unentschuldigt ferngeblieben. Ich erwarte, dass Sie unverzüglich damit beginnen, die versäumte Zeit hereinzuholen, weshalb Sie am nächsten Bahnhof aussteigen. Welcher ist das?«

»Keine Ahnung«, antwortete Brand wahrheitsgemäß. Er wusste nur, dass es bis Attnang-Puchheim noch eine knappe Dreiviertelstunde war.

»Dann schauen Sie nach!«, blaffte Hinteregger.

»Das ... kann etwas dauern.«

»Ich warte.«

»Nein, ich – äh ... rufe zurück«, sagte Brand, legte auf und drückte die Spülung.

Zehn Minuten später stand er am Bahnhof von St. Valentin.

Vorhin hatte er Hinteregger zurückgerufen. Dieser hatte ihn angewiesen, sich nicht von der Stelle zu rühren. Man sei schon unterwegs und würde ihn nach Bozen bringen, wo er sich in drei

Stunden mit Europol treffen und weitere Instruktionen erhalten werde.

»Bozen?«, hatte Brand erstaunt gefragt. »Wieso Bozen?«

»Das entzieht sich leider meiner Kenntnis. Höchste Geheimhaltungsstufe.«

Brand gab sich Mühe, aus dem Gehörten schlau zu werden. Zu geheim für Hinteregger klang wirklich geheim. Aber Bozen? Bozen war nicht gerade als Hotspot des internationalen Terrors und der organisierten Kriminalität bekannt, abgesehen davon vielleicht, dass es in Italien lag. Was also hatte Europol ausgerechnet in Bozen zu suchen? Und wozu brauchte man ihn dort? »Wie soll ich das in drei Stunden schaffen?«, hatte Brand die nächste Frage ausgesprochen.

»Sie werden schon sehen!«, war die schlichte Antwort des Chefs gewesen.

Und so stand er nun in St. Valentin, einem Ort, an den es ihn unter normalen Umständen wohl niemals verschlagen hätte. Er suchte sich einen Platz, von dem aus er die Hauptstraße und die umliegende Gegend beobachten konnte. Vermutlich würde er von Kollegen der nächstgelegenen Polizeiwache abgeholt werden, also hielt er nach Einsatzwagen Ausschau.

Aber er wartete vergeblich. Zehn Minuten vergingen, dann noch mal fünf, ohne dass auch nur das Geringste passierte. Schließlich setzte er sich auf eine Bank und schloss die Augen. Man würde ihn schon finden.

Er saß noch keine Minute, als er ein Brummen vernahm, das kontinuierlich lauter wurde und sich bald nach einem überdimensionalen Teppichklopfer anhörte, der auf einen noch viel größeren Teppich schlug, irgendwo im immer blauen Himmel.

Brand sah in die Luft. Er musste seine Augen beschatten, weil ihn die Sonnenstrahlen blendeten.

Er entdeckte einen schwarzen Punkt, der langsam größer wurde. Ein Hubschrauber. Brand ahnte auch, um welches Fabrikat es sich handelte: Nur die *Bell 212* des österreichischen Bundesheers war in der Lage, ein solches Ausmaß an Lärm zu produzieren. Hin und wieder, wenn gar kein anderes Fluggerät zur Verfügung stand, musste auch die Cobra mit dem alten Mehrzweck-Helikopter fliegen. Gerne tat sie es nicht.

Der Heli steuerte so zielsicher auf den Bahnhof St. Valentin zu, dass sich jeder weitere Zweifel über sein Transportmittel erübrigte. Das Ding wurde groß und größer, schließlich schwebte es eine Zeit lang über dem Gelände, bevor es auf dem Park-and-ride-Parkplatz direkt gegenüber dem Bahnhof niederging. Während die Rotorblätter weiterliefen, stieg ein Mann in olivfarbenem Overall aus und rannte auf den Bahnhof zu.

Als Brand kaum zwei Minuten später im hinteren Abteil der *Bell 212* saß und die Maschine abhob, fiel ihm ein, dass es keine schlechte Idee gewesen wäre, Mum Bescheid zu sagen.

14

A8-Raststätte Aichen, 10.50 Uhr

Werner Krakauer

Krakauer wartete auf einer Bank im Freigelände der Raststätte, von der aus er die Parkflächen im Blick behalten konnte und zur Sicherheit auch selbst gesehen wurde. Was er vorhatte, war schon wahnsinnig genug. Er musste jede Gelegenheit nutzen, sein Risiko zu minimieren.

Er wartete auf den Jäger, mit dem er sich verabredet hatte.

Paul.

Die Sonne strahlte unerbittlich vom Himmel, aber die Strahlen fielen auf seinen Rücken, was er angenehm fand. Er fuhr mit der Hand in seine Umhängetasche, vorgeblich, um ein Hustenbonbon zu suchen. In Wahrheit tastete er zuerst nach seinem Handy und sah anschließend ins Dunkel der Tasche hinunter, um zu überprüfen, ob die Aufnahme noch lief. Dann erst zog er das Bonbon heraus und wickelte es aus, wobei ihm auffiel, wie sehr seine Hände zitterten.

Er prüfte die Umgebung und sah wieder nur den üblichen Trubel, der auf Raststätten wie dieser herrschte. Parkende Lkw, deren Fahrer sich mal mehr, mal weniger von der Tristesse um sie herum abschotteten. Familien mit quengelnden Kindern, vermutlich auf dem Rückweg aus den Ferien. Hin und wieder einzelne Farbtupfer wie der Italiener, der gerade kam: roter Alfa Romeo, edler Anzug, Sonnenbrille. Das unvermeidliche Handy am Ohr, stieg er aus und verschwand in der Raststätte. Vermutlich um sich mit einem Koffeinkick für die Weiterfahrt aufzuputschen. Dahinter folgte ein Reisebus, allem Anschein nach Teilnehmer einer Kaffeefahrt, die ins Innere der Raststätte strömten wie Ameisen in ihren Bau. Geschäftiges Treiben, aber weit und breit keine Spur von einem Mörder.

Noch fünf Minuten.

Krakauer spürte, wie das Menthol seine Wirkung entfaltete. Dabei war sein Morgen auch ohne Hilfsmittel wie dieses überraschend gut gewesen. Er fühlte sich besser als zuletzt. Alles war besser. Der Hustenreiz, die Schmerzen, das allgemeine Befinden. Vielleicht lag es an der Aufregung, die das Jagdspiel mit sich brachte. Ganz bestimmt auch an der Ablenkung. Es tat ihm gut, beschäftigt zu sein, statt die ganze Zeit darüber nachdenken zu müssen, was das Schicksal in den letzten Monaten seines Lebens wohl mit ihm vorhatte.

Er hatte gefrühstückt, seine Medikamente genommen und sich fertig gemacht, immer mit diesem Treffen vor Augen. Er hatte gar keine Zeit gehabt, an den Krebs zu denken.

Jetzt allerdings spürte er, wie die Unruhe in ihm wuchs. Er sah auf die Uhr an seinem Handgelenk.

Noch vier Minuten.

Zum hundertsten Mal versuchte er, sich diesen Jäger vorzustellen, dem die Anerkennung seiner Trophäe versagt wurde. *Den Mörder*, verbesserte er sich in Gedanken. Paul war skrupellos genug gewesen, eine Frau in zwei Teile zu schneiden, weil das Spiel es so von ihm verlangte. Nur leider hatte er ihr zusätzlich noch die Kehle durchtrennt. Das bestritt er auch gar nicht. Allerdings habe er sie nicht enthauptet, wie es auf den Fotos den Anschein machte. Und genau hier hatte Krakauer angesetzt. Er hatte Paul kontaktiert und ihm weisgemacht, er habe neue Bilder geschossen, die dessen Angaben bestätigten. Übergabe nur persönlich. Preis: ein Interview. Dass er Journalist war und eine Reportage über das Jagdspiel schreiben wollte, hatte er ganz offen zugegeben. Manchmal war es eben besser, die Wahrheit zu sagen, und manchmal musste man lügen. Der Grat, auf dem sich ein investigativer Journalist bewegte, war so schmal wie die Klinge eines Teppichmessers.

Noch drei Minuten.

Der italienische Alfa-Romeo-Fahrer kam aus der Raststätte. Er hatte wohl seinen doppelten Espresso gehabt und rauchte noch eine Zigarette, bevor er nach Berlin oder Gott weiß wohin weiterfahren würde, um dort Gott weiß was zu machen. Die Kaffeefahrtgesellschaft tröpfelte langsam in den Bus zurück, der sie gleich an einen Ort bringen würde, von dem es garantiert kein Entkommen gab – es sei denn, man kaufte sich frei. Dampfwolken wehten aus dem geöffneten Fenster eines Wohnmobils. Offensichtlich waren seine Besitzer zu geizig, um sich das Restaurant zu leisten. So weit, so normal und alltäglich, hier wie auf jedem anderen Autobahn-Rastplatz in Deutschland.

Pauls Antwort auf seine zweite Nachricht hatte drei Stunden auf sich warten lassen. Krakauer hatte schon gedacht, die Sache sei ihm zu heiß geworden. Aber dann war die Zusage gekommen. Treffen heute um elf, Raststätte Aichen, im Außenbereich.

Hier. Gleich.

Krakauer hatte vorgeschlagen, als Erkennungsmerkmal eine New-York-Baseballkappe zu tragen. Paul war einverstanden gewesen. Er musste sich seiner Sache ziemlich sicher sein, da er auf Forderungen wie »keine Polizei« verzichtet hatte. Vermutlich verstand sich das von selbst.

Noch zwei Minuten.

Krakauer tastete nach dem USB-Stick in seiner Hosentasche.

Er hoffte, Paul würde die Bilder nicht sofort überprüfen wollen, denn dann würde er schnell herausfinden, dass Krakauer getrickst hatte. Und dann? Was machte ein Mensch, der kaltblütig genug war, eine Frau zu ermorden und zu zerteilen, mit einem Betrüger?

Aber was wäre Krakauer anderes übrig geblieben? Nie im Leben hätte er versucht, die Leiche dieser bemitleidenswerten Frau aufzuspüren. Wie hätte er sie auch finden sollen? Pauls Fotos lieferten keinen Anhaltspunkt, sah man davon ab, dass sie aus einem Waldstück stammen mussten, das vermutlich irgendwo bei München lag. Ein Wald wie jeder andere. Und selbst wenn ihm das Kunststück gelungen wäre, die Tote zu finden, wäre es viel zu leichtsinnig gewesen, sich ihr zu nähern. Dass die Polizei die Frau noch nicht entdeckt hatte, wusste er von seinem alten Pressekontakt bei der Polizei in München, den er ein wenig ausgehorcht hatte, ohne Details preiszugeben. Doch früher oder später wäre es so weit, deshalb blieb man besser auf Abstand, statt womöglich noch eigene DNA-Spuren am Fundort zu hinterlassen.

Noch eine Minute.

Nein, die Polizei einzuschalten, kam nicht infrage. Bis er einem Beamten verklickert hätte, was da gerade im Darknet lief, wäre der Artikel längst geschrieben und veröffentlicht. Auf diesen Informationen könnte die Polizei viel besser aufbauen als auf dem Anruf bei irgendeiner Notrufnummer, wo er womöglich zuerst lang und breit erklären müsste, was das Darknet überhaupt war. Nicht auszuschließen, dass man seinen Anruf als den eines verwirrten Spinners abtun und zu den Akten legen würde.

Krakauer wusste, dass er direkt am Puls der größten Sache seines Lebens war. Sein Einsatz konnte sich wirklich auszahlen. Er würde als Aufdecker des Jagdspiels in die Geschichte eingehen.

Noch fünfzehn Sekunden.

Krakauer brauchte dieses Interview mit Paul, um Authentizität in seinen Artikel zu bringen. Die Leute wollten etwas – *jemanden* – zum Anfassen haben. Sie waren es leid, Symbolfotos von Menschen zu sehen, die maskiert vor ihrem PC saßen. Welcher Cyber-Kriminelle setzte sich schon eine Maske auf? Dazu vielleicht noch das Blabla sogenannter Experten, die sich bestenfalls auf die Theorie verstanden. Nein, ein guter Artikel brauchte Substanz. Das Internet, ganz besonders das Darknet, war für die meisten Menschen nicht zu begreifen. Ein Mörder schon.

Punkt elf.

Nichts.

Er hatte sich vorgenommen, nicht länger als zehn Minuten zu warten. Schließlich hatte er etwas anzubieten, und wenn es diesem Paul wichtig war, würde er sich auch bemühen, pünktlich zu sein. Krakauer wollte nicht verzweifelt wirken.

Er ließ zwei Minuten vergehen. Jetzt wurde die Sonne an seinem Rücken doch unangenehm. Der Schweiß rann ihm schon seit Minuten an den Flanken hinunter, auch auf der Vorderseite seines Hemds zeichneten sich erste Flecken ab.

Noch acht Minuten.

Er überlegte, schnell die Mails zu checken. Vielleicht hatte Paul ihm eine Nachricht gesandt?

»Cool bleiben«, murmelte er vor sich hin und verharrte.

Er sah zu seinem Saab hinüber, der direkt vorm Eingang des Gastronomiebereichs parkte. In seinem Wagen hatte Krakauer Kleidung zum Wechseln und alles andere. Er hatte für zwei Wochen gepackt und wollte nach diesem Treffen nicht mehr nach Stuttgart zurückfahren. Er musste mobil bleiben. Die möglichen Opfer des Spiels waren über den gesamten deutschsprachigen Raum verteilt. Er wollte ganz nah dran sein, wenn man die Teilnehmer und Hintermänner zu Fall brachte und verhaftete. Wenn ER die Teilnehmer und Hintermänner zu Fall brachte.

Noch fünf Minuten.

Ein Kind, das er bislang noch gar nicht bemerkt hatte, trat aus dem Schatten eines Baumes und sah ihn mit großen Augen an. Gehörte es zu einer der Familien, die auf dem Heimweg aus dem Urlaub waren? Oder zu dem Wohnmobil, in dem es gleich Essen geben würde?

Unweigerlich fielen ihm die Schlagzeilen über Kinder ein, die auf Raststätten vergessen wurden. Er konnte nur hoffen, dass er jetzt nicht ausgerechnet an ein solches Kind geriet. Andererseits ... *Bombenstory!*, dachte Krakauer und musste über die Ironie lachen, was nahtlos in ein Husten überging.

»Hast du dich verkühlt?«, fragte der Kleine.

»Nein. Und du, hast du dich verlaufen?«

»Nö.«

»Wo sind deine Eltern?«

»Darf ich dir nicht sagen!«

Sein schwäbischer Dialekt deutete darauf hin, dass er aus der Gegend stammte. Krakauer schmunzelte, auch weil ihn der Junge an eine sehr frühe Version seiner selbst erinnerte – aufgeweckt, hellwach, die Kleidung schmutzig. Abschürfungen und blaue Flecken an Armen und Beinen, manche verheilt, andere frisch, zeugten von einem Bengel, dessen Ambitionen weit über die motorischen Fähigkeiten hinausreichten. Genau wie bei ihm, damals, als ihm sein älterer Bruder das Fahrradfahren beigebracht hatte und nicht verstehen konnte, wie »behindert« ein Mensch sein musste, dass er so oft stürzte. Raue Zeiten, raue Sitten – und doch hätte Krakauer sich jetzt nichts sehnlicher gewünscht als die Einfachheit dieses jungen, unverbrauchten Lebens.

»Kann ich da rauf?«, fragte der kleine Stuntman.

»Nein, ich wa… Nein, geh woanders spielen!«, forderte Krakauer den Kleinen auf. Am Ende hielt dieser Paul ihn noch für sein eigenes Kind, was zwar höchst unwahrscheinlich war, aber wer wusste schon, was im Kopf eines Mörders vorging? Er musste den Jungen schnell loswerden. »Deine Eltern suchen dich bestimmt schon. Geh zu ihnen. Los, los!«, verlangte er, strenger nun.

Der ungebetene Gast ließ sich davon nicht aus der Ruhe bringen. Als hätte er Krakauer gar nicht gehört, kletterte er auf die Sitzbretter, hielt sich mit einer Hand an der obersten Strebe der Rückenlehne fest und tat so, als müsse er auf einem Drahtseil balancieren, bis er eine Fußlänge vor seinem Oberschenkel stoppte und ihm eine Frage stellte.

»Bist du Krake?«

15

Hamburg, 11.38 Uhr

Mavie Nauenstein

»Mavie, warte!«, hörte sie jemanden hinter sich rufen. Sie brauchte sich nicht umzudrehen, um zu wissen, wer es war.

Silas.

Aber sie konnte nicht auf ihn warten, geschweige denn mit ihm reden. Sie wollte bloß weg. In die Schule zu kommen, war ein großer Fehler gewesen. Hier wurde alles nur noch schlimmer.

Die Blicke. Das Tuscheln. Der Tratsch.

Die, die auf Silas' Party gewesen waren, hatten sich regelrecht das Maul über sie zerrissen und sich dabei nicht einmal die Mühe gemacht, es vor ihr zu verbergen. *Sollen sie doch*, hatte sie zunächst noch gedacht, doch dann hatten sie Fotos von ihr herumgezeigt, von diesem schrecklichen Ding auf ihrem Rücken. Manche hatten dabei so offensichtlich zu ihr herübergesehen, dass sich jeder weitere Zweifel erübrigte. Sie war Gesprächsthema Nummer eins in der Klasse. Blieb nur zu hoffen, dass Vater und Mutter die Fotos niemals zu Gesicht bekamen. Andererseits: Wie sollten sie?

Mit zitternden Fingern versuchte sie, das Fahrradschloss aufzusperren. Sie brauchte viel länger als sonst, musste für etwas, was ihr normalerweise im Schlaf gelang, ihre volle Konzentration aufbringen.

Ihr ganzer Körper kribbelte. Silas würde sie gleich eingeholt haben. Sie merkte, dass sie die falsche Kombination verwendet hatte – die ihres Geheimfahrrads –, und gab endlich die richtige ein. Das Schloss sprang auf. Mavie warf es offen in den Drahtkorb und schob das Rad eilig über den Schulhof.

»Warte doch, Mavie!«

Silas hatte schon mehrmals versucht, mit ihr zu reden. In der vorletzten Pause war sie einfach an ihm vorbei aufs Klo gerannt und hatte dort bis zum Klingeln gewartet. Sie wollte ihn nicht schon wieder in Verlegenheit bringen, weil man sie zusammen sah.

Der eigentliche Auslöser für ihre überstürzte Flucht war jedoch die Mathestunde gewesen, die eben zu Ende gegangen war. Dort hatte sich gezeigt, wie dünn das Eis war, auf dem sie stand. Beinahe hätte sie einen Verweis oder Schlimmeres riskiert …

Kramer hatte sie an die Tafel gerufen. Dass er sie nicht leiden konnte, wusste sie schon lange. Kramer hatte etwas gegen »vornehme Leute«. Bei ihr genügte ihm schon der Familienname. *Von* Nauenstein. Aber was konnte sie denn dafür? Sie sagte das *von* nie dazu, aber so stand es nun mal in den Papieren.

»Gnädiges Fräulein VON Nauenstein, hätten Sie die Güte, an der Tafel zu erscheinen?«

Sie sollte eine Gleichung lösen, an der einer ihrer Mitschüler gescheitert war. Mavie hatte die Kreide genommen, Kramers dumme Kommentare ignoriert und war fast am Ziel, als er sie plötzlich davon abhielt, die letzte Zeile hinzuschreiben.

»Stopp! Was hab ich euch übers Schummeln gesagt? *Zero tolerance!* Jeder Versuch führt zum sofortigen Abbruch. Bei mir wird nicht geschummelt!«

Aber sie hatte nicht geschummelt. Wie sollte sie auch?

»Kreide weg! Ich glaube, jeder in diesem Raum hat deutlich gehört, dass dem *Fräulein VON Nauenstein* von hinten vorgesagt wurde. Oder? Setzen, sechs!«

Kramer war ein solcher Idiot. Alle wussten es, alle beklagten sich, aber niemand handelte. Keiner ihrer Klassenkameraden wäre auf die Idee gekommen, etwas gegen seine Willkür zu unternehmen.

Plötzlich hatte sie die Wut gepackt. Ein explosiver Cocktail aus Emotionen kochte in ihr hoch, und beinahe hätte sie ihn angeschrien, wäre am liebsten sogar handgreiflich geworden. *Noch ein Wort.*

Ein. Einziges. Weiteres. Wort.

Doch als hätte er es riechen können, hatte er sich just in dem Moment von ihr abgewandt und sich ein anderes Opfer gesucht.

In ihrer Gemütsverfassung konnte sie für nichts mehr garantieren. Sie konnte nicht weiter in der Schule bleiben und so tun, als wäre nichts gewesen. Sie musste weg.

Sie rannte über den Vorplatz. Jetzt noch zwischen den Pollern hindurch, dann konnte sie aufspringen und in die Pedale treten …

Aber Silas war schneller. »Warte doch, Mavie!«, rief er und hielt ihr Fahrrad am Gepäckträger fest.

Sie rannte weiter, kämpfte gegen ihn an, aber er ließ nicht los. »Lass mich!«, protestierte sie.

»Ich will dir doch nur helfen! Jetzt bleib endlich stehen!«

Sie war schon auf der Straße. Links ging es leicht abwärts, immer geradeaus. Nicht lange, und sie wäre zu Hause.

Und dann?

»Hör mir zu, Mavie! Ich will nur mit dir reden! Ich weiß, dass du es nicht verstehst … jetzt hör endlich auf, dich gegen mich zu wehren!«

Sie gab auf und blieb stehen. Keuchend standen sie einander gegenüber, das Fahrrad zwischen ihnen. Mavie schaute an Silas vorbei zur Schule zurück und sah, dass Mitschüler draußen vor den Torbögen standen und schon wieder Handys in ihre Richtung hielten. Genau wie sie befürchtet hatte. Sie war jetzt der Freak an der Schule. Bestimmt lachte schon das ganze Internet über sie.

»Gehen wir da hinüber«, schlug Silas vor und zeigte auf einen Kastenwagen, der neben der Straße parkte.

Kaum waren sie vor den Blicken der anderen geschützt, starrte Silas sie durchdringend an. Sie konnte nicht sagen, ob er böse war, aber auf sein Gesicht trat ein Ausdruck, den sie so noch nicht von ihm kannte. »Verdammt, Mavie! Wieso läufst du ständig davon? Was ist bloß los mit dir?«

Ja, genau das hätte sie selbst zu gerne gewusst. Was war bloß los mit ihr? Und mit der Welt? Alles war falsch. Seit sie auf Silas' Party gewesen war, schienen ihre Überzeugungen in sich zusammenzufallen wie ein Kartenhaus.

Ich hätte nie hingehen dürfen.

»Hm?«, drängte er. »Es ist wegen deines Rückens, oder?«, fragte er sanfter.

Sie schaute zu Boden.

»Oder?«

Sie nickte. Spürte den Drang zu heulen, aber sie gab ihm nicht nach. Am liebsten hätte sie etwas kaputtgemacht.

»Du wusstest nichts von dem Skorpion.«

Sie reagierte nicht.

»Hör zu … wenn du Probleme mit deinen Eltern hast …«

Sie erschrak. »Probleme?«, unterbrach sie ihn. »Nein, gar nicht! Überhaupt nicht!« Er durfte auf keinen Fall erfahren, was bei ihr zu Hause los war – sie wusste nur zu gut, was dann passieren würde.

»Aber wenn du … ich meine … ich hab die Narbe an deinem Rücken gesehen … Wie ist das passiert?«

»Ein Unfall! Als ich ganz klein war! Alles wieder gut!«, erwiderte sie wie aus der Pistole geschossen. Hunderte Male hatte sie sich die Antwort in den letzten Jahren vorgesagt, so oft, dass sie selbst schon fast daran glaubte. Niemand durfte merken, dass die Sache mit dem Bügeleisen in Wahrheit erst drei Jahre her war.

Sein Stirnrunzeln verriet seine Skepsis, aber er sagte nichts. Stattdessen fasste er in die rechte Gesäßtasche seiner Jeans, zog etwas hervor und zeigte es ihr. Eine kleine Taschenlampe. »Damit kannst du's dir ansehen, wenn du willst. Das Tattoo.« Er legte die Lampe in ihren Drahtkorb.

Er wusste zu viele Dinge, die er nicht wissen durfte. Sie konnte nicht länger hier stehen und sich von ihm über ihre intimsten Geheimnisse ausfragen lassen. Entschlossen stellte sie den rechten Fuß aufs Pedal, wollte nur los, aber wieder hielt er ihr Fahrrad fest.

»Mavie!«, rief er. Er wirkte aufgelöst, fast verzweifelt.

Ich bin ihm wichtig. Ein schöner Gedanke, doch sie drängte ihn weg. Wichtig oder nicht, die Party war der Auslöser für alles gewesen.

»Mavie, wir müssen draufkommen, wer dir das angetan hat!«

Sie hörte Schritte. Gleich würden irgendwelche Idioten um den Kastenwagen herumbiegen und neue Fotos machen, die sie in Schwierigkeiten bringen konnten. Sie sprang auf ihr Fahrrad und fuhr los, sah sich nicht mehr um, nur noch nach vorne und weiter, immer weiter.

»Das ist ein UV-Tattoo! Ein stinknormales Tattoo! Sieh selbst nach, wenn du mir nicht glaubst!«, hörte sie Silas noch rufen, dann war sie fort.

16

Nahe der Raststätte Aichen, 11.44 Uhr

Sabine Dipaoli

Sabine spähte durch ein Astloch in der Bretterwand der Scheune und sah die beiden kommen. Den aufgeweckten Bengel und den Dicken mit Baseballkappe, der hinter ihm herlief.

Krake.

Sie schätzte den Mann, der behauptete, Journalist zu sein und sie interviewen zu wollen, auf Mitte fünfzig, mindestens eins achtzig groß und locker über hundert Kilo schwer. Wobei der Bauch, den er vor sich herschob, wie ein schlaffer Sack über den Gürtel hing. Sein Hemd war völlig nass geschwitzt, und er hatte Mühe, das Tempo des Kleinen zu halten.

Er enttäuschte sie. Sein Äußeres, noch mehr aber seine schlechte Kondition stießen sie ab. Sie hatte sich unter *Krake* einen ganz anderen Mann vorgestellt. Einen, mit dem man Spaß haben konnte.

Nicht wichtig, erinnerte sie sich, denn ihr Ziel war inzwischen ein anderes geworden.

Auch den Plan, wie sie mit ihm zusammentreffen wollte, hatte sie spontan geändert. Zuerst hatte sie hier zwischen den landwirtschaftlichen Gebäuden parken und dann, von einem schwarzen Niqab und einer Abaya verhüllt, die paar Hundert Meter zur Raststätte zurücklegen wollen. Es wäre dumm gewesen, *Krake* ihr Gesicht oder ihr Fahrzeug zu zeigen.

Gleich nachdem sie ausgestiegen war, war ihr der aufgeweckte Kleine auf seinem Fahrrad entgegengestrampelt und hatte eine beachtliche Vollbremsung vor ihr hingelegt. Der kaum fünfjährige Wicht hatte sie im tiefsten Dialekt angesprochen und sie gefragt, warum sie denn so verkleidet sei und ob er ihr helfen könne – sein Papa hätte einen Bauernhof.

»Den dort drüben?«

»Darf ich dir nicht sagen.«

»Wieso denn?«

»Weil du eine Fremde bist.«

»Wer behauptet das?«

»Hm?«

»Ich bin doch nur zum Spaß verkleidet. Erkennst du mich denn nicht?«

»…«

»Klar weiß ich, dass ihr dort drüben wohnt, Papa und du. Mein kleiner Stuntman.«

»Tante Hilde?«

Sie nickte. Menschen waren so leicht durchschaubar. Kinder ganz besonders. Sie zu manipulieren, war ihr immer schon leicht gefallen.

»Hast du was mitgebracht?«

»Na logisch. Wann kommt der Papa denn zurück?«

»Weiß nicht. Kann dauern, glaub ich.«

»Dann überraschen wir ihn gemeinsam. Nichts verraten. Ich erschreck ihn mit dem Kleid, okay?«

»Ja!«

»Aber zuerst machen wir noch was anderes. Komm, lass uns spielen!«

»Was denn?«

Sie hatte den aufgeweckten Knirps aufgefordert, einen Mann

namens Krake mit einer New-York-Kappe auf dem Kopf – das Symbol hatte sie ihm zuerst im Sand aufzeichnen müssen – von der Raststätte abzuholen und hierherzubringen.

»Aber ich darf nicht zur Autobahn! Papa hat's doch verboten!«

»Ich weiß, dass du trotzdem immer wieder hingehst, stimmt's?«

»Hm. … Aber nicht Papa sagen!«

»Natürlich nicht. Versprochen. Du bekommst sogar Geld, wenn du das für mich machst. Geheimgeld. Hier, fünfzig Euro!«

»Boah!«

»Aber wirklich nichts Papa sagen, okay? Das bleibt unser Geheimnis. Ja?«

»Ja!«

»Du gehst rüber, fragst den Mann, ob er Krake heißt, bringst ihn her und lässt uns alleine. Ich warte in der Scheune auf ihn.«

»Krake ist aber ein dummer Name.«

»Das ist nur zur Tarnung. Wir spielen Geheimagenten. Also, hast du mir auch gut zugehört?«

»Hmhm!«

»Dann los! Bring ihn her!«

Sie hatte ihm nachgesehen, wie er ohne besondere Eile zur Raststätte schlenderte, wobei sie die Chance, dass er den Mann tatsächlich zu ihr brachte, auf fifty-fifty schätzte. Vielleicht hätte sie es doch besser selber machen sollen. Aber der Bengel hatte sie nicht enttäuscht.

»Hallo? Tante Hilde! Er ko-hommt!«, johlte er jetzt und machte sich daran, das Seitentor der Scheune aufzuschieben. Licht fiel auf eine altertümliche Winde. Am Ende des Seils hing ein mit Spinnweben überzogener Greifer, der früher das Heu in die obere Etage befördert hatte, irgendwann, bevor es Heuballenpressen gab.

Sabine zog das Messer unter der Abaya hervor.

»Jetzt hau schon ab!«, fauchte sie den Jungen an, der vergnügt in ihre Richtung spazierte.

Sie ärgerte sich. Das Problem mit Kindern war, dass sie zu schnell vergaßen, was man ihnen sagte. Der Knirps hatte sein Geld bekommen, zusammen mit allen nötigen Instruktionen. Den Mann herholen, Tor aufmachen, abdampfen, schweigen. Jetzt fürchtete sie, dass er auch das mit dem Schweigen nicht ernst nehmen würde.

Soll ich …

»Okay-hay!«, rief er, machte kehrt und lief davon.

Jetzt hast du Glück gehabt, dachte sie und staunte wieder über die Wege des Schicksals. Der Grat, der Sein von Nichtsein schied, war schmal.

»Hallo?«, rief der Dicke, der endlich das Gebäude erreicht hatte.

Sie wusste, dass sie nicht ewig Zeit hatte. Wenn der Vater vom Feld kam, würde der Bengel ihn bestimmt als Allererstes hierherbringen. »Komm rein!«, forderte sie ihn auf, ohne sich die Mühe zu machen, ihre Stimme zu verstellen.

Als sie sah, wie sich sein Schatten im einfallenden Licht auf dem Boden abzeichnete, spürte sie wieder diesen unbezahlbaren Schauer, den ihr das Jagdspiel jetzt schon so oft beschert hatte. *Ich liebe dieses Spiel*, dachte sie. Sie durfte nicht daran denken, was war, wenn sie erst einmal gewonnen hatte. Wenn alles aus war. Dann musste sie unbedingt etwas Neues finden, das ihr genauso viel Nervenkitzel brachte.

»Paul?«

»Ja klar, wer sonst! Und du bist Krake. Jetzt komm rein und mach das Tor zu!«

Er trat ein, schloss das Tor und blieb in der Dunkelheit stehen. Ihre Augen waren längst daran gewöhnt, seine noch nicht. Wieder so eine glückliche Fügung, die sie zunächst gar nicht bedacht hatte.

»Hierher! Setz dich auf den Stuhl!«

Sie beobachtete, wie er kurz zögerte und dann auf sie zukam. Vorsichtig wie ein Blinder, aber längst nicht so geschickt. Er nahm seine Hände zu Hilfe, um sich vorwärtszutasten, fand den Holzsessel aber nicht. Nicht nur sein Erscheinungsbild, auch sein Koordinationsvermögen war erbärmlich.

»Hier drüben!«, half sie ihm.

Er stieß mit einem Bein an den Stuhl, ertastete Lehne und Sitzfläche, zögerte wieder. Dann drehte er sich um und ließ sich langsam darauf nieder.

»Tasche her!«

Sie beobachtete, wie er die Tasche auf den Schoß nahm und festhielt, als befände sich ein Schatz darin. Sabine ließ ihm Zeit. Sie spähte hinaus und stellte zufrieden fest, dass sie alleine waren.

Sie hätte ihn einfach töten, die Tasche an sich nehmen, abhauen und später nachsehen können, was darin war, doch das wäre nicht weiter reizvoll gewesen.

»Wieso die Tasche?«, fragte er. »Wer sagt Ihnen, dass ich … es … überhaupt bei mir habe?«

Bestimmt machte er sich gleich in die Hose. Was Sabine daran erinnerte, dass nicht alle Emotionen verachtenswert waren. Angst war großartig.

Lautlos schritt sie nach vorne und stellte sich zwischen Ausgang und Stuhl, um ihm den Fluchtweg abzuschneiden. Sie merkte selbst, wie lächerlich das war. Hätte er versucht, vor ihr davonzulaufen, hätte sie ihn sogar rückwärts einholen oder binnen Minuten in den Tod treiben können.

»Ich würde jetzt einfach mal darauf wetten. Genau wie darauf, dass sich ein Aufnahmegerät in deiner Tasche befindet. Vielleicht sogar eine Waffe? Hm? Hast du eine Waffe bei dir, böse Krake?«

Er schwieg. Sein Atem rasselte. Dann fing er an zu husten. Asthma vielleicht. Am Ende litt er unter Heuschnupfen – nicht, dass er ihr hier, in diesem stickigen, von Allergenen durchsetzten Raum, noch tot vom Stuhl kippte!

Sie trat jetzt ganz nah an ihn heran. Es wäre so leicht. *So einfach wie eine Kerze auszublasen.* Aber seine Angst war besser. »Gib her.«

Ein Zucken ging durch seinen Körper. »Was?«

»Den Beweis. Die Fotos, die du mir versprochen hast.«

»Ich will zuerst das Interview.«

»Nein. Du hast mich kontaktiert, also will ich zuerst sehen, was du hast.« Zugegeben, das war kein wirklich logisches Argument, aber sie wollte diejenige sein, die die Ansagen machte.

Er fingerte in seiner Hose herum und hielt etwas hoch. »Hier!«

Sie zog ihm den USB-Stick aus den Fingern, ging mit großen Schritten hinter mehrere aufeinandergestapelte Heuballen und klappte ihren Laptop auf. Während der feiste Kerl noch hustete, hatte sie schon den Inhalt des Sticks aufgerufen. Drei Bilddateien waren darauf. Sie öffnete alle gleichzeitig.

»Machen wir jetzt das Interview«, forderte der Fettsack. Er hatte es verdächtig eilig, und sie erkannte auch, warum: Er hatte nichts. Überhaupt nichts. Es waren bloß die Fotos, die Enzo hochgeladen hatte. Perspektivisch bearbeitet, aber eindeutig die Bilder, die sie selbst von der toten Laura Wittwer geschossen hatte.

Sie klappte den Laptop wieder zu. Trotz seines Betrugs überlegte sie, Krake am Leben zu lassen. Dabei wäre es so einfach gewesen, ihn zu beseitigen und die Spuren zu verwischen. Das Messer und ein Feuerzeug, mehr hätte sie nicht gebraucht.

Viel zu einfach.

Sabine Dipaoli hatte gelernt, auf ihre Intuition zu vertrauen. Die riet ihr jetzt, sich auf den Journalisten einzulassen. Vielleicht brachte er sie ja ganz groß heraus? Der Gedanke, die Öffentlichkeit an ihren Jagderfolgen teilhaben zu lassen, gefiel ihr. Ein Ritt auf Messers Schneide, immer ein Quäntchen von der Enttarnung entfernt, die Öffentlichkeit und die unfähige Polizei im Nacken ... Am Ende stellte sich dieses Interview als nächstes Highlight des Jagdspiels heraus?

Unwillkürlich schnalzte sie mit der Zunge, dann sagte sie schroff: »Frag. Aber mach es kurz. Ich habe nicht ewig Zeit.«

Er bekam seine Hustenattacke wieder halbwegs in den Griff und richtete sich auf. »Warum?«

»Warum – was?«

»Warum haben Sie die Frau umgebracht?«

»Na, weil es das Spiel so will natürlich!«, antwortete sie. Was für eine selten dämliche Einstiegsfrage! Wobei ... streng genommen hatte sie nur daneben gestanden, als ihr Mann Wittwer die Kehle durchtrennte. Dass sie selbst es genauso konnte, wusste sie inzwischen.

Krake machte eine Pause, warum auch immer. Sabine konzentrierte sich auf die Geräusche von draußen, aber sie schienen immer noch alleine zu sein.

»Ist Ihnen das nicht irgendwie ... schwergefallen?«

»Nein.« Normalerweise log sie bei Fragen dieser Art. Es einfach aussprechen zu können, war wie einen großen Schwall kalte, klare Luft einzuatmen.

»Aber die meisten Mörder werden doch gefasst.«

»Ja – und? Inwiefern betreffen mich die meisten Mörder?«

»Sie halten sich also für unfehlbar.«

»Ja.«

Wieder schwieg er.

»Nächste Frage«, drängte sie.

»Okay, äh – wie sind Sie überhaupt zu diesem Spiel gekommen?«

»Es wurde mir empfohlen.«

»Empfohlen?«

Was war los mit dem Kerl? Der wirkte ja völlig debil! Wenn er schon keine ordentlichen Fragen stellen konnte, würde sein Artikel wohl kaum besser ausfallen. Dennoch ergänzte sie: »Ja, empfohlen. Von einem Bekannten.« Sie dachte an die flüchtige, ziemlich heiße Begegnung vor zwei Wochen zurück. Ein junger Strafverteidiger, der durch irgendeinen Cyber-Knacki davon wusste, hatte ihr auf einem langweiligen Firmenevent vom Jagdspiel erzählt. Im Fahrstuhl auf dem Weg nach unten hatte er sie schnell und hart genommen, während Sabine in Gedanken längst im Darknet unterwegs gewesen war.

»Was sind Sie bloß für ein Mensch?«

»Wie meinst du das?«

»Wie können Sie so seelenruhig darüber reden? Sie … Sie haben einen Menschen umgebracht!«

»Ach, werden wir jetzt etwa moralisch, Krake? Wie unprofessionell. Soweit ich weiß, bist du doch selbst mit eingestiegen. Nur für den Artikel? Oder steckt etwa mehr dahinter? Denkst du denn gar nicht daran, mitzumachen? Hör zu, ich glaube, das hier bringt nichts. Also …«

»Was waren ihre letzten Worte?«

»Wie bitte?«

»Was hat das Opfer gesagt, bevor Sie es getötet haben?«

Die erste wirklich interessante Frage. Sie wurde immer noch erregt, wenn sie an den Wald zurückdachte. »Ich weiß nicht … ›Hilfe‹? Sie hat nicht mehr besonders viel sagen können, weil ihr Kiefer gebrochen war. Praktisch, oder?«

Die fehlenden Atemgeräusche verrieten ihr, dass er die Luft anhielt. *Großartig*, dachte sie wieder. Ihr Leben lang hatte sie darauf verzichten müssen, fremde Angst auszukosten. Jetzt war sie wie ein Rausch, der nie zu Ende gehen durfte.

Da meinte sie, das Tuckern eines Traktors zu vernehmen. Vielleicht kam der Vater des Kleinen vom Feld zurück. Vielleicht auch nicht. Aber weil sie ihr Glück nicht überstrapazieren wollte, kehrte sie hinter die Heuballen zurück, nahm ihre Sachen an sich und machte sich auf den Weg zur Tür.

Krake fragte: »Wer steckt hinter dem Spiel? Wer hat das alles auf die Beine gestellt?«

Sie verharrte. Überlegte. Tatsächlich hatte sie sich die Frage bisher gar nicht gestellt. Wer war genial genug, dieses wunderbare Spiel ins Leben zu rufen? *Gott*, fiel ihr ein, doch sie sprach es nicht aus. Ein Gott – *ihr Gott* – musste den Wettbewerb erfunden haben. Ein genialer Geist, der Menschen wie sie verstand, möglicherweise sogar *war* wie sie. Sie dachte daran, wie aufregend es wäre, sich mit ihm zusammenzutun. Zusammen wären sie unschlagbar, weit über jedes Spiel hinaus.

»Hallo? Sind Sie noch da? Wer ist dafür verantwortlich?«

»Keine Ahnung. Das ist auch gar nicht wichtig«, log sie und merkte, wie seltsam schwer ihr das fiel. »Ciao, Krake«, sagte sie und schob das Scheunentor auf. Ein Lichtstrahl fiel auf ihren Niqab.

»Warten Sie! Was passiert jetzt?«

»Was soll passieren?«

»Wie geht es weiter? Wo jagen Sie die nächste Trophäe?«

Sabine wog die möglichen Konsequenzen ihrer Antwort ab. Sollte sie die Wahrheit sagen, schweigen oder lügen? Wieder vertraute sie auf ihre Intuition.

»In Hamburg.«

17

Im Luftraum über Südtirol, 12.00 Uhr

Christian Brand

Brand sah Bozen erst, als sie das Eisacktal verließen und die Stadt unter ihnen auftauchte.

Endlich.

Er kannte die Gegend von früher, als er öfter mit seinen Eltern hier gewesen war, damals, als sein Vater noch gelebt hatte. Geradeaus, auf den gegenüberliegenden Berghängen, lagen die Weinstraße und der Kalterer See. Brand hatte gemischte Gefühle bei dem Anblick. Als Kind hatte er sich Urlaube am Meer gewünscht, aber ohne stehendes Gewässer in ihrer Nähe schien seine Mutter nicht leben zu können, weshalb es immer bloß von einem See zum nächsten gegangen war.

Von seinen persönlichen Erfahrungen abgesehen, versprachen die Berge und Gewässer rund um Bozen üblicherweise, den Hochsommer erträglicher zu machen. Aber nicht jetzt. Zumindest nicht für ihn. Er war zum Arbeiten hier. Dabei war er schon jetzt erledigt. Er schwitzte seit Stunden in der stickigen Passagierkabine des Hubschraubers. Inzwischen war er halbwegs ausgenüchtert, doch die Kopfschmerzen waren von der ständigen Ruckelei noch schlimmer geworden. Das Alpenpanorama beeindruckte, aber Brand wollte nur noch runter.

Plötzlich wurde die Maschine von einer heftigen Turbulenz gepackt und mehrere Meter nach oben gerissen, bevor es im selben

Tempo wieder abwärts ging. Brand machte das Fliegen nichts aus, und er wusste, dass es nur harmlose Thermik war, die diese Erschütterungen auslöste – trotzdem wurde ihm jetzt auch noch übel.

Bald ist es vorbei.

Er sah auf die Stadt hinunter. Hatte nicht die leiseste Idee, was ihn gleich erwartete. Die Crew des Hubschraubers zu fragen, wäre sinnlos. Wie sollte das Bundesheer über etwas Bescheid wissen, das selbst für Brands Chef zu geheim war?

Endlich tauchte auch der Flughafen Bozen auf, der bis zuletzt von einem mittelhohen, mit üppiger Vegetation bewachsenen Berg verdeckt gewesen war. Sie drehten darauf zu. Der Pilot funkte und brachte die Maschine in den Endanflug, nicht in Richtung der Landebahn, sondern gleich zum befestigten Vorfeld, auf dem zwei kleine Business-Jets standen. Die Tür eines der beiden Flugzeuge war offen. Zwei Personen warteten davor und ließen den Helikopter nicht aus den Augen. Eine Frau und ein Mann. Brand nahm an, dass es die Leute waren, mit denen er sich treffen sollte.

Sie landeten ganz in der Nähe der beiden. Die Turbinen fuhren herunter, der vom Boden aufgewirbelte Staub verflüchtigte sich. Jemand beugte sich über ihn und schob die große Tür auf. Brand setzte den Helm ab, befreite sich von den Gurten und stieg aus. Mit wackligen Beinen und eingezogenem Kopf lief er unter den sich immer noch drehenden Rotorblättern hindurch und richtete sich erst wieder auf, als er ganz sicher war, dass sie ihm nicht mehr den Kopf abschlagen konnten.

Schnell ging er auf den Jet zu. Die Kennung *PH* am Seitenleitwerk verriet, dass die Maschine in den Niederlanden zugelassen war, also vermutlich zu Europol gehörte. Interessanter waren aber die beiden Personen davor. Ein Anzugträger mit Vollbart und Sonnenbrille und eine blonde, gazellenhafte Frau, die mit ihrer eng anliegenden, hochgeschlossenen Kleidung überhaupt nicht auf den brennend heißen Beton des Bozener Flughafens passte.

»Christian Brand?«, rief der Mann und streckte ihm die Hand entgegen.

»Ja!«

»Julian Kirchhoff, Europol. Das ist meine Mitarbeiterin, Inga Björk.«

Er schüttelte beiden die Hand. Die Frau, die um die vierzig sein musste und auf den ersten Blick nicht unattraktiv wirkte, sagte nichts. Ihren Gesichtsausdruck vermochte er nicht zu deuten.

Kirchhoff bat alle in den Jet.

»Wohin fliegen wir?«, fragte Brand, als sie auf den noblen Ledersitzen Platz genommen hatten.

Die beiden sahen ihn bloß an, kramten in irgendwelchen Unterlagen und sprachen dann so leise miteinander, dass er sie nicht verstehen konnte, aber es war klar, dass es um ihn ging. Sie musterten ihn erneut, steckten die Köpfe zusammen und tuschelten weiter. Sie schienen sich nicht einig zu sein, wobei er nicht hätte sagen können, wer auf seiner Seite war und wer gegen ihn.

Brand wusste ja selbst, dass der Eindruck, den er gerade machte, nicht der beste war. Aber was hatten sie erwartet? Sie hatten ihn Hals über Kopf aus dem Railjet geholt, noch dazu an seinem freien Tag – da konnten sie wohl kaum erwarten, dass er geschniegelt und gestriegelt wie James Bond in Bozen aufkreuzte.

»Wohin fliegen wir?«, wiederholte er seine Frage, lauter diesmal. »Ich habe nämlich keine Papiere dabei.«

Kirchhoff, der seine Sonnenbrille inzwischen durch ein klares Modell mit Holzrahmen ersetzt hatte, zog die Mundwinkel hoch und sagte: »Aber nein, Sie fliegen nirgendwo hin. Sie und Björk werden gleich hier weitermachen. Meine Mitarbeiterin weiht Sie in den Fall ein, soweit nötig. Ich bin nur wegen der Formalitäten mitgekommen.« Kirchhoff sah wieder zu Björk, die ihm aufmunternd zunickte. »Also gut, dann wollen wir mal. Darf ich um Ihr Smartphone bitten?«

»Was?«

»Ihr Handy. Sie bekommen eins von uns. Ihres ist nicht abhörsicher.«

»Aber ich ... darf ich wissen, was das hier soll? Ich meine, wozu haben Sie mich hergeholt?«

»Hat man Ihnen das nicht gesagt?«

»Doch ... irgendwie schon.« Das Wort »Assistenzeinsatz« schwirrte in seinem Hinterkopf herum, aber sonst hatte Hinteregger ihm kaum etwas mitgeteilt. »Ich weiß nur, dass es um einen Einsatz geht. Worum genau, weiß ich nicht.«

»Björk wird Ihnen alles Nötige mitteilen. Also dann, Ihr Handy, bitte. Sie bekommen es hinterher zurück.«

Brand fühlte sich überfahren. Andererseits war ein Einsatz für Europol wohl das Beste, was ihm in der aktuellen Situation hatte passieren können. Er dachte an die Alternative: Zwangsurlaub und Therapie. Das war keine Option. Dennoch fühlte es sich falsch an, einfach ins Blaue hinein zu tun, was die Leute von Europol von ihm wollten. »Ich muss noch jemanden anrufen«, wehrte er sich.

»Das können Sie vom neuen Gerät aus genauso. Allerdings dürfen Sie mit niemandem über diesen Einsatz sprechen.«

Brand zögerte noch einen Moment, dann griff er in seine Gesäßtasche, zog das Nokia-Tastentelefon heraus und legte es auf den edel furnierten Tisch zwischen ihnen.

Kirchhoff zog beide Augenbrauen hoch, einen Moment nur,

aber es war deutlich, dass er ein anderes Gerät erwartet hatte. Er schob seine nach vorne gerutschte Brille hoch, hielt Brand eines dieser schrecklich neumodischen Dinger vors Gesicht und forderte ihn auf, langsam den Kopf zu kreisen, damit sich das Telefon auf ihn einstellen könne. Brand sah einen Kreis auf dem Display, der sich synchron mit seinen Bewegungen zu füllen begann und dann die Erfolgsmeldung ausspuckte: *Scan abgeschlossen – die Gesichtserkennung ist jetzt konfiguriert.* Big Brother ließ grüßen. Schließlich übergab Kirchhoff ihm das Handy und fragte: »Ich nehme an, Sie haben keine Waffe dabei?«

Jetzt runzelte Brand die Stirn, bevor er verneinte. Theoretisch durfte er seine Glock zwar auch in der Freizeit tragen, aber er wäre nie auf die Idee gekommen, das zu tun.

»Das haben wir gleich ... Moment«, sagte Kirchhoff, bückte sich und öffnete einen Koffer.

Björk seufzte, stand auf und verließ die Maschine. Brand konnte nicht sagen, ob sie genervt war oder einfach frische Luft brauchte.

»Ich habe hier Ihr Sekundärmodell – Glock 17, richtig?«

Brand nickte, nahm die Pistole, zwei volle Ersatzmagazine und das Holster entgegen. Anschließend legte Kirchhoff ihm einige Blätter vor, ohne näher darauf einzugehen, reichte ihm einen Kugelschreiber und bedeutete ihm, zu unterschreiben. Übergabeprotokoll, Datenschutzvereinbarung, Haftungsausschluss, Verschwiegenheitserklärung und mehr. Die Vorgehensweise verwunderte Brand, aber als er auch noch einen Dienstausweis von Europol sowie eine Kreditkarte vorgelegt bekam, die nach ziemlich dicker Hose aussah, beschloss er, sich nicht lange mit dem Kleingedruckten aufzuhalten, und unterschrieb alles.

»Willkommen bei Europol!«, sagte Kirchhoff mit einem breiten Lächeln. »Und willkommen in meinem Team. Kaufen Sie sich neue Kleidung, sobald Sie Zeit haben«, ergänzte er mit einem Blick auf Erich Langthalers Sachen.

»Und jetzt?«, fragte Brand und überlegte, ob er wohl einen kleinen Auftragsmord für Kirchhoff erledigen sollte, weil das irgendwie zur Gesamtsituation gepasst hätte. Auch das »Willkommen bei Europol!« warf Fragen auf, die bestimmt irgendwo in den Papieren beantwortet wurden, die er gerade unterschrieben hatte.

»Von jetzt an lassen Sie Björk nicht mehr aus den Augen. Sie sind für ihre Sicherheit verantwortlich. Als Mitglied des EKO Cobra sind Sie darin ja bestens ausgebildet, nehme ich an?«

Brand nickte. Personenschutz war eines der Haupteinsatzgebiete der Spezialeinheit.

»Noch Fragen?«

Ja, hatte er. Auch wenn sie nicht angenehm war, stellte er zuerst die Frage, die auf der Hand lag: »Warum ich?«

Kirchhoffs Mundwinkel zuckten erneut in die Höhe, doch nach einem Lächeln sah es dieses Mal nicht aus. »Sie wurden uns empfohlen.«

»Von wem?«

»Das tut nichts zur Sache.«

»Aber worum geht es? Ich meine – was sucht Europol in Bozen?«

»Wie schon gesagt: Björk wird entscheiden, wie weit sie Sie informiert. Ich kann Ihnen nur so viel sagen, dass es um vernetzte Straftaten geht. Inga Björk ist meine wertvollste Mitarbeiterin. Passen Sie bloß gut auf sie auf und mischen Sie sich nicht in ihre Arbeit ein. Verstanden?«

»Wird sie bedroht? Von wem?«

»Es handelt sich in erster Linie um eine Vorsichtsmaßnahme.«

»Und was ist mit Ihnen?«

»Mit mir?«, fragte Kirchhoff erstaunt. »Mein Job hier ist erledigt. Wenn Sie's genau wissen wollen, fliege ich jetzt nach Den Haag zurück und leite meine Abteilung. Na dann, Brand. Noch mal: Willkommen im Team. Und viel Glück!«

Kaum war Brand ausgestiegen, fuhren die Turbinen des Flugzeugs hoch. Er stand noch am Vorfeld und verstaute sein neues Telefon, Munition, Ausweis und Kreditkarte in seinen Hosentaschen, da rollte der Jet auch schon los zur Startbahn.

Was jetzt?

Brand drehte sich um und sah Inga Björk vor dem Flughafengebäude stehen. Sie winkte ihn mit ernster Miene heran.

Während er auf sie zulief, erinnerte er sich, bisher kein einziges Wort mit ihr gesprochen zu haben. *»Nice to meet you«,* versuchte er sein Glück, doch sie hatte sich schon abgewandt. Beim Lärm der Turbinen hätte sie ihn sowieso nicht hören können.

Er folgte ihr durch die Kontrollen, wo er mit seinem neuen Ausweis anstandslos durchgelassen wurde. Gleich darauf hatten sie das Flughafengebäude verlassen und steuerten auf einen Mietwagen zu, den Björk inzwischen besorgt haben musste. Sie gab ihm den Schlüssel.

»Okay …?«, sagte er, stieg ein und startete den Motor. *»Where do we go?«* Hoffentlich war die Frau, die er beschützen sollte, nicht stumm. Obwohl – er hatte ja mitbekommen, wie sie sich mit Kirchhoff unterhalten hatte. In welcher Sprache, wusste er allerdings nicht.

Statt zu antworten, tippte Björk eine Adresse ins Navi und startete die Route.

»Wenn möglich … bitte wenden.«

»Reizend«, murmelte Brand und beschloss, erst einmal den Parkplatz zu verlassen. Navis brauchten ja immer eine gewisse

Zeit, um sich selbst zu finden. Möglicherweise galt das auch für die Frau auf dem Beifahrersitz.

»In zweihundert Metern – links abbiegen.«

Wenigstens eine redet mit mir, dachte Brand frustriert und folgte der angegebenen Strecke. Auch seine Mum würde auf Funkstille umstellen, wenn er nicht bald etwas von sich hören ließ.

Sie dürfen mit niemandem über diesen Einsatz sprechen, hatte er Kirchhoffs Worte noch im Ohr. Das konnte ja heiter werden.

»Nehmen Sie die zweite Ausfahrt im Kreisverkehr.«

Sie fuhren eine Straße entlang, die schnurgerade durch ein Industriegebiet führte. Nicht unbedingt die attraktivste Gegend von Bozen. Brand verkleinerte den Kartenausschnitt am Display, um zu sehen, wo der Endpunkt der Route lag, und erkannte den Waltherplatz im Stadtzentrum.

»*Where do we go?*«, fragte er Björk noch einmal. Wenn sie wieder nicht antwortete, würde er einfach stehen bleiben und so lange warten, bis sie ihm eine Antwort …

»Sie können sich gerne weiterhin Mühe geben«, sagte sie plötzlich, »aber Österreicher, die versuchen, Englisch zu sprechen, klingen grauenvoll. Deutsch geht vielleicht besser?«

»Oh! Ich habe gedacht, wegen …«

»Kein Thema.«

Stille.

Sie hielten an einer Ampel und warteten. Brands Gemütszustand schwankte zwischen Gekränktheit und Neugier, doch sie fuhr bereits fort: »Okay. Inga Björk, Malmö. Meine Mutter war Deutsche.«

Ihre Blicke trafen sich kurz. Die grünen Augen waren Brand bisher nicht aufgefallen. Ohne ihm ein Lächeln zu schenken, drehte sie den Kopf weg und schaute nach vorne. Wieder fiel ihm auf, dass sie ziemlich hübsch war. Um die zehn Jahre älter als er. Ihr Kurzhaarschnitt erinnerte ihn an die junge Marie Fredriksson von Roxette, der Lieblingsband seiner Mutter. Im Profil ähnelte sie aber eher Gwyneth Paltrow. Der Rollkragen ihres hellen Oberteils reichte fast bis zu den Ohren, die langen Ärmel …

»Fahren wir dann mal?«, fragte sie und deutete zur Ampel, die grün leuchtete.

»Oh. Ja!« Verlegen drückte er aufs Gas. »Christian Brand, aus Wien.«

»Ich weiß.«

Björk öffnete das Fenster der Beifahrertür und schnappte ein paarmal nach Luft, dann sagte sie: »Wir werden um vierzehn Uhr im Krankenhaus Bozen sein. Vorher brauchen Sie angemessene Kleidung. Und …«

»Ja? Was – ›und‹?«

»Und eine Dusche.«

18

Hamburg, 12.45 Uhr

Mavie Nauenstein

An – Skorpion.

Aus – blanke Haut.

An – Skorpion.

Aus – blanke Haut.

Mavie stand seit Minuten vor dem Badezimmerspiegel und schaltete Silas' UV-Taschenlampe ein und aus. Mithilfe von Mutters Kosmetikspiegel konnte sie sich selbst über die Schulter gucken.

An – Skorpion.

Aus – blanke Haut.

Sobald das violette Licht auf ihren Rücken fiel, tauchte der strahlend weiße Skorpion auf. Wenn sie die Lampe ausmachte, war er wieder weg. Es war genau, wie Silas ihr hinterhergerufen hatte: ein *stinknormales Tattoo*. Der Körper des Spinnentiers wurde vom spitz zulaufenden Ende der Brandnarbe verdeckt. Links schaute der Stachel hervor, rechts sah sie den Kopf und die großen Scheren.

An – Skorpion.

Aus – blanke Haut.

Geiles Tattoo!, hatte Silas gesagt.

»Geil«. Mavie hatte das Wort noch nie leiden können. Diese Tätowierung war nicht »geil«. Sie war schrecklich.

Mutter musste davon gewusst haben. Vielleicht hatte sie den Skorpion genauso zufällig entdeckt wie sie jetzt. Wahrscheinlich waren die Stimmen, die Mutter befohlen hatten, den Teufel aus Mavie herauszubrennen, nur die Folge dieser Entdeckung gewesen.

Aber woher hatte sie das Tattoo? Und wie lange schon? Es musste aus einer Zeit stammen, die zu weit zurücklag, als dass sie sich noch daran hätte erinnern können. Aber wer tätowierte ein Kind? Und wozu?

Hat Mutter immer schon davon gewusst?

Mavie hatte das Gefühl, eine Fremde im Spiegel zu betrachten. Sie drehte sich um und sah sich selbst ins Gesicht. Oberflächlich war es so vertraut wie wenig sonst auf der Welt. Die tiefbraunen Augen, umgeben von Sommersprossen, die jedes Jahr aufs Neue auftauchten und im Winter fast vollständig verschwanden. Die zarte Haut, der volle Mund, die leicht geschwungene Nase. Tausende Male gesehen, Tausende Male gewaschen, getrocknet und gepflegt. Und doch kam es ihr so vor, als wäre dieses Spiegelbild nicht ihr eigenes. Als gehörte es einem Menschen, der eine ganz andere Vergangenheit hatte als die, von der sie bisher ausgegangen war.

Sie wunderte sich über die Belanglosigkeiten, die ihr in den Tagen vor Silas' Party Sorgen bereitet hatten. *Bin ich attraktiv genug für ihn?*, hatte sie gezweifelt, genau hier, vor diesem Spiegel. Sie, die nie Make-up tragen durfte, hatte gedacht, keine Chance gegen die anderen Mädchen aus ihrer Klasse zu haben, die sich so lange aufdonnerten, bis man sie kaum noch erkannte. Jetzt war ihr das völlig egal.

Sie leuchtete sich mit der UV-Lampe ins Gesicht. Aber da war nichts, wenn man von den strahlenden Zähnen und dem Weiß in den Augen mal absah. Nur hinten, zwischen ihren Schultern und bis rauf zum Hals, wurde es gruselig.

Was ist mit mir passiert?

Logisch betrachtet, mussten ihre Eltern Bescheid wissen. Sie hätten mitbekommen, wenn jemand ihrem Kind ein Tattoo gestochen hätte. Zu glauben, sie wüssten nichts davon, wäre regelrecht absurd.

Aber warum?

Mavie konnte ihre Eltern nicht einschätzen. Sie waren ihr immer schon ein Rätsel gewesen, verhielten sich mal so und mal so, aber was wozu führte, konnte Mavie immer noch nicht sagen. Erst gestern etwa hatten sie ihre gute, warmherzige Seite offenbart, nachdem Mavie vor dem Bauzaun ohnmächtig geworden war …

Sie war erst zu Hause wieder zu sich gekommen, in ihrem Bett, mit Vater und Mutter an ihrer Seite. Vater hatte erzählt, er habe sie nach Hause getragen, so schnell er konnte. Dann hatten die beiden sie umsorgt, Mutter hatte ihr Lieblingsessen gekocht – Großmutters Eintopf –, und Mavie hatte sich für ein paar Stunden ausgemalt, wie das Leben sein könnte, wenn … ja: wenn ihre Eltern immer so wären. Immer, wenn ihr etwas fehlte, *wirklich* etwas fehlte, waren Vater und Mutter wie ausgewechselt und taten alles, damit es ihr besser ging. Am Abend – Mutter war bei ihrem Literaturkreis – hatte Mavie mit Vater *Tatort* gucken dürfen und ihm beim Schimpfen zugehört. *Hölzerne Schauspieler, unglaubwürdige Dialoge, an den Haaren herbeigezogene Auflösung.* Sie hatte sich nicht von seinen Kommentaren stören lassen, hatte nur ab und zu genickt und sich für neunzig Minuten in einer anderen Welt gewähnt. Ja, manchmal konnte das Leben in diesem Haus auch einfach sein.

Das Tattoo … die Eltern … ein tätowiertes Kind …

Eine Erinnerung tauchte auf. Ein Telefonat, das sie vor Jahren belauscht hatte und aus dem sie nicht schlau geworden war.

Ein Gespräch zwischen ihrer Mutter und irgendwem, über das Festnetztelefon im Atrium. Mavie hatte sich vor Mutter versteckt – zu gut versteckt – und das ganze Gespräch mitbekommen. An den Wortlaut konnte sie sich längst nicht mehr erinnern, nur dass sie sich zu Beginn des Gesprächs sicher gewesen war, dass es um sie ging. Doch dann waren ihr erste Zweifel gekommen …

Mutter hatte von ihr gesprochen, hatte geklagt, dass sie eine Plage sei, *wie üblich*, und dass sie es nicht mehr lange mit ihr aushalte. Anschließend hatte sie ihrem Gesprächspartner lange zugehört.

»Das geht nicht … du weißt, warum … der Vertrag … erst, wenn sie achtzehn wird. Dann bin ich frei.«

Den Teil des Gesprächs hatte sie wörtlich im Gedächtnis behalten, weil sie ihn damals nicht verstanden hatte. Was sollte ein Vertrag mit ihrem Alter zu tun haben? Und warum war Mutter frei, wenn Mavie achtzehn wurde?

Damals war sie in ihrem Versteck geblieben, bis die Luft rein gewesen war. Mutter hatte nach dem Telefonieren geweint. Nur mit großer Überwindung war es Mavie gelungen, nicht aus ihrem Versteck zu platzen, um Mutter aufzumuntern. Aus heutiger Sicht war das die einzig richtige Entscheidung gewesen.

Jetzt, da sie über den Skorpion an ihrem Rücken nachgrübelte, fiel ihr die Sache wieder ein. In einem Jahr wäre sie achtzehn. Was würde dann sein? Was stand in diesem Vertrag? War er vielleicht die Erklärung für den Skorpion und dieser wiederum die Erklärung für die Sache mit dem Bügeleisen?

Ich muss diesen Vertrag suchen, beschloss Mavie.

Verträge waren Vaters Angelegenheit, und alles, was wichtig war, verwahrte er in seinem Arbeitszimmer, in das niemand hineindurfte außer ihm selbst.

Aber Vater war nicht da und Mutter auch nicht. Sie sollten eigentlich nicht vor dem Abend zurück sein. Vater machte eine Bootstour mit seinem Ex-Anwalt und besten Kumpel, Mutter wollte eine Freundin in ihrer Heimatgemeinde besuchen. Nur deshalb war Mavie gleich nach Hause gekommen, nachdem sie es in der Klasse nicht mehr ausgehalten hatte. Wären Vater oder Mutter hier gewesen, hätte sie sich bis Schulschluss irgendwo verkrochen.

Mavie ging die Treppe hinunter ins Atrium, bog links ab und blieb vor der Tür zu Vaters Arbeitszimmer stehen.

Da hörte sie, wie sich ein Schlüssel im Haustürschloss drehte, dann ging die Tür auf.

Mutter.

»Mavie! Was machst du da?«

Um Himmels willen.

»Ich … ich suche Papier!«, stammelte sie. Dabei wusste sie doch, dass sie niemals alleine in dieses Zimmer hineindurfte. Wieso sagte sie nicht einfach, sie hätte Vater gesucht? Wieso fielen ihr die richtigen Ausreden immer zu spät ein?

Zu spät …

Mutter legte ihre Schlüssel ab und schloss die Haustür hinter sich. »In Wilhelms Zimmer?«

»Ja, ich … ich …« Sie erkannte selbst, wie absurd diese Ausrede war. Überall gab es Papier. In der Küche, in ihrem Zimmer, sogar in einem Schrank im Salon. Papier war kein Grund, Vaters Arbeitszimmer zu betreten, doch bevor sie sich etwas anderes einfallen lassen konnte, stellte Mutter bereits die nächste Frage.

»Wieso bist du überhaupt schon hier?« Sie sah demonstrativ auf die Uhr an der Wand.

Mavie folgte ihrem Blick. *Noch ist Unterricht*, stellte sie fest.

»Mir ging's nicht so gut.«

»Und deshalb kommst du nach Hause – und stöberst in Wilhelms Sachen nach … Papier?«

»Ich habe nicht gestöbert, bitte versteh doch …«

Mutter geriet in Fahrt. »Was? Was soll ich verstehen, Mavie?«

Diese antwortete in ihrer Verzweiflung mit einer Gegenfrage. »Wolltest du nicht Irina besuchen?« Doch schon im selben Moment, in dem sie die Frage ausgesprochen hatte, wusste sie, dass es ein schrecklicher Fehler gewesen war.

Mutter stellte ihre Handtasche ab und kam mit großen Schritten auf sie zu. Ihr Gesicht zuckte verräterisch. Mavie wusste genau, was jetzt kam. Sie wollte fliehen. Aber wohin? An Mutter gab es kein Vorbeikommen. Sie spürte, wie ihr die Tränen in die Augen schossen. »Bitte!«, rief sie und spannte ihren Körper an.

»Du fragst mich, wieso ich nicht bei Irina bin? Du? Mich? Du … Hure!«

Mavie horchte auf. *Hure?*

»Dann frage ich dich, wo du Samstagabend warst. *Samstagnacht*. Hure!«

Sie weiß von Samstag! Mavie ging in Schutzhaltung, doch es war zu spät. Der erste Schlag traf ihren Kopf, der nächste den Hals, ein weiterer die Nierengegend, dann versetzte ihr Mutter einen Stoß. Mavie ging zu Boden, aber das hatte Mutter noch nie aufgehalten. Sie trat mit ihren spitzen Schuhen zu. Mavie krümmte sich vor Schmerzen.

»Hure!«, schrie Mutter. »Fährst nackt mit dem Fahrrad durch die Stadt, wo jeder dich sehen kann, und bringst uns in Verruf? Hure!«

Ein weiterer Tritt traf sie im Gesicht und verfehlte nur knapp Mavies Auge.

19 Messegelände Stuttgart, 13.38 Uhr

Werner Krakauer

Krakauer saß in seinem alten Saab und lauschte dem Freiton des Handys. Seine Brust schmerzte, aber er durfte sich nicht schonen. Nicht mehr.

Es knackte in der Leitung. »*Stuttgarter Blatt,* Vermittlung, guten Tag?«

»Krakauer spricht. Geben Sie mir Fischer, schnell.«

»Moment … tut mir leid, Herr Fischer ist in der Redaktionssitzung und möchte nicht gestört werden.«

»Hören Sie zu, es geht um Leben und Tod!«, behauptete Krakauer. Wobei das ja zutraf. Menschen schwebten in Lebensgefahr, solange das Jagdspiel lief. Er musste diese Bombe zum Platzen bringen. Jetzt.

»Moment, ich versuch's …«

Die Wartemelodie erklang.

Noch auf der Fahrt hierher hatte er sich die letzten Formulierungen überlegt, sie auf dem schattigen Parkplatz am Messegelände in den Laptop geklopft und Fischer den fertigen Artikel geschickt, in ständiger Furcht vor der Frau, die sich »Paul« nannte. Regelrechte Todesängste hatte er ausgestanden, dass sie ihm gefolgt sein könnte. Vielleicht, weil sie ihm mehr erzählt hatte, als gut für sie war.

Todesängste!

Er lachte auf. Es war absurd, dass er sich noch vor irgendetwas oder jemandem auf dieser Welt fürchtete. Er war zum Sterben verurteilt. Was machte es für einen Unterschied, ob sein Leben ein paar Wochen früher oder später endete? Trotzdem hing er sehr viel mehr daran, als er sich zuletzt eingestanden hatte.

Ja, es waren tatsächlich Todesängste gewesen, die diese Wahnsinnige in ihm ausgelöst hatte. Bei der Erinnerung an ihr Aufeinandertreffen musste er sich schütteln. Eine Frau, die sich selbst einen Männernamen gab, war schon an sich merkwürdig genug. Wie sie sich ihm gegenüber verhalten, noch mehr aber, wie sie gesprochen hatte, ließ ihn frösteln. Krakauer hatte keine Zweifel, dass sie das Jagdspiel durchziehen, vielleicht sogar gewinnen konnte. Ein Gewissen schien ihr jedenfalls nicht im Weg zu stehen.

Gleich nachdem sie die Scheune verlassen hatte, hatte Krakauer die durchdrehenden Räder eines Autos gehört. Er hatte ihr nachlaufen wollen, aber da war plötzlich der Bauer aufgetaucht und hatte wissen wollen, was er hier zu suchen habe und *ob sie denn keine Wohnung hätten*. Krakauer hatte ihn gefragt, ob er die Frau gesehen habe und sie möglicherweise identifizieren könne, was der Bauer schulterzuckend verneinte.

Die Melodie in der Telefon-Warteschleife des *Stuttgarter Blatts* begann von vorn.

Mach schon, Fischer!

Krakauer hatte sich beim Bauern entschuldigt und war, so schnell er noch konnte, zur Raststätte gegangen. Dort hatte er sich umgesehen, aber keinen einzigen Hinweis darauf entdeckt, wohin die Frau gefahren sein könnte.

Hamburg.

Sie hatte ihm verraten, dass sie nach Hamburg wollte. Wie er wusste, hielt sich eine der Zielpersonen dort auf. Ein Mädchen mit langen braunen Haaren, das dem Foto auf der Jagdspiel-Homepage nach zu urteilen deutlich unter zwanzig sein musste. Die Aufnahme war irgendwo in der Nobelgegend der Außenalster gemacht worden. Jetzt, da Krakauer wusste, mit wem es die junge Frau zu tun bekommen würde, musste er unbedingt dafür sorgen, dass das Spiel öffentlich wurde und die Polizei davon erfuhr, damit man das Mädchen in Sicherheit bringen konnte.

Warum hat sie mir gesagt, dass sie nach Hamburg fährt?, überlegte er nicht zum ersten Mal.

Hatte sie ihn angelogen? Schließlich gab es mehrere Ziele, die näher waren als Hamburg. Zürich zum Beispiel oder Magdeburg. Es wäre ja nicht das erste Mal, dass sie ihn an der Nase herumführte.

Als er ins Jagdspiel eingestiegen war, hatte er gesehen, dass inzwischen neue Fotos von Pauls erstem Opfer hochgeladen worden waren. Sie zeigten die Leiche bei Tageslicht, teilweise schon verwest, aber eindeutig nicht enthauptet. Paul hatte den Punkt vor einer Stunde gutgeschrieben bekommen. Womit klar war, dass sich die Frau nicht wegen des Beweismaterials mit Krakauer getroffen hatte.

Weshalb sonst?

Er fand nur eine Antwort: Es musste am Interview gelegen haben. An der Möglichkeit, durch ihn eine öffentliche Stimme zu bekommen. Wahrscheinlich sehnte sie sich nach Aufmerksamkeit.

Es knackte in der Leitung, die Wartemelodie verstummte.

»Krakauer, machen Sie's kurz«, blaffte Fischer, der jugendliche Chefredakteur-Stellvertreter des *Stuttgarter Blatts*.

Nichts anderes hatte er vor. »Wieso ist der Artikel noch nicht online?«, fuhr er ihn an.

Schweigen.

»Hallo? Fischer, sind Sie noch dran? Wieso? Das muss sofort raus!«

»Ja, Krakauer – hören Sie. Das ist ja eine nette Geschichte …«

»Nett? Nett?« Er spürte den Drang zu husten.

»Liest sich ziemlich abenteuerlich. Aber das kann ich so nicht rausgeben. Es wirkt …«

»Ja? Wie? Sagen Sie's doch!« Er stellte sich vor, wie er stante pede in die Redaktion fuhr, in Fischers Büro stürmte und diesem Frischling die Nase brach. Leider war sein Körper zu schwach dafür. Aber allein die Vorstellung tat gut.

»Es wirkt ausgedacht, Krakauer. Frei erfunden.«

Er war zu perplex, um etwas zu entgegnen.

»Sie wissen doch, *Fake News*, erfundene Geschichten und so weiter. Wir können hier nicht mehr arbeiten wie vor zehn oder zwanzig Jahren. Unser Vier-Augen-Prinzip besagt, dass …«

»Ich pfeife auf Ihr Vier-Augen-Prinzip! Ich gebe Ihnen alles, was Sie brauchen! Wollen Sie's selbst sehen? Brauchen Sie den Zugang zum Jagdspiel? Sie bekommen den Benutzernamen und das Passwort, jetzt gleich! Dann können Sie sich die Schweinerei selbst anschauen.«

»Aber Herr Krakauer.«

»Ja? Was?«

»Jeder Webdesign-Student kann so etwas im ersten Semester zusammenbasteln, ins Darknet laden und ein paar Halloween-Fotos online stellen. Sind Sie denn gar nicht auf die Idee gekommen, dass Sie reingelegt worden sind? Vielleicht wollte jemand, dass Sie in dieselbe Falle tappen wie damals im Fall Erbhoff?«

Krakauer war außer sich. Dieser Vollidiot Fischer zerpflückte die Story seines Lebens und nahm einen Fehler als Vorwand, der Jahrzehnte zurücklag!

Aber das hier war kein Hirngespinst. Krakauer hatte mit eigenen Augen gesehen, was los war, hatte sogar mit einer Mörderin gesprochen und sich dafür in Lebensgefahr begeben! Er hatte sein gesamtes Geld investiert und wollte dem Blatt auch noch die Früchte seiner Arbeit schenken. Es war unfassbar, wie ihn dieser Grünschnabel von oben herab behandelte. Krakauer musste protestieren, jetzt sofort …

Aber er brachte kein Wort heraus. In seinem Hals begann es zu kitzeln. Er wusste, wohin das führte. Ein Hustenanfall kostete Kraft, die er für andere Dinge brauchte. *Nicht aufregen … ganz ruhig bleiben …*

»Bevor wir die Story nicht verifiziert und mit der Polizei gesprochen haben, tun wir gar nichts«, sagte Fischer und legte auf. Einfach so. Der stellvertretende Chefredakteur hatte gesprochen, und Krakauer hatte zu kuschen.

»Verdammt!«, schrie er und schlug mehrmals aufs Lenkrad ein. Verfluchte sein Schicksal. Dieser verdammte Krebs! Wieso musste er ausgerechnet ihn treffen? Wieso nicht diese Mörderin? *Das* wäre gerecht gewesen! Wieso musste er sterben und nicht Leute wie sie?

Nichts war mehr, wie es sein sollte. Werner Krakauer hatte schon so oft gedacht, dass es nicht noch weiter bergab gehen konnte, schon bei der Krebsdiagnose hatte er sich am Tiefpunkt seines Lebens geglaubt. Dabei war das nur die erste Stufe einer endlosen Treppe in die Hölle gewesen. Es ging immer tiefer und noch tiefer, das Schicksal zwang ihn Stufe für Stufe weiter hinunter, dorthin, wo kein Licht mehr war, keine Hoffnung, keine Liebe und keine Zukunft.

Plötzlich stieg ein Gedanke aus den Tiefen seines Bewusstseins auf.

Dann werde ich das Spiel eben spielen.

Es war zu absurd. Und trotzdem setzte sich der Geistesblitz fest. *Mitspielen. Ich werde die Öffentlichkeit für mich arbeiten lassen.*

Er war Journalist und wusste, wie die Leute tickten. Alles drehte sich um Emotionen und wie man sie schürte. Man musste nur die richtigen Knöpfe drücken.

Die Leute mussten vom Spiel erfahren. Das *Stuttgarter Blatt* weigerte sich. Ein anderes Medium stand ihm nicht zur Verfügung. Er hatte nie einen eigenen Blog aufgebaut und auch kein Konto bei Facebook oder Instagram, das er hätte nutzen können. Er brauchte die Reichweite eines etablierten Nachrichtenportals, doch auf die Schnelle konnte er sich kein anderes suchen, das ihm vielleicht glaubte. Er durfte keine Zeit mehr verlieren. Die Geschichte musste jetzt in die Welt hinaus, und sie musste von der Welt wahrgenommen werden.

Es gibt noch eine Möglichkeit.

Es war befreiend, ohne jedes Tabu denken zu können. Er klappte seinen Laptop auf und suchte nach einer alten Nachricht in seiner E-Mail-Korrespondenz. Nach Zugangsdaten, die Kollege Frauner ihm vor Jahren zur Verfügung gestellt hatte, weil er an Weihnachten schon zu Hause gewesen war und Krakauer ihm schnell aus der Patsche hatte helfen müssen.

Es war der Administrator-Zugang zum Online-Redaktionssystem. Im Nu hatte er die alte E-Mail gefunden. Er hatte bloß nach *Frohe Weihnachten* und *Passwort* suchen müssen. Er klickte auf den Link zum Redaktionssystem, den ihm Frauner freundlicherweise gleich mitgeschickt hatte, und befüllte die Maske mit den Zugangsdaten.

Drin.

Krakauer zog die Mundwinkel hoch. Es hätte ihn auch gewundert, hätte Frauner jemals sein Passwort geändert. Obwohl er für den Online-Auftritt der Zeitung verantwortlich war, hatte er sich nie viel um die Datensicherheit gekümmert. Dem *Stuttgarter Blatt* schien das egal zu sein.

Selber schuld.

Krakauer konnte Frauner gut leiden. Er wollte ihm keinen Schaden zufügen. Aber bis auf einen ordentlichen Anpfiff und eine Nachschulung in Datensicherheit hatte er nichts zu befürchten. Frauner würde leicht beweisen können, dass ihm der Artikel untergeschoben worden war. Nicht nur, weil Krakauers Name drinstand. Möglicherweise würde er einfach behaupten, sein Konto sei gehackt worden.

Er klickte auf *Neuen Artikel erstellen*, kopierte Passagen seiner Reportage hinein und schrieb noch ein paar Zeilen dazu. Schnell eine klickfreundliche Schlagzeile formuliert und ein Bildschirmfoto vom internen Bereich des Jagdspiels hinzugefügt, die Häkchen bei *Breaking News*, *Meldung an Agenturen* und *Auf Facebook veröffentlichen* gesetzt und alles abgeschickt – schon war die Geschichte ganz oben auf der Startseite der Online-Ausgabe zu sehen. Sie würde nicht lange dort sein.

Aber lange genug.

Er schloss den Laptop und startete den Motor. Entgegen seinem ursprünglichen Plan fuhr er zurück in die Wohnung, um seinem Körper ein paar Stunden Ruhe zu gönnen und anschließend neu zu packen.

Um 19 Uhr 15 ging sein Flieger nach Hamburg.

20

Bozen, 14.18 Uhr

Christian Brand

»Elisa Bertagnolli«, stellte sich die Ärztin vor und streckte zuerst Brand die Hand entgegen. »Sie sind die Polizisten von Europol?«, fragte sie ihn lächelnd. Ihr Deutsch hatte einen stark italienischen Akzent, war jedoch ansonsten beinahe fließend.

Er lächelte reflexartig zurück und zeigte ihr seinen neuen Ausweis. »Christian Brand. Und das ist …« Er stockte mitten im Satz. Was war Björk eigentlich? Nur seine Schutzperson? Oder auch eine Art Partnerin? Und warum stellte ausgerechnet *er* sie gerade vor? »Inga Björk«, sagte er nur.

Die Ärztin drückte Björk die Hand und wandte sich gleich wieder an ihn: »Sie wollen also den Patienten Peter Gruber sehen.«

Ach, will ich das?

Immer noch hatte er keine Ahnung, worum es ging. Zwischen dem Einchecken im Hotel, Dusche, Rasur, Anziehen und der Fahrt hierher war keine Zeit für ein Briefing gewesen, zumal Björk auf dem Beifahrersitz unablässig auf ihren Laptop gestarrt hatte und nicht gestört werden wollte. Auch jetzt sagte sie kein Wort. Vielleicht als kleine Retourkutsche dafür, dass Dottoressa Bertagnolli sie für Brands Assistentin hielt.

Brand nickte kaum merklich.

»Dann kommen Sie mit.«

Sie folgten der Frau im weißen Kittel durch einen langen Gang. Brand warf Björk einen mehr als deutlichen Seitenblick zu, den diese unerwidert ließ. In ihrem Gesicht war nicht die geringste Regung zu erkennen – keine Ahnung, was sie von ihm wollte oder dachte.

Björk gab ihm aber noch ganz andere Rätsel auf. Zum Beispiel, wie sie so schnell neue Sachen für ihn hatte besorgen können. Das Navi hatte sie vom Flughafen ins Stadtinnere geführt. »Warten Sie im Wagen«, hatte Björk zu Brand gesagt, nachdem sie ihn vor der Filiale einer – natürlich – schwedischen Bekleidungskette hatte anhalten lassen. Keine fünf Minuten später war sie mit einer großen Einkaufstasche herausgekommen, die sie auf die Rückbank des Mietwagens geworfen hatte. »Für Sie«, hatte sie gesagt, und: »Weiter zum Hotel. Tempo!«

Björk war wohl der erste Mensch überhaupt, der Brand dazu aufforderte, mehr Tempo zu machen. Von frühester Kindheit an hatte man ihn bremsen müssen. In der Schule war er auf das Restless-Legs-Syndrom untersucht worden, und nicht nur einmal hatten seine Eltern zu hören bekommen, dass er den Unterricht störte. Später übersetzten sich die *restless legs* dann in schnelle Beine. Bis zur Oberstufe war Brand auf keinen Klassenkameraden getroffen, der schneller laufen und weiter springen konnte als er. Und auch danach, vom Bundesheer bis zur Polizei, hatte er stets zu den schnellsten Männern seines Jahrgangs gezählt. Brand durfte sich also durchaus beleidigt fühlen, wenn jemand ausgerechnet Tempo von ihm forderte.

»Kommen Sie, wir müssen noch eine Etage hoch!« Die Ärztin hielt ihnen die Tür zum Treppenhaus auf. Als Brand an ihr vorbeiging, bemerkte er aus dem Augenwinkel, wie Bertagnollis Blick kurz an seinem Körper hängen blieb, doch dann setzte sie sich auch schon wieder in Bewegung und trippelte Björk und ihm voran die Stufen hinauf.

Brand fühlte sich in seinem dunklen Anzug unwohl. Er kam sich darin vor wie eine wandelnde Parodie auf *Men in Black* und die *Blues Brothers* – aber natürlich machte er in den Sachen, die Björk in Windeseile für ihn gekauft hatte, einen wesentlich besseren Eindruck als in Erich Langthalers schlabbriger Jeans. Alles passte ihm wie angegossen. Es war, als hätte Björk ihn bei ihrer ersten Begegnung heimlich mit einem Laserscanner vermessen. Schwarzer Anzug, zwei weiße Hemden, schwarze Krawatte, mehrere Garnituren Unterwäsche und Schuhe. *Schuhe*! Selbst das Rasierwasser ganz unten in der Tasche passte zu ihm. Was Brand zwischendurch auf den Gedanken gebracht hatte, dass Inga Björk einen hervorragenden Shoppingberater abgäbe, nur für den Fall, dass das mit Europol und ihr nichts wurde.

Das Scherzen verging ihm, als sie im Eingangsbereich der Intensivstation ankamen. »Ziehen Sie das an«, forderte Dottoressa Bertagnolli sie auf und zeigte auf Spender für Mundschutz und Überzüge für die Schuhe. »Nicht vergessen: Hände desinfizieren!«

Erst danach durften sie die Station betreten. Sie kamen an mehreren Betten vorbei. Wie auf jeder Intensivstation herrschte auch hier angespannte Stille, die von gedämpften akustischen Signalen, Atem- und Schnarchgeräuschen sowie leisen Unterhaltungen unterbrochen wurde. Der Raum wurde zwar gekühlt, aber die Hitze von draußen strahlte immer noch spürbar herein.

Sie blieben am Bett eines Patienten stehen, dem beide Arme fehlten.

Der Mann Anfang dreißig schien zu schlafen. Mehrere Infusionsschläuche mündeten direkt in seine Halsschlagader. Sein

Körper war mit Messgeräten verbunden. Trotz der entspannten Gesichtszüge sah man ihm an, dass er schwer mit seinen Verletzungen zu kämpfen hatte.

»Wir haben ihn am Samstagmorgen bekommen. Hoher Blutverlust, hohe Infektionsgefahr. Wir haben die Blutungen gestillt und ihn ins künstliche Koma versetzt.«

Brand nickte nur.

»Können Sie ihn aufwecken?«, brach Björk ihr Schweigen. »Wir müssen mit ihm reden.«

»Das geht nicht so einfach! Morgen vielleicht.«

Björk verengte leicht die Augen, dann fuhr sie fort: »Wurden die Arme fachmännisch abgetrennt? Sonst hätte er doch zu viel Blut verloren, oder?«

Die Ärztin wiegte den Kopf, bevor sie antwortete. »Fachmännisch, ja – und wieder nein. Knorpel und Muskeln wurden mit einer elektrischen Säge durchtrennt, wie man sie im Baumarkt kaufen kann – die Polizei spricht von einer Säbelsäge. Die Weichteile und Blutgefäße allerdings wurden mit einem Skalpell durchschnitten und vorher mit Klammern abgeklemmt. Sonst wäre der Patient wohl schnell verblutet.«

»Also ein Chirurg?«, schlug Björk vor.

»Kann ich nicht sagen. Auf alle Fälle jemand mit Ausbildung und Ausrüstung. Auch ein Tierarzt oder Sanitäter ist denkbar oder aber ein Medizinstudent …«

»Schon gut. Ich würde mir jetzt gerne die Verletzungen ansehen.«

Dottoressa Bertagnolli und Christian Brand zogen gleichzeitig die Augenbrauen hoch. Dann schüttelte die Ärztin den Kopf. »Ich glaube, es ist besser, wenn …«

»Nehmen Sie den Verband ab«, forderte Björk sie auf.

Brand sagte nichts, auch wenn er sich wunderte, warum sie die

Wunden sehen wollte. Der Befund stand fest, weshalb also den Patienten einer unnötigen Belastung aussetzen? Bestimmt dachte Bertagnolli genauso.

Die Ärztin seufzte, holte eine Verbandsschere und legte an. Dann zögerte sie. »Einen Augenblick, bitte. Ich würde gern einen Pfleger dazunehmen«, sagte sie, drehte sich um und eilte davon.

Björk zog eine Taschenlampe aus ihrer Hosentasche und schlug die Bettdecke zurück. Der Patient lag nackt vor ihnen. Sie schaltete die Lampe ein, die ein bläuliches Licht ausstrahlte, und ließ den Lichtkegel über den Körper wandern. Brand stellte fest, dass es sich um eine dieser UV-Leuchten handelte, mit denen man sonst Geldscheine auf ihre Echtheit prüfte. Was sie hier damit wollte, war ihm ein Rätsel.

»Los, helfen Sie mir, ihn auf die Seite zu drehen!«

»*Was* soll ich?«

»Ich will auch hinten nachsehen. Kommen Sie schon!«, drängte Björk und schickte sich an, Gruber mit einer Hand auf die Seite zu rollen. Kopfschüttelnd fasste Brand mit an.

»Andere Seite!«

Brand tat ihr auch diesen Gefallen. Sie mussten wegen der Schläuche und des Katheters aufpassen, von den beidseitigen Amputationswunden ganz zu schweigen. Als Gruber im Schlaf aufächzte, reichte es Brand. »Schluss jetzt«, zischte er.

»Der Verband muss runter«, sagte Björk, als hätte sie ihn nicht gehört.

»Sind Sie wahnsinnig?«

Doch Björk hielt schon die Verbandsschere in der Hand, die die Ärztin liegen gelassen hatte.

»Sie können doch nicht einfach so loslegen, ohne zumindest auf die Ärztin zu warten …«

»Und ob. Das Einzige, was wir nicht können, ist warten.

Hier!«, sagte sie und reichte ihm die UV-Lampe. Dabei entdeckte er eine scharfkantige Tätowierung an Björks Unterarm, die bisher von ihrem langen, eng anliegenden Ärmel verdeckt gewesen war. Brand glaubte, den Ast eines Baumes zu erkennen, der spitz zulief und knapp vor Björks Handgelenk endete.

Björk schien seinen Blick zu bemerken, denn sie zog den Ärmel schnell wieder herab und schnitt dann den Verband auf, der um den Oberkörper des Mannes gewickelt war. Darunter kam weiteres Verbandsmaterial zum Vorschein. Mit professionell wirkenden Handgriffen entfernte Björk Schicht um Schicht und legte den Brustbereich frei. Brand leuchtete ihn mit der UV-Lampe ab, doch da war nichts.

Die Europol-Beamtin arbeitete sich weiter vor und legte die rechte Schulter frei. Etliche Quadratzentimeter offenes Gewebe, dunkel und fleischig. Es wirkte, als sei der Arm wie beim Tranchieren eines Bratens aus dem Körper gerissen worden. Sicher die Folge der Säbelsäge.

Armer Kerl, dachte Brand. Er hoffte nur, dass er nicht wach gewesen war und miterleben musste, wie …

Schritte. »Was machen Sie denn da?«, empörte sich Dottoressa Bertagnolli und zog ihr Handy aus der Kitteltasche, als wolle sie jeden Moment den Sicherheitsdienst rufen. Die Pflegerin in ihrem Schlepptau schnappte erschrocken nach Luft.

Björk streckte ihnen beschwichtigend die flache Hand entgegen. »Wir dürfen keine Zeit verlieren, Dottoressa. Hier kommen wir schon zu spät. Andere sind vielleicht noch zu retten – wenn wir schnell machen. Haben Sie die Arme noch?«

»Die Arme? Die Arme können nicht mehr angenäht werden«, erklärte die Ärztin, was selbst für einen medizinischen Laien wie Brand nachvollziehbar war. Schließlich lag der Patient schon seit Samstag hier.

»Nein, ich möchte wissen, ob sich die Arme noch hier im Krankenhaus befinden?«

»Da müsste ich nachfragen. Vielleicht in der Pathologie …«

»Dann kümmern Sie sich darum. Ich brauche die Arme unbedingt!«

Brand stellte sich vor, wie Björk die abgetrennten Körperteile aus dem Krankenhaus trug und ähnlich unsanft wie die Einkaufstasche auf den Rücksitz des Mietwagens warf, bevor sie ihm auftrug, damit Gott weiß wohin zu fahren

Die Ärztin zögerte, scheinbar hin- und hergerissen zwischen der Verantwortung ihrem Patienten gegenüber und Björks Forderung. Schließlich erteilte sie der Pflegerin hektische Anweisungen in italienischer Sprache, woraufhin diese schnellen Schritts die Intensivstation verließ, während sie selbst sich an Brand vorbei zu Gruber drängte. »Wenn der Verband schon unbedingt wegmuss, dann lassen Sie wenigstens mich das machen!«, schimpfte sie und nahm Björk die Schere aus der Hand.

»Ich will auch die andere Seite sehen.«

Bertagnolli schnaubte, doch sie legte vorsichtig die linke Seite frei, die noch deutlich schlimmer aussah. »Wir konnten die Wunde nicht verschließen, nur sauber machen und glätten. Sobald die Infektionsgefahr vorbei ist, beginnen wir mit den Hauttransplantationen«, erklärte sie.

Björk bedeutete Brand, die Lampe wieder einzuschalten. Er tat es, aber auch hier entdeckte er nichts Auffälliges. »Nichts«, bestätigte Björk. »Ich muss noch den Rücken sehen, vom Hals abwärts, wo der Verband war.«

»Das ist unmöglich«, wehrte sich Dottoressa Bertagnolli. »Wir können den Patienten nicht umdrehen.«

»Sie sollen ihn nicht umdrehen, nur anheben. Danach lassen wir ihn in Ruhe.«

»Okay. Aber nur mit Hilfe. Einen Augenblick.« Dieses Mal machte Bertagnolli nicht den Fehler, die Polizisten allein zu lassen, sondern griff zum Telefon. Kurz darauf trat ein männlicher Pfleger zu ihnen und half, Kopf und Oberkörper etwas anzuheben.

Björk brauchte nur Sekunden, bevor sie den Kopf schüttelte und sagte: »Dann brauchen wir die Arme. Würden Sie bitte mal nachfragen, ob die Pflegerin schon etwas erreichen konnte? Gibt es Aufzeichnungen von früher in der Krankenakte? Der Patient stammt doch aus dieser Gegend, oder?«, feuerte Björk eine Frage nach der anderen auf Bertagnolli ab.

Die Ärztin nickte und telefonierte, während der Pfleger schon dabei war, die Wunden neu zu versorgen. »Kommen Sie«, sagte sie einen Moment später und setzte sich in Bewegung. Im Gehen erklärte sie: »Peter Gruber, der Patient, ist Schmied und kommt aus der Nähe von Bozen. Leider haben wir keine zentralen Akten. Sie wissen, die Bürokratie ... aber Gruber war schon früher bei uns im Krankenhaus.«

»Ich muss wissen, wann, warum und von wem er behandelt wurde. Besonders von wem.«

»Okay.«

Sie fuhren mit dem Aufzug ins Kellergeschoss, wo sie von einem Mann zu den Kühlkammern der Pathologie gebracht wurden. Die Arme lagen bereits offen auf dem Ausziehtisch eines der Fächer.

Sie hatten den Tisch noch nicht erreicht, da hielt Björk die Lampe auch schon in Richtung der Arme. Einer von beiden leuchtete grell auf. Es sah aus wie eine Zeichnung, wie ein ...

Ein Skorpion.

Ein Tattoo, vermutete Brand. Der Skorpion schien aus dem Bereich zu kriechen, wo früher die Achsel gewesen war. Aber die Tätowierung war nicht vollständig.

»Das Mal«, murmelte Björk.

Ihre Blicke trafen sich kurz. Ihr Gesichtsausdruck hatte sich verändert. Sie erinnerte Brand jetzt an einen Jäger, der auf eine Fährte gestoßen war.

Björk machte die UV-Lampe aus und besah sich die Arme bei normalem Licht.

Brand entdeckte tiefe Striemen an den Handgelenken. Gruber war gefesselt gewesen. Und wie es aussah, musste er sich sehr dagegen gewehrt haben.

Er hat alles mitbekommen.

Björk konzentrierte sich auf das obere Ende der Amputate. Nach einer Weile winkte sie die Ärztin näher zu sich heran. »Dottoressa, hier, der Bereich um die tätowierte Stelle herum, was, glauben Sie, könnte das sein?«

Brand bemühte sich ebenfalls, etwas zu erkennen. Der Bereich, den die beiden Frauen musterten, war dunkler und die Hautoberfläche unregelmäßig. Es musste sich um eine alte Verletzung oder eine Hautkrankheit handeln.

»Hm ... Das ist nicht leicht zu sagen in dem Zustand ... vielleicht Hämangiomatose?«

»Was ist das?«

»Eine Ansammlung von Blutschwämmchen.« Die Ärztin ging näher heran und fuhr mit dem Finger darüber. »Nein ... doch nicht.«

»Sieht für mich eher nach Narbengewebe aus«, warf Brand von hinten ein. »Ein Unfall?«

Björk wandte sich um und sah ihn mit ihren Jägeraugen an. Er glaubte zu erkennen, dass sie genau dasselbe dachte. Dann sagte sie: »Dottoressa Bertagnolli, wir müssen unbedingt wissen, was da passiert ist, und vor allem, wann. Wenn er deswegen hier im Krankenhaus behandelt wurde, brauchen wir den Arztbrief und die Namen sämtlicher Personen, die Zutritt zu seinem Zimmer hatten. Ärzte, Pfleger, Reinigungskräfte, alle.«

»Pfff … und bis wann?«

»Bis gestern«, erwiderte Björk, ohne die Miene zu verziehen.

21 Zwischen Göttingen und Hannover, 15.42 Uhr

Sabine Dipaoli

»So eine Protzvilla im Harvestehuder Weg.«

»Sicher?«

»Sicher – und alarmgesichert.«

»Danke, Rik. Hast was gut bei mir!«

»Nein, wir sind quitt«, sagte er schnell. *Zu* schnell. »Halt mich da bloß raus, ja? Wir sind quitt!«, wiederholte er.

Ohne noch ein Wort zu sagen, drückte Sabine den Anruf weg und zog einen Mundwinkel hoch. Rik hatte Angst vor ihr. Das musste er nicht, und doch fühlte es sich gut an. Fremde Angst war eigene Macht.

Ein Lastkraftwagen wechselte auf die Überholspur, zwei-, vielleicht dreihundert Meter vor ihr und doch so knapp, dass sie ordentlich in die Bremsen steigen musste.

»Idiot!«, schimpfte sie, fuhr bis auf wenige Zentimeter an seine Heckstoßstange heran und ließ die Lichthupe aufblitzen, wieder und wieder, bis das Elefantenrennen beendet war und Sabine den Tempomaten reaktivieren konnte, der den Siebener-BMW im Handumdrehen auf die zweihundertfünfzig Stundenkilometer brachte, bei denen er elektronisch abriegelte. Sabine ärgerte sich über die Bevormundung. Bei nächster Gelegenheit würde sie das Limit herausnehmen lassen.

Um sich von den Unzulänglichkeiten des Fahrzeugs abzulenken, dachte sie an die Stadt, in die sie bald kommen würde. Hamburg und sie, das war lange her, und doch war ihr vieles in Erinnerung geblieben. Hamburg war immer schon ein Sehnsuchtsort gewesen. Bereits als Teenager hatte sie davon geträumt, in der Stadt zu leben, die so vieles bot, was in anderen Städten völlig undenkbar wäre, die genau wie New York niemals schlief. Sie versprach eine unerschöpfliche Quelle von Reizen, die Reeperbahn noch gar nicht mitgerechnet.

Euphorisch war sie mit achtzehn nach Hamburg gekommen, um dort zu studieren. Medizin. Ihr Vater hatte ihr eine kleine Wohnung in der Sternschanze besorgt. Nach ein paar Wochen hatte sie Rik an der Angel gehabt. Richard Sammer. Nicht ihr erster Freund, aber der erste, der völlig frei von Hemmungen war, wenn es um Sex ging. Noch heute erregte es sie, an die vielen Premieren mit ihm zurückzudenken. An die Experimente, auch mit Drogen aller Art, in ihrer kleinen Wohnung. Eine Zeit lang war sie wesentlich mehr mit sich und ihrem Körper beschäftigt gewesen als mit ihrem Studium, was natürlich für Probleme sorgte, wenn sich der alte Herr zu Hause in München gute Noten erwartete. Sabine hatte sie gefälscht und das Leben genossen, und für einige Monate war sie sich wie ein normaler, zufriedener Mensch vorgekommen.

Bis sie zum ersten Mal einen Menschen hatte sterben sehen.

Im Morgengrauen, nach einer Party in ihrer Wohnung. Rik war mit dem letzten Gast in Streit geraten, wegen irgendeiner Belanglosigkeit, an die weder Rik noch sonst wer sich später hatte erinnern können. Sabine hatte zugesehen, wie sich die beiden geprügelt hatten. Irgendwann hatte Rick eine abgebrochene Flasche in der Hand gehalten und sie in den Hals des anderen gerammt.

All das Blut.

Rik war davongerannt, und Sabine war plötzlich wieder völlig klar gewesen. Hatte gestaunt, beobachtet, gegafft und dabei spontane Lust empfunden, ähnlich jener, mit der man sein Leibgericht verspeiste – nein, noch sehr viel stärker. Der andere – Sabine hatte seinen Namen längst vergessen – hatte sich an den Hals gegriffen und versucht, die Blutung irgendwie zu stoppen, hatte Hilfe suchend zu ihr gesehen, aber sie war zu überwältigt gewesen von der Vorstellung, die sich ihr bot, um an Erste Hilfe auch nur zu denken. Das Blut spritzte, versaute das Zimmer, war badewasserwarm. Ohne den Blick von Sabine zu wenden, war der Mann erst auf die Knie, dann langsam vornüber gesackt. Zu seinen letzten Atemzügen hatte Sabine sich neuen Wein eingeschenkt, rot wie Blut, Blut überall – ein einziger Rausch der Lust, ganz ohne Sex.

Lange war sie einfach sitzen geblieben in dem Wunsch, den Rausch zu verlängern, hatte eine Line gezogen, mehr Wein getrunken, auch Wodka, aber nichts hatte an den tatsächlichen Moment des Todes herangereicht. Am Ende war da nur noch eine leere Hülle gewesen, ein toter Körper, wertlos und kalt. So reizlos wie der Sonnenaufgang draußen.

Nach ungefähr einer Stunde war Rik zurückgekommen. Als er begriff, was passiert war, hatte er den Notruf wählen wollen, aber sie hatte ihn davon abgehalten und ihm anschließend den Arsch gerettet. Bis heute, mehr als zehn Jahre nach dem Vorfall, hatte niemand die Leiche des Mannes gefunden, und kein einziges Mal war die Polizei auf die Idee gekommen, mit ihr oder Rik zu sprechen, dafür hatte sie gesorgt. Sabine hatte alles getan, was nötig gewesen war, und sie hatte ein gewaltiges Opfer gebracht: Sie war nach München zurückgekehrt, wo sie sich seither zu Tode langweilte.

Das Pingen ihres Smartphones, das eine neue Nachricht ankündigte, riss sie aus ihren Gedanken. Sie sah aufs Display, wo die Webseite des Jagdspiels offen stand.

_ ▫ ×

Halali und Weidmannsheil, Paul!

Ihr Jägercode: IA27PQ

Ihre Trophäen: 1

Kurswert des Jackpots: € 788.245

» Opferbereich

» Spielregeln

» Forum

» Persönliche Nachrichten (1)

» Ausloggen

Gierig klickte sie auf *Persönliche Nachrichten*, erwischte aber den Link zum Forum und musste wieder zur Startseite zurück.

Jemand hupte.

Sabine riss den Blick nach oben und sah im Rückspiegel, dass sie nur um Haaresbreite ein Wohnmobil verfehlt hatte, das durch das Ausweichmanöver heftig ins Schlingern geraten war. Was weiter mit dem anderen Wagen passierte, bekam sie nicht mehr mit, denn er war schon hinter einer Geländekuppe verschwunden. Vorne war die Strecke frei. Kein Grund, vom Gas zu gehen. Wieder sah sie auf ihr Smartphone, und dieses Mal erwischte sie den richtigen Link.

Als sie den Namen des Absenders sah, durchzuckte sie dieselbe Lust, die ihr das Jagdspiel schon mehrmals beschert hatte.

Der Schöpfer hatte geschrieben.

22

Bozen, 15:56 Uhr

Christian Brand

Björk und Brand trafen sich mit Commissario Gamper von der Staatspolizei der Quästur Bozen, der ihnen den Fundort zeigen sollte. Der Mann, der die Ermittlungen vor Ort leitete, wartete rauchend vor dem Polizeigebäude.

»Können Sie mir sagen, wieso Sie im Krankenhaus herumgeschnüffelt haben, ohne mir Bescheid zu geben?«, fragte er, sobald sie sich die Hände geschüttelt hatten. »Sie können doch nicht so tun, als wären Sie hier die Polizei!«

»Zur Untersuchung des Patienten war Ihr Mitwirken nicht nötig«, antwortete Björk so ruhig wie bestimmt. »Also?«, setzte sie nach.

Der Commissario machte große Augen. »Also?«, echote er, trat seine Zigarette aus, steckte die Hände demonstrativ in die Hosentaschen und lehnte sich gegen seinen Polizeiwagen.

Brand musterte ihn. Gamper war um die fünfzig, nicht besonders groß, dafür kräftig. Der mächtige weiße Schnauzer strahlte mit seinen blauen Augen um die Wette. Der Braunton seiner Haut entsprach dem eines Südländers, wobei die Gesichtszüge eher an nördlichere Gefilde denken ließen. Er war sportlich gekleidet. Wanderhemd und dünne Jeans, womit sich Brand in seinem Anzug gleich noch dämlicher vorkam.

»Also – was?«, blaffte Gamper.

»Herr Commissario, es wäre hilfreich, wenn wir uns auf den Fall Gruber konzentrieren könnten.« Björk blieb ganz ruhig. »Ich nehme an, Sie wissen um die Dringlichkeit. Jetzt müssen wir uns den Fundort ansehen ... bitte.« Das letzte Wort klang, als hätte sie es mit Gewalt hervorgewürgt.

Gamper seufzte. »Na, Sie zwei machen mir Spaß!«, klagte er, stieg in den Wagen und startete den Motor. »Dann los!«, schimpfte er durchs offene Fahrerfenster und deutete auf die Rückbank.

Während der Fahrt ins Bergdorf wurde nicht viel gesprochen, was vor allem daran lag, dass Björk ständig auf den Bildschirm des Laptops auf ihrem Schoß starrte. Wie sie das trotz der vielen Kurven und des sportlichen Fahrstils des Commissario schaffte, war Brand ein Rätsel. Ebenso, wonach sie suchte.

Nach einer Weile schien sich Gampers Mitteilungsbedürfnis gegen seine schlechte Laune durchzusetzen, denn ohne dass sie ihn danach gefragt hätten, fing er an, über den Verletzten zu erzählen. Peter Gruber war Schmied. Genau genommen Kunstschmied. Er fertigte Geländer, Zäune, Grabkreuze und Ähnliches. Er hatte den Betrieb in Kohlern von seinen Eltern übernommen, nachdem diese zusammen mit seiner Frau bei einem Autounfall vor drei Jahren gestorben waren. Seitdem war er alleinstehend. Die Tat selbst hatte sich im Schmiedebetrieb ereignet. Der Commissario hatte merklich Schwierigkeiten, die richtigen Worte zu finden. Zwei davon blieben Brand besonders im Gedächtnis: »Horror« und »Folterbank«. Björk erlöste ihn schließlich, indem sie ihm so nüchtern wie kühl mitteilte, das wisse sie alles schon aus dem Polizeibericht.

Sie fuhren an einem Weinberg vorbei, über dessen Reben hinaus sich das fantastische Panorama vom Etschtal bis ins Südtiroler Unterland erstreckte. Björk blieb weiterhin in ihren Laptop vertieft.

An einer Engstelle kam ihnen ein Traktor entgegen. Gamper bog in eine Ausweichstelle ein und hielt an.

Björk sah von ihrem Gerät auf.

»Wir müssen warten«, erklärte ihr Gamper das Offensichtliche.

Der Traktor, ein Uralt-Modell, genau wie der Fahrer mit seiner Tabakpfeife im Mund, rollte im Zeitlupentempo an ihrem Wagen vorbei. Gamper und er begrüßten sich freundlich.

Björk konzentrierte sich wieder auf ihren Computer. Brand hatte schon versucht, einen Blick auf den Monitor zu werfen, aber er war mit einem dieser Filter versehen, die nur dann etwas durchließen, wenn man direkt von vorne hineinsah.

Als sie wenige Minuten später vor der Schmiede ausstiegen, bekam Björk den erwarteten Anruf von Dottoressa Bertagnolli, die ihr mitteilte, dass es keine Aufzeichnungen über die alte Verletzung an Grubers Oberarm gab. Jedenfalls glaubte Brand, sich das aus Björks Kommentaren und ihrem Gesichtsausdruck zusammenreimen zu können. Sie ging hinter Gampers Wagen hin und her und wirkte beim Telefonieren sehr angespannt.

»Dann machen Sie Röntgenbilder von den Armen, MRTs und was sonst noch möglich ist. Sagen Sie mir, was da passiert sein könnte und wie bedrohlich die Verletzung damals war … Das ist mir egal, Dottoressa! Wir können nicht auf die Gerichtsmedizin warten, auf gar keinen Fall. Ich will Ihre Meinung hören, und zwar *subito*!« Sie legte auf und kam zu ihnen.

Dreisprachig, dachte Brand frustriert und wunderte sich wieder, wie Björk mitten im Hochsommer in diesem Outfit herumlaufen konnte. Jeder Quadratzentimeter Haut war bedeckt; es fehlte nur noch, dass sie eine Wollmütze aus der Tasche gezogen hätte.

Brand hatte den obersten Knopf seines Hemds gleich nach

dem Termin im Krankenhaus aufgemacht und die Krawatte gelockert. Das Sakko musste er wegen des Waffenholsters anbehalten. Wenigstens war es hier im Bergdorf deutlich kühler als im Tal. Aber angenehm war es trotzdem nicht, zumal die Sonne ebenso erbarmungslos vom Himmel brannte.

»Worauf warten Sie?«, drängte Björk, die an ihnen vorbei auf den polizeilich versiegelten Eingang der Schmiede zustrebte.

Das darf nicht wahr sein, dachte Brand. Er sollte doch auf sie aufpassen! Er musste zuerst die Lage checken, überprüfen, ob das Gebäude leer war, ob …

Doch Björk hatte das Siegel bereits zerschnitten. Sie drückte die Tür auf und verschwand im Dunkeln, der Commissario und er folgten ihr.

Das Erste, was Brand auffiel, war der beißende Geruch. Die für eine Schmiede typische Mischung aus kalter Feuerstelle und Eisen, außerdem roch es nach Urin und etwas anderem, das er nicht zuordnen konnte. Die trockene Hitze im Innern machte es nur schlimmer.

»Kann man hier irgendwo Licht machen?«, fragte Björk, ohne auf den Gestank einzugehen.

»Ja«, antwortete der Commissario, »aber ich sage Ihnen gleich, der Anblick ist alles andere als schön.«

»Jetzt machen Sie schon«, drängte sie.

»Bitte.«

An der Decke ging eine Lampe an, die zunächst noch recht dunkel blieb, eine dieser unsäglichen Energiesparlampen aus der Übergangszeit zwischen Glühbirnen und LED-Technik. Nur nach und nach traten die Details aus der Dunkelheit hervor.

Zuerst entdeckte Brand den Ofen – das Herz jeder Schmiede. Direkt daneben hingen viele Zangen an der Wand, die ihn an Folterwerkzeuge erinnerten. Dann erkannte er die Hämmer und den riesigen, auf einem runden Betonklotz angebrachten Amboss.

Und noch etwas.

Die Werkbank.

Gamper steuerte darauf zu und zeigte auf ein Ende. »Hier waren die Arme. Hingen seitlich herab. Noch gefesselt.«

Björk nickte. Sie schien nicht besonders berührt zu sein, während Brand allein von der Vorstellung Gänsehaut bekam. Dass die Striemen an den Handgelenken Spuren von Fesseln waren, hatte er schon im Krankenhaus erkannt. So tief, wie sie ins Fleisch geschnitten hatten, musste Gruber sich mit aller Kraft gewehrt haben. Brand stellte sich vor, wie er hatte mit ansehen müssen, hatte *spüren* müssen, wie sein Peiniger mit der Säbelsäge die gröbste Arbeit erledigte, bevor er zur Lebenserhaltung auf das Chirurgenbesteck umgestiegen war. Oder war es umgekehrt gewesen? Hatte er zuerst die lebensrettende Feinarbeit erledigt und dann das Grobe? So oder so musste es ein unvorstellbarer Horror gewesen sein.

»Die Beine waren ebenfalls gefesselt«, fuhr Gamper fort, »aber nur an diesem Haken hier eingehängt. Gruber konnte sich selbst befreien und Hilfe holen.«

Wie kann man sich nach so etwas überhaupt noch ins Freie schleppen?, grübelte Brand. Warum war Peter Gruber nicht tot? »Der Täter wollte, dass er überlebt«, sagte er mehr zu sich selbst als zu den beiden anderen.

»Nein. Er wollte nicht, dass er stirbt«, entgegnete Björk, die ganz nah an der Werkbank stand und jedes Detail betrachtete. Zuerst wirkte ihr Satz wie eine Spitzfindigkeit, doch dann erfasste Brand seine Bedeutung.

»Die Motivation war also nicht, ihm zu schaden?«, fragte er gerade so laut, dass Björk, nicht aber Gamper es hören konnte.

Sie erwiderte nichts.

»Es geht überhaupt nicht um die Person. Das Motiv ist ein anderes. Stimmt doch, oder?«

Wieder gab sie keine Antwort, aber Brand hatte längst ein neues Teil für sein Gedankenpuzzle gefunden.

»Unsere Forensik hat alles bis ins Detail untersucht«, sagte Commissario Gamper, der sich sichtlich unwohl fühlte.

Auch Brand hätte nichts dagegen gehabt, die Schmiede zu verlassen. Immer deutlicher waren die dunklen Flecken auf der Werkbank zu erkennen. Das Blut. Der Urin. Die Spur am Boden, die nach draußen führte.

Er folgte ihr.

»Und?«, fragte Brand, als Björk einige Minuten später ebenfalls ins Freie trat.

Sie sagte nichts. Einer ihrer Ärmel war schmutzig, auch an der Seite hatte ihre Kleidung etwas abbekommen. Sie versuchte, die Flecken wegzureiben, machte es damit aber nur schlimmer.

Commissario Gamper, der die Folterkammer zusammen mit Brand verlassen hatte und eben mit seiner nächsten Zigarette fertig war, schlug vor, den Ort zu besichtigen, an dem Gruber entdeckt worden war, doch Björk winkte ab. »Ich sehe mich noch in der Wohnung um.«

Brand ging ihr nach. An der Schwelle drehte sie sich um und sagte: »Sie bleiben draußen. Ich möchte nicht gestört werden.« Dann durchschnitt sie auch hier das polizeiliche Siegel und verschwand im Wohnhaus.

»Hm«, machte er und blieb stehen. Mittlerweile ging ihm Björk auf die Nerven, und zwar richtig. Aber was sollte er tun? Das Siegel war unversehrt gewesen, also drohte ihr dort oben wohl keine Gefahr. Aber zur Untätigkeit wollte er sich auch nicht verdammen lassen. Daher kehrte er zu Commissario Gamper zurück, der ihm seine Zigarettenpackung hinhielt. Brand schüttelte den Kopf. Gamper zuckte mit den Schultern und zündete sich den nächsten Glimmstängel an.

»Gibt es schon Verdächtige? Haben Sie eine konkrete Spur?«, stellte Brand die naheliegende Frage.

Gamper blies langsam den Rauch aus und schüttelte den Kopf. »Nicht die geringste. Wir haben eine Unmenge von DNA-Proben sichergestellt, aber es dauert, bis die ausgewertet sind.«

»Sonst noch etwas? Haben die Nachbarn ausgesagt?«

»*Sie* haben unseren Bericht wohl nicht zu lesen bekommen, oder?«

»Nein«, gab Brand zu.

Der Commissario musterte ihn kurz. »Alles ist genau wie immer. Keiner hört was, keiner sieht was. Na ja, fast. Die Frau vom Wirt da drüben meinte, sie hätte einen Wagen mit deutschem Kennzeichen gesehen, am Samstag in den frühen Morgenstunden, ganz hier in der Nähe. Aber sie konnte sich weder an das Fabrikat noch an sonst was erinnern, auch die Farbe konnte sie wegen der Dunkelheit nicht erkennen. Was soll ich denn damit anfangen?«

Wertlos, dachte Brand. Vielleicht war es bloß ein deutscher Tourist gewesen, der den nächtlichen Panoramablick auf Bozen genießen wollte. In Sichtweite stand ein bekannter Aussichtsturm, der viele Leute anzog. Was Brand auf eine neue Idee brachte. »Überwachungskameras?«, schlug er vor und deutete auf den großen Holzturm.

»Nein. Das ist alles noch aus dem vorigen Jahrhundert. Sie sehen ja, bis auf die unbedingt nötigen Instandhaltungsarbeiten passiert hier gar nichts.«

Unter anderen Umständen hätte Brand das sehr sympathisch

gefunden. Ein idyllisches, technikfreies Bergdorf, in dem die Gehsteige bei Einbruch der Dunkelheit hochgeklappt wurden. Perfekt für die Sommerfrische. Aber überhaupt nicht hilfreich, wenn man ein Verbrechen aufzuklären hatte.

Er probierte es mit einem neuen Ansatz. »Wer hat Gruber gefunden?«

»Ein Paar. Aus der Stadt. Hat hier oben im Freien übernachtet. Da drüben.«

»Welchen Eindruck hatten Sie von denen?«

»Die haben ihm das Leben gerettet, nicht mehr und nicht weniger. Sie haben es in ihrer Dachgeschosswohnung unten nicht mehr ausgehalten. Die Hitze, verstehen Sie? Die macht uns allen zu schaffen. Also sind sie hier herauf und haben wild gecampt. Immerhin liegt Kohlern neunhundert Meter über Bozen, das ist schon was.«

Brand erkannte selbst, dass die Erklärung sehr plausibel war und keinen Anlass bot, weiter in diese Richtung zu denken. Blieb nur, auf Björk zu warten und dann zu versuchen, mehr aus ihr herauszubekommen. Was noch dauern konnte, denn eben entdeckte er sie an einem der Fenster im oberen Stockwerk. Sie durchblätterte etwas. Ein Buch vielleicht, eine Dokumentenmappe oder ein Fotoalbum? Was genau, war aus der Perspektive unmöglich zu erkennen.

Da er hier nichts weiter tun konnte, beschloss Brand, etwas zu erledigen, das schon viel zu lange hatte warten müssen. Er wandte sich vom Haus und Commissario Gamper ab, zog das Europol-Handy aus seinem Sakko und rief die Telefon-App auf. Dann tippte er die Nummer von zu Hause ein.

23

Leipzig, 18.30 Uhr

Mirjam Rüttgers

Mirjam Rüttgers trainierte seit zwanzig Minuten auf einem Crosstrainer des Fitnesscenters am Gutenbergplatz. Sie hatte sich das Gerät in der Mitte der dritten Reihe genommen. Nicht am Fenster, nicht am Gang und schon gar nicht vorne. Sie mochte es nicht, beobachtet zu werden. Nicht *so*. Wenn sie erst einmal fünfzehn Kilo weniger auf die Waage brachte, würden auch die Blicke wieder anders sein. Momentan sah sie viel zu oft Mitleid darin. Manchmal sogar Ekel. Dabei war sie nicht schuld an ihrem Zustand. Schuld war Liam.

Mein kleiner Engel.

Er war ihr zweites Kind. Als sie mit Jule schwanger gewesen war, hatte sie weit weniger zugelegt und war die zusätzlichen Kilos schnell wieder losgeworden. Auch dank Benjamin, der sie oft zum Joggen gedrängt hatte. Aber dann, in der zehnten Schwangerschaftswoche mit Liam, hatte sie sich von »Benjy« getrennt. Weil der ihr fremdgegangen war. Zur Schwangerschaft kam der Frust über die gescheiterte Beziehung hinzu. Sie hatte sich mit Kohlehydraten betäubt, weil Alkohol niemals infrage gekommen wäre. Dafür wog sie nun fünfundzwanzig Kilo mehr als noch vor einem Jahr. Sie war, schonungslos betrachtet, eine übergewichtige *Alleinerziehende*.

Sie musste oft an dieses Wort denken, das ihr wie ein Stigma vorkam. Wie eine Narbe. Zusätzlich zum finanziellen Druck, den schlaflosen Nächten und der beziehungstechnischen Einsamkeit war sie auch verbal gebrandmarkt. Mirjam wurde schlecht, wenn sie an die Mütter dachte, die ihre Kleinen in riesigen SUVs zum Kindergarten brachten und hochnäsig auf sie herabsahen, wenn sie aus dem öffentlichen Bus stieg, Liam im Tragtuch und Jule an der Hand. Und wenn noch eine Hand frei blieb, war darin bestimmt ein Fläschchen, Essen oder irgendwas, das Jule am Weg aufgelesen hatte und partout nicht selber tragen konnte.

Manchmal hatte sie das Gefühl, dass ihr »Hartz IV« mit Ausrufezeichen auf der Stirn stand. Dabei hatte sie keine andere Wahl. Benjamin konnte den Unterhalt nicht zahlen, und arbeiten zu gehen, war mit den Kindern einfach nicht möglich. Vor einem Jahr war noch alles anders gewesen. Niemals wäre sie auf die Idee gekommen, dass sie irgendwann das soziale Auffangnetz in Anspruch nehmen müsste. Bis es plötzlich so weit war.

Aber sie ließ sich nicht entmutigen. *Ich schaffe das*, sagte sie sich jeden Tag aufs Neue. Irgendwie ließ sich ja alles schaffen. Die Frage war nur, was das aus einem machte.

Vor ein paar Wochen hatte sie gemerkt, dass ihr Selbstwertgefühl auf der Strecke zu bleiben drohte. Ausgerechnet ihre Schwester, diese Ausgeburt an Oberflächlichkeit, hatte mit ihrem geschmacklosen Geburtstagsgeschenk ins Schwarze getroffen: einer Jahresmitgliedschaft in diesem Fitnesscenter. *Frau Gucci*, wie Mirjam sie ob ihrer Leidenschaft für Designerwaren nannte, hatte sich sofortige und uneingeschränkte Dankbarkeit für ihr Geschenk erwartet. Stattdessen hatte Mirjam, umgeben von Verwandten und Bekannten, losgeheult und nicht mehr damit aufhören können.

Nach ihrem Geburtstag hatte sie sich fest vorgenommen, die

Frechheit ihrer Schwester nicht auch noch dadurch zu belohnen, dass sie tatsächlich herkam und trainierte. Nun tat sie es doch. Weil ihr egal war, was *Frau Gucci* über sie dachte. Selbst wenn diese am Ende triumphierend die Hände in die Höhe recken und *Das hast du alles mir zu verdanken!* rufen würde, wusste sie, dass es nur darauf ankam, was sie selbst über sich dachte. Angeblich konnte man andere nur dann lieben, wenn man sich selbst liebte. Von Selbstliebe war Mirjam meilenweit entfernt, aber sie wollte sich wenigstens gut leiden können.

Sie sah auf die Anzeigen. Noch zwanzig Minuten. Dann schnell unter die Dusche und ab nach Hause. Ihr kleiner Engel wurde unausstehlich, wenn er Hunger hatte, da nützte selbst die beste Babysitterin der Welt nichts mehr. Der Gedanke an Liam ließ sie beinahe absteigen. Aber Mirjam riss sich zusammen.

Um sich abzulenken, zappte sie durch die Fernsehsender auf der Anzeigetafel ihres Geräts. Es lief der übliche Nachmittagsmist. Eine Talkshow, eine US-Serie, ein Shoppingkanal, ein Nachrichtensender.

Ein Foto.

Ein Tattoo.

Ein Skorpion.

Der Skorpion, erkannte sie.

Sie stockte in der Bewegung. Obwohl sie gleich darauf still auf dem Crosstrainer stand, ging ihr Puls immer weiter in die Höhe. Hundertzwanzig. Hundertdreißig. Hundertfünfzig.

Sie hatte keine Kopfhörer bei sich, also versuchte sie, das Schriftband zu lesen, mit dem das Gesprochene simultan in Textform eingeblendet wurde. Der Nachrichtensprecher unterhielt sich gerade mit einem Pressesprecher der Polizei. »… wurde von einer Hetzjagd auf Menschen mit diesen Tattoos berichtet. Was wissen Sie davon?«

»Zum jetzigen Zeitpunkt können wir das nicht bestätigen.«

»Angeblich gibt es bereits mehrere Tote?«

»Wir sind dabei, das zu verifizieren. Im Moment haben wir keine Anhaltspunkte für ein Verbrechen.«

»Eine Schnitzeljagd nach UV-Tattoos. Grausame Verstümmelungen und ein Jackpot für den erfolgreichsten Jäger. Wieso weiß die Polizei nichts davon?«

»Ich kann Ihnen nur versichern, dass die Ermittlungen laufen. Sobald es konkretere Hinweise gibt ...«

Unter dem Schriftband liefen Einblendungen von rechts nach links über den Bildschirm. *Stuttgarter Blatt: Blutige Jagd auf Menschen mit UV-Tattoos | Serientat forderte bereits mehrere Opfer | Innenminister: Fake News.*

Mirjam wusste sofort, dass mehr dahinterstecken musste als eine Falschmeldung. Die Ähnlichkeit der Tätowierung mit der an ihrem rechten Oberschenkel war verblüffend.

Ihr wurde schwindlig. Sie fürchtete, gleich ohnmächtig zu werden, also stieg sie ab und lehnte sich gegen den Crosstrainer, den Blick starr auf das Fernsehbild gerichtet. Auf den Skorpion, der aussah wie ihrer. Jedenfalls fast.

Sie hatte ihn vor einem Jahr entdeckt, bei McDonalds auf dem Klo. Weil Jule sich Pommes eingebildet hatte und nicht mehr weitergehen wollte. Sie hatten lange anstehen müssen. Als sie endlich an der Reihe gewesen waren, hatte Mirjam so dringend gemusst, dass sie Jule mit der vollen Pommestüte auf die Toilette mitgenommen hatte.

»Mama, du leuchtest!«, hatte diese plötzlich gerufen und den kleinen, fettigen Zeigefinger auf ihren nackten Oberschenkel gelegt.

Da hatte sie es zum ersten Mal gesehen. Das Tattoo im Tattoo. In der Tätowierung, die sie sich vor vier Jahren hatte stechen lassen, hier in Leipzig. Von diesem riesigen Typen. Als Überraschung für Benjamin, der ihr immer gesagt hatte, wie scharf er das finden würde. Das Tattoo sollte ein Liebesbeweis sein, rechtzeitig zum Jubiläumstag. Ein Blumenstrauß, groß und bunt. Es hatte Benjamin umgehauen. Seither waren noch andere Tattoos dazugekommen. Aber keines mehr am Oberschenkel. Und ganz bestimmt keines, das man nur bei ultraviolettem Licht sehen sollte.

Mirjam hatte nicht gewusst, dass McDonalds UV-Licht in die Beleuchtung der Toiletten mischte, damit Fixer ihre Venen nicht finden konnten. Diese spezielle Beleuchtung hatte auch das verborgene Tattoo sichtbar gemacht.

»Was issen das?«, hatte Jule geraunt und war die Linien des Skorpions nachgefahren. »Iiih!«

»Nichts. Das … gehört so«, hatte Mirjam die Situation zu überspielen versucht, war aufgesprungen und hatte sich mit klopfendem Herzen die Hose zugeknöpft.

Seither rätselte sie, was der Skorpion sollte. Das Tattoo-Studio von damals hatte schon lange geschlossen, und auch den unheimlichen Riesen hatte sie nie wieder gesehen. Für sie war die Sache so gut wie vergessen. Bis zu diesem Skorpion im Fernsehen, der genau wie ihrer aussah und angeblich mit einem Verbrechen in Verbindung stand. Mit einer Menschenjagd. Mit Verstümmelungen und Toten.

Der Sender brachte ein anderes Thema. Mirjam öffnete den Internet-Browser auf ihrem Smartphone und tippte mit zitternden Fingern *UV-Tattoo Skorpion Menschenjagd* in die Suchmaschine ein. Als die Ergebnisseite eingeblendet wurde, zuckte sie vor Schreck zusammen. Neben mehreren Treffern war dasselbe Foto abgebildet wie im Fernsehen. Sie klickte auf das erste Suchergebnis, doch dieses führte zu einer Fehlerseite. Auch das zweite ging ins Nirwana – die Seite wurde nicht geladen. Beim dritten kam endlich etwas.

– Weltschau24 –

Fake News? Reporter mogelt Artikel über angebliche Menschenjagd ins Netz

Update: Nach neuesten Informationen wurde der von uns verlinkte Bericht des *Stuttgarter Blatts* über eine angebliche Jagd auf Menschen mit UV-Tattoos frei erfunden und in den Online-Auftritt der Zeitung sowie auf die Facebook-Seite geschmuggelt. Stellvertretender Chefredakteur Fischer: »Wir entschuldigen uns für diese vorsätzliche Falschmeldung und haben bereits personelle und organisatorische Maßnahmen in die Wege geleitet, damit sich ein solcher Vorfall nicht wiederholen kann.«
(Link und weiterer Artikelinhalt aufgrund Falschmeldung entfernt)

»Nein, nein, nein!«, schimpfte Mirjam, ging zur Suchmaschine zurück und tippte auf den Link zum Originalartikel des *Stuttgarter Blatts*. Wie befürchtet, führte auch dieser inzwischen auf eine Fehlerseite. Auf der Startseite der Zeitung war kein weiterer Hinweis zu finden, weder auf den Artikel noch auf die angebliche Falschmeldung. Also versuchte sie es mit den restlichen Quellen, einschließlich Facebook. Dort fand sie nach längerer Suche ein Bildschirmfoto des ursprünglichen Artikels, das irgendjemand gepostet hatte, zusammen mit einem hämischen Kommentar, welch seltsame Blüten die »viel gerühmte« Pressefreiheit treibe. Das Bild wurde zigfach geteilt und kommentiert. Mirjam tippte darauf und zoomte hinein. Es war so grob aufgelöst, dass sich der Text nur mit Mühe lesen ließ. *Menschenjagd. UV-Tätowierungen. Frau bei München ermordet. Verstümmelung. Interview mit der Menschenjägerin. Weitere Menschen in Gefahr.* Zwischen dem Text entdeckte sie Bilder zweier UV-Skorpione, die genauso aussahen wie ihrer. *Fast* genauso jedenfalls. Einem fehlten die Scheren, dem anderen eines der acht Beine.

Wie bei meinem, dachte sie. Nur dass ihrem gleich zwei Beine fehlten, ein ganzes hinten und ein halbes vorn.

Das kann kein Zufall sein.

Plötzlich spürte Mirjam eine flache Hand auf ihrem Rücken. »Geht es dir gut?«, fragte jemand.

Erschrocken zuckte sie zusammen und wirbelte herum.

Nur der Trainer. Alles okay.

»Hey, du bist ja total blass! Hast du dich überanstrengt? Komm, setz dich, ich hol dir ein Glas Wasser.«

»Nein, nein, ich bin nur ... es ist nichts«, stammelte sie und sah wieder auf den Bildschirm. Sie scrollte bis zum Ende hinunter und las den Satz, der groß und fett formatiert war: ***Wenn Sie ein Tattoo wie dieses tragen, sind Sie in Gefahr. Kontaktieren Sie ...***

»Keine Widerrede. Gib mir dein Handy, ich rufe gleich den Arzt.« Der Trainer nahm ihr das Gerät aus der Hand.

»Hey!«, protestierte sie.

»O Mann, du kannst auch keine fünf Sekunden ohne Smartphone leben, was?«, spottete er und gab ihr das Ding zurück. »Na, wie du meinst. Aber du siehst echt nicht gut aus.«

»Das weiß ich selbst«, gab sie zurück und rannte in die Umkleide. Dort tippte sie in Windeseile eine E-Mail und schickte sie an die in dem Artikel angegebene Adresse.

Erst danach stellte sie sich die Frage, wem sie sich da wohl gerade anvertraut hatte.

24

Flughafen Stuttgart, 19.06 Uhr

Werner Krakauer

»*Cabin crew, boarding completed.*«

Krakauer saß an Bord des Airbus A319, der ihn in etwas über einer Stunde nach Hamburg bringen sollte. Er ließ sich kühle Luft ins Gesicht blasen. Früher hätte er das aufgrund der vielen Horrorgeschichten über Viren und Bakterien in Flugzeugbelüftungssystemen niemals getan. Jetzt war es ihm egal. Es war heiß, er schwitzte, also verschaffte er sich Kühlung.

Als er nach Hause gekommen war, hatte er den kleinen Rollkoffer gepackt, sich noch etwas ausgeruht und war dann früher als nötig zum Flughafen gefahren. Er durfte diesen Flieger nicht verpassen.

Während der Wartezeit am Flughafen hatte er ein Hotelzimmer in jenem Hamburger Stadtteil reserviert, in dem er das Mädchen aus dem Jagdspiel vermutete. Da er Hamburg zuletzt vor Jahrzehnten besucht hatte, konnte er nicht sagen, ob er mit seiner Vermutung richtiglag. Aber der Hintergrund auf dem Foto sah nach teurer Lage aus, nach großzügigem Auslauf für Haustiere und noblen Segelbooten. Alles sprach für die Außenalster, genauer gesagt, deren westliches Ufer.

Doch selbst wenn es ihm gelang, den exakten Ort auszumachen, hieß das noch lange nicht, dass die junge Frau dort herumlaufen würde. Sie konnte überall in Hamburg sein. Überall und nirgendwo. Aber er musste wenigstens versuchen, sie zu finden.

Dass ihm ausgerechnet dieses Mädchen so wichtig war, lag wohl auch daran, dass es ihn irgendwie an seine verstorbene Tochter Magdalena erinnerte. Wieso, konnte er nicht sagen. Die beiden wären nicht gleich alt gewesen, sahen unterschiedlich aus, und doch regten sich Gefühle in ihm, die er viel zu lange unterdrückt hatte. Er durfte nicht zulassen, dass ihr etwas angetan wurde. Sobald er in Hamburg war, wollte er dort das Foto herumzeigen, nach ihr fragen und auf sein Glück hoffen.

Das haben bestimmt schon andere versucht, meldeten sich die Zweifel nicht zum ersten Mal. Die Jäger im Jagdspiel wurden mehr, während die Opfer weniger wurden. Vermutlich war ihr längst jemand auf den Fersen, wie etwa die Frau, die er interviewt hatte. Es war unwahrscheinlich, dass ausgerechnet er, noch dazu bei seinem gesundheitlichen Zustand, das Mädchen schneller aufspüren würde.

Er hoffte, dass sich bald jemand auf seinen Artikel meldete. Wie erwartet, hatte das *Stuttgarter Blatt* ihn schon nach kurzer Zeit gefunden, gelöscht und Kollege Frauners Benutzerzugang gesperrt. Fischer hatte wiederholt versucht, Krakauer telefonisch zu erreichen, aber er hatte die Anrufe ignoriert. Er würde ihm eh nur mitteilen wollen, dass er gefeuert war. Was sollte das *Stuttgarter Blatt* auch sonst machen?

Egal.

Wichtig war nur, dass der Artikel die nötige Reichweite erzielte, und das hatte er, ganz gleich, wie schnell er wieder gelöscht worden war. Das Internet vergaß nichts, und war es noch so kurz zu sehen gewesen. Automatische Nachrichten-Bots griffen die Meldungen der großen Medien sekündlich ab und verteilten sie weiter. Teils legal, viel öfter aber unter bewusster

Missachtung des Urheberrechts. Dazu kamen Helfer aus Fleisch und Blut. Es gab immer jemanden, der Bildschirmfotos anfertigte und diese veröffentlichte, falls das Original abhandenkam. Eine Nachricht, die einmal online gewesen war, noch dazu auf einer so relevanten Seite wie dem *Stuttgarter Blatt*, war im Grunde nicht mehr wegzukriegen. Krakauer hatte die Spielregeln der modernen Medien diesmal für seine eigenen Zwecke genutzt. Seine Reportage machte die Runde, wurde diskutiert und geteilt. Und überall war seine E-Mail-Adresse zu sehen.

»Meine Damen und Herren, wir begrüßen Sie an Bord unseres Abendflugs nach Hamburg und bitten Sie nun, alle elektronischen Geräte auszuschalten oder in den Flugmodus zu versetzen …«

Er hatte sowohl seinen offiziellen als auch den anonymen E-Mail-Posteingang in der letzten Stunde bestimmt öfter überprüft als im gesamten letzten Monat. Außer ein paar dummen Beschimpfungen war nichts gekommen. Fischers Nachricht öffnete er erst gar nicht.

Einmal noch checken.

»Würden Sie bitte Ihren Laptop verstauen, oder soll ich das für Sie tun?«, fragte ein männlicher Flugbegleiter, der schräg hinter ihm stand. Sein Tonfall war eindeutig.

»Ja, Moment bitte …«

Eine neue Nachricht war eingetroffen. Schnell klickte er drauf und las.

Betreff: skorpion
hallo, wegen dem artikel: ich hab auch so einen leuchtskorpion, dem was fehlt!!! ich bin in leipzig. was soll ich jetzt machen??? gruß, m.

Krakauer schnappte nach Luft, was ihn beinahe husten ließ.

Das muss echt sein, erkannte er.

Er wusste von der Jagdspiel-Seite, dass sich eines der noch nicht gefundenen Opfer tatsächlich in Leipzig aufhielt. Er glaubte sogar, sich an ihr Aussehen zu erinnern. Brünett, schlank, gut aussehend. Nicht, dass das relevant gewesen wäre. Aber manche Menschen blieben eben eher im Gedächtnis als andere.

»Jetzt machen Sie den Laptop endlich zu!«, drängte der Flugbegleiter hinter ihm.

Er tat ihm den Gefallen, verstaute den Computer in seiner Tasche und dachte nach. Sie rollten zur Startbahn. In wenigen Minuten würden sie in der Luft sein, und dann war er bis Hamburg zur Untätigkeit verdammt. Beinahe jedenfalls. Wenn der Airbus über WLAN verfügte, konnte Krakauer der Frau in Leipzig eine Antwort schreiben. Er konnte sie anweisen, sich zu Hause einzuschließen und mit niemand anderem zu reden als mit ihm. Aber dann? Dann saß er in Hamburg, und sie war immer noch in Leipzig.

Der Plan mit Hamburg gefiel ihm nicht mehr. Von dem Mädchen dort hatte er nur das Foto, während er von der anderen jetzt sowohl die E-Mail-Adresse als auch ihren Namen kannte – anhand des überstürzten Stils ihrer Mail war er beinahe sicher, dass der Klarname in der Absenderadresse – *mirjam.rüttgers@...* – echt war.

Ich habe sie.

Ihm wurde heiß. Mit dem Auto wäre er in gut vier Stunden in Leipzig. Er könnte sich um sie kümmern und dann immer noch nach Hamburg weiterfahren. Das war viel logischer und aussichtsreicher, als es umgekehrt zu versuchen.

»Cabin crew, prepare for take-off.«

Er musste raus aus diesem Flieger, und zwar sofort. Krakauer schnallte sich ab. Sofort begann der Flugbegleiter zu schimpfen: »Setzen Sie sich wieder hin und schnallen Sie sich an!«

Krakauer entschied sich für eine spontane Flugangst-Attacke. »Ich kann nicht ... bitte, ich muss hier raus ... ich kann nicht mitfliegen! Ich ... ich habe Angst, dass ich sterbe! Stopp! Lassen Sie mich aussteigen!«

»Setzen Sie sich wieder hin!«, versuchte es der junge Mann noch einmal, telefonierte im Sitzen mit dem Cockpit, stand auf und kam mit ausgestreckten Händen auf ihn zu. »Bitte beruhigen Sie sich. Es kann nichts passieren! Setzen Sie sich wieder. Wir wollen starten!«

Der Pilot bremste abrupt, was dem Flugbegleiter mehr Schwierigkeiten bereitete als ihm.

»Setz dich schon hin, Alter!«, keifte jemand von hinten. Ein anderer lachte. Getuschel überall.

Aber Krakauer ließ sich nicht mehr aufhalten. »Bitte nicht! Nicht starten! Ich kann nicht ... ich habe riesige Angst! Ich darf nicht mitfliegen! Lassen Sie mich raus! Ich will raus!«, jammerte er theatralisch, ruderte mit den Armen und musste aufpassen, vom übertriebenen Hecheln nicht ins Husten zu kommen.

Fünfzehn Minuten später eilte Krakauer mit seinem kleinen Trolley aus dem Flughafengebäude und setzte sich in seinen Wagen. Dort loggte er sich eilig in sein Postfach ein und formulierte eine Antwort an die Frau in Leipzig.

AW: Betreff: skorpion
Danke für die Nachricht. WICHTIG: Behalten Sie alles für sich! Posten Sie nichts im Internet und vertrauen Sie niemandem! Begeben Sie sich an einen sicheren Ort, am besten einen, den nur Sie kennen. Beantworten Sie keine Anrufe und gehen Sie nicht zur Polizei. Die Polizei wird Sie nicht schützen können. Wo können wir uns treffen? Hier ist meine Rufnummer: 0177/1789232. Gruß, Werner Krakauer, Stuttgarter Blatt.

Er las die Nachricht durch, befand, dass sie vertrauenswürdig klang, und schickte sie ab. Ob und wann eine Antwort kommen würde, konnte er nicht einschätzen. Bestimmt brauchte sie Zeit zum Nachdenken.

Er suchte im Internet nach dem Klarnamen der Frau, *Mirjam Rüttgers*. Ein Blick auf die Ergebnisseite der Google-Bildersuche reichte, um sie zu identifizieren. Es war dieselbe Frau, deren Foto sich unter den potenziellen Opfern des Jagdspiels fand. Auch in den sozialen Medien war sie mit ihrem Klarnamen registriert und hatte Unmengen an Fotos veröffentlicht, von sich, ihrem Kind und einem Mann an ihrer Seite. Vor ein paar Monaten hatte sie allerdings damit aufgehört. Warum auch immer.

Binnen Minuten konnte Krakauer als Rüttgers' Lebensmittelpunkt die Gegend um den Leipziger Johannisplatz festmachen, der besonders oft im Hintergrund der Bilder auftauchte. Dort musste sie wohnen, und dort würde er sie auch finden, egal, ob sie sich noch mal bei ihm meldete oder nicht.

Und dann?

Er verzog den Mund, als er an seinen Plan dachte. Konnte er die Frau wirklich schützen oder gar aus dem Spiel nehmen, wie er ihr geschrieben hatte?

Ich muss es versuchen.

Entschlossen tippte er den Johannisplatz in die Navigations-App seines Smartphones ein. Die Route wurde berechnet. In vier Stunden und dreißig Minuten könnte er dort sein. Krakauer hoffte nur, dass sein alter Saab die Strecke noch durchhielt.

»Einmal noch«, sprach er seinem Wagen Mut zu und wohl auch sich selbst.

Dann fuhr er los.

25

Hamburg, 21.38 Uhr

Mavie Nauenstein

Mavie hörte, wie ein Auto die Einfahrt hochfuhr. Vaters Auto. Sie erkannte es am charakteristischen Geräusch, das die Handbremse beim Anziehen machte.

Endlich.

Wenn Vater mit seinem Anwaltsfreund auf Bootstour war, konnte es schon mal später werden. Nicht selten kam er dann mit dem Taxi nach Hause, betrunken und angestachelt. Dann ging man ihm besser aus dem Weg.

Aber heute war Mavie erleichtert, dass er kam. Weil Mutter ihr nichts mehr tun konnte. Und *getan* hatte sie wahrlich genug.

Irgendwann hatten die Schläge aufgehört. Mavie war in Schutzhaltung vor Vaters Arbeitszimmer liegen geblieben, bis sie hörte, wie Mutter in der Küche zu arbeiten begann, als sei nichts gewesen. Mavie hatte sich auf die Beine gekämpft und sich in ihr Zimmer zurückgezogen, wo sich verschiedenste Dinge in ihrem Kopf zu drehen begonnen hatten. *Hure. Vertrag. Achtzehn. Skorpion.*

Wenn sie achtzehn wird, bin ich frei.

Da war ihr eine neue Idee gekommen.

Ich bin nicht ihr Kind.

Es war nur logisch. Niemand behandelte sein leibliches Kind so, wie ihre angeblichen Eltern sie behandelten. Jedenfalls hoffte sie das. Wenn man jemanden liebte, ehrlich liebte, dann quälte man ihn nicht. Aber sie wurde ständig gequält.

Ich bin nicht ihr Kind.

Die natürlichste, ursprünglichste, wichtigste aller Verbindungen musste eine Lüge sein. Oder war das eher eine Hoffnung? Nicht wirklich das Kind dieser Menschen zu sein, verhieß die Hoffnung auf einen Neuanfang. Auf Chancen und Gerechtigkeit. Da draußen wartete vielleicht ein neues Leben auf sie. Es konnte nur besser sein als dieses hier.

Mavie lag in ihrem Bett und konzentrierte sich auf die Geräusche, die von unten kamen, hörte aber nur unverständliches Murmeln. Sprachen sie über sie? Erzählte Mutter ihm gerade von ihrer Aktion am Samstag, nahm sie auch ihm gegenüber das Wort *Hure* in den Mund? Sie konnte nur hoffen, dass es nicht so war. Dass es so war wie immer. Dass Mutter die Schläge vor ihm zu verheimlichen versuchte.

Der Tonfall der beiden war ganz normal, fast sanftmütig. Vater öffnete eine Flasche Bier, dann ging der Fernseher an. Ein paar Minuten darauf stieg Mutter die Treppe hoch. Mavie kannte ihre Schritte, außerdem war Mutter immer die Erste, die sich bettfertig machte.

Mavie zog die Decke bis zum Hals und hoffte, dass sie nicht gleich an ihrer Tür stehen würde und wieder … Aber sie ging weiter ins Badezimmer. Als wäre nichts gewesen. Sie duschte, eine quälende Ewigkeit später ging sie ins Schlafzimmer und machte die Tür hinter sich zu.

Eine Weile lang blieb alles leise. Nur der Fernseher unten war zu hören. Dann die Kühlschranktür, das Ploppen eines Kronkorkens, ein lautes Rülpsen.

Mavie ahnte, dass auch Vater nicht mehr lange aufbleiben würde. Bald würde er ebenfalls hochkommen. Und bevor er sich schlafen legte, würde er sie besuchen kommen. Wie jeden Tag.

Sie musste es erdulden. Nur dieses eine Mal noch.

Genau wie erwartet, schlich er keine halbe Stunde später die Treppe hoch. Vor Mavies Zimmer machte er halt, drückte die Klinke herunter, kam herein, schloss die Tür hinter sich und näherte sich im Dunkeln ihrem Bett.

Er atmete laut, blieb stehen, bückte sich, tastete. Sie spürte, wie sie sich verkrampfte. Nicht, weil sie hätte befürchten müssen, dass er zudringlich wurde. In dieser Beziehung hatte sie immer Ruhe vor ihm gehabt. Aber sie hatte Angst vor neuen Schlägen. Aus welchem Grund auch immer.

»Na, mein Schatz? Wie geht's dir denn? Mama hat gesagt, du fühlst dich heute nicht gut? Was ist denn los, hm?«, flüsterte er sanft.

Sie roch seine Alkoholfahne. »Geht schon wieder, Papa«, antwortete sie mit zitternder Stimme.

Er strich ihr über den Kopf. Sie musste sich alle Mühe geben, nicht zu zucken, als er an die schmerzende Stelle kam. Die Beule über ihrem linken Ohr schien er gar nicht zu fühlen. Sie zwang sich, nicht aufzustöhnen.

Er küsste sie auf die Stirn.

»Schlaf gut, mein Schatz.«

»Schlaf auch gut, Papa.«

Sie hörte, wie er ging.

Gleich darauf war alles still.

26

Bozen, 22.17 Uhr

Christian Brand

Brand stand unter der Dusche seines Zimmers im Hotel am Waltherplatz. Er hatte den Mischhebel der Armatur auf kalt gestellt und das Wasser mehrere Minuten laufen lassen, und trotzdem regnete es weiterhin lauwarm auf ihn herab.

Er sehnte sich nach Abkühlung. Wie alle Menschen von Süditalien bis Dänemark, von Portugal bis weit nach Russland hinein. Das »Jahrhunderthoch«, wie es inzwischen genannt wurde, hatte schon Dutzende Hitzetote gefordert. Ein heißer Juli war in einen noch heißeren August übergegangen. Die Natur war völlig aus den Fugen geraten. Die Medien sprachen von einer Dürrekatastrophe und beinahe wüstenähnlichen Zuständen in weiten Teilen Europas. Immerhin war Abkühlung in Sicht, wenn man dem Wetterbericht trauen durfte.

Alles ist übergeschnappt, dachte Brand. Es war längst nicht nur das Wetter, das ihm zu schaffen machte. Der Fall, den er noch nicht durchblickte, die Bilder, die er mit sich brachte, die Ungewissheit, seine berufliche Zukunft in der Cobra betreffend – all das und mehr belastete ihn.

Seine Mutter hatte sich mit »Brand?« gemeldet, weil sie seine neue niederländische Rufnummer natürlich nicht kannte.

»Ich bin's.«

»Chris!«

Im ersten Moment war sie erleichtert gewesen. Aber dann hatte sie Fragen gestellt, die Brand nicht beantworten durfte. *Was machst du? Wo steckst du? Wann kommst du?* Natürlich hatte sie sich bereits weiß Gott was ausgemalt. Dass der Europol-Einsatz geheim war und er ihr streng genommen nicht einmal hätte erzählen dürfen, wo er sich gerade aufhielt, hatte ihm nicht viel Spielraum gelassen. Jetzt war sie sauer und sah sich schon ohne ihren einzigen Sohn auf Sylvias Hochzeit stehen.

Nicht dran denken.

Er wünschte sich, an gar nichts denken zu müssen, den Kopf frei zu haben, aber die Fülle von Eindrücken dieses Tages rollte über ihn hinweg wie eine riesige Welle.

Er wollte malen, aber er hatte nichts bei sich. Der Notizblock des Hotels reichte nur für ein paar schnelle Skizzen, doch Skizzen brauchte er nicht mehr. Ganze Gemälde waren malfertig in seinem Kopf abgespeichert. Grausame Bilder. Er musste sie aus sich herausbringen, sobald es ging. Und außerdem brauchte er Erklärungen.

Björk hatte sich noch immer nicht in die Karten blicken lassen. Sie schien mehr in ihrem Laptop zu Hause zu sein als im wirklichen Leben. Seinen Vorschlag, etwas essen zu gehen, hatte sie rundweg abgelehnt und sich früh am Abend auf ihr Zimmer verabschiedet, mit der Versicherung, dass sie bis zum nächsten Tag keinen Aufpasser mehr brauche.

»Wir sehen uns morgen früh«, hatte sie zum Abschied gesagt.

»Sollte noch etwas sein …«

»Habe ich Ihre Nummer.« Damit hatte sie ihm die Tür vor der Nase zugeschlagen.

Brand stellte das Wasser ab, stieg aus der Dusche und rieb seinen Körper mit dem Frotteebadetuch trocken. Dann trat er ans Fenster und sah auf den Waltherplatz hinunter. Die halbe Stadt schien noch auf den Beinen zu sein.

Brand verwarf den Plan, sich nach dem Duschen hinzulegen. Ursprünglich hatte er sein Schlafdefizit aufholen wollen, aber er ahnte, dass er ohnehin kein Auge zumachen würde. Nicht unter diesen Umständen.

Er entdeckte sie gleich, als er die Rooftop-Bar des Hotels betrat. Obwohl sie sich einen Platz ausgesucht hatte, der vor fremden Blicken geschützt war, mit einer dicht bewachsenen Trennwand in ihrem Rücken. Sanfte Lounge-Musik drang aus den Lautsprechern. Zwei Pärchen unterhielten sich angeregt und prosteten sich zu. Ein Barkeeper stand hinter der weißen Bar, die von einem großen Segeltuch überspannt war, und putzte Gläser. Sonst war nicht viel los.

Brand setzte sich in Sichtweite zu Björk ins Halbdunkel und bestellte einen Aperol Spritz, der zu einem Abend in Bozen einfach dazugehörte. Er hoffte nur, dass er ihm half, zur Ruhe zu kommen.

Sein Blick wanderte zu Björk hinüber, die bis auf eine große Flasche Mineralwasser nichts vor sich stehen hatte. Wie schon die Stunden zuvor, war sie ganz in ihren Laptop vertieft, die große hellbraune Tasche, in dem sie ihn überall mit hin schleppte, lehnte am Tischbein neben ihr. Der Bildschirm warf ein bläulichweißes Licht auf ihr Gesicht, mal heller, mal dunkler. Anscheinend rief sie im Sekundentakt neue Inhalte ab, als arbeitete sie sich mit rasender Geschwindigkeit durch eine gigantische Bilddatenbank.

Aber das war nicht das eigentlich Auffällige an ihr.

»Hier, bitte, Ihr Venezianer«, sagte der Barkeeper, beugte sich vor und reichte ihm das Getränk, wobei er ihm kurz die Sicht auf Björk verstellte. Brand vermied es gerade noch, an ihm vorbeizuspähen, so sehr faszinierte ihn seine Entdeckung. Der Kellner entfernte sich.

Brand nahm einen ersten, großen Schluck. Die Süße des Aperols, die Kühle der Eiswürfel, der Alkohol im Weißwein und das Aroma der Orangenscheibe ... ein wunderbares Getränk, um herunterzukommen, egal, ob man jetzt Aperol Spritz oder – wie hier üblich – »Venezianer« dazu sagte. Er stellte das Glas vor sich ab und sah wieder zu Björk hinüber. Nein, das eigentlich Auffällige war nicht ihr Verhalten am Laptop, sondern das, was sie bislang unter ihrer hochgeschlossenen, blickdichten Kleidung verborgen hatte.

Die Tätowierung.

Jenes Tattoo, von dem Brand zufällig einen winzigen Teil an ihrem Unterarm entdeckt hatte, an Grubers Krankenbett, als ihr Ärmel etwas zurückgerutscht war. In Wahrheit erstreckte sich die Tätowierung über ihren gesamten Körper bis knapp vor die Hand- und Fußgelenke, über den Nacken und auch vorne am Hals hinauf. Zuerst hatte Brand sie für den Schatten gehalten, den irgendein Scheinwerfer durch die üppige Bepflanzung der Rooftop-Bar auf ihren Körper warf. Dann aber hatte er gesehen, dass dieser Schatten jede ihrer Bewegungen mitmachte.

Kein Schatten.

Es waren die wild verzweigten Äste eines Baums, dicker in der Körpermitte, weiter außen und an den Extremitäten dünner, aber auch zahlreicher. Der Vergleich mit dem Schema des menschlichen Blutkreislaufs drängte sich förmlich auf.

Kurz wurde Brands Aufmerksamkeit abgelenkt, als drei gut gelaunte Männer die Rooftop-Bar betraten, an ihm vorbeigingen und sich an die Bar setzten. Sie sahen nach Geschäftsleuten aus. Was die dünnen Pullover sollten, die sie sich trotz der abendlichen Hitze um die Schultern gelegt hatten, war Brand ein Rätsel. Der Sprache nach kamen die drei aus Brands Heimat.

Er sah wieder zu Björk hinüber. So hochgeschlossen sie sich tagsüber gezeigt hatte, so freizügig gab sie sich jetzt. Obwohl man weder ihre Shorts noch das Top als gewagt hätte bezeichnen können. Es war eben alles relativ. Was man nicht zu sehen bekam, entwickelte seinen ganz eigenen Reiz, und zu sehen musste es wahrlich genug geben.

Auch den drei Österreichern war aufgefallen, wie attraktiv sie war, denn sie hatten sich von der Bar weggedreht und sahen in angeregter Unterhaltung immer wieder zu Björk hinüber. Man musste sie nicht hören können, um zu wissen, worum es gerade ging. Es reichte, ein Mann zu sein. Sie stachelten sich gegenseitig an, zu Björk zu gehen und ihr Glück zu versuchen.

Gleich darauf war es auch schon so weit. Einer der drei löste sich aus der Gruppe und schlenderte lässig auf Björk zu. Die anderen taten so, als beachteten sie ihn gar nicht, was ihnen nicht sonderlich gut gelang.

Brand, der immerhin für Björks Sicherheit verantwortlich war, nahm sein Getränk, stand auf und trat zu ihr an den Tisch.

»*Everything all right, darling?*«, fragte er auf Englisch, weil er keine Lust hatte, sich dem anderen gegenüber als Landsmann zu outen.

Björk sah auf, kein bisschen überrascht. »*Oh … yes, sweetheart!*«, gab sie zurück, schenkte ihm ein ebenso reizendes wie falsches Lächeln und sah dann den anderen an, der entschuldigend die Hand hob und auf dem Absatz kehrtmachte. Seine zwei Kumpels johlten hemmungslos.

»Darf ich?«, fragte Brand leiser.

Sie zuckte mit den Schultern. »Wenn Sie wollen. Besser, als die ganze Zeit angestarrt zu werden.«

»Ja, die drei sind echt aufdringlich«, sagte er und ließ sich ihr gegenüber nieder, sodass man sie von der Bar aus nicht mehr sehen konnte.

»Die drei habe ich nicht gemeint.«

»Oh. Äh, das …«

»Geben Sie sich keine Mühe.« Damit tauchte sie wieder in ihren Laptop ein.

Hatte sie ihn also doch bemerkt.

»Ich dachte, Sie wollten bis morgen früh auf Ihrem Zimmer bleiben?«

Ohne aufzublicken, fragte sie: »Habe ich das gesagt?«

Er dachte nach. Nein, gesagt hatte sie es wohl nicht. Eher hatte er es aus dem Zusammenhang geschlossen. »Ich soll auf Sie aufpassen. Schon vergessen?«

»Und was soll mir hier schon passieren?«

»Ich weiß es nicht. Sie sagen mir ja nichts.«

Björk tippte weiter auf die Tastatur ein, als hätte sie ihn nicht gehört, wobei sie sich mit der freien Hand den Kopf rieb.

Brand spürte, wie er sauer wurde, doch er hielt sich zurück. Er griff nach seinem Glas, nahm einen weiteren Schluck Aperol Spritz, legte den Kopf in den Nacken und betrachtete die wenigen Sterne. Ein warmer Luftzug strich über die Dächer. Die Lounge-Musik trug das Ihre zur entspannten Stimmung bei, die von den drei Wienern schon wieder jäh unterbrochen wurde. Mit einem lauten »Prost!« stießen sie ihre Bierflaschen aneinander.

Irgendwann konnte er nicht anders, als wieder Björks Tattoo anzustarren, das aus der Nähe betrachtet noch beeindruckender war. Die Äste oberhalb der Hand- und Fußgelenke waren bis in feinste Linien verzweigt. Es musste ein Riesenaufwand gewesen sein, sie in die Haut zu stechen. Zweifellos ein Kunstwerk. Die Schmerzen, die es verursacht haben musste, wollte er sich gar nicht vorstellen.

Brand selbst hatte kein einziges Tattoo an seinem Körper. Obwohl er im Prinzip nichts dagegen hatte. Er hätte nur nie gewusst, was in seinem Leben so wichtig sein sollte, dass es einen Platz für die Ewigkeit verdiente.

»Migräne«, sagte sie plötzlich.

»Was?«

Sie klappte den Laptop zu, legte ihre Hände darauf und sah ihn an. »Sie fragen sich gerade, was sich alle fragen: Was soll die Tätowierung? Also sage ich: Migräne. Ging mit sechzehn los. Mit zwanzig war ich mit allem durch, was helfen sollte. Bis ich bei meinem ersten Tattoo draufkam, dass Gegenschmerzen mein Leben leichter machen. Und das ist dabei rausgekommen«, sagte sie und schenkte ihm das erste richtige Lächeln, das auch eine gewisse Bitterkeit in sich trug.

»Ein Baum.« Er erwiderte ihr Lächeln.

»Ja.«

»Und heute?«

»Heute helfen Medikamente.«

Sie schwiegen einen Moment, dann griff Björk wieder zu ihrem Laptop.

»Warum bin ich hier?«, fragte er schnell.

Sie erstarrte in der Bewegung. »Das wissen Sie. Zu meinem Schutz.«

»Vor wem?«

»Wie ich schon gesagt habe: Es handelt sich um eine abstrakte Bedrohung. Wir wissen es nicht. Aber Personenschutz war die Voraussetzung dafür, dass ich weitermachen kann.« Sie klappte das Gerät auf.

»Urlaubsfotos?«, provozierte er sie bewusst, weil ihn die Geheimniskrämerei nervte.

»Nein.« Wieder beleuchtete ein Monitorbild ihr Gesicht, wieder wechselte es schnell zum nächsten und weiter.

»Was dann? Ich bin nicht dumm, Björk. Ich weiß, dass Sie gerade am Fall arbeiten. Es wäre leichter für mich, wenn Sie mir ein paar Sachen verraten. Warum sägt man jemandem die Arme ab, wenn man ihm persönlich nichts Böses will? Und wieso droht anderen Menschen das Gleiche? Was wird hier gespielt?«

Einen Moment lang schien sie überrascht, dann entspannten sich ihre Gesichtszüge wieder, und sie sagte: »Es ist besser, wenn Sie einen neutralen Blick bewahren. Wir wissen nicht, mit wem wir es zu tun haben. Es kann jeder sein. Oder …«

Niemand, vervollständigte sein Verstand ganz automatisch. *Sie weiß es selber nicht.*

Er fügte die neuen Puzzlestücke zusammen. »Gibt es womöglich mehrere Täter?«

Sie antwortete nicht.

Plötzlich fiel es ihm wie Schuppen von den Augen: »Es *ist* ein Spiel.«

Sie sah auf. Ihre Blicke trafen sich. In ihrem stand eindeutig Überraschung.

»Es stimmt also«, legte er nach. »Und was genau wird gespielt? Fröhliches Menschenzersägen?«

Ihr gezischtes »Seien Sie still!« verriet ihm, dass er ins Schwarze getroffen haben musste.

Sein Verstand arbeitete auf Hochtouren. Sofort tauchten weitere Fragen auf. »Aber wie soll das gehen? So was lässt sich doch jederzeit abstellen, oder?«

Sie klappte den Laptop zu und stand auf. »Willkommen im einundzwanzigsten Jahrhundert, Brand. Wir sehen uns morgen.«

Er sah ihr nach, wie sie über die Dachterrasse schlenderte und im Gebäude verschwand. Die Tätowierung erstreckte sich über die Rückseite ihrer Oberschenkel und die Kniekehlen über die Waden bis hinunter zur Ferse. *Ein wandelnder Baum,* dachte Brand fasziniert. Kurz überlegte er, ob es nicht zu seinem Auftrag gehörte, sie zu ihrem Zimmer zu begleiten, doch er blieb sitzen.

Willkommen im einundzwanzigsten Jahrhundert.

Das musste ausgerechnet er sich von einer Frau sagen lassen, die zwar nicht gerade seine Mutter hätte sein können, aber doch ein gutes Jahrzehnt älter war als er.

Aber vermutlich hatte sie recht. Wann immer es ihm möglich war, hielt er sich von Technikkram, Internet, Smartphones und dem ganzen Krempel fern. Etwas mehr Einblick in die vernetzte Welt hätte ihm wohl nicht geschadet.

»Noch einen?«, fragte der Barkeeper, der sich in der akustischen Deckung der Lounge-Musik angeschlichen hatte, und deutete auf den Venezianer, in dem nur ein kleiner Rest übrig war.

Brand verneinte und grübelte. Da war er nun, in Bozen, allein in dieser noblen Hotelbar, herausgerissen aus seinem persönlichen und beruflichen Umfeld und mit einem Fall konfrontiert, dessen Tragweite ihm erst nach und nach bewusst wurde. Eigentlich keine Umstände, die ihn positiv stimmen sollten. Und doch taten sie es. Es lag ein ganz spezieller Reiz darin, Einzelteile zu einem Gesamtbild zusammenzusetzen. In seiner bisherigen beruflichen Laufbahn hatte er kaum die Gelegenheit dazu gehabt, und es gefiel ihm.

Er nahm den letzten Schluck Spritz, schloss die Augen und überlegte, was er sonst noch wusste, aber noch nicht hatte einordnen können. Der Skorpion fiel ihm ein. Warum hatte Björk so zielstrebig danach gesucht und nicht lockergelassen, bis sie ihn an einem der amputierten Arme gefunden hatte?

Er konzentrierte sich auf das Bild in seinem Kopf. Auf das Leuchten. Der Skorpion erschien vor seinem inneren Auge, strahlend weiß und – unvollständig.

Die Scheren fehlten.

Und plötzlich ergab auch das einen Sinn.

27

Hamburg, 23.18 Uhr

Mavie Nauenstein

Eiskalte Schauer jagten über Mavies Haut. Bei jedem Geräusch, jedem Licht von draußen, einfach allem zuckte sie zusammen. Sie war ganz auf die Tür zum Elternschlafzimmer konzentriert, die beim Öffnen ein leises, verräterisches Knacken von sich gab.

Wenn ich es höre, bin ich dran.

Ihr linkes Auge war halb zugeschwollen. Sie war nur froh, dass es nicht aufgefallen war, vorhin, als Vater ihr eine gute Nacht gewünscht hatte. Das hätte alles nur noch komplizierter gemacht.

Ihr Körper schmerzte an vielen Stellen, auch am Bauch, aber nur, wenn sie drankam. Egal. Wichtig war nur, dass sie sich bewegen konnte. Und rennen, falls nötig.

Wie in Zeitlupe schlich sie auf die Treppe zu und setzte vorsichtig ihren Fuß auf die oberste Stufe. Jetzt bloß kein Geräusch machen! Sie durfte auf keinen Fall ans Geländer kommen, das nur allzu gern knackte. Auch die eine oder andere Stufe knarrte, wenn man nicht aufpasste, aber sie wusste Bescheid. Wusste genau, wohin sie treten musste. Schließlich war sie hier, in diesem alten Kasten, groß geworden. Wenn sie sich konzentrierte, konnte sie leise sein wie eine Feder, die zu Boden schwebte.

Lautlos huschte sie die Treppe hinab. Endlich spürte sie den kalten Steinboden unter ihren Füßen, verharrte kurz und lauschte. Alles war ruhig. *Geschafft.*

Als Kind war sie oft in Vaters Arbeitszimmer gewesen. Aber dann, von einem Tag auf den anderen, hatte er es verboten.

Ihre Hand umschloss die Klinke und drückte sie nach unten, Millimeter für Millimeter ...

In dem Moment hörte sie das Knacken.

Sie erstarrte.

Oben ging das Licht an.

Bitte nicht ...

Am liebsten wäre sie weggelaufen, zur Haustür hinaus, fort von allem. Aber sie durfte nicht. Sie musste wissen, was ihre Mutter gemeint hatte mit dem Vertrag. Musste das Schriftstück finden. Mavie hielt die Luft an. Sie hörte die Badezimmertür und eine Minute darauf die Toilettenspülung. Wer von den beiden es war, konnte sie nicht sagen. Sie hoffte nur, dass er nicht auf die Idee kam, nochmals in ihrem Zimmer nach ihr zu sehen. Gründe, ihr zu misstrauen, hatte sie ja genug geliefert.

Habe ich die Tür zugemacht?

Wieder das Knacken.

Fast hätte sie vor lauter Panik geschrien. Sie hörte das Blut in ihren Ohren rauschen. Wie eine Fliege im Netz wartete sie darauf, dass die Spinne kam und sie biss. Aber nichts passierte. Oben ging das Licht aus, die Schlafzimmertür wurde leise zugezogen. Dann war wieder alles still.

Mavies Herzschlag verlangsamte sich auf ein halbwegs erträgliches Tempo. Schließlich traute sie sich auch wieder, normal zu atmen.

Los jetzt!, gab sie sich einen Ruck.

Mavie drückte die Klinke, schlich ins Arbeitszimmer und ließ die Tür offen stehen, um weiterhin hören zu können, was oben geschah.

Sie ging auf das Bild zu, hinter dem sich der Safe verbarg.

Kindheitserinnerungen tauchten auf. Der Geruch war ihr immer noch vertraut – eine Kombination aus alten Büchern, dazu ein Hauch Parfum, Möbelpolitur und andere Duftnoten, die es so nur in diesem Zimmer gab.

Hier hatte sie spielen dürfen, während Vater wichtige Banksachen zu erledigen hatte. Sie dachte an die Papierblätter, die sie für ihn in gleichmäßige Rechtecke zerschnitten hatte, damit er sie als Notizzettel verwenden konnte. Sie erinnerte sich an ihren Eifer. Die Sorgfalt. Sein Lob. Schläge hatte es damals nie gegeben.

Ich war hier glücklich.

Aber dieses Glück war eine Lüge gewesen.

Sie klappte die rechte Seite des Bildes vor, das links mit Scharnieren an der Wand befestigt war.

Schau, PAPA, ich gehe an deinen Safe!

Sie stellte sich vor, wie er gleich in der Tür stehen würde. Und dann …

Mach dich nicht verrückt!

Jetzt brauchte sie nur noch den Schlüssel. Wie erhofft fand sie ihn dort, wo er immer gewesen war: im Geheimfach des massiven Sekretärs unter dem Bild. Man konnte das Fach unmöglich finden, wenn man nicht genau wusste, wo man drücken musste. Auch dieser Handgriff hatte sich tief in ihr Gedächtnis geprägt.

Mavie steckte den Schlüssel ins Schloss und drehte, dann zog sie die Tür auf und griff in den Safe. Sie fand den Ordner, nach dem sie gesucht hatte.

Und noch etwas ganz anderes.

Das Herz schlug ihr bis zum Hals, als sie Minuten später durch die Haustür der Nauenstein'schen Villa schlich und geduckt zum Einfahrtstor hastete. Zu der Angst, erwischt zu werden, hatte sich etwas sehr viel Größeres hinzugesellt.

Sie kletterte auf die Mauer, stieß sich die schmerzende Stelle an ihrem Bauch und hätte beinahe aufgeschrien, doch es gelang ihr gerade noch, die Zähne zusammenzubeißen. Oben angekommen, griff sie nach der Stange des Verkehrsschilds auf der anderen Seite und ließ sich daran auf die Straße hinunter. Dann lief sie los. Wie schon am Samstag fühlte sie sich befreit, aber diese Freiheit hatte all ihre Leichtigkeit verloren.

Sie kam zur Baustelle, zum Zaun, zu ihrem Geheimfahrrad. Jemand hatte es aufgerichtet und an den Zaun gestellt. Die Klamotten waren verschwunden.

Ein fahles Licht warf ihren Schatten auf den Bauzaun. Ein Auto näherte sich von hinten. Zwar hatte sie sich extra dunkle Sachen angezogen, um im Dunkel der Nacht untertauchen zu können, aber sie durfte trotzdem kein Risiko eingehen. Hastig zwängte sie sich zwischen zwei Zaunteilen hindurch, kauerte sich hinter einen Stromkasten und spähte auf die Straße.

Ein großer Wagen rollte an ihr vorbei. *Ein BMW*, erkannte sie einen Moment später. Münchner Kennzeichen.

Das war hier nicht weiter ungewöhnlich. Tagsüber kamen Touristen sogar mit Bussen hierher, um sich eine der »teuersten Wohngegenden des Landes« anzusehen.

Ungewöhnlich war nur, dass der BMW direkt vorm Einfahrtstor zur Nauenstein'schen Villa stehen blieb und niemand ausstieg.

Vor acht Jahren

28 Berlin

Marlies Bauer

Marlies war gut gelaunt. Wie jeden Montag in letzter Zeit.

Montag war Stephane-Tag.

Sie sperrte die Tür zum Wohnhaus auf, in dem sich ihre Praxis befand. Das Schild, das neben dem Eingang hing, wies sie nach wie vor als psychotherapeutische Heilpraktikerin aus, aber im Gegensatz zu früher hatte sie heute kein Problem mehr mit der Bezeichnung. Der Erfolg gab ihr recht. Sollten die studierten Psychotherapeuten ruhig unter sich bleiben.

Mit Stephanes Geld war die nötige Ruhe in ihre Praxis eingekehrt. Es hatte ihr nicht nur ermöglicht, Heinz jeden Cent ihrer Schulden zurückzuzahlen, sondern auch ordentlich die Werbetrommel für sich zu rühren. In den Monaten nach seinem ersten Besuch hatte sie weitere Klienten gewonnen, darunter auch eine Handvoll aus ihrem persönlichen Bekanntenkreis. Es war, als hätten die erst mal abwarten wollen, ob das mit Marlies und ihrer Praxis tatsächlich etwas wurde, bevor sie sich ebenfalls zu ihr trauten. Aber sie war ja nicht nachtragend. Sie hatte sie angenommen, hatte ihnen zugehört, wie sie von ihrem Beziehungskram erzählten, von ihren Ängsten und geheimen Wünschen bis hin zu den intimsten Details ihres Lebens. Anfangs hatte sie kaum fassen können, dass sie dafür auch noch Geld bekam. Sie erfuhr, welche Affären liefen, welche Krankheiten vor den Angehörigen versteckt wurden und welch sinnlose Sorgen man sich machen konnte. Grandios! Manchmal war es richtig schwer, Heinz nichts von alldem zu erzählen. Sie konnte höchstens Andeutungen machen. Oder ihm eine kleine Kreislaufschwäche vorspielen, wenn er zu einer Einladung wollte und sie wusste, dass dort der Haussegen schiefhing. Aber abgesehen davon, nahm sie es mit dem Patientengeheimnis schon ziemlich genau.

Sie öffnete ihren Briefkasten. Nur blöde Werbung. Dachte denn niemand mehr an die Umwelt? Zum hundertsten Mal nahm sie sich vor, einen von diesen Keine-Werbung-Aufklebern zu besorgen, und legte den Packen Papier unbesehen auf die Briefkastenanlage.

Und schon wartete der nächste Ärger: Der Aufzug funktionierte immer noch nicht. Seit zwei Wochen war er nun schon außer Betrieb. Mit ihrer Beinprothese war es eine regelrechte Qual, zur Praxis hinaufzusteigen. Aber das interessierte den Hausmeister ja nicht. Letzte Woche hatte sie diesem Nichtsnutz ordentlich Bescheid gesagt, als sie ihn im Treppenhaus getroffen hatte, untätig wie immer. Passiert war natürlich nichts.

Mit jeder Stufe wuchs ihr Ärger. Zum Glück kam ihr niemand entgegen. Sie wollte nicht, dass irgendwer mitkriegte, dass sie humpelte.

Dieser Idiot!

Zwischen dem zweiten und dem dritten Stockwerk legte sie eine kleine Verschnaufpause ein und sah auf die Uhr. Fünfzehn Minuten noch. Wie immer würde Stephane exakt drei Minuten zu spät kommen. Aber alle hatten ihre Macken. Solange er beim Honorar nicht meckerte, war alles gut.

Zu ihrer eigenen Überraschung war das Geld zwischen Stephane und ihr niemals zum Thema geworden. Er bezahlte ihr immer noch den völlig überzogenen Dreihundert-Euro-Stundentarif, in bar und ohne eine Rechnung zu verlangen. Bei einer Doppelstunde pro Woche war in den beiden Jahren seiner Therapie schon einiges Geld zusammengekommen, das unversteuert auf der Seite lag. Nicht einmal Heinz wusste davon. Und das war auch gut so. Mit den anderen Patienten bezahlte sie die Miete, die Steuern, die Versicherung und den ganzen Kram – Stephanes Geld war ihr kleines Geheimnis.

Konkreter: *ihr Plan B.*

Wie er sich eine so teure Therapie leisten konnte, wusste sie nicht. Sie wusste überhaupt nicht viel über ihn, außer dass er Stephane Boll hieß, in Leipzig wohnte und extra für die Therapiestunden mit der Bahn zu ihr nach Berlin kam. Sie hatte ihn ein paarmal gefragt, was er denn beruflich mache, doch er war nie so recht mit der Sprache herausgerückt. Er interessierte sich sehr für Fotografie, so viel hatte sie herausfinden können. Einem Bild, das in ihrer Praxis hing, widmete er immer wieder seine Aufmerksamkeit, was ihr sehr schmeichelte – stammte es doch von ihrer Lieblings-Schwiegertochter.

Marlies schloss die Tür zu der Einzimmerwohnung auf, die sie inzwischen so lieb gewonnen hatte, dass sie sich fast schon vorstellen konnte, hier einzuziehen. Sie brauchte ja nicht viel. Bad, WC, Bett, Küche. Je mehr Platz um einen herum war, desto mehr musste man auch putzen. Wenn man dann noch mit einem Chirurgen in Rente verheiratet war, der aus einer Generation kam, in der Männer das Geld nach Hause brachten und Frauen die Drecksarbeit erledigten, fragte man sich irgendwann, ob man wirklich als lebendes Hausfrauenklischee enden wollte. Warum nicht das Alte hinter sich lassen und Neues wagen? Die letzten beiden Jahre hatten ihr gezeigt, dass sie für sich selbst sorgen konnte. Und Heinz würde schon klarkommen.

Sie betrat die Wohnung, ließ die Tür angelehnt und hängte ihren Mantel sorgfältig an die Garderobe. Im Badezimmer puderte sie ihr von der Anstrengung glänzendes Gesicht. Dann zog sie den Lippenstift nach und gab wie immer zwei Pumpstöße Jil Sander direkt auf ihre Kleidung. Anschließend warf sie ihrem Spiegelbild einen Luftkuss zu und tänzelte beschwingt hinaus.

Seit einiger Zeit war Marlies von einer Leichtigkeit erfüllt, die jedes andere Gefühl überstrahlte. Zum ersten Mal hatte sie wirklich das Gefühl, die Kontrolle über sich und ihr Leben zu besitzen. Und dieses Gefühl machte süchtig. Die Entscheidung, sich zur psychotherapeutischen Heilpraktikerin ausbilden zu lassen, war die Initialzündung gewesen. Aber erst mit Stephane Boll war es so richtig bergauf gegangen.

Sie setzte sich in ihren Ohrensessel und rieb sich die Hände, weil es ziemlich frisch in der Praxis war. Die Wände des alten Betonbunkers kühlten schnell aus. Aber Stephane mochte es kalt, weshalb sie am Vortag die Heizung abgedreht hatte.

Sie summte ein Lied, schnallte ihre Prothese ab, legte sie neben den Sessel und zog den Rock ein Stück hoch, damit Stephane den Stumpf gleich sehen konnte.

Anfangs war es ihr schwergefallen, mit seiner Vorliebe klarzukommen. Es gab nicht viele Menschen wie ihn. Die Welt begegnete allem, was ungewöhnlich war, mit Misstrauen. Darunter hatte er schon sein Leben lang gelitten.

Er war nur sehr zaghaft mit der Wahrheit herausgerückt. In den ersten Sitzungen hatte er noch von einer »Aufgeregtheit« gesprochen, die ihn erfüllte, wenn »gewisse Dinge« unvollständig waren. Dass es sexuelle Erregung war, die sich bei ihm einstellte, wenn Menschen Gliedmaßen fehlten, hatte sich erst im Laufe der vierten Sitzung herausgestellt und beinahe zum Abbruch der Therapie geführt.

»Ich finde Menschen mit Amputationen sehr ... anziehend«, hatte er gesagt und dabei auf Marlies' linkes Bein gestarrt. Das Bein, das ihr bei dem Unfall mit der Straßenbahn abgetrennt worden war. Die Ausbuchtung in seinem Schritt war nicht zu übersehen gewesen.

Heute lachte Marlies darüber, wenn sie daran dachte, wie sehr sie darüber erschrocken war, aber auch, wie verklemmt sie die Situation gehandhabt hatte. Sie hatte ihn und seine Absichten völlig falsch verstanden. Dabei war es so einfach: Stephane brauchte einen Vertrauten. Das hatte er ihr gleich in der allerersten Sitzung gesagt. Nur jemandem, dem er wirklich vertrauen konnte, konnte er auch seine abnorme Vorliebe offenbaren. Und sie? Sie hatte geglaubt, er wolle ihr gleich etwas abschneiden. Wie absurd ihr das heute vorkam!

Den nächsten Termin mit Stephane hatte sie platzen lassen. Sie hatte vorgegeben, krank zu sein. Er war untröstlich gewesen, hatte sich in den darauffolgenden Wochen regelmäßig nach ihrem Befinden erkundigt und sie sogar zu Hause besuchen wollen. Er hatte nicht lockergelassen, bis sie schließlich die Aussicht auf sein Geld dazu veranlasst hatte, sich wenigstens über seinen speziellen Fetisch zu informieren, bevor sie ihm endgültig absagte.

Amelotatismus. So nannte man die sexuelle Präferenz für Menschen, denen Gliedmaßen fehlten. Es war eine besondere Form des Deformationsfetischismus, der Vorliebe für körperliche Verstümmelungen oder Missbildungen. Das ließ sich in jeder besseren Enzyklopädie nachlesen. Den meisten Experten zufolge war es keine Krankheit und gehörte auch nicht zu den *Paraphilien*, den deutlich von der Norm abweichenden sexuellen Neigungen. Erst wenn die Grenze zur Selbst- oder Fremdgefährdung überschritten wurde, waren therapeutische Maßnahmen zur Gegensteuerung und Kontrolle nötig.

Aber die Theorie war eine Sache, die Praxis eine ganz andere. Natürlich wusste Marlies, dass es die verrücktesten Dinge gab, auf die Menschen sexuell abfuhren. Doch meistens blieben diese im Alltag verborgen. Man lebte in derselben Straße, hatte denselben Freundeskreis oder arbeitete in derselben Firma. Doch wie sollte man jemals in die Verlegenheit kommen, ausgerechnet über so etwas zu sprechen?

Musste man aber jemandem damit helfen, ihn vielleicht sogar therapieren, galt es zuerst, seine eigenen Hemmschwellen zu überwinden. Für Marlies war es damals einfach zu unglaublich, dass es Menschen geben sollte, die auf andere Menschen mit Amputationen standen. Nicht nur unglaublich, sondern geradezu abartig. Trotzdem hatte sie Rat bei jenem Kollegen gesucht, der in ihrem Lehrgang die eine oder andere Stunde über Sexualtherapie gehalten hatte.

»Trotz der deutlichen Abweichung von der Norm ist die Präferenz für Menschen mit Amputationen weitgehend ungefährlich, und damit auch eine Therapie«, hatte er sie beruhigt und indirekt auf den Gedanken gebracht, von Stephane Boll für sexuell attraktiv gehalten zu werden, nicht *trotz*, sondern gerade *wegen* ihres Makels, was ihr wiederum geschmeichelt hatte.

»Aber woher kommt so was denn?«, hatte sie den Kollegen gefragt, unwissend, wie sie gewesen war.

»Woher kommt Homosexualität?«, hatte er sie ziemlich von oben herab belehrt. »Woher die Sehnsucht nach Dominanz oder Submission? Auf manches ist man programmiert, manches wird erworben, oft in der Kindheit, wie Sie bestimmt wissen. Am Ende bleibt: Man *ist* einfach so. Eines Tages blickt man seiner Begierde ins Auge und kann sich des Anblicks nicht mehr entziehen. Ihr Klient hat bestimmt irgendwann seinen ersten Menschen mit Amputation gesehen und dabei sein Interesse wie auch seine Erregung gespürt. Sie können sich vorstellen, wie er sich gefühlt hat: wie der schlimmste Mensch auf Erden.«

Das hatte sie zum Umdenken gebracht. Sowohl Marlies' Verständnis als auch ihre Neugier waren nach und nach gewachsen. Sie hatte versucht, das gesammelte Wissen in Einklang mit dem sanftmütigen, attraktiven Stephane zu bringen, den sie kennengelernt hatte. Wie er sprach, wie er sich bewegte, wie er sich gab – nichts davon deutete darauf hin, dass er eine Gefahr für andere oder sich selbst darstellen könnte. Er war ein sanfter Riese, der sichtlich unter seinen Neigungen litt.

»Wieso haben Sie ausgerechnet mich ausgesucht?«, hatte sie ihm am Telefon die Frage gestellt, die sie am meisten beschäftigte. Es wäre schon ein seltsamer Zufall gewesen, hätte er vor dem ersten Termin nichts von ihrem Schicksal gewusst, zumal er da schon immer wieder verstohlen auf ihr Bein geblickt hatte.

Zunächst hatte er sich um eine Antwort drücken wollen.

Also hatte sie ihn weiter gedrängt. »Herr Boll, Vertrauen ist Ihnen doch so wichtig. Aber Vertrauen beruht auf Gegenseitigkeit. Wie soll ich Ihnen vertrauen können, wenn ich nicht weiß, was Sie wirklich zu mir geführt hat?«

Also hatte er es ihr gesagt.

Natürlich waren es nicht die Homepage-Texte gewesen, die sie von Paulo Coelho abgeschrieben hatte. Es wäre auch zu peinlich gewesen, wäre er darauf reingefallen. In Wahrheit hatte er ein Foto von ihr entdeckt, das Heinz während ihrer Reha auf Facebook veröffentlicht hatte. Heinz hatte damals eigentlich nur dem engsten Familienkreis mitteilen wollen, dass es ihr gut ging, dabei aber übersehen, dass die Privatsphäre des Beitrags auf *öffentlich* gestellt war. Das Foto hatte sie bei den ersten Gehversuchen mit ihrer Beinprothese gezeigt. Wie lächerlich schmal das Ding aussah, wenn man es mit ihrem rechten Bein verglich! Sie hatte das

Bild von Anfang an gehasst. Heinz hatte sich gerechtfertigt, er habe die Kinder nicht so lange im Unklaren lassen wollen und es ihnen deshalb gezeigt. Dass er es in Wahrheit der ganzen Welt gezeigt hatte, war ihr erst mit Stephanes Geständnis klar geworden.

»Warum glauben Sie, dass ausgerechnet ich die Richtige für Sie bin? Wo ich doch ... ich meine, wo Sie doch von mir ... also meinem Bein ...« Es war ihr peinlich gewesen, die nötigen Worte in den Mund zu nehmen. *Wo Sie doch von meinem fehlenden Bein sexuell erregt werden.*

Er hatte gegen die Tränen angekämpft. »Ich dachte, Sie würden mich verstehen. Weil Sie damit schon zu tun hatten. Ich kann doch sonst zu niemandem, verstehen Sie? Oh bitte, lassen Sie mich nicht damit allein!«

Er hatte ihr leidgetan. Und dann waren da natürlich noch das Geld und ihre Neugier gewesen ... Eine Woche später hatte sie sich entschieden, weiterzumachen.

Sie würde nie vergessen, wie froh er darüber gewesen war. Zu Beginn der ersten Sitzung nach ihrer langen Pause hatte er sie in die Arme genommen. Länger als nötig, aber sie hatte es zugelassen.

Marlies sah auf die Uhr. Es war Punkt zehn. In drei Minuten würde er die Tür aufstoßen, und dann ...

Dass Stephane doch nicht bloß eine sehr ungewöhnliche Vorliebe hatte, sondern dass sein Problem mit sich und seiner Neigung tiefer gründete, hatte sich ihr nur langsam offenbart. Wie bei einer Zwiebel, die man Schicht um Schicht schälte, hatte er ihr in den Fantasiereisen, die sie mit ihm unternahm, immer neue Welten eröffnet. Alle drehten sich um körperliche Entstellungen. Er träumte von Dingen, die sie nie im Leben erregt hätten, und neunhundertneunundneunzig von tausend Menschen wohl genauso wenig. So wollte er etwa bei Amputationen zusehen. Seine

Finger in die offenen Wunden legen. Knochensplitter, Gefäße, Knorpel und Schleimbeutel anfassen. Daran riechen. Er sprach von Träumen, in denen er Unfallopfern begegnete, die ihm ihre Gliedmaßen überreichten, verpackt als Geschenk.

»Wollen Sie das auch selbst einmal bei jemandem tun?«, hatte sie ihn irgendwann gefragt, als es ihr doch eine Spur zu heftig geworden war.

»Wie meinen Sie das?«

»Na ... selber amputieren. Etwas absägen, abschneiden, abreißen ...«

»Aber nein!«, hatte er protestiert und sie völlig entgeistert angesehen. »Natürlich nicht!«

Marlies war sich vorgekommen, als wäre sie hier die Perverse, und hätte sich beinahe für ihre Frage entschuldigt. Mit Stephane war man eben nie vor Überraschungen gefeit.

Sitzung für Sitzung war ihre Berührungsangst, das Thema Amelotatismus betreffend, kleiner geworden, bis seine Fantasien so normal für sie gewesen waren, als spräche er gerade über das Wetter. Hin und wieder hatte sie sich das Lachen verkneifen müssen, manchmal hatte sie auch gar nicht richtig zugehört, etwa dann, wenn er mit diesem Traum anfing, der ihn seit Jahren beschäftigte. Der war so verworren und mit religiösen Motiven gespickt – mit Engeln, Sägen und dem Sterben in irgendeiner ungerechten Dreifaltigkeit, oder so ähnlich –, dass sie immer Kopfweh davon bekam. Spätestens nach dem dritten Mal hatte sie die Zeit genutzt, um abzuschalten und ihre eigene Fantasie schweifen zu lassen. In eine Welt ohne Verpflichtungen. Ohne Haushalt.

Ohne Heinz.

Noch eine Minute.

Stephane liebte die Fantasiereisen mit ihr. Er hatte ihr gestanden, dass sie ihm eine Ruhe gaben, die er schon lange nicht mehr gefühlt hatte. Dank ihr sei er ein völlig neuer Mensch geworden. Er könne seinen Alltag leben und sei nicht mehr mit seinem Thema belastet, solange sie sich nur Woche für Woche trafen. Das hatte ihr sehr geschmeichelt, sie aber gleichzeitig unter Druck gesetzt. Etwa dann, wenn sie länger fortwollte. Letztes Jahr, als sie mit Heinz einen Monat in Asien gewesen war, hatten Stephane und sie die Behandlung per Telefon fortgesetzt. Heinz hatte das nicht gestört. Im Gegenteil. Sie hatte den Eindruck, dass er sie wieder mehr respektierte, seit sie für ihre Patienten unverzichtbar war.

Was dann geschehen war, konnte sich Marlies selbst nicht so recht erklären. Sie wollte es auch gar nicht hinterfragen. Sie wollte nur, dass es nicht aufhörte.

Zuerst hatte sich Marlies bloß auf die Montagstermine gefreut. Woche für Woche hatte sich diese Vorfreude gesteigert, bis sie den Montag regelrecht herbeigesehnt hatte. Irgendwann war es ihr dann selbst ein Bedürfnis gewesen, Stephane zur Begrüßung in den Arm zu nehmen.

Eines Tages hatte er sie gefragt, ob sie *es* ihm zeigen könne.

Ihr Bein. Nach einigem Zögern hatte sie seinen Wunsch erfüllt. Der Rest hatte sich dann irgendwie von selbst gefügt – und seither begannen die Stunden mit ihm eben auf eine sehr spezielle Weise.

Marlies erkannte Stephane an der Art, wie er die letzten Stufen hochstieg. Gleich darauf drückte er die Tür auf, trat ein, schloss hinter sich ab. Seine Größe beeindruckte sie stets aufs Neue. Und groß war wirklich alles an ihm. Er sah sie an, ihren Stumpf, dann wieder sie. Sein Gesichtsausdruck sagte ihr, dass ihm gefiel, was er sah.

Wie immer legte er die sechshundert Euro für die zweistündige Therapiesitzung in einem Briefumschlag auf den Schuhschrank beim Eingang. Ihr war es lieber so. Sie wusste, dass sie ihm mit dem Geld vertrauen konnte. Er brauchte sie schließlich mehr als sie ihn. Ganz offen gesagt, hatte sie Stephane Boll in der Hand. Und auch wenn es ihr kleines Geheimnis bleiben musste, genoss sie das Gefühl.

Er kam näher und zog sich aus. Langsam. Den Mantel, die Schuhe, den Pullover.

Die Hose, die Socken, die Unterhose.

Er war nicht mehr so dürr wie zu Beginn der Therapie. *Man sieht, wie gut ihm die Stunden mit mir tun*, dachte Marlies stolz.

Schließlich kam noch das Unterhemd dran, das er gerne hätte anbehalten dürfen, wenn es nach ihr gegangen wäre. Denn das Darunter fand sie alles andere als erfreulich.

Den Skorpion.

Den pechschwarzen Skorpion, dem nur Kopf und Torso geblieben waren, während Gliedmaßen und Stachel wie ausgerissen um ihn herum verstreut lagen.

Dienstag, 25. August

29

Hamburg, 02.51 Uhr

Mavie Nauenstein

Mavie saß auf dem Bahnsteig und ließ weder die Uhr noch die Umgebung aus den Augen. Mehrmals schon hatte sie Leute einer privaten Sicherheitsfirma durch den Bahnhof ziehen sehen, auch auf einem der anderen Bahnsteige waren sie schon gewesen und hatten jemanden angequatscht. Jemanden wie sie, der auch einfach nur dasaß, ohne dass bald ein Zug gekommen wäre.

Mavie wusste, dass sie niemandem Anlass geben durfte, nach ihrem Ausweis zu fragen oder sie für eine Obdachlose zu halten.

Oder für das, wofür Mutter mich hält, dachte sie und hätte beinahe darüber gelacht – nicht weil es lustig gewesen wäre, sondern vor Empörung.

Hure.

Sie war keine Hure. So etwas zu behaupten, war einfach nur lächerlich. Alles war lächerlich. Auch Silas' tolles *Wir müssen draufkommen, wer dir das angetan hat.* Wie viel der Satz wert war, hatte sie vor einer Stunde erfahren. Als sie ihn von einem Münztelefon am Hauptbahnhof aus angerufen hatte. Nachdem es fünfmal geklingelt hatte, hatte sie schon auflegen wollen – doch im letzten Moment war er drangegangen.

»Hallo?«

»Hallo, hier ist …«

»Mavie?«, hatte er sie an der Stimme erkannt. »Was ist los? Wo bist du?« Er klang nicht so, als hätte er schon geschlafen.

»Am Bahnhof. Ich muss weg.«

»Wieso?«

»Ich …«

»Alles okay mit dir?«

»Ja. Aber ich …«

»Was? Jetzt sag schon! Ist es wegen des Tattoos?«

»Nein – auch, ja. Aber das ist nicht der Grund.«

»Was dann?«

Sie hatte sich von ihm gedrängt gefühlt, aber trotzdem geantwortet: »Ich bin … adoptiert worden.« Das stimmte zwar nicht ganz, erklärte ihre Lage aber am schnellsten. Es auszusprechen, war einem Dammbruch gleichgekommen. »Ich bin gerade draufgekommen. Es gibt so einen Vertrag zwischen einem polnischen Anwalt und Papa … also dem Mann, der behauptet, mein Vater …«

»Schon klar. Was steht drin?«

»Das … ist nicht so wichtig.« *Dass sie fünfhunderttausend Euro bekommen, dafür, dass sie mich bis zu meinem achtzehnten Geburtstag durchfüttern*, hatte sie frustriert an die wichtigste Vereinbarung des Papiers gedacht, das sich jetzt in ihrem Rucksack befand. »Silas, ich muss nach Stettin. Ich will alles wissen. Auch wegen des Skorpions. Jetzt gleich.«

»Stettin? Mitten in der Nacht?«

Mavie hatte an Mutter gedacht. An die Schmerzen, die sie ihr beigebracht hatte – ihrem Körper, aber noch mehr ihrer Seele. »Ich geh da nicht mehr zurück. Nie mehr.«

»O-kay?«

Mavie hatte sein Zögern registriert. *Wir müssen draufkom-*

men, wer dir das angetan hat, hatte er zu ihr gesagt, vor der Schule. Scheinbar hatte er dieses »wir« nicht wirklich so gemeint.

»Also dann«, hatte sie gesagt.

»Warte, Mavie! Ich muss zuerst mit ... das geht nicht so schnell, ohne ...«

»Okay«, hatte sie gesagt und einfach aufgelegt.

Sie sah wieder zu der Uhr hinüber. Ihre zweite Stunde auf diesem Bahnsteig brach an. Der erste Zug ging erst um kurz vor halb sechs. Sie musste die Zeit irgendwie totschlagen, ohne aufzufallen. Nicht leicht als junge Frau, die nicht wirklich älter aussah, als sie war, und noch dazu ein dickes Auge hatte.

Das Nieseln hatte aufgehört. Der Wind nicht, im Gegenteil, man konnte ihn jetzt auch in der großen Bahnhofshalle hören. Gespenstisches Heulen.

Mavie musste wachsam sein. Zum Glück war sie viel zu aufgeregt, um müde zu sein. Sie dachte an ihre letzten Minuten in der Villa Nauenstein zurück. An den Safe. Den Vertrag. Das Geld.

Geld, das *Vater* gehörte, obwohl er immer gejammert hatte, wie arm er doch sei. Was hatten dann Zehntausende Euro in seinem Safe zu suchen?

Sie hatte ein paar Hunderter aus dem Packen gezogen und eingesteckt. Irgendwie musste sie schließlich von hier fortkommen. Der Reisepass machte ihr Sorgen. Sie hatte ihn nicht gefunden. Er musste ihn irgendwo anders versteckt haben.

Sie sah auf die Uhr, die in diesem Moment auf drei sprang.

Plötzlich hörte sie leise Schritte.

Ganz nah.

Sie vermied es, den Kopf herumzureißen, spürte den Schauer, der ihren Rücken hinablief, sah den Schatten. Jemand kam und setzte sich direkt neben sie, hier, auf diesem menschenleeren Bahnsteig. Sie zitterte, wollte aufspringen und laufen, so schnell ihre Beine sie trugen.

»Wieso gibst du mir eigentlich keine Chance, Mavie?«

Silas.

Sie atmete ein paarmal durch, dann wandte sie ihm das Gesicht zu.

»Mein Gott, wie siehst du denn aus? Wer hat das getan? Sag's mir, Mavie! Ich schwöre dir, ich …«

Sie schüttelte nur den Kopf. Der Drang, loszuheulen und sich in seine Arme zu werfen, war stark. Aber sie wusste nicht, ob sie ihm wirklich trauen durfte.

»Ich bin so froh, dass ich dich gefunden habe. Hör zu, es tut mir leid, dass … ich wollte dich nicht hängen lassen. Ich war nur überrascht. Klar helfe ich dir.«

Sie spürte seine Hand an ihrem Rücken. Auf ihrer Narbe.

Heul jetzt nicht. Heul jetzt bloß nicht, sonst …

»Drei Uhr sechzehn. Oh Mann«, sagte er und deutete auf die Anzeigetafel. »Komm, wir gehen zu mir.«

Sie schüttelte den Kopf.

»Wir sind in fünfzehn Minuten da, du kannst pennen, und wir fallen nicht weiter auf. Was wir übrigens gerade tun.« Er nickte in Richtung Rolltreppe.

Aus dem Augenwinkel sah sie die beiden Security-Mitarbeiter, die auf den Bahnsteig herunterfuhren.

»Gehen wir«, sagte er und nahm ihre Hand.

Seite an Seite strebten sie auf den nächsten Aufgang zu, so schnell es ging, aber langsam genug, um sich nicht verdächtig zu machen. Mavie konnte die beiden Männer förmlich im Nacken spüren. Sie durfte sich auf keinen Fall umdrehen. Vielleicht ging alles gut. Vielleicht waren sie ja nur zufällig …

»Hey!«, hörte sie einen der beiden rufen.
Nein, es schien kein Vielleicht in ihrem Leben mehr zu geben.
»Hallo? Sie da! Stehen bleiben!«
»Lauf!«, rief Silas.

30

Bozen, 07.00 Uhr

Christian Brand

»Sie können jetzt mit Gruber sprechen. Aber nur kurz«, sagte Dottoressa Bertagnolli und begleitete Björk, Commissario Gamper und Brand auf die Intensivstation.

Brand fühlte sich gerädert, was an der Tatsache lag, dass er sich bis vor einer halben Stunde noch im Tiefschlaf befunden und keine Gelegenheit gehabt hatte, sich wenigstens einen doppelten Espresso zu genehmigen.

»Gruber ist wach«, hatte Björk anstelle eines »Guten Morgen« zu ihm gesagt, an der Hotelzimmertür, gegen die sie viel zu lange und viel zu laut geklopft hatte. Frisch aus den Federn gerissen, die Strapazen der letzten Tage noch in den Knochen, hatte er sie ein paar Momente lang entgeistert angestarrt.

»Was ist los, Brand? Was schauen Sie so? Los, los, in einer Minute holt uns die Staatspolizei ab!«

Inzwischen hatte Brand kapiert, was die Worte *Gruber ist wach* bedeuteten. Sie konnten Peter Gruber, den Mann ohne Arme auf der Intensivstation des Bozener Krankenhauses, also endlich befragen und würden so vielleicht auf neue Spuren stoßen. Das war gut. Aber Björks Manieren waren schlimmer als die seines Unteroffiziers im Bundesheer. Darüber hinaus besaß sie ein ausgesprochenes Talent, ihn auf dem falschen Fuß zu erwischen.

»Komme gleich«, hatte er geantwortet und die Tür zugeschoben. Nach der Katzenwäsche hatte er sich in den Anzug geworfen und war nach unten geeilt, wo Gamper mit laufendem Motor auf ihn gewartet hatte. Die ganze Welt schien seit Stunden wach zu sein – Björk, Gamper, die Natur –, nur Brand nicht.

Sie traten an Grubers Krankenbett und verteilten sich an den Seiten, Brand und Björk in diskretem Abstand. Die Ärztin berührte den Patienten an der Wange, um ihn aufzuwecken. Zögerlich öffnete er die Augen. Bestimmt war er benebelt von all den Medikamenten, die man ihm hatte verabreichen müssen, um seine Schmerzen zu lindern.

Brand betrachtete die zahlreichen Lachfältchen in Grubers Gesicht, die auf einen freundlichen Menschen hindeuteten, der das Leben liebte.

Bis ihm jemand beide Arme abgesägt hat.

Gruber drehte den Kopf zu Commissario Gamper, und sein Gesicht hellte sich auf. »Karl«, sagte er schwach.

»Servus, Peter«, grüßte dieser und berührte ihn ungelenk mit der Hand an der Stirn.

Die zwei kannten sich. Hatte Gamper das erwähnt? Brand glaubte nicht.

»So ein Mist, was?«, klagte Gruber und bemühte sich, ein Lächeln zustande zu bringen, was ihm gründlich misslang.

»Gott sei Dank lebst du noch, Peter.«

»Meinst du das ernst? Gott sei Dank?«

Die beiden schwiegen kurz.

»Hast du erkannt, wer's war?«, kam Gamper auf die Tat zu sprechen.

Gruber schüttelte den Kopf. »Der war vermummt. Er hat mich von hinten k. o. geschlagen, mit irgendwas …«

»Platzwunde am Hinterkopf«, erklärte Bertagnolli. »Hat zur Gehirnerschütterung geführt.«

Gruber erzählte weiter: »Ich bin auf der Werkbank wieder zu mir gekommen, gefesselt und mit einem höllisch brennenden Schmerz ...«

»So ein elendiges Schwein.« Commissario Gamper räusperte sich.

Die beiden Männer schwiegen. Nach einer Weile trat Björk einen Schritt vor.

»Peter ... die zwei kommen extra von Europol zu dir«, sagte Gamper und zeigte auf Björk und Brand. »Sie müssen dich ein paar Sachen fragen. Da läuft gerade eine riesige Schweinerei ab. Das muss aufhören, bevor noch mehr passiert. Verstehst du?«

Gruber nickte kaum merklich. Gamper zog sich zurück und machte Björk Platz.

Brand rechnete damit, dass sie sich eine ordentliche Abfuhr einhandeln würde, wenn sie mit Gruber so umging wie mit dem Rest der Welt – doch plötzlich gab sie sich ganz anders. »Guten Tag, Herr Gruber«, wandte sie sich mit sanfter, einfühlsamer Stimme an den Schwerverletzten. »Mein Name ist Inga Björk. Ich komme aus Malmö in Schweden, arbeite aber als Sonderermittlerin für Europol in Den Haag.«

Grubers Lippen bewegten sich.

»Wie bitte?«, fragte sie und beugte sich zu ihm vor.

Er räusperte sich, dann wiederholte er mit lauterer Stimme: »Malmö.«

»Genau. Kennen Sie Malmö?«

Er nickte. »Schön. Mit dem Öresund.«

Björk lächelte und ließ ihm Zeit. Brand konnte kaum glauben, dass Björk auch über andere Seiten verfügte als die, die sie bisher gezeigt hatte. *Nicht schlecht ...*

Sie trug wieder die hellen, hochgeschlossenen Sachen vom Vortag. Die Schmutzflecken aus Grubers Schmiede waren verschwunden. Vermutlich hatte sie die Kleidung vom Hotel reinigen lassen und deshalb in der Rooftop-Bar die Shorts und das Top angezogen, die das Ganzkörper-Tattoo offenbart hatten. *Den Baum.*

»Herr Gruber, Sie hatten eine Narbe hier«, begann Björk mit der Befragung und deutete auf die eigene rechte Achsel.

Er nickte.

»Woher kommt die?«

»Das war der ... Schmiedehammer. Ein Werkstück ist abgebrochen, hat sich hineingebohrt. Zum Glück ist's mir nicht in den Kopf ...« Er sprach nicht weiter. Seine Augen fingen an zu glänzen.

Brand dachte an den UV-Skorpion, dem die Scheren fehlten und der sich in unmittelbarer Nähe der Narbe befand. Wusste Gruber davon? Das wäre seine Frage gewesen. Andererseits ... Hätte Gruber es nicht von selbst erzählt, wenn es so gewesen wäre? Oder hatte er vielleicht einen Grund, das Tattoo zu verschweigen?

»Sie wurden aber nicht hier im Krankenhaus behandelt«, setzte Björk ihre Befragung fort.

»Nein, ich ... die haben mich mit dem Hubschrauber ... in die Skiklinik gebracht.« Das Sprechen bereitete ihm große Mühe. Man konnte ihm ansehen, dass der Körper seine verbliebenen Ressourcen anderweitig benötigte.

»Skiklinik?«

»Die Alpinklinik«, erklärte Dottoressa Bertagnolli, »eine Privatklinik in St. Jakob, in der Nähe des Bozener Flughafens. Wegen der vielen verletzten Skifahrer im Winter wird sie auch ›Skiklinik‹ genannt.«

Björk sah wieder zu Gruber. »Wieso dorthin?«

»Ich war schon dort und ... zufrieden«, stieß er angestrengt hervor. »Und wegen der Unfall ... zusatzversicherung.«

»Wann war das?«

»Nicht lang her ... zwei Jahre?«

»Wer war Ihr Arzt?«, hakte Björk eilig nach.

»Ich weiß nicht ... ein Doktor ... Doktor Fels oder ...«

»Wie sah er aus?«, drängte sie.

»Groß ... groß war der, riesig und kein Haar. Nirgendwo. Ferst hieß der. Ja, Ferst, ganz sicher. Er hat immer ganz leise gesprochen ... fast geflüstert.«

Stille.

Björk schwieg. Lange. Zu lange. Brand konnte ihr nicht direkt ins Gesicht sehen, merkte aber, dass irgendetwas nicht stimmte.

»Der Patient braucht jetzt Ruhe«, schaltete sich die Ärztin ein.

Björk fing sich wieder. »Ja, nur diese eine Sache noch.« Sie holte ihr Handy heraus. Ihre Finger bewegten sich rasend schnell übers Display. Sie schüttelte kaum merklich den Kopf, dann zeigte sie Gruber ein Bild. »Ist er das?«, fragte sie. Brand meinte, ihre Hand zittern zu sehen.

»Ich weiß nicht«, antwortete Gruber. »Er hatte ja keine Haare.«

»Und jetzt?«, fragte Björk, nachdem sie einen Teil des Bildschirms mit dem Finger abgedeckt hatte.

Verwunderung zeigte sich in Grubers Gesicht. »Ja ... ja, doch! Das ist er!«

Langsam zog Björk das Gerät wieder zurück.

»Danke, Peter«, sagte Commissario Gamper, »dann lassen wir dich jetzt mal wieder allein, ja?«

Doch Grubers Interesse war erwacht. »Moment«, sagte er. »Hat der vielleicht etwas damit zu schaffen? Aber ... aber der

Mann in der Schmiede war überhaupt nicht so groß … was hat denn das eine mit dem anderen zu tun?« Seine Augen wanderten schnell hin und her, er atmete heftig.

»Der Patient braucht Ruhe!«, beharrte die Ärztin und breitete die Arme aus, als wolle sie Björk, Brand und Gamper vom Bett wegschieben.

Björk nickte. »Okay. Danke, Herr Gruber. Sie haben uns sehr geholfen.« Brand merkte, wie sehr sie dabei um Beherrschung rang.

31

Hamburg, 07.56 Uhr

KHK Sebastian Borchert

Kriminalhauptkommissar Sebastian Borchert hielt vor einer mondänen Villa im Harvestehuder Weg, unweit der Außenalster. *Hat man auch nicht alle Tage*, dachte er und ahnte, dass jeder Anflug von Humor verpuffen würde, sobald er ins Gebäude kam. Der Kollege von der Bereitschaftspolizei hatte ihn bereits vorgewarnt.

Borchert stülpte den Kragen seines Regenmantels nach oben und stieg aus. Feuchter Wind schlug ihm ins Gesicht. Um ihn herum fielen Blätter zu Boden, viel zu früh für diese Jahreszeit. Die Trockenheit war schuld. Ihretwegen sammelten die Bäume schon jetzt ihre Kräfte für den Winter, statt sie weiterhin in die Blätterproduktion zu stecken. Oberflächlich betrachtet, schien die Pflanzenwelt genauso übergeschnappt zu sein wie das Wetter. Doch wenn man genau hinsah, gab es für alles eine logische Erklärung. Er hoffte, dass es sich mit dem Fall hier genauso verhielt. Nein, eigentlich hoffte er, dass es gar keinen Fall gab. Dass alles nur ein Missverständnis war. Dass diese Welt nicht wirklich so grausam war.

Der Regen trieb ihn an, schneller zu machen, als er eigentlich wollte. Er lief durch das offene, schmiedeeiserne Einfahrtstor, über den Kiesweg, vorbei an mehreren Polizeiwagen zum Eingang, der von zwei mächtigen Marmorsäulen flankiert war. Dort wurde er bereits erwartet.

»Moin!«, sagte er zu einer jungen Kollegin in Uniform, die blass wirkte. »Borchert, Kripo«, ergänzte er und zeigte ihr seine Marke.

Sie nickte nur und hielt ihm die Tür auf, darauf bedacht, weder den Griff noch das Türblatt mit bloßen Händen anzufassen.

Er trat ein und bemerkte, dass die Kollegen schon eine ganze Weile hier sein mussten. Mehr Spurensicherung als üblich. Draußen hatte er gleich zwei ihrer Fahrzeuge gesehen. Einer der Forensiker war damit beschäftigt, Hinweise im Atrium zu sammeln. »Wohin?«, fragte er ihn knapp.

Der Mann im weißen Overall sah kurz auf, dann zeigte er wortlos zur Treppe.

Borchert ging weiter. Er wusste, dass es besser war, die Experten ihre Arbeit machen zu lassen, bevor sich die Kripo die Sache ansah. Aber der Kollege hätte ihn bestimmt aufgehalten, wäre er zu früh dran gewesen.

Er stieg die Treppen hoch. Oben konnte er zahlreiche Geräusche hören, hauptsächlich das Rascheln der Schutzanzüge, aber auch Gemurmel und immer wieder das Verschlussgeräusch einer Kamera. Er bog links ab zu dem Raum, auf den sich die Untersuchungen zu konzentrieren schienen.

Borchert trat ein und sah Blut, überall Blut.

Blut an den Wänden, auf dem Boden, sogar an der Decke. Und natürlich an den beiden Leichen, die im Bett lagen, Arme und Beine straff zusammengebunden und mit Kabelbindern an den Bettstangen fixiert. Eine Frau und ein Mann.

Borchert starrte auf die zahllosen, tiefen Schnittwunden an den nackten Körpern, die von einer geradezu unfassbaren kriminellen Energie zeugten. Er sah sofort, dass die Opfer gefoltert worden waren, mehrere Zehen und Fingerglieder, die abgeschnitten im Raum lagen, deuteten darauf hin. Eine Folterung erklärte auch die Blutverteilung im Raum. Bei postmortalen Verstümmelungen hätte es wohl keine derartige Schweinerei gegeben. Welcher Schnitt, welche unfassbare Grausamkeit letztlich zum Tod geführt haben mochte, würde im Obduktionsbericht stehen. Aber das war nebensächlich.

Mit einiger Mühe riss er seine Aufmerksamkeit von den Schnitten und Verstümmelungen los und schaute sich im Zimmer um. Er musste sich einen Eindruck verschaffen, sich ein Bild machen, auf Dinge achten, die Rechtsmediziner und Spurensicherung womöglich für unwichtig hielten.

Er sah zwei Menschen, die es gewohnt waren, in höchsten gesellschaftlichen Kreisen zu verkehren. Vor allem aber sah er, wie ungleich sie waren. Während die Frau ausgemergelt wirkte, verriet der Bierbauch des Mannes, dass er sein Leben genoss – aber auch, dass er sich gehen ließ. Seine weiße Bürstenfrisur wirkte fast lächerlich altmodisch. Der Frau merkte man selbst im Tod eine nahezu krankhafte Verbissenheit an, während das Gesicht des Mannes beinahe friedlich wirkte.

Sie passen nicht zueinander, dachte Borchert. Aber so war es in diesen Kreisen vermutlich öfter. Um den Schein zu wahren, der mit einem Leben an einer solchen Adresse verbunden war, ging man vermutlich einige Kompromisse ein.

»Moin, Borchert!«, grüßte Victor Kolf, der Rechtsmediziner. Auch dass *er* bereits hier war, durfte man als ungewöhnlich bezeichnen. Borchert vermutete, dass die Beamten, die als Erste am Tatort eingetroffen waren, gleich Großalarm bei allen möglichen Stellen ausgelöst hatten. Er konnte es ihnen kaum verübeln.

»Moin, Kolf.« Borchert schluckte das klischeehafte, oft aber unvermeidliche *Und, was haben wir?* hinunter. Auch ihm hatte es gerade die Sprache verschlagen. Dabei war er schon seit über dreißig Jahren im Dienst. Fünfundzwanzig bei der Kripo, die letzten zehn davon als Kriminalhauptkommissar bei der Mordkommission. Da bekam man schon so einiges geboten. Wasserleichen, im Starkstrom geschmolzene oder am Boden zerschellte Personen hatte er schon gehabt, genau wie Mordopfer, an deren Körpern sich die entsetzliche Wut des Täters in zahlreichen Stichwunden manifestierte. Eine Tat dieses Ausmaßes hatte Borchert jedoch noch nie gesehen. Fast schien es, als hätte der Täter es genossen, die beiden Toten vor ihm auf dem Bett so zuzurichten.

Der Täter … oder die Täter?, überlegte er. Für einen Einzelnen schien das hier eine Nummer zu groß. Borchert ahnte, dass es zu früh war, Kolf danach zu fragen.

»Schon gesehen?«, fragte der Rechtsmediziner.

»Was?«

»Hinter dir. An der Wand.«

Borchert drehte sich um. Er entdeckte fünf große Buchstaben. Buchstaben aus Blut.

MAVIE.

»Mavie … *ma vie*, *mein Leben*, auf Französisch?«, fragte Borchert.

»Nein«, entgegnete ein Uniformierter, der draußen im Gang stand und keine Anstalten machte, einzutreten. Borchert ging einen Schritt nach vorne, um ihn besser sehen zu können. »Nein … was?«

»Ihre Tochter heißt so. Mavie.«

Borchert bekam Gänsehaut, als er sich einen weiteren leblosen Körper in diesem Haus vorstellte, den dieses Mädchens, ähnlich zugerichtet wie die beiden hier. Er traute sich fast nicht, die Frage zu stellen: »Wurde sie etwa auch …«

»Nein, wir wissen nicht, wo sie ist. Wir haben nur ihr Zimmer gefunden, direkt gegenüber. Wollen Sie es sich ansehen?«

Borchert bejahte, froh, die Folterkammer verlassen zu können.

Während er dem jungen Kollegen folgte, grübelte er, was die Botschaft an der Wand bedeuten sollte. Wenn es denn überhaupt eine war.

Klar ist es eine Botschaft.

Er wusste, dass die ersten Gedanken oft die besten waren. Und die sagten ihm, dass diese fünf Buchstaben zweifelsfrei etwas mit der Tat zu tun hatten. Manchmal hinterließen Opfer noch einen Hinweis auf ihren Mörder, bevor sie starben. Aber das war hier ausgeschlossen. Erstens, weil die Opfer gefesselt waren, und zweitens, weil das Mädchen, das sich Borchert vorstellte, unmöglich eine derartige Tat vollbracht haben konnte. Kein Mensch tat so etwas. *Nur eine Bestie kann das hier angerichtet haben. Ein Monster*, dachte Borchert und ahnte, dass dieser Fall einer von den wenigen war, die er nach der Arbeit mit nach Hause nehmen würde.

Aber was machte ihn überhaupt so sicher, dass es sich bei der Tochter des Hauses um ein Mädchen handelte? Schließlich konnte sie genauso gut längst erwachsen sein, eine junge Frau, zumal die beiden Opfer schon in ihren Fünfzigern gewesen sein mussten.

Er betrat das Zimmer, zu dem ihn der uniformierte Beamte geführt hatte. Es wirkte aufgeräumt, fast karg. Obwohl Einrichtung und Farben eindeutig auf ein Mädchen hindeuteten, war es fast, als lebte es schon lange nicht mehr hier. Wenn Borchert an seine eigene Tochter dachte mit ihren Musikpostern, Stofftieren und dem zahllosen Kleinkram, der sich bis zu ihrem Auszug angesammelt hatte und bis heute nicht weggeworfen werden durfte, erinnerte ihn hier nichts daran.

»Wisst ihr schon etwas über sie?«, fragte er den Kollegen.

»Ja ... scheint aufs Johanneum zu gehen. Ich habe ihre Schulhefte gefunden. Zwölfte Klasse.«

Borchert grübelte. Dass sie gerade nichts ahnend auf dem Schulweg war, schloss er aus. Die Tat hatte sich bestimmt schon vor Stunden ereignet. Außerdem waren die Kollegen bereits viel länger hier, als sie für den Weg zur Schule gebraucht hätte.

Hatte sie womöglich auswärts übernachtet? In der Zwölften war es doch normal, einen Freund zu haben, vielleicht eine Schulfreundin als Alibi vorzuschieben …

»Jemand soll zur Schule fahren und sie zu mir bringen. Sie darf aber keinesfalls ins Haus kommen und schon gar nicht in den oberen Stock, verstanden?«

Der Kollege nickte.

»Sonst noch was? Einbruchsspuren?«

»Nein, die Tür stand offen, als wir eingetroffen sind. Keine Hinweise auf gewaltsames Eindringen, soweit ich es gesehen habe.«

»Wer hat euch überhaupt verständigt?«

»Ein anonymer Anrufer.«

»Ich brauche den Mitschnitt«, sagte er automatisch, während er bereits die weiteren Schritte überlegte. Er musste die Chefin unterrichten. Sich etwas für die Presse ausdenken, doch vor allem musste er den Täter finden. Oder *die* Täter? »Sonst noch was?«, fragte er und war gedanklich schon auf dem Weg ins Landeskriminalamt.

»Ja … unten ist ein offener Safe. Er wurde wohl durchwühlt. Aber eines ist merkwürdig.«

»Jetzt spucken Sie's schon aus!«, drängte Borchert. Er mochte es nicht, wenn man den Leuten alles aus der Nase ziehen musste.

»Das Geld ist noch drin. Vierzigtausend Euro, so Pi mal Daumen.«

Borchert hob die Augenbrauen. »Vierzigtausend?« Dass der Täter nicht des Geldes wegen gehandelt hatte, lag angesichts der

Brutalität der Tat auf der Hand. Aber hätte er das Geld deshalb liegen gelassen? Zumal der Safe doch offen war? Hatte sich vielleicht noch etwas anderes darin befunden, was ihm wichtiger war? Wichtiger als Geld?

Er ließ die Fragen sacken, dann räusperte er sich und sagte: »Ich möchte, dass ihr dieses Mädchen findet. Wenn es in der Schule nicht auftaucht, werden wir sofort nach ihm fahnden. Verstanden?«

Der Beamte nickte und griff zu seinem Funkgerät.

Borchert ging an ihm vorbei, über die Treppe in den unteren Stock und weiter zum Arbeitszimmer.

Möglicherweise ließ er sich in seinem Denken zu sehr von seiner eigenen Tochter beeinflussen. Möglicherweise war die Tochter, die hier lebte, zu ganz anderen Dingen fähig. Und wenn dem tatsächlich so war, dann musste die Welt da draußen vor ihr geschützt werden.

32

Bozen, 08.40 Uhr

Christian Brand

Sie fuhren zur Alpinklinik, die Peter Gruber als »Skiklinik« bezeichnet hatte. Björk wollte ohne Gamper hin. Der Mann von der Staatspolizei hatte sich zunächst nicht abschütteln lassen, dann aber wohl erkannt, dass er im Zweifel den Kürzeren gezogen hätte. Also hatte er sie bloß zum Hotel zurückgefahren und sich dann aus dem Staub gemacht.

Björk saß neben Brand und war noch schweigsamer als sonst. Ihr Laptop blieb unangetastet in der Tasche. Sie schaute hinaus auf die Berge – Hauptsache in die Ferne, wie es schien.

Weg von hier?

Er dachte an ihre Reaktion zurück, als Peter Gruber den Mann auf dem Foto erkannt hatte. Um wen es sich wohl handelte? Brand ahnte, dass gerade kein günstiger Zeitpunkt war, sie danach zu fragen.

Björk schien es nur vordergründig um die alte Verletzung zu gehen, während sich ihre Ermittlungen in Wahrheit darauf konzentrierten, wann und wie das Skorpion-Tattoo auf Grubers Haut gekommen war. Vermutlich wusste der Patient selbst nichts davon. Brand ließ den Gedanken noch einmal im Kopf kreisen.

Ein Tattoo, von dem sein Träger nichts weiß.

Aber wozu verpasste man jemandem ein nur im UV-Licht

sichtbares Zeichen und kehrte Jahre später zurück, um dem Träger Körperteile zu entfernen? War das nicht viel zu umständlich? Zu gefährlich? Und vor allem: Wozu sollte das überhaupt gut sein?

Ein Skorpion, dem die Scheren fehlen. Wie Gruber nun die Arme.

Er hatte die Übereinstimmung gestern schon erkannt. Waren die fehlenden Gliedmaßen bei der Tätowierung also ein Hinweis? Eine Art »Bedienungsanleitung«? Und wie mochte diese Tätowierung bloß auf den Körper gekommen sein?

Der Arzt der Alpinklinik, welcher damals Grubers Verletzung versorgt hatte, war offensichtlich nicht der Mann, der ihn verstümmelt hatte. Laut eigener Aussage war der Täter in der Schmiede um einiges kleiner gewesen. Was für Brands Theorie von einem Spiel mit mehreren Beteiligten sprach.

Es kann jeder sein. Oder niemand, hatte Björk ihm gestern zu verstehen gegeben, als er hatte wissen wollen, auf wen er bei seinem Schutzauftrag eigentlich achten solle.

Brand zog neue Schlüsse. Und konnte nicht anders, als mit seiner Erkenntnis herauszuplatzen: »Der Skorpion ist geheim und verrät dem Täter, was er machen muss. Wir suchen aber nicht den Täter, sondern den Spielleiter.«

Björk zeigte zunächst keine Reaktion. Dann blies sie hörbar die Luft aus und sah ihn an. »Sie lassen nicht locker, was?«

»Nein«, antwortete er und musste sich ein Grinsen verkneifen. *Voll ins Schwarze.*

»Okay. Ja, wir suchen den Spielleiter. Den *Schöpfer*, um genau zu sein.«

»Den Mann auf dem Foto in Ihrem Handy. Doktor Ferst.«

Sie schwieg.

»Wer ist er?«

»Das werden wir hoffentlich bald sehen. Wir sind ihm noch nie so nahe gewesen. Es könnte gleich …« Sie suchte nach dem richtigen Wort.

»Schmutzig werden?«, schlug er vor.

»Machen Sie Ihren Job und überlassen Sie mir den Fall, okay?«, fiel sie in die Tonart zurück, die er bisher von ihr gewohnt war.

Das Navigationsgerät führte sie in eine Einfahrt, die leicht bergauf führte und mit einer Umkehrschleife direkt vor dem Eingang der Privatklinik endete.

»Warten Sie«, sagte Brand, nachdem er den Wagen so abgestellt hatte, dass sie im Ernstfall schnell verschwinden konnten.

»Worauf?«

»Darauf, dass ich meinen Job mache.« Er stieg aus, sah sich nach allen Seiten um und holte Björk von der Beifahrerseite ab.

»Übertreiben Sie's nicht.«

»Kümmern Sie sich um den Fall«, konterte er trocken.

Gleich darauf betraten sie den luxuriös aussehenden Eingangsbereich der Klinik. Alles war still. Bis auf die Empfangsdame sah Brand niemanden, dafür registrierte er diverse Überwachungskameras in den Ecken, eine davon direkt hinter dem Empfang. Untypisch für eine Klinik dominierten helles Holz und Marmor den Innenraum. Irgendwo plätscherte ein Rinnsal, aus Lautsprechern drang sanfte Musik. Internationale Lounge-Atmosphäre traf auf Südtiroler Gemütlichkeit. Wer hier behandelt werden wollte, brauchte wirklich eine gute Zusatzversicherung oder das entsprechende Kleingeld auf dem Konto.

»Guten Tag!«, grüßte die Frau hinter der Empfangstheke.

»Guten Tag«, echote Björk. Dann zückte sie ihren Ausweis und verlangte, den Klinikleiter zu sprechen.

Die Frau nickte und griff zum Hörer. Ihrem Gesichtsausdruck

entnahm Brand, dass der Leiter wohl tatsächlich anwesend war, womit sich seine Anspannung erhöhte. »Doktor Reni kommt gleich und holt Sie ab. Nehmen Sie doch Platz«, sagte sie dann und deutete auf die hellen Ledermöbel, die genauso luxuriös wirkten wie alles hier.

Sie blieben stehen. Brand ließ das Umfeld nicht aus den Augen. Dabei durfte er natürlich nicht mehr Aufmerksamkeit erregen als unbedingt nötig – aber das war sein tägliches Geschäft.

Ein oder zwei Minuten darauf klingelte Björks Handy. Ein Blick aufs Display, und sie nahm das Gespräch entgegen. »Ja?« Sie entfernte sich etwas und hörte angestrengt zu. »Okay«, sagte sie schließlich und legte auf, dann kehrte sie zu Brand zurück und erwähnte fast beiläufig: »Wir fliegen danach gleich nach Stuttgart weiter.« Es war deutlich, dass sie sich keine Reaktion erwartete, denn sie hatte sich schon wieder abgewandt.

Brand ließ die Information sacken. *Bozen, Stuttgart … und dann?* Es war tatsächlich eine andere Welt, in die er da hineingeraten war. Er fragte sich, ob ihm diese Welt gefiel. Es war nicht zu leugnen, dass all das Neue einen großen Reiz auf ihn ausübte. Was wohl in Stuttgart auf sie wartete? Ein neues Opfer? Eine neue Spur zu diesem »Schöpfer«?

Personenschutz, rief er sich in Erinnerung. Er durfte sich nicht ablenken lassen.

Es kann jeder sein. Oder niemand.

Er dachte an die Glock in seinem Sakko. Die Dienstvorschriften der Cobra wie auch der österreichischen Polizei verlangten, dass sich die erste Patrone schussbereit im Lauf befand. Waffe herausholen und schießen – an mehr sollte ein Beamter im Notfall nicht denken müssen.

In einer Ecke ging eine Schiebetür auf. Ein Mann bewegte sich so dynamisch auf sie zu, als befände er sich auf einem Laufsteg, und genauso sah er auch aus – jung, sportlich, erfolgreich. Das Haar nach hinten gegelt, der Dreitagebart exakt getrimmt, der weiße Kittel wie maßgeschneidert. Als käme er frisch vom Dreh einer US-Krankenhausserie.

»Doktor Reni«, stellte er sich mit rollendem R vor und drückte Björk länger als üblich die Hand. Ihr Anblick schien ihm zu gefallen, während er Brand nicht einmal die Hälfte der Aufmerksamkeit schenkte.

Er nahm sie mit sich in sein Büro. Durchs Fenster konnte Brand den Flughafen Bozen erkennen, der leicht unterhalb lag, nur wenige hundert Meter entfernt.

»Bitte, nehmen Sie Platz!«

Keine Überwachungskameras. Auch sonst schien alles safe, soweit Brand es beurteilen konnte. Es wäre diesem Doktor Reni unmöglich gewesen, unter seinem Slim-Fit-Kittel eine Waffe zu tragen, und der Glastisch bot genügend Möglichkeiten, seine Bewegungen im Auge zu behalten. Den Fluchtweg hatte Brand im Kopf, genau wie die nötigen Bewegungsabläufe, um Björk in Deckung zu halten, zum Ausgang zu schieben und sich nötigenfalls den Weg freizuschießen. Übertrieb er es mit seiner Wachsamkeit? Bestimmt. Aber was wusste er schon?

»Womit kann ich Ihnen dienen?«, fragte Doktor Reni in einem Deutsch, dem man die italienische Sprachfärbung anhören konnte, wenngleich sein Akzent weit weniger ausgeprägt war als der von Dottoressa Bertagnolli im öffentlichen Krankenhaus.

»Wir haben gerade jemanden befragt, der hier vor zwei Jahren behandelt wurde. Von einem Doktor Ferst.«

Der Klinikchef runzelte die Stirn und schien angestrengt nachzudenken, bevor er den Kopf schüttelte. »Doktor Ferst? Nein, das muss ein Irrtum sein.«

»Moment«, sagte Björk ruhig und zog ihr Handy heraus, um

ihm das Foto des Mannes zu zeigen. »Möglicherweise kennen Sie ihn mit Glatze.«

»Nein – ich … weiß nicht, wer das sein soll. Bedaure.« Dr. Reni zuckte mit den Schultern.

»Wie lange leiten Sie diese Klinik schon?«

»Sie gehört mir. Besser gesagt, meinem Vater.«

»Also hätten Sie auf jeden Fall mitbekommen, wenn dieser Arzt vor zwei Jahren hier angestellt gewesen wäre, oder?«

»Selbstverständlich.«

Björk ließ ihm etwas Zeit zum Nachdenken, bevor sie hinzufügte: »Dann würde ich jetzt gerne die Wahrheit erfahren. Oder soll ich einen öffentlichen Zeugenaufruf machen? Ihre Entscheidung.«

Reni trommelte mit den Fingern auf seinen Schreibtisch und sah dann auf seinen PC-Bildschirm, als stünde dort die Wahrheit, die er bloß noch abzulesen brauchte.

»Was war mit Doktor Ferst?«, drängte sie.

»Ja, er … wie soll ich sagen … hat eine Zeit lang bei uns ausgeholfen.«

»*Ausgeholfen?* Heißt das, er war nicht so *richtig* angestellt?«

Doktor Reni presste die Lippen aufeinander.

»Hören Sie«, fuhr Björk fort, »mich interessiert weder Ihre Steuererklärung noch das italienische Gesetz. Ich will wissen, ob und wie lange er hier war. Also?«

Der Klinikleiter gab seinen Widerstand auf und nickte. »Ja, es stimmt. Markus Ferst ist vor ungefähr drei Jahren hier aufgetaucht und hat mich um einen Job gebeten. Erstklassige Zeugnisse aus mehreren europäischen Staaten, für diverse Fachgebiete. Allgemeinmedizin, Dermatologie …«

»Plastische Chirurgie«, schlug Björk vor.

»Auch das, ja. Aber alles falsch.«

»Er hat Ihnen gefälschte Zeugnisse vorgelegt.«

Reni nickte.

»Und Sie haben nichts davon verifiziert, bevor er behandeln durfte?«

Der Arzt zögerte, als wolle er seine Antwort gründlich abwägen, dann sagte er: »Ich habe ihm selbstverständlich auf die Finger geschaut, aber es war offensichtlich, dass er sein Handwerk verstand.«

»Da haben Sie nicht länger darüber nachgedacht.«

»Nein. Soll ich vielleicht bei jedem medizinischen Mitarbeiter automatisch davon ausgehen, dass er ein Betrüger ist?«

»Hätten Sie ihn offiziell angestellt, hätten Sie dann vielleicht eher auf seine Auskunft aus dem Strafregister geachtet?«

Reni erwiderte nichts. Seine Gesichtsfarbe ging langsam ins Rötliche über. Die Souveränität, mit der er sie empfangen hatte, war endgültig verflogen.

»Hatte Doktor Ferst ein spezielles Aufgabengebiet? Welche Patienten hat er zugeteilt bekommen?«, bohrte Björk weiter.

»Das kann ich nicht mehr so genau sagen. Er hat viele Nachtdienste übernommen.«

»Auch operiert?«

»Wenn es nötig war, ja.«

»Wann sind Sie draufgekommen, dass seine Zeugnisse gefälscht waren?«

»Ich glaube, das war knapp vor seinem Unfall, so ungefähr vor einem Jahr.«

Björk schwieg. Anscheinend wartete sie darauf, dass Doktor Reni weitererzählte.

»Ich bekam einen Hinweis, dass er offensichtlich an einer Schönheitsklinik in Luxemburg gearbeitet hatte, unter anderem Namen, dann aber seine ärztliche Zulassung verloren hat.«

»Wie haben Sie reagiert?«

»Ich wollte ihn feuern, was denken Sie denn? Ich kann mir hier keinen falschen Arzt leisten, das können Sie mir glauben!«

Schwarzarbeiten lassen kannst du ihn aber schon, dachte Brand.

»Aber dazu kam es nicht mehr.«

»Nein«, sagte Reni und sah auf seine Hände. Sein Gesicht verzog sich, als erinnerte er sich an schlimme Bilder.

»Was war das für ein Unfall?«, hakte Björk nach.

»Ein schreckliches Unglück auf der Autobahn. Markus' Wagen hat sich überschlagen und ist von der Autobahnbrücke gestürzt.«

»Er ist tot?«

»Ja. Das Fahrzeug ist völlig ausgebrannt. Zeugen gab es keine. Man hat den Unfall erst viel später bemerkt.«

Brand sah zu Björk, deren Gesicht völlig ausdruckslos blieb.

»Dann mussten Sie ihn ja gar nicht feuern«, sagte sie in neutralem Tonfall, aber es war überdeutlich, worauf sie anspielte: dass der Unfall zu einer sehr praktischen Zeit passiert war.

Der Arzt schüttelte den Kopf. »War's das?«

»Wir danken Ihnen für die Auskunft.« Björk zog eine Visitenkarte aus ihrer Tasche und schob sie ihm über den Schreibtisch zu. »Ich brauche eine Liste mit allen Patienten, die er bis zu seinem Tod behandelt hat, und zwar noch heute.«

»Aber das geht nicht so schnell! Dafür habe ich gar nicht genügend Personal«, wehrte sich Doktor Reni gestenreich.

»Kein Problem. Commissario Gamper von der Quästur Bozen wird jemanden schicken, der Ihnen dabei hilft.«

Im Gesicht des Klinikleiters blitzte Ärger auf, doch er beherrschte sich. »Ich werde Ihnen die Aufstellung schicken. Dürfte ich noch wissen, wozu Sie die Informationen benötigen?«

»Nein, das dürfen Sie nicht«, gab Björk zurück, stand auf und bedeutete Brand, dass es Zeit war zu gehen.

Er hatte beinahe Mühe, mit ihr Schritt zu halten, so eilig hatte sie es plötzlich. Im Nu waren sie aus der Klinik und im Wagen.

»Der Jet ist schon da«, sagte Björk, als sie losfuhren, und deutete durch sein Seitenfenster zum Flughafen hinunter. Brand glaubte es ihr auch so.

Während der kurzen Autofahrt telefonierte sie mit Gamper und trug diesem auf, alles über den Autobahn-Unfall des falschen Doktors herauszufinden.

Keine zwanzig Minuten später hoben sie ab.

33

Leipzig, 9.00 Uhr

Mirjam Rüttgers

Mirjam stand in einer Seitenstraße in der Nähe des Hauptbahnhofs und wartete auf Krakauer, den Journalisten. Sie hatte diesen Treffpunkt vorgeschlagen, weil sie ihm ihre genaue Adresse nicht hatte verraten wollen. Sie musste vorsichtig bleiben.

Sie hatte seine Rufnummer gewählt. Mitten in der Nacht. Weil sie die Ungewissheit nicht mehr ausgehalten hatte.

»Hallo?«, hatte er sich gleich gemeldet.

»Hier spricht Mirjam Rüttgers. Bitte entschuldigen Sie, dass ich so spät anrufe, aber …«

»Schon gut. Sind Sie in Sicherheit? Geht es Ihnen gut?«

»J … ja.« Sie war völlig verheult gewesen.

»Sie haben mir wegen des Tattoos gemailt.«

»Ich … hab auch so einen Leuchtskorpion, dem was fehlt.«

»Haben Sie jemandem davon erzählt?«

»Nein … niemandem. Was ist eigentlich los? Sie haben geschrieben, es gibt eine Tote? Und Verstümmelte? Stimmt das? Aber wieso tut jemand so was? Ich verstehe das nicht!«

»Beruhigen Sie sich bitte.«

»Ich hab solche Angst.«

»Ich bin bald bei Ihnen. Ich stehe im Stau. Es gab einen Unfall bei Lützen. Aber es kann nicht mehr lange dauern.«

»Es ist so schrecklich …« Mehr hatte sie nicht herausgebracht.

»Hören Sie, ich weiß, wie schwer das alles für Sie gerade ist. Aber bleiben Sie ruhig. Es wird alles gut, Frau Rüttgers. Sie müssen aber unbedingt aus diesem Spiel raus. Ich weiß auch schon, wie. Sind Sie noch dran?«

»Ja.«

»Wann können wir uns sehen?«

»Meine Kinder!«, hatte sie gewimmert. Sie schliefen nebenan. Irgendwie hatte sie es geschafft, dass sie nichts gemerkt hatten.

»Ihren Kindern droht nichts. Haben Sie jemanden, der auf sie aufpassen kann?«

»Ja, ich ... ich frage meine Nachbarin.«

»Wann können wir uns dann frühestens sehen?«

»Ich weiß nicht ... um neun? Oder um zehn. Ich muss das erst klären.«

»Gut. Dann geben Sie mir Bescheid, wann und wo, und ich hole Sie ab. Ich fahre einen alten blauen Saab mit Stuttgarter Kennzeichen. Mein Foto finden Sie im Internet. Ich habe einige Kilos verloren in letzter Zeit, also erschrecken Sie nicht, wenn Sie mich sehen. Sie dürfen niemand anderem vertrauen. Klar?«

»Ja ... dann ... ruf ich Sie an.«

Genau das hatte sie ein paar Stunden später getan und sich mit ihm hier, an dieser Kreuzung, verabredet.

Sie hatte sich vorgenommen, nicht länger als zehn Minuten zu warten und dann wieder in ihre Wohnung zurückzugehen, um sich nicht unnötig in Gefahr zu bringen.

Zum Glück hatte sie Jule und Liam tatsächlich bei Iris abgeben können. Spätestens um elf musste sie wieder zu Hause sein. Der Journalist wusste das und hatte gemeint, das sei kein Problem.

Sie blickte sich um, doch der blaue Saab war nirgendwo zu sehen. Vielleicht lag es an dem Kastenwagen, der ein Stück weiter vorne mitten auf der Straße gehalten hatte. Vermutlich hatte der

Fahrer gerade ein Paket abzugeben. Dahinter wurde schon aufgeregt gehupt.

Sie ging auf den Lieferwagen zu.

Stundenlang hatte sie sich den Kopf darüber zerbrochen, ob sie diesem Krakauer trauen sollte. Bei der Zeitung war er rausgeflogen, weil er den Artikel angeblich frei erfunden hatte. Aber Mirjam wusste, dass er recht hatte. Sie trug den Beweis auf ihrer Haut.

Trotzdem hatte sie für alle Fälle vorgesorgt. Sie hatte Krakauers E-Mail-Adresse und seine Telefonnummer auf ein Blatt Papier geschrieben und dieses zu Hause auf den Küchentisch gelegt. *Wenn ich nicht rechtzeitig zurück bin, weiß dieser Mann Bescheid*, hatte sie darüber geschrieben. Iris hatte den Wohnungsschlüssel. Wenn sich Mirjam verspätete und danach nicht ans Handy ging, würde Iris in der Wohnung nachsehen und die Nachricht finden.

Sie war fast beim Paketwagen, als jemand die Haustür links neben ihr aufriss. Ein Mann stürmte hinaus, den Blick starr auf ein Gerät in seinen Händen gerichtet.

»Hey!«, schimpfte sie, als er sie grob anrempelte.

Der Mann reagierte nicht. Er lief vorne um den Wagen herum, sprang in die Fahrerkabine, fuhr mit quietschenden Reifen los und gab den Blick auf die Kolonne frei, die sich dahinter gebildet hatte. Mirjam sah ein rotes, ein weißes und ein blaues Auto und dahinter noch jede Menge weitere. Sie eilte auf den blauen Wagen zu – ein alter Saab – und winkte dem Fahrer, den sie durch die spiegelnde Windschutzscheibe nicht eindeutig erkennen konnte. Einen Moment später ging die Beifahrertür auf.

»Springen Sie rein!«, sagte der Mann, der sich über den Beifahrersitz gelehnt hatte, um ihr aufmachen zu können. Er wies tatsächlich Ähnlichkeit mit dem Foto aus der Zeitung auf, war aber viel schmaler. Genau wie er sich selbst beschrieben hatte.

Ich habe einige Kilos verloren in letzter Zeit, also erschrecken Sie nicht, wenn Sie mich sehen.

»Herr Krakauer?«, fragte sie überflüssigerweise, als sie losfuhren.

»Frau Rüttgers?«, gab er zurück und lächelte. »Diese Paketheinis sind echt die Pest«, schimpfte er, als sie die Stelle passierten, an der der Kastenwagen gehalten hatte. »Die meinen, ihnen gehört die Welt.«

»Ja«, antwortete sie, obwohl sie gar nicht so dachte. Bestimmt war die Arbeit eines Paketlieferanten alles andere als ein Zuckerschlecken.

Sie warf Krakauer einen flüchtigen Seitenblick zu. Anscheinend war er krank. Schon beim Einsteigen hatte sie bemerkt, wie blass er war. Unter seinen Augen lagen tiefe Ringe. Im Inneren des Wagens roch es komisch. Nach ätherischen Ölen, Schweiß und Schmierfett.

»Wohin fahren wir?«, fragte sie, als sie am Hauptbahnhof in die Rackwitzer Straße einbogen.

Er antwortete nicht sofort. »Es ist wichtig, dass Sie mir vertrauen«, sagte er dann. »Was wir vorhaben, ist nicht ganz einfach. Wir müssen die täuschen. Aber ich verspreche, Ihnen wird nichts passieren. Ich habe schon alles vorbereitet.«

Seine ausweichende Antwort verstärkte das mulmige Gefühl in ihrem Bauch. Sollte sie heimlich jemanden anrufen und mithören lassen? Aber wen? Iris war die Einzige, zu der sie regelmäßigen Kontakt hatte, und das auch nur, weil sie zufällig Nachbarn waren und Kinder im ähnlichen Alter hatten. Mirjams Eltern wohnten weit weg und hätten auf die Schnelle bestimmt nicht verstanden, worum es ging. Außerdem wusste sie um Vaters schwaches

Herz und Mutters übertriebene Ängste. Nein, es gab niemanden, den sie hätte informieren können. Wieder einmal wurde ihr schmerzlich bewusst, wie allein sie auf der Welt war. Nur sie und die Kinder. Sie seufzte unwillkürlich.

»Alles klar?«, fragte Krakauer.

»Ja. Ja, danke.«

Sie waren jetzt in der Maximilianallee.

»Wohin fahren wir?«, wiederholte sie, lauter nun, und spürte, wie sich ihr Zittern verstärkte.

Wieder sagte er zunächst nichts. Dann räusperte er sich. »Es ist nicht mehr weit.«

»Geht es vielleicht etwas genauer?«, drängte sie. Sie hatte nicht hysterisch klingen wollen, doch genau das tat sie.

Er blickte immer wieder in den Rückspiegel, als sehe er sich nach Verfolgern um. »Frau Rüttgers, Sie werden alles verstehen, sobald Sie sehen, wozu die fähig sind. Glauben Sie mir, es ist besser, wir warten, bis Sie in Sicherheit sind.«

»Aber ich muss bis elf zu meinen Kindern zurück!« Sie wollte ihre Jule und Liam nicht als Vorwand benutzen, aber es konnte nicht schaden, wenn er um ihre Verantwortung wusste. Ob er Kinder hatte?

Sie überlegte noch, ob sie ihn das fragen sollte, als er ihr versicherte: »Bis elf schaffen wir das locker.«

Mittlerweile lag das Zentrum von Leipzig weit hinter ihnen. Sie waren ungefähr auf Höhe der Messe, als Krakauer links abbog und sie in ein Wohngebiet brachte. Dort fuhr er in die Einfahrt eines frei stehenden Hauses, stieg aus und sah sich um. »Kommen Sie«, forderte er Mirjam auf und setzte sich geduckt in Bewegung.

Mit weichen Knien folgte sie ihm zum Eingang.

»Kommen Sie!«, sagte er erneut und hielt ihr die Tür auf.

Das ist die letzte Gelegenheit, um abzuhauen, dachte sie noch, doch ihre Füße bewegten sich wie von selbst in das Haus hinein.

Hinter ihr fiel die Tür ins Schloss.

Im ersten Moment war sie von der Weitläufigkeit überrascht. Eingangsbereich, Wohnraum und Küche bildeten einen einzigen Raum, was den Eindruck erweckte, man hätte unendlich viel Platz. Wenn sie an ihre kleine Wohnung dachte …

»Einfach geradeaus durch«, sagte er.

Sie folgte seiner Aufforderung und sah ins Schlafzimmer.

Sie erkannte das Doppelbett.

Überall war Plastik. Auf dem Bett, auf dem Boden. Alles sorgfältig ausgelegt. Gegenstände lagen darauf. Aludosen. Pinsel. Eine Rolle Seil. Ein Plastik-Overall. Eine große Schere. Und eine riesige Säge.

Eine Säge.

Das Blut gefror ihr in den Adern. Krakauer hatte nicht vor, sie zu beschützen. Im Gegenteil!

Panik ergriff sie. Sie wollte schreien, doch ihre Stimme versagte ihr den Dienst, genau wie ihre Beine. Wie gelähmt stand sie da, viel zu lange.

»Bitte nicht erschrecken«, sagte Krakauer.

Sie fuhr herum und starrte in sein Gesicht, in dieses kranke, abgezehrte Antlitz des Mannes, in dessen Falle sie gerade getappt war.

»Ganz ruhig«, sagte er, als er ihre Panik erkannte und hielt seine flachen Hände in ihre Richtung. Dann fügte er etwas hinzu, was sie nicht verstand, denn endlich konnte sie schreien, und genau das tat sie. Sie brüllte und kreischte, wie sie es zuletzt als Mädchen getan hatte, schrill, alles durchdringend.

Dann rannte sie los, an ihm vorbei durch die Schlafzimmertür und weiter.

Lauf!

Aber sie stolperte. Worüber, konnte sie nicht sagen. Vielleicht sogar über ihre eigenen Füße. Sie versuchte noch, einen großen Ausfallschritt nach vorne zu machen, doch es war zu spät. Mit voller Wucht knallte sie mit dem Kopf gegen einen halbhohen Schrank. Sie sah noch Krakauers Schuhe, die auf sie zukamen.

Dann wurde alles dunkel.

34

Leipzig, 9.38 Uhr

Werner Krakauer

Im ersten Moment glaubte er, sie sei tot. Wie gelähmt stand er über ihrem massigen Körper. Er horchte, doch er vernahm nicht das leiseste Geräusch von ihr.

Angespannt starrte er auf ihren Brustkorb, aber weil sie auf dem Bauch lag, war es schwer zu sagen, ob sie atmete. Alles, was er hörte, war sein eigenes, aufgeregtes Keuchen. Dazu pochte sein Herz bis zum Hals.

Endlich gelang es ihm, sich aus seiner Schockstarre zu lösen. Er bückte sich und legte zwei Finger an ihren Hals.

Nichts.

Wo war bloß der Puls? Sein Erste-Hilfe-Kurs lag Jahrzehnte zurück. Er entschied sich für eine Alternative, die sicher funktionierte, und wandte seine ganze Kraft auf, um die Frau auf den Rücken zu drehen. Dann legte er sein linkes Ohr auf ihre Brust.

Doch, da war ein Herzschlag. Eindeutig. Jetzt merkte er auch, wie sich ihr Brustkorb hob und senkte, ruhig und gleichmäßig. Sie war nur bewusstlos. Nicht einmal ihr Gesicht hatte etwas abbekommen, nur dort, wo sie mit der Stirn gegen die Schranktür geprallt war, prangte ein tiefroter Fleck. Er atmete auf.

Im Nachhinein war es sonnenklar, dass sie beim Anblick der vielen Gegenstände und Plastikplanen im Raum in Panik geraten sein musste. Ihm selbst wäre es bestimmt genauso ergangen. Wie hatte er nur so unüberlegt sein können?

Aber jetzt war nichts mehr daran zu ändern. Was passiert war, war passiert. Wichtig war nur, die Frau in Sicherheit zu bringen. Und dafür musste er sie aus dem Spiel nehmen. Genau wie er es ihr versprochen hatte.

Er fasste unter ihre Achseln und zog sie ein Stück vom Schrank weg, doch er merkte schnell, wie schwer es war, sie zu bewegen. Dabei konnte er noch von Glück reden, dass der Wohnbereich mit Parkett ausgelegt war und nicht mit Teppich. Nach einer kurzen Pause versuchte er es erneut. Sein Herz hämmerte vor Anstrengung. Er keuchte. Hoffentlich würde er keinen Hustenanfall bekommen!

Nach einer Weile hatte er Rüttgers ins Schlafzimmer und dort bis vors Bett geschafft. Er richtete sich auf, stemmte die Hände auf die Knie und atmete bebend ein und aus. Sein Körper erholte sich nur langsam.

Als es wieder halbwegs ging, nahm er alle Kraft zusammen, fasste Rüttgers ein weiteres Mal unter den Achseln und zerrte sie aufs Bett, doch er schaffte es nur halb. Noch einmal versuchte er, sich zu sammeln, dann zog und schob er ächzend weiter, bis sie endlich oben lag. Die Plastikplanen, die dazu dienen sollten, die Farbe von den Laken zu halten, waren hoffnungslos verrutscht. Aber das war jetzt egal.

Er holte die UV-Lampe, verdunkelte das Zimmer, ging zu Rüttgers zurück und begann, die unbedeckten Stellen ihres Körpers nach dem Skorpion abzusuchen. Nichts. Also schob er die Ärmel ihres Kleides nach oben, um ihre Arme untersuchen zu können. Wieder nichts, nur ein kleiner tätowierter Notenschlüssel an ihrem rechten Oberarm kurz unterhalb der Schulter. Er seufzte, zog das Kleid so weit wie möglich nach vorn und hielt die UV-

Lampe in ihren Ausschnitt, aber auch an Brust und Bauch leuchtete nichts auf. Links neben ihrem Nabel entdeckte er ein verschnörkeltes Tribal-Tattoo.

Schließlich schob er ihr das Kleid bis zum Slip hoch, leuchtete ihre Beine ab – und wurde endlich fündig. Da war er. Der *Leuchtskorpion, dem etwas fehlt*, wie sie es ausgedrückt hatte. Er hatte gewusst, dass er irgendwo sein musste, dennoch überlief ihn beim Anblick der Tätowierung ein Schauer. Das war der letzte Beweis, den er noch gebraucht hatte.

Der Skorpion war in ein anderes, sichtbares Tattoo integriert – einen großen bunten Blumenstrauß. Schnell sah er, welche Amputationen für Rüttgers vorgesehen waren: das ganze rechte Bein, dazu noch der linke Arm, allerdings nur zur Hälfte.

Rüttgers seufzte auf.

Krakauer zuckte zusammen, doch sie erwachte nicht. Allerdings konnte er sie wohl kaum einfach hier liegen lassen. Er musste sie zu ihrem eigenen Wohl fesseln. Etwas mühsam rappelte er sich auf, holte das Seil und schnitt zwei gleich lange Stücke ab, jedes ungefähr zwei Meter lang. Damit band er, so gut es ging, Rüttgers' Hand- und Fußgelenke zusammen und verknotete die losen Enden am Kopf- und Fußteil des Bettes. Anschließend griff er zu der Rolle Gewebeband, riss einen zwanzig Zentimeter langen Streifen ab und klebte ihn über den Mund der Frau. Er vergewisserte sich, dass sie durch die Nase weiteratmen konnte, dann kam er zum nächsten Schritt.

Die Farbe.

Er zog den Wegwerf-Overall aus Plastik und die Handschuhe an, was ihn länger beschäftigte als geplant, dann öffnete er die beiden Farbdosen, eine knallrot, eine schwarz, und leerte sie auf einem großen Stück Plastik auf dem Boden aus. Mit einem großen Pinsel vermischte er die beiden Farben, bis er mit dem

Ergebnis zufrieden war. Anschließend überlegte er kurz, ob er Rüttgers entkleiden sollte – aber wozu sollte ein Jäger das tun, wenn er auch so an die Stellen kam, an denen die Gliedmaßen amputiert werden sollten? Das war unlogisch.

Er schmierte die Farbe über Rüttgers' rechte Leiste, weiter zum Oberschenkel, dann auch auf den linken Ellenbogen. Es sah überhaupt nicht glaubwürdig aus. Also tunkte er den Pinsel erneut ein und schlug ihn dieses Mal grob über Rüttgers aus. Schwarzrote Farbe spritzte auf ihren Körper. *Schon besser.* Krakauer wiederholte das Procedere wieder und wieder, bis alle Farbe aufgebraucht war und die Szenerie tatsächlich an das Gemetzel aus einem Horrorfilm erinnerte.

Das muss reichen, dachte er. Den Rest, insbesondere die optische Trennung der Gliedmaßen vom Rumpf, würde Photoshop erledigen.

Plötzlich öffnete Rüttgers die Augen. Im ersten Moment wirkte sie orientierungslos, doch Krakauer wusste, dass seine Zeit abgelaufen war. Aber er brauchte noch die Fotos!

Er verzichtete auf die Säge, die er als zusätzliches Bildelement hatte einbauen wollen, holte schnell sein Handy und schoss die Bilder. Er dachte sogar daran, seinen eigenen Unterarm in die Kamera zu halten, auf den er mit UV-Stift seinen Jägercode geschrieben hatte, genau wie Spielregel Nummer fünf es wollte.

5. Jäger haben ihren Jägercode permanent UV-aktiv auf ihrem Unterarm zu tragen und auf Beutefotos zur Verifizierung ins Bild zu halten.

Aber auch Nummer sieben hatte ab sofort Konsequenzen für ihn …

7. Jäger können die Trophäen anderer Jäger übernehmen, wenn sie diese Jäger erlegen (= töten). Im Fotobeweis sind beide Jägercodes in dieselbe Aufnahme zu halten.

Krakauer wusste genau, was das hieß: Von dem Moment an, in dem er den Punkt für Rüttgers bekam – die *Trophäe*, wie das Jagdspiel seine Punkte schimpfte –, schwebte er selbst in Gefahr, von anderen Jägern gejagt und getötet zu werden. Er nahm Rüttgers aus der Schusslinie und stellte sich selbst hinein.

Keine Ursache.

Rüttgers fixierte ihn mit angstvollen Augen.

»Ganz ruhig«, sprach er auf sie ein. »Ganz ruhig!«

Ihre Augen schossen hin und her. Er sah ihre Panik, aber auch noch etwas anderes. Sie hob immer wieder den Kopf und starrte nach rechts, an ihm vorbei, gerade so, als wolle sie ihm etwas zeigen.

»Ganz ruhig«, sagte jemand.

Hinter ihm.

35

Im österreichischen Luftraum, 9.49 Uhr

Christian Brand

Sie überflogen gerade den Hauptalpenkamm, viel niedriger als es auf Linienflügen üblich war, fast so tief wie mit einem Hubschrauber, aber mindestens dreimal so schnell. Irgendwo unter ihnen musste Innsbruck sein. Vielleicht waren sie auch schon darüber hinaus. Überall waren Berge, denen man besser nicht zu nahe kam.

Es war ein merkwürdiges Gefühl, neben Björk der einzige Gast an Bord zu sein. Brand wollte sich gar nicht vorstellen, was ein Flug mit dem Privatjet von Europol kostete. Andererseits: Wie viel war ein Menschenleben wert? Wenn es Björk und ihm gelang, auch nur einen einzigen Menschen zu retten, wären die Kosten wohl mehr als gerechtfertigt.

Immerhin haben wir keine Flugbegleiter, dachte Brand mit einem Anflug von Humor.

Da es keine Cockpittür gab, konnte Brand vorne durch die Pilotenfenster sehen und erahnte eine dunkle Wolkenfront, über der sich hohe Eiswolken erstreckten. Einer der beiden Piloten hatte beim Einsteigen gemeint, sie würden ohne größere Komplikationen nach Stuttgart kommen, weiter nördlich solle es aber schon ziemlich ungemütlich sein.

Brand sah zu Björk hinüber, die schräg gegenüber auf der anderen Kabinenseite saß, mit dem Rücken zur Flugrichtung und dem aufgeklappten Laptop vor sich.

Mittlerweile wusste er, dass sie das nicht unhöflich meinte – sie hängte sich eben zu hundert Prozent in diesen Fall hinein, den Brand nur langsam zu durchschauen begann. In Stuttgart wartete bereits die nächste Aufgabe auf sie. Brand schloss die Augen und versuchte, sich diese vorzustellen …

Da ging ein Ruck durch die Maschine. Etwas krachte, lauter, als man es in einem Flugzeug hören wollte. Er riss die Augen wieder auf und glaubte, Dutzende Meter zu fallen, bevor es so ruhig weiterging, als wäre nichts gewesen.

»Puh!«, stöhnte Björk und klappte ihren Laptop zu. Dann zog sie die Ärmel ihres Oberteils nach vorne. Die Geste war ihm schon gestern aufgefallen. Zeugte sie von Unsicherheit? Hatte Björk etwa Flugangst?

»Wird nicht mehr lange dauern«, sagte er, als hätte er Flüge dieser Art schon Hunderte Male erlebt.

»Hoffen wir's«, antwortete sie und schenkte ihm zum ersten Mal ein Lächeln, das ungekünstelt wirkte.

Wenn er Antworten auf offene Fragen haben wollte, dann jetzt. »Wieso können Sie es nicht aufhalten?«, fragte er.

Sie sah ihn verwirrt an.

»Das Spiel«, präzisierte er. »Sie haben mich gestern im einundzwanzigsten Jahrhundert willkommen geheißen, wissen Sie noch? Ich verstehe nicht, warum. Also: Wieso stellen Sie dieses Spiel nicht einfach ab, wenn Sie schon davon wissen?«

Sie seufzte. Einen Augenblick schien sie abzuwägen, ob sie wirklich darauf antworten sollte, doch dann setzte sie sich auf, strich eine imaginäre Falte aus ihrem Ärmel und sagte: »Also gut. Sagt Ihnen das Darknet etwas?«

Ist das nicht dieser Internet-Blödsinn?, lag ihm auf der Zunge, aber natürlich sprach er es nicht aus. Ja, er hatte schon vom Darknet gelesen und wusste, dass es sich dabei um den anonymen

Teil des Internets handelte. Darin spielte sich so manches ab, was die Polizei besser nicht zu Gesicht bekam.

Er nickte.

»Okay. Da haben Sie Ihren Grund.«

»Das Spiel findet also in diesem Darknet statt.«

»Die *Jagd*«, konkretisierte Björk gedehnt. »Das *Jagdspiel*, so lautet die offizielle Bezeichnung.«

»Und sie ist nicht aufzuhalten, diese Jagd?«, stocherte er nach.

»Nein. Wissen Sie, was Spiegelserver sind?«

Jetzt musste er ehrlicherweise den Kopf schütteln.

»Für jede Quelle, die Sie abstellen, kommen zehn neue hinzu. Das Jagdspiel ist so programmiert, dass es auf vielen Geräten gleichzeitig läuft. Ein Server steht in Russland, einer in Vietnam, einer in Venezuela … und so weiter – und überall wird der Datenstand laufend synchronisiert – also gespiegelt.«

Bestimmt war es nicht einfach, in solchen Ländern auf offene Ohren zu stoßen, nicht einmal für Europol. Andererseits hörte man ja immer wieder von Hackern, die weiß Gott wo hineinkamen – warum dann nicht in dieses Jagdspiel? Warum nicht einen kleinen Virus ins System pflanzen, der es von innen heraus zerfraß? Aber was verstand er schon. Besser, er konzentrierte sich auf Dinge, die er beeinflussen konnte. Also kam er auf den konkreten Einsatz zurück. »Peter Gruber war nicht das erste Opfer dieses … Jagdspiels.«

»Nein.«

»Sind wir gerade zum nächsten unterwegs?«

»Nein.«

»Suchen wir diesen Doktor Ferst?«

Björk schüttelte bloß den Kopf und sah aus dem Fenster.

Irgendwas ist da, dachte Brand. Er spürte es an der Art, wie sie reagierte, wann immer es um diesen Doktor ging. Angst? Oder vielleicht …

»Sie kennen ihn?«

Björk sah ihn an. »Nein. Jedenfalls nicht unter diesem Namen.«

»Er hat seinen Namen geändert?«

»Das haben wir doch gerade gehört.«

»Aber er ist tot.«

Wieder sah sie hinaus. »Wenn das stimmt, ist unser Problem noch viel größer, als wir gedacht haben.«

Sie durchstießen ein weiteres Luftloch. Björk schloss kurz die Augen und rieb sich die Schläfen.

»Was ist dann in Stuttgart? Ein Jäger? Die Spielteilnehmer nennen sich doch sicher Jäger, oder?«

Ihre Blicke trafen sich wieder. Kurz meinte er ein Lächeln zu erkennen, das ihre Lippen umspielte, fast so, als wolle sie sagen: *So dumm, wie Sie aussehen, sind Sie gar nicht, Brand.*

Aber das war es nicht.

Nur eine Sekunde, nachdem sie die nächste Turbulenz zu spüren bekamen, beugte sie sich über den Brechbeutel, der die ganze Zeit über griffbereit auf ihrem Schoß gelegen hatte, und fing an zu würgen.

36

A20 Raststätte Fuchsberg Süd, 12.01 Uhr

Mavie Nauenstein

Mavie spürte die Müdigkeit, die sich wie ein schweres Tuch über sie gelegt hatte, vor Stunden schon. Alles war trostlos. Es regnete und stürmte. Nur hier, in diesem Winkel an der Rückseite der Raststätte, waren Silas und sie halbwegs vor dem Schlechtwetter geschützt. Aber sie konnten nicht bleiben. Sie mussten raus auf den Parkplatz, dorthin, wo sie ein Auto anhalten konnten. Es war ohnehin ein Wunder, dass sie es so weit geschafft hatten ...

Der Security am Hamburger Hauptbahnhof zu entkommen, war nicht schwer gewesen. Silas und sie waren in den U-Bahnhof gerannt und in den erstbesten Zug gesprungen. An der nächsten Haltestelle waren sie in eine andere Linie umgestiegen und viele Stationen später im Osten der Stadt gewesen. Weil sie sich geweigert hatte, mit zu ihm in seine Wohnung zu kommen – sie hatte keine Sekunde mehr verlieren wollen –, hatte er ihr vorgeschlagen, per Anhalter nach Stettin zu fahren. Er habe das schon mehrmals gemacht und wisse genau, was sie tun mussten.

Sie waren eine knappe Stunde bis zum nächsten Autobahnzubringer gelaufen. Inzwischen hatte es richtig zu regnen begonnen. Natürlich hatten sie keinen Schirm dabeigehabt, und auch ihre Kleidung bot kaum Schutz, weshalb sie schon bald völlig durchnässt gewesen waren.

Mavie erinnerte sich, wie armselig sie sich vorgekommen war, neben der Straße im Regen zu stehen und den Daumen in die Luft zu strecken, aber es hatte funktioniert. Der Fahrer eines Kleintransporters, der Zeitungen nach Lübeck lieferte, hatte sie aufgelesen. In der warmen Fahrerkabine waren sie bald wieder trocken gewesen, doch die laute Musik aus dem Autoradio und das Mitteilungsbedürfnis des Fahrers waren Mavie bald unangenehm geworden. Zum Glück war die zweite Etappe deutlich angenehmer verlaufen. Eine Frau, die weder wissen wollte, wie sie hießen, noch ihren eigenen Namen verriet oder sonst wie an Small Talk interessiert zu sein schien, hatte sie auf dem Rücksitz ihres Kleinwagens mitgenommen. Ein paar Minuten lang hatte Mavie sogar die Augen schließen und eindösen können. Leider hatte die Frau die Autobahn bald wieder verlassen müssen und sie irgendwo zwischen Lübeck und Wismar in der Pampa rausgeschmissen, auf einem Rastplatz, der nur ein schmutziges WC zu bieten hatte und zu den unbeliebtesten Rastplätzen in ganz Deutschland gehören musste, weil kaum jemand dort anhielt. Und die, die es doch taten, hatten sie nicht mitnehmen wollen. Es dauerte Ewigkeiten, bis sie endlich eine Mitfahrgelegenheit gefunden hatten.

Mavie fing an zu bibbern. Die Temperaturen waren mittlerweile drastisch gesunken. Die Kälte kroch ihr immer tiefer in die Knochen.

Silas drehte sich zu ihr. »Hast du Hunger?«, fragte er und deutete mit dem Kinn zur Eingangstür.

»Geht so«, log sie. Ihr Bauch grummelte schon die ganze Zeit. Sie hatte lange nichts mehr gegessen – das Frühstück gestern dürfte ihre letzte Mahlzeit gewesen sein. Dabei konnte sie noch von Glück reden, dass »Mutter« sie nach ihrem Wutanfall in Ruhe gelassen hatte, auch mit dem Abendessen. Also ja – klar hatte sie Hunger. Aber so, wie sie aussah, konnte sie die Raststätte nicht betreten. Ihr Auge war geschwollen, das Hämatom breitete sich weiter aus. Sie wollte nicht, dass jemand glaubte, Silas hätte sie geschlagen. Sie durften nicht auffallen. In der Nacht hatte Mavie die Prügelspuren noch gut verbergen können, selbst vor denen, die sie mitgenommen hatten. Doch jetzt war Tag, und trotz des trüben Wetters war es hell genug, um ihr blaues Auge noch aus hundert Metern Entfernung sehen zu können.

»Du zitterst ja!«, sagte Silas und griff nach ihrem Arm.

»Nein, alles gut«, wehrte sie ab, ließ seine Berührung aber zu. Sie wusste, dass sie sich irgendwo aufwärmen musste. Am besten in der Fahrerkabine eines Lkw, auf dem Weg nach Rostock und weiter, immer weiter, bis Stettin. Aber die Vorstellung, jetzt über den Parkplatz zu laufen, an die Türen der Lkw zu klopfen und zu hoffen, dass einer der Fahrer sie das nächste Stückchen mitnahm, war einfach nur schrecklich.

»Jetzt komm schon«, drängte er und zog sie zum Eingang der Raststätte, die wie ein flach gedrückter Leuchtturm aussah. Er hielt ihr die Tür auf, und sie huschte hinein und ging zielstrebig in eine Ecke, wo sonst niemand saß.

»Ich hol uns was. Worauf hast du Lust?«

»Das, was du nimmst.« Es war ihr völlig egal. Hauptsache, etwas zu essen.

Er nickte und wandte sich um.

Der Regen prasselte auf das Blechdach. Überhaupt wirkte das Lokal nicht besonders hochwertig, mit all den billigen Holzvertäfelungen, alten Tischen und Stühlen sah es nicht gerade einladend aus. Ein großer Monitor hing an einem Querbalken und zeigte irgendeinen Nachrichtensender.

Mavie rieb die Handflächen aneinander, dann massierte sie ihre Oberschenkel und Arme.

Silas stand schon an der Kasse. Mavie war froh, dass er mit ihr gekommen war. Vorhin hatte er mit seiner Mutter telefoniert und ihr versichert, dass alles in Ordnung sei. Dann hatte er ihr das Handy hingehalten und gefragt, ob sie ebenfalls mit ihren Eltern telefonieren wolle. Der Gedanke war so absurd gewesen, dass sie nur stumm den Kopf geschüttelt hatte.

Bestimmt machten sie sich Sorgen. Aber diese Sorgen galten nicht ihr, sondern nur ihnen selbst, ihnen und ihrem Status. *Hure!* Das Wort hatte das Ende besiegelt, mehr noch als alle Schläge, die Mavie in der Villa Nauenstein jemals hatte einstecken müssen. Claire und Wilhelm von Nauenstein waren für sie gestorben, umso mehr, als alles eine große Lüge gewesen war.

Silas kam. Er hatte sich für Bratwurst und Pommes sowie eine große Portion Spaghetti entschieden und überließ ihr die Wahl. Sie nahm die Nudeln und musste sich zurückhalten, sich nicht zu viel auf einmal in den Mund zu schaufeln. Ihr Magen war nur noch winzige Portionen gewöhnt, vor allem seit der Hungerkur für sein Geschenk. Wie lächerlich ihr das jetzt alles vorkam …

Plötzlich tat sich draußen etwas. Ein Bus fuhr bis auf zehn Meter an das Lokal heran und öffnete beide Türen. Gleich darauf strömten Dutzende Passagiere heraus und auf den Eingang zu.

Mavie ahnte, dass gleich jeder freie Platz belegt sein würde, ziemlich sicher auch an ihrem Tisch. Sie mussten sich beeilen.

Silas dachte offenbar dasselbe, weil er sich eine große Menge Pommes zugleich in den Mund steckte. Mavie drehte eilig eine Gabel voll Nudeln auf und blickte verstohlen zu der Reisegruppe hinüber, als ihr Blick am Fernseher hängen blieb. Die Bilder – vermutlich aus einem Hubschrauber oder von einer Drohne aufgenommen – zeigten die Hamburger Außenalster von oben. Genauer gesagt das Wohnviertel, in dem sie aufgewachsen war. Dann zoomte die Kamera auf ein einzelnes Anwesen.

Die Villa Nauenstein.

Darunter wurden drei Wörter eingeblendet: BLUTTAT IN HAMBURG.

Mavie ließ die Gabel fallen, die klirrend auf ihrem Teller landete. Silas zuckte zusammen und sah sie mit großen Augen an, dann folgte er ihrem Blick.

ZWEI TOTE. FAMILIENDRAMA?

»Mein Gott«, sagte Silas und schlug sich die Hand vor den Mund.

POLIZEI: TOCHTER MAVIE VON N. (17) VERSCHWUNDEN.

Dann erschien ein Foto auf dem Bildschirm. Von Silas und ihr. Sein Gesicht war verpixelt, ihres nicht. Das Bild musste vor der Schule gemacht worden sein. Aber von wem? Und wie war es zum Fernsehsender gelangt?

Sie merkte, dass sie sich auf die falschen Fragen konzentrierte. Vermutlich, weil ihre Psyche nichts anderes zuließ. Der Lauftext im unteren Bereich rief ihr den Wahnsinn aber gleich wieder in Erinnerung.

ZWEI TOTE. FAMILIENDRAMA? ... POLIZEI: TOCHTER MAVIE VON N. (17) VERSCHWUNDEN.

»Hätten Sie vielleicht noch ein Plätzchen für uns frei?«, fragte eine alte Dame, die einen Mann mit Stock untergehakt hatte.

»Ja, äh ... wir sind sowieso fertig«, stammelte Mavie und sprang auf. Auch Silas schob seinen Stuhl zurück.

Ohne den Blick vom Fernseher zu lösen, ging Mavie zur Tür. Nun war wieder die Villa zu sehen, vor der zahlreiche Einsatzfahrzeuge standen. Darunter neuer Text.

BLUTTAT IN FAMILIE: MAVIE VON N. (17) AUF DER FLUCHT?

Und wieder ihr Foto. Wie ferngesteuert machte sie einen Schritt zurück, dann einen zweiten, bevor sie sich umdrehte und beinahe gegen den Türrahmen stieß. Silas fasste sie am Ärmel und zog sie hinaus.

»Wir müssen von der Autobahn runter!«, zischte er in einem Tonfall, der seine eigene Panik nicht verbergen konnte.

Mavie rannte los. Sie konnte nicht mehr denken. Ihr Körper fühlte sich an, als krabbelten Millionen von Ameisen darüber. Silas folgte ihr, runter von der Raststätte, hinein ins verdorrte und doch klatschnasse Gras. Sie keuchte, stolperte, fing sich wieder und lief weiter, doch den riesigen Buchstaben, die vor ihrem inneren Auge erschienen, konnte sie nicht entkommen.

ZWEI TOTE. FAMILIENDRAMA? BLUTTAT IN FAMILIE: MAVIE VON N. (17) AUF DER FLUCHT?

37 Stuttgart, 12.34 Uhr

Christian Brand

Langsam kehrte die Farbe in Inga Björks Gesicht zurück.

Der Jet war bei extremem Seitenwind gelandet, sodass Brand durch die Pilotenfenster zwar grüne Wiese, aber nichts von der Landebahn hatte sehen können. Erst als sie den Boden berührt hatten, zunächst mit dem linken, dann mit dem rechten Hauptfahrwerk, hatte sich die Maschine gerade ausgerichtet.

Björk, die sich schon in der Luft übergeben musste, hatte es beim Aussteigen gleich noch einmal getan. Aber auch für Brand war dieser Flug eine Grenzerfahrung gewesen, die sich so schnell nicht zu wiederholen brauchte.

Zwei uniformierte Polizeibeamte holten sie am *General Aviation Terminal* ab und brachten sie in die Theodor-Heuss-Straße, die Brand zufällig kannte. Ein früherer Schulfreund aus Wien hatte hier seine Studentenbude gehabt. Er lebte immer noch in Stuttgart, aber Brand war klar, dass ihm keine Zeit für einen Besuch bleiben würde. Sie hielten vor einem mehrstöckigen Wohngebäude an und gingen zum Eingang des Hauses, der offen stand und von zwei weiteren Beamten in Uniform bewacht wurde.

»Was machen wir hier?«, drängte Brand auf die Information, die Björk ihm im Jet zuerst vorenthalten hatte und dann nicht mehr hatte geben können, weil sie anderweitig beschäftigt gewesen war.

»Wir besuchen einen der Jäger«, krächzte sie und räusperte sich.

»Wie bitte?« Wenn das stimmte, reichten ein paar Uniformierte allein bestimmt nicht aus. Er musste etwas tun. Seine Waffe herausholen. Die Lage prüfen. Vor Björk reingehen. Am besten mit einem Team der deutschen Kollegen von der GSG9. »Warten Sie!«, sagte er laut.

Björk stoppte und sah ihn an. »Ganz ruhig, Brand. Er ist nicht hier.«

»Und wer ist *er*? Dürfte ich endlich eine Antwort haben?«

Sie zog ihn ein wenig von den Uniformierten weg und sah sich um, bevor sie leiser weitersprach: »Werner Krakauer, Journalist. Er hat Screenshots aus dem internen Bereich des Jagdspiels veröffentlicht. Ohne Zustimmung der Zeitung.«

»Aua.«

»Deshalb wurde er gestern Abend gefeuert. Es gibt eine absolute Nachrichtensperre, aber der Idiot hat sie gebrochen. Dank ihm könnte die Sache jetzt viral werden.«

Brand rümpfte die Nase. *Viral.* Viralität und Influencer – viele Internet-Schlagwörter erinnerten bestimmt nicht nur zufällig an Krankheiten.

»Wir müssen erfahren, was er vorhat und was er sonst noch weiß.«

»Aber haben Sie nicht gesagt, wir besuchen einen Jäger?«

»Krakauer ist selbst im Spiel. So sieht es jedenfalls die Analyse in Den Haag. Laut Bankdaten hat er einen Kredit in Höhe der Teilnahmegebühr aufgenommen. Hunderttausend Euro.«

»Hunderttausend Euro?« Brand staunte.

Björk nickte kurz und ging zum Eingang.

Oben auf Krakauers Etage stand eine Wohnung offen. Die deutschen Kollegen hatten diese bereits überprüft und gesichert.

Der Einsatzleiter stellte sich ihnen vor und wechselte einige Worte mit Björk, denen Brand entnahm, dass er nichts über das Jagdspiel wusste. Björk bestand anschließend darauf, die Wohnung alleine zu untersuchen, und *alleine* hieß jetzt: zusammen mit Brand.

Die Wohnung war in keinem guten Zustand. Man konnte Krakauer zwar nicht gerade als Messie bezeichnen, aber er war nahe dran. Die Spüle in der Küche war übervoll mit schmutzigem Geschirr und Töpfen. Dementsprechend roch es. Die Oberflächen waren schon lange nicht mehr gewischt worden, genau wie die Böden. Brand schüttelte sich, als er im Bad Blutspuren auf dem Spiegel und dem Waschbecken entdeckte. Auch das WC daneben befand sich in einem erbärmlichen Zustand. Im Schrank über der Waschmaschine entdeckte Brand eine Unmenge von Medikamenten, die er teilweise kannte, teilweise auch nicht. Ein Aerosol-Inhalator lag im Abfalleimer, was nicht gerade von gewissenhafter Mülltrennung zeugte. Überhaupt schien Krakauer ziemlich viel im Leben egal zu sein. Es war klar, dass er alleine lebte und nicht besonders gut auf sich achtete. Irgendwann musste er verheiratet gewesen sein. Darauf deuteten mehrere Fotos hin, die den Journalisten mit einer Frau und einem Kind zeigten, mal am Sandstrand, mal hier in Stuttgart, mal in einem Fotostudio. *Frau und Kind.* Aber Brand hatte keinen Raum entdeckt, in dem mal ein Kind gewohnt haben könnte.

Er kehrte ins Wohnzimmer zurück, wo Björk schon seit einiger Zeit vor Krakauers PC saß. Sie versuchte immer noch, die Passworthürde zu überwinden. Dazwischen blätterte sie in einem Tischkalender, als hoffte sie, sich das Kennwort aus den Einträgen zusammenreimen zu können.

Brand trat zu ihr und warf einen Blick über ihre Schulter. »OP«, las er laut.

»Operation?«, schlug sie vor.

»Im Badezimmer sind jede Menge Medikamente.«

»Haben Sie das Blut gesehen?«, fragte Björk. »Es ist überall. Hier auch!« Sie drehte den Bildschirm langsam nach links und rechts. »Und hier.« Sie blätterte im Kalender und zeigte ihm eine Seite, die aussah, als hätte jemand dunkelrote Farbe durch ein Spritzgitter regnen lassen. Unwillkürlich musste er an den Aktionskünstler Hermann Nitsch und seine Blutorgien denken. »Er hat etwas mit der Lunge, oder?«

»Sieht ganz danach aus. Krebs?«

»Sollen wir uns die Krankenhäuser vornehmen?«

»Nein. Ich denke nicht, dass er dort sein wird. Es gibt Neuigkeiten. Sehen Sie.« Björk öffnete ihren Laptop, der neben der Tastatur lag. Sie tippte etwas ein, führte den Zeigefinger über das Trackpad und klickte, tippte wieder und drehte den Monitor so zu ihm, dass er durch den Filter sehen konnte.

Brand brauchte einen Moment, um das Bild zu erfassen. Eine Frau lag auf einem Bett. Tot, wie es aussah. Überall war Blut. Ihr fehlten ein Bein und ein Unterarm. Beides war grob abgetrennt worden, die Ränder der Wunden zerfetzt wie von einer groben Säge. Es musste auch in Matratze oder Polster geschnitten worden sein, weil überall Füllmaterial lag, teils voller Blut, teils schneeweiß. Die Augen der Frau standen halb offen. Die Qual des Todes war ihr ins Gesicht geschrieben.

Björk klickte zu einem weiteren Foto. Es zeigte ein Skorpion-Tattoo im UV-Licht, darunter einen Unterarm, der ins Bild gehalten wurde. Auf diesem befand sich eine Zahlen-Buchstaben-Kombination.

MX98W3

»Was ist das?«

»Der Jägercode.«

Jägercode. Brand wunderte sich nicht nur über den Jagdjargon, sondern fragte sich auch, wozu der Täter einen Teil von sich selbst ins Bild halten sollte. Bestimmt irgendeine obskure Spielregel. Er konzentrierte sich wieder auf das UV-Tattoo. Es war jenem an Peter Grubers amputiertem Arm sehr ähnlich, nur dass dieses hier in einer anderen, sichtbaren Tätowierung versteckt war – einem Blumenstrauß. Dem Skorpion fehlten andere Teile, als es bei Gruber der Fall gewesen war. Welche, erklärte sich mittlerweile von selbst. Was sich jedoch nicht erklärte, war die Frage, warum Björk ihm die Bilder gerade jetzt zeigte.

Einen Moment später kam er von selbst auf eine Möglichkeit. »Jetzt sagen Sie nicht, dass Krakauer diese Frau auf dem Gewissen hat.«

»Nein. Moment.« Sie klickte das nächste Bild an. Es zeigte wieder die Leiche im UV-Licht, aber noch etwas im Hintergrund. *Jemanden.* Einen Mann in einer Art Overall, der im Halbschatten auf einem Stuhl saß, gefesselt und geknebelt. Die Augen weit aufgerissen, das Gesicht nass. Irgendetwas leuchtete auch an seiner Stirn.

»Kommt er Ihnen bekannt vor?«, fragte Björk.

Brand ging ganz nah an den Bildschirm heran. Der Kerl hatte tatsächlich Ähnlichkeit mit dem Mann auf den Fotos, die hier in der Wohnung hingen, war aber dünner. »Sie glauben, dass er es ist?«

»Ich bin mir absolut sicher. Hier …«

Sie vergrößerte den Ausschnitt mit seinem Gesicht. Jetzt konnte Brand den leuchtenden Schriftzug auf der Stirn des Mannes lesen.

VERRÄTER

»Rache für den Leak«, sagte Björk.

»Rache für – was?«

»Den Artikel, den er veröffentlicht hat. Über das Jagdspiel. Er hat es verraten.«

»Hat man ihm das Wort ... eintätowiert?«, fragte Brand.

Björk sah erstaunt zu ihm hoch. »Sie haben keine Tattoos, oder?«, fragte sie so trocken wie überzeugt.

»Wieso?«

Sie seufzte, bevor sie erklärte: »Wäre das Wort auf die Stirn *tätowiert* worden, könnte er danach niemals so ruhig dasitzen. Die Schmerzen hätten ihn verrückt gemacht. Sie können sich nicht vorstellen, wie weh das tut. Außerdem hätte es viel zu lange gedauert. Also nein. Das war ein ordinärer UV-Marker.«

Brand fand nicht, dass der Mann besonders ruhig wirkte. Im Gegenteil: In seiner Mimik spiegelte sich blanker Horror. »Er hat alles mit ansehen müssen, oder?«

»Ja«, stimmte sie zu.

»Wo könnte das gewesen sein?«

»Der Aufenthaltsort des Opfers war Leipzig. Die Analyse hat herausgefunden, dass Krakauer gestern Abend nach Hamburg wollte, dann aber in letzter Sekunde den Flieger verlassen hat.«

»Um nach Leipzig zu fahren.«

»Sieht so aus.«

»Dann sollten wir jetzt dorthin, oder?«

»Das würde keinen Sinn machen. Der Jäger, der die Frau erledigt hat, ist bestimmt nicht mehr dort. Was hätten wir davon?«

»Wie meinen Sie das?«

»Die Frau ist tot. Mit Glück finden wir Krakauer. Macht ... warten Sie ...« Sie drehte den Bildschirm wieder zu sich und rief eine neue Seite auf. »Zwölf Jäger, die immer noch frei herumlaufen.«

Brand zog die Augenbrauen hoch. *Zwölf*? Mit Krakauer also

dreizehn? Dieses Jagdspiel schien tatsächlich sämtliche Dimensionen zu sprengen.

Brand grübelte und stieß auf eine neue Ungereimtheit. »Woher wissen Sie das alles überhaupt? Haben Sie nicht gesagt, Sie kämen nicht ins Spiel?«

Sie sah ihn verdutzt an. »Nein, das habe ich nie behauptet. Wir können es nicht aufhalten. Von Reinkommen war nie die Rede.«

»Europol hat die Hunderttausend bezahlt?«

»Das hätten wir getan, hätte es keinen anderen Weg gegeben.«

Er dachte nach. »Sie haben einen Jäger erwischt«, schloss er. »Und seinen Zugang gekapert.«

Sie schürzte die Lippen und nickte. »Noch besser: einen Jäger mit einer Trophäe.« Dann ließ sie den Drehstuhl etwas zurückrollen, bückte sich und befreite den PC zu ihren Füßen von allen Kabeln. Anschließend hob sie ihn auf den Schreibtisch, klappte die Seitenwand auf und holte ein Teil heraus, das Brand als Festplatte identifizierte. Diese verpackte sie in ein Kuvert, das sie sich von Krakauer ausborgte, schrieb etwas drauf und steckte es zusammen mit ihrem Laptop in die Tasche. »Wir sind hier fertig«, sagte sie und ging zur Wohnungstür.

»Wohin jetzt?«, fragte er, als sie ins Treppenhaus kamen.

»Berlin.«

38

Kurz nach Stavenhagen, 14.48 Uhr

Mavie Nauenstein

Mavie konnte nicht glauben, wie sehr es jetzt stürmte und regnete. Wieder und wieder zog und schob der Wind den Wagen aus der Spur. Sie durchpflügten tiefe Pfützen, aus denen das Wasser in meterhohen Bögen auf die angrenzenden Felder spritzte. Die Scheibenwischer arbeiteten im Höchsttempo, konnten mit dem Regen aber nicht ansatzweise mithalten. In Waldstücken holperten sie immer wieder über abgerissene Äste.

Noch weniger konnte Mavie glauben, *wo* sie saß: auf dem Beifahrersitz eines Autos, das nicht ihnen gehörte. Es war ein alter, klappriger Geländewagen, der genauso gut auf dem Schrottplatz hätte stehen können. Aber das machte es nicht besser.

Sie hatten ihn geklaut.

Nein, Silas hatte ihn geklaut. Aus einem Verschlag, der an einen Reitstall angebaut war, einen oder zwei Kilometer südlich der Raststätte, von der sie abgehauen waren. Vielleicht waren es auch vier oder zehn oder nur ein halber Kilometer gewesen – Mavie konnte es nicht mehr sagen. Silas hatte die Führung übernommen, und sie war wie ferngesteuert hinter ihm hergelaufen. Bald schon waren sie so durchnässt, als wären sie schwimmen gewesen.

Sie waren Diebe, dreiste Diebe, und Mavie wollte das nicht. Aber hatte sie sich deshalb dagegen gewehrt? Nein. Sie hatte einfach nur dagestanden und Silas dabei zugesehen, wie er sich an dem Wagen zu schaffen machte, bis dieser zum Leben erwachte. Woher wusste er überhaupt, wie man so etwas anstellte? Und hatte er eigentlich einen Führerschein? Es waren schrecklich banale, biedere Gedanken gewesen, die Mavie durch den Kopf gegangen waren. Vermutlich, weil sonst der ganze Wahnsinn an die Oberfläche gekommen wäre, an den sie jetzt nicht denken durfte.

Bluttat in Hamburg.

»Steig ein!«, hatte Silas sie aufgefordert, und sie hatte es einfach getan. Dann waren sie losgefahren, klatschnass, hatten nach ein paar Kilometern die Heizung aufgedreht und versucht, sich mit den Lüftungsdüsen zu trocknen, was zunächst völlig aussichtslos erschienen war. Irgendwann war es im Innenraum aber so warm gewesen, dass sich die Nässe trotzdem ertragen ließ.

In der ersten Stunde hatten weder Silas noch sie ein einziges Wort über die Lippen gebracht.

Mavie hatte aus dem Fenster gestarrt, hatte versucht, das Unwetter zu bestaunen, das über den Norden Deutschlands hereingebrochen war, hatte ihre Aufmerksamkeit auf die Wiesen gerichtet, die Wälder und Seen und die wenigen Autos, die ihnen entgegenkamen. Hatte gerätselt, warum es so viele kleine Orte gab, von denen sie noch nie im Leben gehört hatte. Alles, um sich irgendwie vom Undenkbaren abzulenken.

Hamburg hatte sie trotzdem eingeholt und mit der Stadt die Villa Nauenstein und mit ihrem alten Zuhause auch die beiden Menschen, die sie eben noch – ganz für sich selbst – für gestorben erklärt hatte.

Nun waren sie tatsächlich tot.

Was war nur passiert? *Bluttat* – das konnte doch nur Mord bedeuten. Aber wer hätte so etwas tun sollen und warum? Weshalb wurde jetzt sie verdächtigt? Mavie wusste, dass sie keine schnellen Antworten auf diese Fragen bekommen würde. Sie wusste nur, dass das nicht sein durfte. Sosehr sie die beiden Menschen auch verachtete – das hatten sie nicht verdient.

»Wir bringen das Auto wieder zurück«, sagte Silas plötzlich. Er musste gemerkt haben, dass sie der Diebstahl störte.

»Ja.« Mehr konnte sie nicht hervorbringen.

»Wir sind bald in Neubrandenburg«, sprach er weiter und zeigte aufs Display seines Handys, auf dem eine Navigations-App lief.

Wie weit mochte es von hier bis Stettin sein? Und wollte sie dort überhaupt noch hin? Alles war seltsam bedeutungslos geworden. Wer sie war, woher sie kam und was dieser Skorpion auf ihrem Rücken bedeutete – Antworten darauf hätte sie liebend gerne gegen das Leben eingetauscht, das sie letzte Woche noch geführt hatte.

»Wir müssen bald mal tanken«, holte Silas sie wieder in den Wagen zurück.

Sie hatte schon gesehen, dass eine rote Lampe auf dem Armaturenbrett leuchtete. Aber was, wenn inzwischen überall nach ihnen gefahndet wurde? Sicher wusste die Polizei, dass Silas bei ihr war. Sie durften nicht zusammen gesehen werden. Tankstellen waren gar keine gute Idee. Genauso wenig Autobahnen, Geschäfte und jeder Ort, an dem sich andere Menschen aufhielten …

»Mist!«, schimpfte er und verlangsamte den Wagen.

Erschrocken folgte Mavie seinem Blick. Sie rechnete schon mit einer Polizeikontrolle, doch es war ein umgestürzter Baum, der den Weg blockierte. Unmöglich, drüberzufahren, selbst mit dem Geländewagen. Genauso unmöglich schien es, den Weg frei zu räumen oder die Stelle zu umfahren. Hier kamen sie nicht weiter.

Silas legte den Rückwärtsgang ein, wendete und fuhr den Weg zurück. Das Navi wehrte sich zunächst gegen die Planänderung, doch nach ein paar Hundert Metern berechnete es die Route neu. Mit erschreckendem Ergebnis: Die Fahrzeit nach Stettin hatte sich soeben um eine ganze Stunde erhöht.

39

Unbekannter Ort, 15.14 Uhr

Werner Krakauer

Langsam kam er wieder zur Besinnung. Um ihn herum war Nacht. Rabenschwarze Nacht. Nicht der Hauch eines Lichtscheins drang zu ihm vor. Es war stickig, die verbrauchte Luft staubtrocken. Er lag in einer Art Bett und fühlte samtbezogene Polster unter seinen Handflächen.

Wo bin ich? Wie bin ich hier gelandet?

Bilder stiegen in ihm auf. Undenkbare, unfassbare Bilder. Waren sie Teile eines Albtraums gewesen?

Eine Frau im Bett.

Ein Mann. Direkt hinter ihm.

Eine Waffe an seinem Kopf.

Kräftige Hände, die ihn packten, auf einen Stuhl drückten und mit Kabelbinder daran fesselten. Dann freie Sicht auf den Mann, der eine Sturmhaube trug.

Die Kettensäge.

Die elektrische Kettensäge, die der Mann neben dem Bett einsteckte, als sei sie ein banaler Radiowecker. Das metallisch schleifende Anlaufen. Das Anlegen auf der Haut.

Das Eindringen in Fleisch und Knochen der Frau.

Ihre erstickten Todesschreie, wieder und wieder, die vergeblichen Abwehrversuche, das unbändige Reißen, Stoßen, Rütteln und Zerren, viel zu lang.

Der Lärm.

Das Blut, das Gewebe, die Splitter überall. Das abgetrennte Bein. Dann auch der Unterarm.

Wie lange sie noch gelebt hat. Mit welcher Kraft ihr Herz das Blut durch die zerrissenen Arterien gepumpt hat. Wie viel Blut doch in einem Menschen war.

Wie viel Blut in *Mirjam Rüttgers* war.

Er kannte ihren Namen. Immer neue Bilder zogen an seinem inneren Auge vorbei. Er erinnerte sich an jedes Detail ihrer Begegnung, von der ersten E-Mail bis zur Fahrt ins Haus, das er über Airbnb gleich für drei Tage angemietet hatte.

Nein, es war kein Albtraum. Es war die Wirklichkeit, an die er sich erinnerte.

Er war schuld.

Krakauer hatte der Frau nicht helfen können. Im Gegenteil. Er hatte sie zur Schlachtbank geführt. Sie daran festgezurrt, die Vorarbeit für ihren Mörder geleistet und sich dann von ihm übertölpeln lassen. Er hatte mit angesehen, wie ihre Bewegungen an Kraft verloren. Wie ihr Wimmern leiser wurde. Wie das letzte Blut aus ihrem Körper sickerte. Dann nichts mehr.

Exitus.

Endlich, hatte er gedacht und sich dafür geschämt. Endlich war es vorbei. Endlich wehrte sie sich nicht mehr. Endlich war sie still. Er hätte nie so denken dürfen und tat es doch.

Dann war der Mann zu ihm gekommen. Hatte sich hinuntergebeugt, ganz nah.

Ich bin tot, hatte er gedacht. Er wollte nicht sterben. Er, der Todgeweihte, der Mann mit Lungenkrebs im Endstadium, hatte zu weinen begonnen und um Gnade gewinselt, genau wie einer, der die besten Jahre seines Lebens vielleicht noch vor sich hatte.

Erbärmlich.

Sein Kopf im Schwitzkasten des Mannes. Er hatte etwas an seiner Stirn gefühlt, einen Stift, der große, grobe Zeichen auf seine Haut malte, und tatsächlich hatte Krakauer erkannt, was sie bedeuteten – deutlicher, als hätte der Mann sie ihm mit dem Zeigefinger auf den Rücken geschrieben.

Es waren acht Buchstaben gewesen.

V-E-R-R-Ä-T-E-R

Während er die Tränen der Verzweiflung auf seinen Wangen spürte, blitzte mehrfach das Licht einer Kamera auf, erst ohne, dann zusammen mit dem ultravioletten Licht.

Aber was war danach gewesen?

Der Stich, erinnerte er sich. Ein kleiner Stich, wie von einer Biene. Direkt in seinen Hals.

Dann nichts mehr.

Er versuchte, sich aufzusetzen, stieß aber sofort mit dem Kopf an. Auch der Teil über ihm schien gepolstert und mit Samt bezogen zu sein.

Gepolstert und mit Samt bezogen …

Da wusste er, wo er war.

Er lag in einem Sarg.

40

_ ☐ ×

Halali und Weidmannsheil, LeserIn!

Ihr Jägercode: XW38CT

Ihre Trophäen: 0
Kurswert des Jackpots: € 869.157
» Opferbereich

» Spielregeln
1. Alles ist erlaubt.
2. Wer sieben Trophäen hat, gewinnt.
3. Bei Punktegleichstand oder zu wenigen verfügbaren Zielen wird auf Spielregel #7 verwiesen.
4. Die Zielpersonen tragen das UV-Tattoo eines Skorpions auf ihrer Haut (»Das Mal«). Dieses zeigt, welche Körperteile abzutrennen sind. Die Amputationen sind fotografisch nachzuweisen.
5. Jäger haben ihren Jägercode permanent UV-aktiv auf ihrem Unterarm zu tragen und auf Beutefotos zur Verifizierung ins Bild zu halten.
6. Die Tötung der Zielpersonen darf unterbleiben, soweit sie sich nicht zwingend aus den Amputationen ergibt.

7. Jäger können die Trophäen anderer Jäger übernehmen, wenn sie diese Jäger erlegen (= töten). Im Fotobeweis sind beide Jägercodes in dieselbe Aufnahme zu halten.

» Forum
» Persönliche Nachrichten (1)
» Ausloggen

41

Magdeburg, 15:39 Uhr

Adam Kuhn
Student

Adam hörte das Klingeln, das sich deutlich vom Ohrensausen abhob, welches von seinem Zwölf-Stunden-Dienst als Security-Mitarbeiter übrig geblieben war. Er blies die Luft aus und drehte sich um. Wer auch immer vor der Tür stand, würde schon merken, dass er nicht die geringste Lust hatte aufzumachen.

Keine fünf Sekunden später schrillte die Klingel erneut.

Die Zeugen Jehovas?

Er stellte sich vor, wie es wäre, die Tür aufzureißen und den Störenfried ordentlich zusammenzustauchen. Aber er war viel zu müde dazu.

Es ist niemand hier. Hau ab!

Da läutete es Sturm.

Adam riss die dünne Decke zur Seite und sprang aus dem Bett. Er polterte durch den Gang, sperrte auf und sah …

Mick Kirkowsky.

»Mick?«

»Hallöchen, Adam!«, sagte sein bekifft dreinschauender Kumpel und taperte an ihm vorbei in die Wohnung.

»Was willst du?«

»Hä?«, fragte Kirkowsky, ohne sich umzudrehen. Er war auf direktem Weg in die Küche.

Adam rieb sich den Kopf, der sich anfühlte, als hämmerte jemand den Beat der vergangenen Stunden gegen seine Schläfen. Ihm war schwindlig, und auch sein Herz klopfte lauter als üblich. Sein Körper sollte jetzt eigentlich in einer Tiefschlafphase sein und sich von den Strapazen erholen. Als Aufpasser auf einem mehrtägigen Nonstop-Techno-Event durfte man nicht zimperlich sein. Lärm, Trubel und Adrenalin gehörten zum Job. Jetzt brauchte Adam seine Ruhe.

»Hast du Brot? Wieso hast du denn kein Brot?«

»Was willst du, Mick?«, fragte er noch einmal und sah seinem sogenannten Freund beim Herumkramen zu. Wie immer fühlte sich dieser zu Hause, egal, wo er war.

»Eine Frage nach der anderen, bitte«, antwortete Kirkowsky und schielte grinsend an ihm vorbei. »Mann, hab ich einen Hunger, ey.«

»Was machst du hier?«

»Brot suchen.«

»Hör zu, Mick. Ich bin scheißmüde. Also sag jetzt, was du willst, oder ich schmeiß dich raus. Kapiert?«

»He! Mal langsam mit den Emotionen. Ich will dir nichts. Ich schenk dir was! Schenkeschenkeschenke!«, nuschelte er und fletschte die Zähne.

Wie üblich machte Kirkowsky auf Udo Lindenberg. Seine Art mochte bei Frauen gut ankommen – bei Adam bewirkte sie das Gegenteil.

»Raus!«

»Stopp, Adam, stopp«, wehrte sich der ungebetene Gast und streckte ihm eine Handfläche entgegen. »Lass mich erklären, okay? Mann, Adam, hast du ein Glück! Ich bin viel zu stoned für den Job meines Lebens. Und da, mein lieber Freund, ist mir doch tatsächlich eingefallen …« Er hielt kurz inne, schlenderte zu ihm und legte ihm den Arm um die Schulter, bevor er weitersprach: »Dass du nicht nur bei der Ausstattung mithalten kannst, wenn du verstehst, was ich meine – sondern auch weißt, was den Frauen gefällt.«

»Ich mach das nicht mehr«, entgegnete Adam, der schon wusste, worauf Kirkowsky hinauswollte. Es wäre nicht das erste Mal, dass er für seinen Jugendfreund einspringen musste, weil dieser zu bekifft für eine Freierin war. Er entwand sich Kirkowskys Arm. »Außerdem – hast du nicht gesagt, du wolltest das aufgeben? ... *Seriös werden* waren deine Worte, oder?«

»Ja!«, kiekste Kirkowsky, als hätte Adam gerade den Witz des Jahrzehnts abgefeuert. »Eigentlich, eigentlich schon, lieber Freund und Kupfer ... dings. Aber hör zu, ich sagte doch gerade, der Job meines Lebens. Deines Lebens! Fünftausend Euronen, Mann. Für einen einzigen Abend! Einen! Abend!« Er zog ein Notizblatt aus der Hosentasche und reichte es Adam, dessen Ärger sich schlagartig in Interesse verwandelte.

»Fünftausend?«

»Fünf. Tausend. E-Uros! Yeah!«, rief Kirkowsky und tänzelte triumphierend durch die Küche.

Adam entzifferte das Gekritzel. Irgendeine Absteige in der Otto von-Guericke-Straße, zweiundzwanzig Uhr, Zimmer 412.

»Was muss ich dafür machen? Sie heiraten?«

»Nicht heiraten. Bloß normal perverses Zeug mit Gummi. Bisschen Zehen lutschen vielleicht. Buah!« Er schüttelte sich, sah Adam an und sagte: »Fifty-fifty. Macht zw... anderthalb Kilo pro Nase, Adam! Rauf auf die Eva, yeah!«

Kirkowsky steckte jetzt so sehr in seiner Paraderolle, dass er kaum noch auszuhalten war. Aber Adam dachte längst an das Geld und die Anzahl der Techno-Nächte, die es ihm ersparen würde. Nicht nur seinen Ohren, auch seinem Studium würde das guttun. Außerdem klang eine Frau, der eine Nacht mit Mick fünftausend Euro wert waren, interessant. Wenn er sich ins Zeug legte, war vielleicht noch mehr zu holen. Und was schadete es schon, ein bisschen Spaß zu haben? Bisher waren Micks Aufträge immer okay gewesen.

»Kennt sie dich denn noch nicht? Sie wird doch merken, dass wir sie bescheißen.«

»Nö. Gar nichts wird sie merken. Klang am Telefon nach reicher Russin. Ewalina Irgendwas. Anscheinend hat mich eine ihrer Freundinnen weiterempfohlen. Jaja, Mund zu Mund … denen ist sowieso bloß ein Teil von dir wichtig, wenn du verstehst.«

Eine reiche Russin in Magdeburg, dachte Adam. Aber egal. Die Erfahrung hatte ihn gelehrt, dass gerade die Dinge, die im Vorhinein seltsam klangen, in Wahrheit die besten waren. »Siebzig-dreißig«, schlug er seinem Kumpel vor. Wenn, dann musste sich die Geschichte wirklich lohnen. Früher wäre er mit fifty-fifty einverstanden gewesen, aber seit sich sein Studium auf der Zielgeraden befand und er eine Praktikumsstelle in einer großen Rechtsanwaltskanzlei in Frankfurt in Aussicht hatte, waren auch seine Ansprüche gestiegen.

Will ich das wirklich machen?, meldete sich das Gewissen, wurde aber schnell von der Gier zurückgedrängt. Fünftausend Euro klangen einfach viel zu verlockend.

»Mmmm«, summte Kirkowsky und rieb sich das Kinn. »Du Teufel, du. Vierzig-sechzig?«

»Siebzig-dreißig, oder du suchst dir jemand anderen.«

»Ach Mensch, dann sind das ja nur … warte.«

»Tausendfünfhundert fürs Nichtstun.«

»Hm …«

»Eine Schubkarre voll Gras, Mick.«

»Deal!«

42

Zwischen Erfurt und Halle an der Saale, 17.49 Uhr

Christian Brand

Von Stuttgart nach Berlin weiterzufliegen, war wegen des Wetters nicht mehr infrage gekommen. Also hatten sie sich den nächsten Mietwagen geschnappt – doch auch die Fahrt mit dem Auto war alles andere als sicher. Immer wieder hatte Brand mit Aquaplaning zu kämpfen, und bei der geringen Sichtweite konnte er kaum schneller als neunzig oder hundert Stundenkilometer fahren. Der Verkehr vor ihnen staute sich unvorhersehbar, Rettungsgassen suchte man vergeblich, und auf freien Streckenteilen konnte ein unbeleuchtetes Hindernis zur Todesfalle werden. Vor ein paar Minuten hatten sie endlich die Unfallstelle passiert, die sie fast eine Stunde gekostet hatte. Ein reiner Blechschaden, soweit Brand es gesehen hatte.

Björk kümmerte sich nicht darum. Sie war wieder ganz die Alte. Ihr Laptop lag aufgeklappt auf ihrem Schoß. Sie starrte auf den Monitor, klickte sich durch irgendwelche Inhalte, schnell und konzentriert. Man hätte es auch verbissen nennen können. Ihre Übelkeit schien verflogen zu sein, was Brand nicht ganz logisch erschien. Wie konnte ihr im Flugzeug übel werden, aber in einem Auto, in dem dieselben Beschleunigungskräfte herrschten, nicht?

Wenigstens hatte sie ihm gesagt, wozu sie nach Berlin mussten. Sie hatten Zugang zu einem Kontrollraum des deutschen Verfassungsschutzes bekommen. Brand vermutete, dass sie dort an

Informationen gelangten, die sie im Fall weiterbrachten. Bestimmt konnten die Verfassungsschützer auf diverse Quellen zugreifen, die normalen Polizeibeamten und Kriminalämtern versagt blieben.

»Gamper hat geschrieben«, sagte sie plötzlich.

»Hm?« Brand war von einem vorausfahrenden Fahrzeug abgelenkt, das die Überholspur nicht freigeben wollte, ganz gleich, wie oft er die Lichthupe betätigte. Der Fahrer schien jedes Mal nur noch langsamer zu werden.

»Wegen dieses Autobahnunfalls«, erklärte Björk.

Brand gab Gas, scherte aus und überholte rechts. »Von Doktor Ferst?«, fragte er, ohne zur Seite zu blicken, und ignorierte den Überholten, der nun seinerseits die Lichthupe betätigte und nicht mehr damit aufhörte, bis er vom Grau des Nebels verschluckt wurde.

»Ja. Er schreibt, es habe keine Obduktion gegeben. Eindeutig ein Unfall. Die Leiche wurde nicht weiter untersucht und eingeäschert.«

»Dann können wir die Spur vergessen.«

»Sieht so aus.«

Björk klapperte wieder auf ihrer Tastatur, ein sicheres Zeichen, dass sie nichts weiter dazu zu sagen beabsichtigte.

Brand hatte keine Lust mehr auf Schweigen. »Glauben Sie das?«, hakte er nach.

Sie brauchte ein paar Momente. »Was? Dass er tot ist?«

»Dass Ferst hinter allem steckt.«

Sie schwieg.

Brand überholte einen großen Lastkraftwagen, der im selben Moment durch eine Fahrrinne rollte und einen Schwall Wasser auf ihre Windschutzscheibe klatschen ließ. Der Knall ließ Björk aufschrecken. Brand konnte die Erschütterung am Lenkrad spüren. Aber sonst passierte nichts.

»Wer ist das überhaupt?«, stellte er die Frage, die ihm schon länger im Kopf kreiste. »Sie sagten, Sie kennen ihn unter einem anderen Namen?«

»Bram Spieker.«

Bram Spieker, wiederholte er in Gedanken. Was war das? Ein Name, klar. Aber woher? England?

»Er ist ursprünglich aus den Niederlanden«, erklärte sie, als hätte sie seine Gedanken gelesen. »Wir wissen, dass er seinen Namen mehrmals geändert hat. Bram Spieker, Stephane Boll, Markus Ferst. Genau wie seinen Aufenthaltsort. Unter anderem Luxemburg, Leipzig …«

»Und Bozen«, ergänzte Brand. Er erinnerte sich, was Doktor Reni berichtet hatte. Dass der falsche Arzt an einer Schönheitsklinik in Luxemburg gearbeitet hatte, bis ihm die Zulassung entzogen worden war. Warum, konnte er sich langsam vorstellen.

»Korrekt.«

»Hat er sich überall als Arzt ausgegeben?«

»Er *war* Arzt. Aber es sieht nicht so aus, nein«, antwortete sie und schwieg.

»Was?«, hakte Brand nach.

Björk antwortete nicht. Wusste sie es nicht? Oder wollte sie es ihm nicht sagen?

So leicht ließ Brand sich nicht ausbremsen. »Wir brauchen ihn, um das Jagdspiel zu stoppen, oder? Was schwer wird, wenn er tot ist.«

»Das ist unser Problem, ja.«

»Aber irgendwer muss es doch angestoßen haben, oder?«

»Das Jagdspiel läuft von selbst. Alles, was es braucht, sind die Server und ein Startzeitpunkt. Der kann auch schon vor Monaten oder Jahren festgelegt worden sein.«

Brand rümpfte die Nase. Das machte es tatsächlich kompliziert. Wenn sie den Kopf der Bande nicht mehr erwischen konnten, mussten sie sich wohl oder übel auf die einzelnen Jäger konzentrieren, deren Zahl theoretisch unbegrenzt war.

Oder sie brachten die Opfer in Sicherheit.

Die Opfer in Sicherheit bringen …

»Was wissen wir eigentlich von den Opfern?«, fragte er.

Björk atmete hörbar aus. Klar nervte er sie mit seinen Fragen. Aber er beschloss, es drauf ankommen zu lassen. »Ich meine, abgesehen davon, dass sie diese unsichtbaren Skorpione tragen.«

»Wir wissen, wie viele es noch sind, in welcher Stadt sie leben und wie sie aussehen.«

»Sie haben Fotos?«, staunte Brand. »Wo ist dann das Problem?«

»Sie haben keine Ahnung.«

»Zeigen Sie die Bilder doch einfach herum, und dann bringen Sie die Opfer an einen sicheren Ort. Wie schwer kann das schon sein?«

»Sie haben keine Ahnung«, wiederholte sie.

Brand schluckte einen Fluch hinunter. *Sie haben keine Ahnung.* Er starrte hinaus auf die Fahrbahn, auf die Lichter der voranfahrenden Fahrzeuge und darüber hinweg in den dunkelgrauen Himmel, durch den jetzt auch noch Blitze zuckten.

Björk schimpfte irgendetwas, was Brand nicht verstand. Ein schwedischer Fluch vielleicht. Dann klappte sie ihren Laptop zu.

»Sind Sie sauer?«

»Nein. Aber was glauben Sie, was ich die ganze Zeit mache? Klar wollen wir die Leute finden, bevor es die Jäger tun. Aber wir können nicht einfach durch die Gegend spazieren und nach ihnen fragen. Versuchen Sie mal, in einer Millionenstadt jemanden zu finden, von dem Sie bloß ein Foto haben. Außerdem bringen wir die Leute damit nur auf dumme Gedanken und erregen unnötige

Aufmerksamkeit. Raten Sie mal, warum wir eine Nachrichtensperre verhängt haben.«

»Dann versuchen Sie also ernsthaft, die Opfer zu finden? Sie, mit Ihrem Laptop?«

»Wenn die Internetverbindung funktionieren würde, könnte ich genau das tun, ja.«

»Wie?«, fragte er nur. Es klang lächerlich und anmaßend.

Sie schwieg.

»*Urlaubsfotos?*«, provozierte er sie mit demselben Ausdruck, der sie gestern schon aus der Reserve gelockt hatte.

Sie lachte auf. »Sie sind wirklich unglaublich neugierig, Brand. Hat Ihnen das schon mal jemand gesagt?«

»Schon lange nicht mehr«, antwortete er wahrheitsgemäß und wartete auf eine Erklärung. Aber es kam keine. Stattdessen klingelte ihr Handy.

»Ja? ... Okay ... Nein, kein Internet ... Keine Ahnung, wir stecken dauernd fest. Wir machen, so schnell wir können, Julian ... Dann seht zu, dass ihr sie irgendwie findet. Wir brauchen alle Bilder, die ihr kriegen könnt. Ist jemand in Hamburg? ... Wieso ... WAS?« Björk klang aufgeregt, hörte dann aber eine Weile kommentarlos zu. »Was ist mit der Nachrichtensperre? Wie können die eine Fahndungsmeldung an die Presse rausgeben? ... Verdammt!«, fluchte sie und legte auf.

»Was? Was ist?«

»Sieht so aus, als hätten wir einen Psychopathen im Spiel.«

»Einen?«, fragte Brand.

»Wir müssen nach Berlin. Sofort.«

43

Nahe Stettin, 20.54 Uhr

Mavie Nauenstein

Sie hatten den alten Bauernhof vor einer guten Stunde entdeckt, am Rande eines kleinen Wäldchens nahe Stettin, waren langsam darauf zugerollt, immer bereit, gleich wieder umzudrehen und zu verschwinden. Aber der Hof hier hatte nicht nur verlassen ausgesehen, er war tatsächlich verlassen gewesen. Rundum hatte man ein großes Areal eingezäunt. Ein riesiges Plakat zeigte, dass hier demnächst eine neue Wohnsiedlung entstehen sollte. Darunter stand ein Werbeslogan in Deutsch, was Mavie gewundert hatte. Vielleicht, um zahlungskräftige Nachbarn anzulocken – die Grenze war ja nicht weit.

Sie hatten den Geländewagen in der leeren Scheune abgestellt. Das alte Bauernhaus war unversperrt gewesen. Im Innern wirkte es, als sei es bis vor Kurzem noch bewohnt gewesen. Persönliche Gegenstände fehlten, aber alte Möbel gab es noch, ein paar Töpfe und weiteren Kram. Der Strom war abgedreht worden, auch Wasser kam keines, aber sie brauchten weder das eine noch das andere. Was sie brauchten, war eine sichere Zuflucht vor dem Unwetter, und die hatten sie jetzt.

Mavie saß am Küchentisch und starrte in die Brennkammer des Herds, seit Minuten schon. Das Feuer war immer kleiner und kleiner geworden. Jetzt drohte es endgültig zu verlöschen. Sie wollte gerade aufstehen und versuchen, es selbst wieder in

Gang zu bringen, da kam Silas zurück. »Schau!«, sagte er und zeigte auf vier oder fünf Wolldecken, die er sich unter den Arm geklemmt hatte. »Oben sind noch mehr.« Er nahm eine, schüttelte sie aus und legte sie ihr um die Schultern.

Sie nahm sie dankbar an. Es war ihr egal, dass die Decke roch, wichtig war nur, dass ihr wieder warm wurde. Die Kälte steckte tief in ihren Knochen, obwohl die Heizung des Geländewagens während der gesamten Fahrt auf höchster Stufe gelaufen war und Haare und Kleidung längst wieder trocken waren.

Der Sturm hatte ihnen weitere umgestürzte Bäume und andere Hindernisse in den Weg gelegt. Doch sie hatten es geschafft. Schon morgen könnte Mavie den Rechtsanwalt aufsuchen, der den Vertrag mit den von Nauensteins gemacht hatte. Silas hatte mit seinem Handy herausgefunden, dass es die Anwaltskanzlei nach wie vor gab, mitten im Stadtzentrum von Stettin. Mavie würde dort auftauchen und nicht gehen, bevor sie ihre Antworten hatte.

Sie musste nur noch diese Nacht hinter sich bringen. Der Bauernhof war der perfekte Unterschlupf. Silas und sie konnten unmöglich in einem Hotel einchecken, selbst wenn ihr Geld dafür gereicht hätte. Mavie konnte sich nicht ausweisen, und selbst wenn sie es gekonnt hätte, wäre sie Gefahr gelaufen, dass man sie der Polizei meldete. Sie wusste nicht, ob nach ihr gefahndet wurde, hatte die Nachrichten nicht verfolgt. Aber wenn der Fernsehsender schon darüber spekulierte, ob sie auf der Flucht war, war es wohl mehr als wahrscheinlich.

Silas kümmerte sich wieder um den Herd. Sie sah zu, wie er Anzündholz aufschichtete und dann die großen Holzscheite so positionierte, dass sie im Luftzug standen. Anschließend zog er die Packung Zündhölzer aus der Hosentasche, steckte einen Papierstreifen in Brand und schob ihn hinein.

Neue Flammen loderten auf. Mavie starrte sie an. Für ein paar Minuten gelang es ihr, von einer anderen Wirklichkeit zu träumen, in der es keine Flucht gab, keine Toten und kein Leid. Nur Silas und sie und diesen Hof, den sie vielleicht als Tierheim betrieben? Ja, das hätte ihr gefallen. Mavie liebte Tiere. Sie hatte nur niemals die Gelegenheit bekommen, diese Liebe zu beweisen. »Mutter« war gegen alles allergisch, was kein Mensch war, und manchmal sogar dagegen. Jetzt war sie tot. Sie und »Vater«.

Bluttat in Hamburg.

Silas legte eine Hand an das Abzugsrohr und nickte. »Ja, jetzt zieht er. Bald wird uns wärmer.«

Mavie freute sich. Es war ein kleines Glück, das sie empfand, aber Glück war in ihrem Leben dünn gesät. Sie musste nehmen, was sie kriegen konnte, und wenn es nur banale Wärme war. Hoffentlich entdeckte niemand den Rauch. Hoffentlich blieben sie allein. Er und sie, nur für sich, bis zum nächsten Tag.

Silas setzte sich zu ihr an den Tisch. Vor ihnen lagen die Besorgungen aus der Tankstelle. Als ihnen das Benzin endgültig auszugehen drohte, hatten sie die kleine Station an der Straße entdeckt. Mavie war im Auto geblieben. Silas hatte zusätzlich zum Benzin auch Snacks und Getränke besorgt, etwas Besseres hatte es nicht gegeben. Aber das, was sie hatten, war mehr als ausreichend. Schokoriegel, Chips, Gummibären, Cola, Mineralwasser und anderes. Zur Not könnten sie gleich mehrere Tage damit durchhalten.

Der Vertrag lag auf dem Tisch. Mavie hatte vor, ihn genauer anzusehen, doch sie konnte sich überhaupt nicht darauf konzentrieren. Durch den Sturm war es draußen längst stockdunkel. Die kleine Kerze auf dem Tisch spendete kaum Licht, auch der Flammenschein aus dem Ofen brachte nichts. Bald schon würden sie nur noch diese Kerze haben, das Flackern im Gesicht des anderen beobachten, aber bestimmt nichts mehr lesen können.

»Nimm dir was«, sagte Silas.

Sie hatte keinen Hunger, wusste aber, dass sie Energie brauchte. Also riss sie die Packung Chips auf und schob sich gleich mehrere zugleich in den Mund. Silas machte es ihr nach. Kauend lächelte er sie an mit seinem süßen Lächeln, das sein Kinngrübchen so schön hervorhob. Mavie konnte nicht anders, sie musste ihn einfach anstarren. Silas war der mit Abstand bestaussehende Junge aus ihrer Klasse. Jetzt saß er direkt neben ihr, so nah, dass sie ihren Arm nur halb hätte ausstrecken müssen, um ihn zu berühren. Sie erwiderte sein Lächeln. Sie zwei, ganz alleine in einem einsamen Bauernhaus. Letzte Woche hätte sie von einer Situation wie dieser bloß träumen können. Jetzt war sie real. Doch zugleich war sie Teil eines riesigen Albtraums, einer Realität, die sie niemals gewollt hatte.

»Hast du was Neues herausgefunden?«, fragte Silas und deutete auf den Vertrag.

Mavie schüttelte den Kopf. Die Eckpunkte waren ihr schon seit gestern Nacht bekannt. Irgendwo stand etwas mit fünfhunderttausend Euro, die die von Nauensteins dafür bekommen sollten, sie bis zu ihrem achtzehnten Lebensjahr durchzufüttern. Die Abmachung war mit »Pflegschaftsvertrag« betitelt und stammte aus dem Jahr nach ihrer Geburt. Gleich darunter war das Wort »vertraulich« draufgestempelt worden. Die meisten Passagen waren in so unverständlichem Juristendeutsch formuliert, dass man schon nach wenigen Zeilen ausstieg. Aber bestimmt konnte ihr der Anwalt am nächsten Tag alles erklären.

Sie schauderte. Wieso ging diese Kälte nicht weg? Jeder Quadratzentimeter ihrer Haut fühlte sich an, als wäre er stundenlang in Eiswasser getaucht gewesen. Wurde sie krank? Hatte sie vielleicht Schüttelfrost?

Silas hatte offenbar bemerkt, dass sie fror, denn er stand halb auf und rutschte neben sie auf die Bank. Dann legte er ihr seinen rechten Arm um die Schultern und zog sie an sich heran. Obwohl er nur ein T-Shirt anhatte, spürte sie seine Wärme.

Sie kippte ihren Kopf zur Seite und lehnte ihn gegen seine Schulter. Er küsste ihre Haare, streichelte sie, umarmte sie fester. Sie wollte sich in seinen Armen verkriechen. Und noch mehr. Plötzlich spürte sie mehr Wärme, die jetzt aber aus ihr selbst kam, sich intensivierte, bis sie geradezu mit Gewalt aus ihr herauswollte, und sie wusste, das waren die Schmetterlinge im Bauch, genau dieselben, die sie schon beim Tanzen mit Silas gefühlt hatte, auf seiner Party, in den Sekunden, bevor er diesen Skorpion entdeckt hatte …

Der Skorpion …

Sie verbot sich, an diese verdammte Tätowierung zu denken, die schon so viel angerichtet hatte. Besser gesagt, an das, was dahinterstecken mochte. Sie würde heute nichts mehr darüber in Erfahrung bringen, egal, wie sehr sie sich den Kopf darüber zerbrach. Morgen würde sie mit aller Kraft die Wahrheit suchen. Aber heute war sie hier. Mit Silas.

Ihre Lippen suchten seine. Als sie sich trafen, wichen seine kurz zurück. Aber Mavie gab nicht nach, näherte sich ihm erneut, öffnete ihren Mund. Sie konnte kaum glauben, dass sie es war, die hier die Initiative ergriff, aber es fühlte sich richtig an. Sie spürte seine Zungenspitze auf ihrer. Schmeckte seinen Speichel. Die Schmetterlinge wurden mehr.

»Mavie …«, sagte er und drückte sie sanft von sich weg. »Vielleicht ist's besser, wenn wir das … ich meine, es gefällt mir, sehr sogar, *du* gefällst mir, aber ich weiß nicht, ob das jetzt gut für dich …«

Sie sagte nichts, zog ihn nur wieder an sich, Mund auf Mund, Zunge auf Zunge. Sein Atem vereinte sich mit ihrem, sie zog seine Atemluft in ihre Lunge, spürte die Wärme des Luftstroms an ihrer Oberlippe. Sie umarmte ihn, streichelte seine Hüften, drückte sich fester an ihn. Sie wusste, dass er keinen Schritt weiter gehen würde, als sie wollte.

Irgendwann holte Silas eine Matratze aus einem der anderen Zimmer und legte sie vor den Ofen. Dort kuschelten sie sich aneinander, in Wolldecken gehüllt, küssten sich, ertasteten den Körper des anderen, und Mavie war nur einen Hauch davon entfernt, sich völlig gehen zu lassen, das hier zum berühmten »ersten Mal« werden zu lassen. Bestimmt hätte niemand auf der Welt ein vergleichbares erstes Mal gehabt, wenn man all die Umstände und Veränderungen in Betracht zog, die sie gerade durchmachte – aber vielleicht war genau das der Grund, es eben nicht zu tun, genau hier die Grenze zu ziehen und sich ihre Jungfräulichkeit für eine Zeit aufzuheben, in der sie wusste, wer sie war und was sie ihm zu geben hatte – nein, was sie ihm zu *schenken* hatte. Wie jedes Mädchen auf der Welt wünschte sie sich, dass ihr erstes Mal etwas ganz Besonderes wäre. *Gewollt.* Hier wäre Sex nur Beiwerk gewesen.

Bald, Silas, dachte sie. *Bald. Mit dir.*

Sie legte ihren Kopf auf seine Brust und lauschte seinem Herzschlag, und auch er blieb ganz still liegen, rührte sich nicht. Irgendwann merkte sie, wie sein Herz langsamer schlug, wie sein Atem schwerer wurde. Sein Körper entspannte sich, und Mavie erkannte, dass er eingeschlafen war. In diesen Minuten, mit ihrem Kopf auf seiner Brust, war alles leicht und alles gut. Auch wenn sie wusste, dass gar nichts gut war.

Der Ofen strahlte seine Hitze in den Raum ab. Draußen heulte der Wind, Regen prasselte gegen das Fenster, aber hier war es trocken und wohlig warm. Hier waren sie sicher.

Mavie schloss die Augen.

44

Berlin, 21.18 Uhr

Christian Brand

Brand steuerte den Wagen durch einen schmalen Torbogen in den Innenhof des Alten Stadthauses in der Klosterstraße. Laut Björk und ihrem schlauen Handy sollte sich hier der Berliner Dienstsitz des Bundesamts für Verfassungsschutz befinden.

Endlich, dachte Brand und entdeckte einen großen Mann mit Schirm, der sie zu einem der freien Parkplätze winkte.

»Ausgerechnet«, stöhnte Björk.

»Sie kennen ihn?«

»Duchamps«, sagte sie in einem Ton, mit dem sie auch eine Todesnachricht hätte überbringen können.

Gleich nach dem Aussteigen stellte Björk sie vor. »Christian Brand, Einsatzkommando Cobra, Österreich ... Eric Duchamps, *Police judiciaire*, Frankreich.«

»Angenehm«, sagte der Franzose und streckte ihm die Hand entgegen. Sein übertrieben fester Händedruck kam überraschend, doch Brand ließ sich nicht zweimal bitten und drückte gleich so fest zurück, dass es irgendwo knackte. Aber nicht bei Brand. Duchamps tat so, als wäre nichts gewesen, und lotste sie zum richtigen Eingang. Kurz meinte Brand, ein schmerzerfülltes Zucken in Duchamps' Gesicht zu bemerken, als dieser ihnen die Tür aufhielt.

»Ganz nach oben!«, rief er Björk nach, die schon um die Kurve bog.

Im obersten Stock angekommen, mussten sie sich an einer Schleuse ausweisen und darauf warten, dass sie abgeholt wurden. Überraschenderweise kannte Brand den Mann, der kurz darauf auf sie zueilte, bereits. Es war derselbe, der ihn in Bozen begrüßt und alle Formalitäten erledigt hatte.

Kirchhoff, erinnerte er sich.

Björk und er umarmten sich, was Brand irritierte. *Wieso drückt Björk ihren Vorgesetzten?*, fragte er sich, da wandte sich Kirchhoff bereits an ihn. »Sie haben sie mir in einem Stück zurückgebracht. Gut gemacht!«, scherzte er und schüttelte ihm etwas zu lange die Hand.

»Immer gern«, sagte Brand verlegen, weil ihm nichts Schlagfertigeres einfiel.

»Komm jetzt, Julian«, drängte Björk. »Lass mich gleich anfangen.«

»So ist sie. Gönnt sich keinen Moment Ruhe. Niemals. Na ja.« Kirchhoff machte auf dem Absatz kehrt und schritt ihnen voraus in einen Gebäudeteil, der angesichts des äußeren Erscheinungsbilds des Gesamtkomplexes erstaunlich modern wirkte. Dort mussten sie eine weitere Schleuse passieren. Eine Frau, die sich ihnen nicht vorstellte, führte sie zu einem Raum.

»So, Inga. Das hier ist ab sofort dein Reich«, sagte Kirchhoff und machte eine ausladende Handbewegung, mit der er eine Wand von Monitoren präsentierte.

»Ihr feuchter Traum«, nuschelte Duchamps Brand von hinten ins Ohr und kicherte.

Björk schien den Spott nicht mitbekommen zu haben. Sie setzte sich auf einen Drehstuhl am Kontrollpult, neben einen Mann, den sie eilig aufforderte, ihr alle verfügbaren Bildquellen zu zeigen. Dieser rief verschiedene Listen auf, sie wählte einzelne Zeilen aus, der Mann nickte. Eine Kameraeinstellung nach der anderen tauchte auf den Monitoren auf. Björk schien sich alle zugleich anzusehen.

»Das kann jetzt dauern«, bemerkte Kirchhoff, der sich unbemerkt neben Brand gestellt hatte und ihn freundschaftlich im Nacken fasste. Brand hätte sich beinahe weggeduckt und ihn den Ellenbogen spüren lassen, konnte den Reflex aber gerade noch unterdrücken.

Duchamps, der wohl aus weiser Voraussicht ein paar Meter entfernt an der Wand lehnte, sah grinsend zu ihm herüber und formte mit den Lippen einen Kussmund, ganz kurz nur, aber lange genug.

Die Körperlichkeit des Chefs war also nicht bloß auf Björk beschränkt, hatte wohl auch nichts mit Dienstjahren, sexueller Orientierung oder sonst etwas zu tun. Kirchhoff war einer dieser schrecklichen Menschen, für die das Anfassen genauso zur Kommunikation zu gehören schien, wie miteinander zu reden. Brand nahm sich vor, in Zukunft eine Armlänge Abstand zum Chef einzuhalten.

Endlich ließ dieser von ihm ab, verschränkte die Arme und sah Björk zu. »Faszinierend, oder?«, kommentierte er ihr Tun, nicht ohne Brand noch einmal kurz mit der Schulter zu berühren.

»Was macht sie da eigentlich?«, stellte er die Frage, die ihm seit Bozen nicht mehr aus dem Kopf ging. Die Vorstellung, dass ein einzelner Mensch auch nur ansatzweise mitbekommen konnte, was auf dieser Wand da vor sich ging, vielleicht sogar noch jemanden darauf erkannte, war zu verrückt.

»Sagt Ihnen der Begriff *Super Recogniser* etwas?«

Brand hob die Augenbrauen. Ja, das tat es tatsächlich. Er hatte unlängst eine Dokumentation darüber gesehen. »Die Leute, die kein Gesicht vergessen können?«

»Sie können sich jedes beliebige Gesicht einprägen und in völlig anderen Zusammenhängen wiedererkennen, mit Bart und ohne, scharf und unscharf, alt und jung, wie auch immer. Manche machen das besser als jede Software. Besser als künstliche Intelligenzen, stellen Sie sich das einmal vor!«

Brand glaubte zu verstehen. »Björk ist also so eine ... *Super Recogniserin*?«

»Ex-akt!«, antwortete Kirchhoff seltsam übertrieben. Womit auch klar war, wieso er sie in Bozen als »seine wertvollste Mitarbeiterin« bezeichnet hatte. Er schien sehr viel auf ihre Begabung zu setzen, wenn es darum ging, dieses Jagdspiel zu stoppen.

»Sie versucht, die Opfer zu finden, oder?«, fragte Brand, der die Gelegenheit beim Schopf packen wollte, Informationen aus erster Hand zu erhalten.

»Exakt«, antwortete Kirchhoff. »Exakt« musste sein Lieblingswort sein.

»Wie viele sind es überhaupt noch?«

»Opfer? Fünf, wie es aussieht.«

Brand glaubte, einen resignierten Unterton in seiner Stimme mitschwingen zu hören. Fünf von zwölf bedeutete, dass sieben nicht mehr lebten oder – wie im Fall von Peter Gruber in Bozen – dazu verdammt waren, mit ihren Amputationen weiterzuleben.

»Aber wenigstens konnten wir zwei mittlerweile in Sicherheit bringen«, ergänzte Kirchhoff. »Bleiben immer noch drei.«

»Von denen Sie nur wissen, wie sie aussehen und in welcher Stadt sie sich aufhalten.«

»Exakt.«

»Und die Verbindung?«

»Wie?«

»Was verbindet die Opfer? Über ihre Gemeinsamkeiten könnte man sie doch bestimmt schneller finden, oder?«

»Tja. Das wäre sehr praktisch, nicht wahr? Nur gibt es leider keine.«

»Was?«

»Das macht es ja so kompliziert. Die Leute sind einfach nur zur falschen Zeit an den falschen Menschen geraten.«

»Doktor Ferst. Oder wie hat er sich früher genannt? Spieker?«

Kirchhoff hob die Augenbrauen. »Ich merke, Sie haben in Bozen nicht bloß auf Björk aufgepasst. Respekt. Man trifft nicht oft auf einen Einsatzpolizisten, der sich für den Grund interessiert, aus dem er herumballern soll.«

Brand fühlte sich zwar einen Moment lang geschmeichelt, aber Antwort war das keine. »Der Mann steckt hinter allem, oder?«

»Inga ... also Frau Björk geht davon aus, ja. Ich habe gelernt, ihr in solchen Dingen zu vertrauen.«

Brand nickte und sah wieder zu ihr hin. Sie hatte inzwischen die Ärmel zurückgeschoben, vielleicht unbewusst, was ihr bizarres Tattoo enthüllte. Es faszinierte ihn. Besonders die Linienführung, die einen wahren Künstler erkennen ließ. Wie mochte es sein, auf Haut zu malen? Wie lange mochte es dauern, bis so ein Ganzkörper-Tattoo vollendet war? Und wer ließ diese Qualen über sich ergehen? *Gegenschmerzen helfen*, hatte Björk gesagt ...

Plötzlich schien sich etwas zu tun. Björk konzentrierte sich für ein paar Minuten auf eine bestimmte Videosequenz, eine Szene von irgendeinem Bahnhof, die sie mehrmals vergrößert abspielen ließ. Eine junge Frau saß auf einer Bank. Dann kam ein Mann hinzu. Kurz darauf liefen sie beide weg, zwei große Kerle hinterher. Brand glaubte schon, sie habe etwas entdeckt, doch dann schüttelte sie den Kopf, rieb sich die Schläfen und ging zu anderen Bildern über.

»Aber er ist tot«, sagte Brand zu Kirchhoff.

»Wie?«

»Doktor Ferst. Oder Spieker oder wie auch immer. Der Mann ist tot. Er ist vor einem Jahr in Bozen verunglückt.«

»Ja, ich habe den Bericht gelesen.« Kirchhoff nickte. »Ich sage Ihnen, Brand, dieser Fall zieht mir noch den letzten Nerv.« Kirchhoff ächzte, schob seine Brille zur Nasenwurzel hoch, legte Brand die rechte Hand auf die Schulter und drückte zu, als wolle er sie massieren. Dann ließ er von ihm ab und ging hinaus.

Duchamps blieb. Der französische Kollege lehnte weiterhin lässig an der Wand und sah auf die Monitore – ob aus beruflichem Interesse oder weil er einfach nur wie jeder Mensch auf bewegte Bilder reagierte, konnte Brand nicht sagen. Vermutlich Letzteres. Duchamps wirkte wie ein Kind beim Fernsehen.

Brand ging zu Björk vor und beugte sich ein Stück zu ihr hinunter. »Haben wir was?«, fragte er, auch wenn er kaum damit rechnete, dass sie seine Frage beantwortete.

Zuerst reagierte sie nicht. Dann sah sie zu ihm auf und sagte: »Vorhin habe ich das Mädchen gesehen, das aus Hamburg verschwunden ist. Sie war gegen drei Uhr früh auf dem Bahnhof. Aber uns fehlt der weitere Weg.«

Brand erinnerte sich an ihr Telefonat im Auto, in dem von Hamburg die Rede gewesen war. »Eines der Opfer?«

»Genau. Eine der drei, die noch frei sind. Aber was nützt uns das jetzt?«

»Vielleicht sollten Sie sich ein wenig ausruhen«, schlug Brand vor. Wie lange mochte sie schon wach sein? Hatte sie überhaupt geschlafen?

Sie gähnte, dann zog sie ihre Ärmel vor und entgegnete: »Nein, das geht nicht. Es sieht so aus, als käme es bald zu einer Art Finale.«

»Finale? Wieso? Wo?«

»Momentan scheint sich alles auf uns zuzubewegen«, antwortete sie kryptisch.

»Wie meinen Sie das? Hierher? Nach Berlin?«

»Genaues kann ich nicht sagen, es ist mehr so ein Gefühl. Etwas, was wir uns aus den Einträgen der Jäger im Forum zusammenreimen. Niemand schreibt Konkretes, aber die Opfer werden weniger, was den Druck laufend erhöht. Das Mädchen aus Hamburg ist momentan das leichteste Ziel. Hat wohl auf den ersten Zug nach Berlin gewartet.«

»Sie will hierher?«

»Oder sie wollte einfach nur abhauen. Berlin ist ein Drehkreuz. Hier ...« Björk rief einen Polizeibericht auf. Brand überflog ihn und bekam große Augen.

»Das glauben die doch nicht im Ernst.« Er schüttelte ungläubig den Kopf. »Die verdächtigen die Tochter, das getan zu haben?«

»Sieht so aus, als sei die halbe Welt hinter Mavie von Nauenstein her. Es wäre allerdings ein Wunder, wenn die Kollegen sie zuerst entdecken.«

»Dann müssen wir sie eben schneller finden.«

»Exakt«, übernahm Björk Kirchhoffs Lieblingswort.

»Kann ich irgendwie helfen?«

Sie schüttelte den Kopf, gähnte wieder, dann schien ihr doch noch etwas für ihn einzufallen. »Könnten Sie mir vielleicht ... ich meine, würde es Ihnen etwas ausmachen, mir ...«, druckste sie herum.

Brand glaubte zu verstehen. »Kaffee?«, schlug er vor.

»Stärker. Viel stärker.« Dazu schenkte sie ihm ein Lächeln, das ehrlich aussah und ihn an jenes im Flugzeug erinnerte, bevor sie sich … nun ja.

»Ich hol Ihnen was«, sagte er und verließ den Raum, um eine Großpackung Energydrinks für sie aufzutreiben.

45

Magdeburg, 21.54 Uhr

Adam Kuhn

Adam betrat das neue und gleichzeitig abgewohnt wirkende Hotel in der Otto-von-Guericke-Straße. Es war eines dieser anonymen Häuser, in denen eine Hand nicht wusste, was die andere tat. Er war überzeugt, dass niemand ihn als hausfremde Person erkennen würde, weshalb er seelenruhig durch die Empfangshalle zu den Aufzügen spazierte. Dort drückte er den Rufknopf und wartete.

Adam hatte noch ein paar Stunden Schlaf gefunden und sich dann zurechtgemacht, was hieß, dass er seinen Look dem von Kirkowsky alias Udo Lindenberg angepasst hatte. Fehlten nur noch Sonnenbrille und Hut – aber die wären dann doch eine Spur zu albern gewesen.

Er horte die belanglose Musik, die in der Geschäftigkeit der Halle unterging.

Ein asiatisch aussehender Mann schob einen Putzwagen spazieren. Die Luft roch nach Reinigungsmitteln, Raumduft, verschüttetem Bier und menschlichen Ausdünstungen. Irgendwo grölte eine Männergruppe und prostete sich zu.

Adam hauchte sich schnell gegen die Hand, roch und befand seinen Atem für in Ordnung. Auf seinen durchgeschwitzten Anzug, den er auf dem Techno-Nonstop-Event getragen hatte, hatte er zwei Extrastöße Parfum gegeben. Wenigstens das Hemd darunter war frisch und die schmale Krawatte fast neu.

Der Aufzug kam. Zusammen mit drei anderen Personen, die sich inzwischen eingefunden hatten – einem schwer verliebten Pärchen und einem Mann, der wie ein Unternehmensberater aussah –, betrat er die Kabine. Er drückte die Taste mit der Vier.

In der dritten Etage stiegen seine Mitfahrer aus. *Letzte Chance*, dachte Adam und überlegte kurz, ob er nicht besser kneifen sollte, aber Deal war Deal.

Im vierten Stock verließ er den Aufzug und nahm den linken Gang.

Er entdeckte das Türschild von Zimmer 412. Der Raum lag ganz am Ende des Gangs. *Ewalina Irgendwas*, wie Kirkowsky sie genannt hatte, schien großen Wert auf Diskretion zu legen. Oder sie hatte den Raum zufällig bekommen. *Nichts geschieht zufällig*, rief er sich in Erinnerung. Vielleicht war sie eine von den ganz Lauten, über die sich der halbe Stock beschwerte, wenn sie richtig in Fahrt kam. Er mochte die Sorte. Sie versprach Spaß.

Er klopfte.

Die Tür ging auf, ohne dass vorher Schritte zu hören gewesen waren. Im Zimmer war es dunkel, abgesehen von flackerndem Kerzenschein, der halb verdeckt war von der kurvigen Gestalt im Türrahmen.

»Mick Kirkowsky?«, fragte seine Gastgeberin mit russischem Akzent.

»Ja«, antwortete er. Er konnte nur hoffen, dass der Schwindel durchging.

»Kommen Sie herein.«

Adam ging an ihr vorbei ins Zimmer. Bevor sie die Tür hinter ihm schloss, warf er einen Blick über seine Schulter. Ihm gefiel, was er sah. Lange, rötliche Haare, schwarzes Latex. Gute Figur. Fantastische Beine. Viel mehr konnte er in der Dunkelheit nicht erkennen.

Danke, Mick!

»Schön, Ihre Bekanntschaft zu machen«, sagte sie und drückte ihm ein Champagnerglas in die Hand.

Latexhandschuhe.

»Ganz meinerseits.«

Seine Augen waren noch nicht an das fahle Licht der beiden Kerzen gewöhnt, die auf den Nachttischen standen. Die Russin musste sie selbst mitgebracht haben, denn in Hotels dieser Art waren sie nicht üblich. Genau wie die Utensilien, die er auf dem Bett erahnte. Handschellen, ein länglicher Gegenstand – vielleicht ein Dildo oder eine Gelflasche. Sie hatte sich offensichtlich gut auf den Abend vorbereitet.

»Fünftausend?«, fragte er.

»Ach richtig, das Geld.« Sie ging zu einem Regal, kam zurück und drückte ihm etwas in die Hand. »Bitte sehr.«

Er mochte ihr rollendes R und die lang gezogenen Vokale. Ihr Akzent machte ihn scharf. Trotzdem musste er sich zuerst ums Geschäftliche kümmern. Der Packen Geld in seiner Hand fühlte sich nach viel an. Um sicherzugehen, hielt er die Scheine ins Kerzenlicht und überschlug die Summe.

»Sie können mir ruhig glauben, Mick«, sagte sie. Er spürte ihren Finger über seinen Nacken streichen. Zurück blieb eine feuchte Spur, die sie anblies und einen wohligen Schauer auslöste.

Trotzdem hätte er lieber kurz das Licht angemacht und nachgezählt. Aber zu steril sollte das Treffen auch nicht ablaufen. Außerdem gefielen ihm Frauen, die wussten, was sie wollten, und sie wollte ihn, jetzt.

»Ausziehen.«

Er grinste, nahm einen Schluck Champagner und stellte das Glas ab. Dann trat er an die Frau heran und berührte ihren Ganzkörperanzug, der sich großartig anfühlte. Er liebte Latex.

»Nicht mich. Du sollst dich ausziehen!«

Er war überrascht. Aber was hatte er erwartet? Offensichtlich führte sie gerne das Kommando und entschied selbst, wann sie sich aus dem Latex schälte. Ihre raue, herrische Stimme erregte ihn. Er schlüpfte aus den knöchelhohen schwarzen Stiefeletten, dann zog er die Hose aus und steckte den Geldpacken in die Tasche. Danach waren Krawatte und Hemd an der Reihe, bis er schließlich die Daumen in den Bund seiner Boxershorts steckte und sie langsam nach unten streifte, um ihr sein größtes Kapital zu präsentieren.

Micks größtes Kapital. Das Merkmal, das ihn und seinen Kumpel verband. Den Grund, warum Kirkowsky so gerne gebucht wurde.

Mick und er hatten beim Duschen nach dem Fußball bemerkt, dass der Rest der Männerwelt offensichtlich bedeutend schlechter ausgestattet war als sie beide. Daraus war irgendwann die Idee entstanden, ihn als sein Double einzusetzen. Und da war er nun. Adam Kuhn, vierundzwanzig, Student und Penis-Double.

Sie fasste ihn an. Er fühlte den Latex. Spürte ihren Atem an seiner Brust. Er streckte die Hand nach ihr aus, doch sie wischte sie weg. Stattdessen massierte sie sein Teil, bis es hart war und nach oben ragte. Noch so ein Kriterium, das der Klientel wichtig war.

»Gut. Leg dich hin.«

Er ließ sich aufs Bett sinken und fühlte, dass es mit Folie überzogen war. Es wurde also noch spezieller. Für irgendwas mussten die Fünftausend ja sein. Im besten Fall plante sie eine kleine Latex-und-Öl-Spielerei, im schlimmsten war sie eine von denen, die aufs Pissen stand oder, noch viel unappetitlicher …

Noch bevor er weiter überlegen konnte, nahm sie seine linke

Hand und zog den Arm zur Seite. Gleich darauf klickten die Handschellen.

Er stand auf Bondage. Trotzdem schwankte er zwischen Erregung und Protest. Er durfte die Kontrolle nicht verlieren. Nachher haute sie noch ab, zusammen mit seinem Geld und den Klamotten, und er würde dem Hotel, vielleicht sogar der Polizei, der Feuerwehr oder, noch schlimmer, irgendwelchen Reportern, erklären müssen, was passiert war. Für die war so etwas ein gefundenes Fressen.

»Muss das wirklich sein?«, fragte er mit gespielter Coolness.

Sie lachte heiser und ging an die andere Seite des Bettes, um ihn dort ebenso zu fesseln. Kurze Zeit später waren alle vier Gliedmaßen fixiert. Gekonnt und ziemlich straff, wie er fand. Mittlerweile hatte seine Erregung die Oberhand gewonnen. Sie hielt ihm einen Fetisch-Knebel mit Silikonball an den Mund. Er öffnete bereitwillig die Lippen.

Dann nahm sie den länglichen Gegenstand zur Hand, den er für einen Dildo gehalten hatte, und drückte darauf herum.

Violettes Licht erstrahlte.

Eine UV-Lampe?

Sie schwang sich zu ihm aufs Bett und leuchtete ihn an. Er hatte ja schon viele merkwürdige Frauen erlebt, aber diese hier schlug sie alle.

»Wo ist es?«, fragte sie, als hätte sie sich von ihm eine Antwort erwarten können, und ließ den Lichtkegel der Lampe über seinen Körper wandern.

Wo ist – was?, dachte er.

»Dreh dich zur Seite!«, forderte sie, drückte ihn mit erstaunlich kräftigen Händen nach links und rechts und beleuchtete auch den Rest seines Körpers.

»Verdammt, Mick. Wo ist das Tattoo?«, rief sie und klang

plötzlich gar nicht mehr russisch. Und auch nicht besonders weiblich.

Adam realisierte, dass er in eine Falle getappt war. Die Freierin war ein Freier, und es ging hier nicht um Sex, sondern um etwas ganz anderes. Aber was auch immer es sein mochte – er war der Falsche dafür! Er riss an den Fesseln, konnte sich aber kaum rühren. Er wollte schreien, ihr – *ihm* klarmachen, dass es sich um eine Verwechslung handelte, dass er nicht Mick war, dass sie geschwindelt hatten, weil sein Kumpel zu bekifft für den Auftrag seines Lebens gewesen war – aber natürlich hatte er keine Chance, sich verständlich zu machen.

Als eine Klinge im violetten Licht aufblitzte, wich jede Erregung der blanken Angst.

»Dann werden wir einfach mal so tun als ob, Mick. Oder wie auch immer du heißt«, sagte der Mann, kniete sich zwischen Adams Schenkel und legte ein Skalpell an seinen Penis.

Vor sechs Jahren

46 Berlin

Marlies Bauer

Marlies war gut drauf. Das galt nicht bloß für diesen Tag, sondern für ihr ganzes Leben. Die letzten Jahre kamen ihr vor, als wäre jeder einzelne Tag besser gewesen als der davor. Sie war eine Frau in den besten Jahren, trotz ihres Handicaps in jeder Beziehung aktiv und sogar sportlich. Sie hätte es nie für möglich gehalten, aber zuletzt hatte sie auf ihren Fahrradrunden dreißig, an guten Tagen sogar über fünfzig Kilometer geschafft. Natürlich wurde sie dabei von einem Elektroantrieb unterstützt. Aber alleine die Tatsache, dass sie mit ihrer Prothese so gut vorwärts kam, motivierte sie zum Dranbleiben.

Auch in allen anderen Belangen ihres Lebens gab es nur eine Richtung: bergauf. Sie hatte viel zu lange in den Tag hineingelebt, blind für die Möglichkeiten, die sich ihr geboten hätten. Woran Heinz der Hauptschuldige war. Ihr halbes Leben lang hatte sie zurückgesteckt, stets zugunsten ihres Mannes, der in aller Ruhe seine Medizinkarriere hatte vorantreiben können, während ihr der Haushalt und die Kinder geblieben waren, ohne Dank und ohne Lohn. Aber damit war Schluss. Sowohl mit den Kindern, die längst aus dem Haus waren, als auch mit Heinz.

Heute lebte sie in der Wohnung, in der ihre große Veränderung ihren Anfang genommen hatte. Von hier aus war sie im Nu überall, im Stadtzentrum wie in den Parks als auch sonst wo.

Das große Haus hatte sie seit ihrem Auszug kein einziges Mal vermisst.

Bald würde die Scheidung durch sein. Mit fünfundfünfzig standen ihr noch fünf bis zehn Berufsjahre bevor, und anschließend würde sie eine kleine Rente bekommen, die alleine schon ausreichen würde, um sie über Wasser zu halten. Aber Heinz würde trotzdem ordentlich bluten müssen. Er schuldete ihr die Hälfte von allem. Auch vom Haus. Es war ihr völlig egal, wenn er es verkaufen musste, um die Scheidung bezahlen zu können. Zusammen mit dem Finanzpolster, das sie in den letzten Jahren vor dem Finanzamt in Sicherheit gebracht hatte, hatte Marlies mehr als ausgesorgt.

Aber morgen war morgen, und heute war heute. Sie wollte im Jetzt leben, ohne jeden Euro zweimal umdrehen zu müssen. Und genau das tat sie. Ihre Praxis lief ausgezeichnet. Sie musste inzwischen mehr Patienten ablehnen, als sie hätte aufnehmen können. Obwohl sie ihren Tarif schon ordentlich hinaufgeschraubt hatte und unter hundertfünfzig Euro pro Stunde überhaupt nichts mehr tat. Sie wusste sich zu verkaufen. Und sie kannte ihren Wert genau.

Sie erreichte das alte Wohnhaus, dessen Fassade endlich renoviert gehörte. Sie hatte die Hausverwaltung schon mehrmals darauf hingewiesen. Innen hui, außen pfui. Der Fahrstuhl streikte immer noch regelmäßig, und dem Treppenhaus und den Gängen hätte ein frischer Anstrich nicht geschadet. Sie hatte versucht, Verbündete für ihr Verschönerungsprojekt zu finden, aber man mochte nicht glauben, wie egal es den Menschen war, wie es außerhalb ihrer eigenen vier Wände aussah.

Marlies schob ihr E-Bike in den Fahrradständer, schloss es ab und entfernte den Akku, damit er nicht gestohlen werden konnte. Noch so ein Punkt, der sie wurmte. Das alte Haus bot keine Möglichkeit, wertvolle Sachen wie ihr Fahrrad irgendwo unterzustellen. Sie hatte sich schon überlegt, eine Garage in der Nähe anzumieten, doch da sie kein Auto besaß, wäre das wohl übertrieben gewesen.

Oben in der Wohnung angekommen, ging sie gleich ins Bad, um zu duschen. Sie zog sich aus, nahm ihre Prothese ab, stemmte sich einbeinig in die Dusche und stellte sich unter den herrlich heißen Wasserstrahl. Nachher würde sie sich ein leckeres Abendbrot zubereiten und noch etwas ruhen, bevor es zum Tanzabend ging. Der machte den Mittwoch regelmäßig zum Highlight der Woche. Beim Tanzen ließen sich Männer kennenlernen, die wussten, wie sie sich zu bewegen hatten. Und das war Marlies mittlerweile wesentlich wichtiger als das Geld, das auf ihren Bankkonten lag. Ja, je älter man wurde, desto weiser wurde man eben auch.

Sie hielt sich an den Haltegriffen fest und schwang sich aus der Dusche, dann trocknete sie sich mit dem großen Frotteetuch ab, legte ihre Prothese an und schlüpfte in den Bademantel. Die Haare würde sie später föhnen – erst mal gab es einen ordentlichen Aperitif. Vielleicht ein Glas Weißwein? Oder lieber einen Campari Soda? Oder war heute etwa einer dieser Tage, an denen ein ordinäres Bier am besten schmeckte?

Alle drei zusammen?, dachte sie und musste lachen. Beschwingt stieß sie die Tür des Badezimmers auf und schritt in den kleinen Wohnraum.

Sie sah ihn nicht sofort.

Erst nachdem sie sich zum Kühlschrank hinuntergebückt hatte und direkt hinter sich ein Rascheln hörte, wurde ihr klar, dass sie nicht allein in der Wohnung war.

Sofort begann ihr rechtes Bein zu kribbeln. Dann ihr ganzer Körper. Sie konnte nicht atmen. Langsam richtete sie sich auf und drehte sich um.

»Hallo, Marlies«, sagte er mit sanfter Stimme.

Erleichtert stieß sie die Luft aus. »Stephane! Mein Gott, hast du mich erschreckt! Was machst du hier?« *Wie bist du hier hereingekommen?*, lag ihr auf der Zunge, auch wenn sie die Antwort kannte. Er hatte einige Monate lang einen Schlüssel gehabt und sich offenbar einen eigenen machen lassen.

»Ich dachte, du seist …«

»Was?«

Sie schüttelte den Kopf, und auch er sagte nichts. Sie dachte, er sei eingesperrt worden. Wofür, wusste sie nicht. Aber sie hatte sich nie vor ihm gefürchtet und würde es auch jetzt nicht tun. Eher stieß sie sein Anblick ab. So sehr, dass sie unter anderem deswegen Schluss gemacht hatte.

Immer noch rasierte er sich eine Glatze, machte aber nicht beim Haupthaar halt. Kein einziges Härchen durfte mehr auf seinem Körper sein, was er ihr irgendwann zu erklären versucht hatte, als sie noch zusammen gewesen waren, aber er war damit kläglich gescheitert. Er war immer wieder auf diesem Traum herumgeritten, auf irgendwelchen himmlischen und höllischen Engeln und einem magischen Sterbedreieck, einer letzten, großen Ungerechtigkeit und so weiter. Religiöse Fantasien waren ja schön und gut, aber wenn jemand anfing, sich dafür von Kopf bis Fuß zu rasieren, ging das eindeutig zu weit. Dabei hatte er doch so schöne Haare gehabt!

Stephane hatte weiter an Gewicht verloren und war so dünn wie damals, als sie sich kennengelernt hatten. Man sah, wie sehr ihn die Trennung mitnahm.

Geschieht dir recht, du Spinner.

Ich hätte das Schloss austauschen sollen, dachte sie. Aber sie war immer zu faul gewesen. »Hab ich dir nicht gesagt, dass ich meinen Freiraum brauche? Du kannst hier nicht mehr einfach so hereinspazieren«, erboste sie sich. Dann packte sie die Wut. »Mach das nie wieder, hörst du? Nie wieder! Lass mich in Ruhe!«

Er wirkte getroffen, senkte den Blick und schaute auf seine Hände. In der Zeit, in der sie fest zusammen gewesen waren, hatte er sie mit seiner Sanftmut regelmäßig auf die Palme gebracht. Wie konnte sich ein Mensch nur so gutherzig geben und alles hinnehmen, das man ihm zumutete?

Aber was dachte sie noch lange darüber nach? Marlies brauchte ihn nicht mehr. Ihre Praxis lief gut genug.

»Geh!«, forderte sie und wusste, dass er es tun würde. Er hatte sich immer ihrem Willen unterworfen.

Er starrte auf ihre Prothese, die unter dem Bademantel hervorschaute. Geilte er sich gerade an ihr auf? War er deshalb gekommen? Auch das hatte sie gestört. Sie hasste es, auf ihr fehlendes Bein reduziert zu werden.

»Geh jetzt!«

Wieder sah er auf seine Hände. Dann holte er langsam Luft und sagte: »Weißt du noch, wie wichtig mir Vertrauen ist?«

Sie konnte es nicht mehr hören. Er und sein Vertrauen. Vertrauen hier, Vertrauen da. Konnte er denn keinen Moment ohne einen Menschen existieren, dem er seinen Blödsinn erzählen konnte? Was wollte er jetzt noch von ihr? Sie hatte ihm vertraut, hatte ihm bei seinen dämlichen Fantasiereisen zugehört und mit ihm geschlafen, Dutzende Male. Worüber wollte er sich beschweren?

»Du hast mein Vertrauen missbraucht«, sagte er leise.

Nun wurde ihr doch mulmig. Zwangsläufig fiel ihr das Gespräch ein, das sich um Stephanes letzten Vertrauten gedreht hatte. Den vor Marlies. Der *sterben musste*, wie er es bei ihrem allerersten Treffen ausgedrückt hatte.

Als Stephane ihr zunehmend auf die Nerven gegangen war, hatte sie nach Gründen gesucht, mit ihm Schluss zu machen – und so war auch diese Sache wieder zur Sprache gekommen.

»Du hast ihn getötet«, hatte sie ihn beschuldigt.

»Natürlich nicht!«

»Was dann? Er musste sterben, hast du gesagt!«

»Er … hat sich umgebracht. Wegen mir.«

»Wieso?«

»Weil er mir nicht helfen konnte. Er hat versagt.«

»Aber wobei denn?«

»Bei … meinem Traum. Du kennst ihn ja. Meinen großen Traum. Nach wie vor fehlt mir ein Engel dafür. Der himmlische Engel. Kannst du mir helfen, Marlies? Kennst du einen … himmlischen Engel?«

Von da an hatte sie gewusst, dass er nicht nur völlig durchgeknallt war, sondern zunehmend unangenehme Forderungen stellen würde, die sie nicht erfüllen könnte. Und dann? Sollte sie sich etwa ebenfalls umbringen? Sie wollte ihr Glück nicht herausfordern. Bald nach diesem Gespräch war dann endgültig Schluss gewesen.

»Raus jetzt, oder ich rufe die Polizei!«

Unvermittelt trat er auf sie zu, holte aus und schlug ihr mit voller Wucht ins Gesicht. Marlies verlor das Gleichgewicht und stürzte zu Boden. Völlig perplex hielt sie ihre Wange. *Wie soll ich so heute Abend zum Tanzen gehen?*, schoss es ihr durch den Kopf, doch das war im Augenblick wohl ihr kleinstes Problem.

Mühsam rappelte sie sich auf. Sie wollte zum Tisch, ihr Handy nehmen und den Notruf wählen, doch Stephane packte sie im Genick, schob sie zum Herd und drückte ihren Kopf aufs Ceranfeld. Das ging zu weit. Egal, wie intim und unprofessionell ihr Verhältnis gewesen sein mochte, egal, welche beruflichen Konsequenzen ihr womöglich drohten – sie schwor sich, ihn bei der Polizei anzuzeigen. Er sollte büßen für das, was er ihr hier gerade antat …

»Du hast jemandem von mir erzählt.«

»Was? Nein, ich …«, suchte sie nach einer Ausrede, obwohl sie sofort wusste, worauf er anspielte. *Wen* er meinte. Den Polizisten, der vor ein paar Wochen mit Stephanes Foto bei ihr aufgekreuzt war und sie über ihn ausgefragt hatte. Es war um falsche Identitäten gegangen, um ein geschlossenes Tattoo-Studio in Leipzig und um Körperverletzungen, die dort und in anderen Städten passiert sein sollten. Sie hatte Stephane nicht zugetraut, dass er jemandem absichtlich wehtat, aber natürlich hatte sie der Polizei alles sagen müssen, was sie über ihn wusste, inklusive seines kranken Fetischs und seiner perversen Fantasien wie dieses dämlichen Traums mit den himmlischen und höllischen Engeln …

»Erinnerst du dich noch, als ich dich gefragt habe, ob ich dir vertrauen kann? Du hast Ja gesagt. Aber das war eine Lüge!«

Ihr fiel nichts ein, womit sie sich hätte rechtfertigen können. Sein Griff wurde fester. Sie versuchte, nach ihm zu schlagen, nach hinten zu treten, aber ein Versuch nach dem anderen ging ins Leere.

Als kümmerte ihn ihre Gegenwehr gar nicht, tippte er aufs Kochfeld, bis es rot unter ihrem Gesicht aufleuchtete. Die Herdplatte wurde schnell heiß, viel zu heiß für ihre Wangen, ihre Stirn, ihre Lippen. Sie schrie, so laut sie konnte, dabei ahnte sie bereits, dass es nichts nützen würde. In diesem verdammten Haus achtete eben keiner auf den anderen.

»Du hast mein Vertrauen missbraucht«, wiederholte Stephane, als sie zwischen ihren Schreien Luft holen musste.

Es zischte und stank. Die Schmerzen machten sie verrückt. Und schnell überstrahlte eine Erkenntnis alle anderen.

Ich bin tot.

Mittwoch, 26. August

47

Magdeburg, 03.54 Uhr

Adam Kuhn

»Adam! Na, was geht, mein Lieber?«

»Mick, endlich! Wieso gehst du nie an dein verdammtes Telefon?«

»Aber hallo! Um vier nachts? Hast wohl schwere Sehnsucht nach mir, was? Und? Wie war's auf meiner Russin? Hey, Adam, bist du noch dran? Bist ja noch ganz außer Atem! Alles okay mit dir? Jetzt sag mir nicht, dass du immer noch am Rammeln bist!«

»Ja ... nein, alles gut. Hör zu, Mick. Ich habe hier das Geld für dich.«

»Das hat nicht die geringste Eile, Meister. Du hast immer Kredit bei mir. Kannste mir gerne morgen oder übermorgen geben. Krieg ich eigentlich Folgeprovision oder so? Nur für den Fall, dass unsere süße Russin nicht genug von dir bekommt ...«

»Klar, Mick. Hör zu, ich muss gleich los. Mein Flug geht am Vormittag. Ich will, dass du dein Geld jetzt holst.«

»Du fliegst weg? Wie lange?«

»Ein paar Wochen.«

»Hä? Machst du Urlaub oder was? Willst wohl deinen neuen Reichtum unter die Leute bringen?«

»Genau. Also, wann kommst du?«

»Immer und jederzeit, Meister! Aber ich würde mir noch gerne ein Mützchen voll Schlaf aufsetzen, wenn du verstehst, was ich meine. Duldet keinen Verzug!«

»Mick, hör auf mit dem Blödsinn und komm her, sonst leg ich die Tausendfünfhundert einfach vor die Tür. Wie ich meine Nachbarn kenne, werden die nicht lange dort sein.«

»Du Hund! Kannst du sie nicht irgendwo deponieren? Oder gib sie einfach einem Kumpel. Ich hol sie mir dann ab.«

»Nein, Mick. Ich will das hinter mich bringen und muss dann gleich los. Also, wann?«

»Na, so ein, zwei Stündchen brauch ich schon noch.«

»Mick, komm jetzt. Sofort.«

»Was machst'n für'n Stress? Ist wirklich alles gut? Du klingst total uneasy. Hast du was genommen? Adam? Bist du noch dran? Was ist denn los?«

»Du gehst mir auf die Nerven, Mick. Das ist alles. Steh auf, zieh dich an und komm her. Jetzt.«

»Na gut, komm ich eben.«

»Beeil dich.«

48 Berlin, 04.32 Uhr

Christian Brand

»Brand, kommen Sie!«, rief jemand und war gleich wieder weg.

Brand brauchte einen Moment, um sich zu orientieren. Er musste kurz eingenickt sein. Wie spät war es? Die Uhr an der kahlen Wand des Aufenthaltsraums gab ihm Auskunft: kurz nach halb fünf. Aber das konnte doch nicht sein. Er hatte nicht schlafen wollen. Er wollte bereit sein, wenn sich irgendetwas tat. Und jetzt war die Nacht so gut wie vorbei.

Brand sprang auf, schlüpfte in sein Sakko und eilte zu dem Raum mit den vielen Monitoren.

Die anderen waren bereits versammelt. Oder sollte er besser sagen *noch immer*? Björk schien keine Pause gemacht zu haben. Auf dem Tisch vor ihr standen mehrere leere Dosen Energydrink. Brand hatte ihr einen ganzen Karton davon besorgt. Ein Glas stand halb voll neben ihrem Laptop.

Kirchhoff rieb sich die Augen und gähnte. Er erinnerte Brand an einen Bären nach dem Winterschlaf. Duchamps sah aus wie immer, was kein Kompliment war. Falls er müde war, ließ er es sich nicht anmerken.

Auf einem der Monitore lief eine neue Videosequenz. Björk zeigte mit ihrem Stift auf eine Person, die bei Tageslicht aus einem weißen Hochdachkombi stieg, irgendwo in einer Stadt.

Ein Mann, durchschnittlich groß, dunkle Haare, spitzes Gesicht. Weitere Einzelheiten waren für Brand nicht auszumachen.

»Ich habe ihn erkannt«, erklärte sie, »er war am Samstag in London, wenige Stunden bevor wir Jimmy Fields entdeckt haben. Er hat sich in der Nähe der Marylebone Street aufgehalten.«

»Das ist doch nicht möglich«, zweifelte Kirchhoff. »Woher stammen die Bilder?«

»Aus Magdeburg. Von gestern Nachmittag.«

»Mein Gott«, sagte der Chef. Er wirkte betroffen.

Brand verstand nur Bahnhof. »Was ist denn in Magdeburg?«

Björk drehte sich zu ihm um. »Das letzte männliche Ziel. Ich habe versucht, ihn ausfindig zu machen, aber bisher hatte ich keine Chance. Jetzt taucht der da auf.«

»Das könnte auch ein dummer Zufall sein, oder?«, wandte Kirchhoff ein.

»Nein«, sagte Björk und verzog keine Miene. »Kein Zufall, Julian. Er ist es.«

Der Vorgesetzte schwieg eine Weile. Dann sagte er: »Wenn er wirklich derjenige ist, der Jimmy Fields auf dem Gewissen hat …«

»Dann haben wir den gefährlichsten Jäger von allen entdeckt«, vervollständigte Björk.

Kirchhoff schwieg, Duchamps auch.

»Julian, wir sind es Lucy schuldig.«

Lucy?, fragte sich Brand.

»Wir sind es vor allem *uns* schuldig, nicht denselben Fehler zweimal zu machen, Inga.«

Sie sah weg.

Wer war Lucy? Ein Teammitglied? Und was war mit ihr passiert? Welchen Fehler hatte sie gemacht? Immer noch fehlten

Brand zu viele Informationen, als dass er etwas hätte beitragen können.

»Julian, ich glaube, der Mann hat das Opfer entdeckt. Was soll er sonst in der Stadt? Lass uns hin!«

»Aber das geht nicht, Inga. Du weißt genau, dass ich dich hier brauche. Es laufen noch zwei weitere Ziele frei herum, darunter das Mädchen aus Hamburg. Ich verstehe ja, dass du Lucy rächen willst, aber …«

»Mit Rache hat das nichts zu tun. Das weißt du genau!«, schimpfte sie und stemmte ihre Hände in die Hüften. Ihr Gesicht lief rot an. Dann fluchte sie, offenbar auf Schwedisch.

»Wir werden ihn nicht erwischen, Inga. Wir müssen uns auf die Opfer konzentrieren.«

Brand hatte den Eindruck, dass sie gerade wertvolle Zeit verschwendeten. Björk hatte etwas gefunden und wollte es sich ansehen. Das musste doch reichen? »Fahren wir hin«, schlug er deshalb vor. »Das ist doch nicht weit, oder? Knapp zwei Stunden? Björk kann während der Fahrt auf dem Laptop weitermachen. Wie in Bozen.«

Kirchhoff rieb sich nachdenklich den Vollbart. Plötzlich hellte sich sein Gesicht auf. »Also gut. Wenn du darauf bestehst, dann sehen wir's uns an, Inga. Brand, Sie fahren mit Duchamps hin.«

Brand glaubte, sich verhört zu haben. Er und dieser Bodybuilder-Verschnitt? Das hatte er sich anders vorgestellt.

Björk wollte etwas sagen, doch Kirchhoff kam ihr zuvor: »Das ist alles, was ich euch anbieten kann. Inga, du bist hier unabkömmlich. Wir haben keinen zweiten *Super Recogniser*, der in den Fall eingearbeitet wäre. Du hast ja gesehen, was passiert, wenn du kein Internet hast. Dann steht der Fall still. Also, ihr zwei oder keiner. Inga, du hältst Kontakt und siehst zu, dass du an Kameras in Magdeburg kommst. Duchamps, Sie erzählen

Brand, worauf er sich gefasst machen soll. Falls wir wirklich den Jäger aus London entdeckt haben.«

Duchamps nickte.

Brand sah zu Björk.

Die zögerte noch, nickte dann aber ebenfalls. »Schnappen Sie ihn – und dann bringen Sie ihn her. Unbedingt!«

49 Unbekannter Ort, unbekannte Zeit

Werner Krakauer

Krakauer hatte jede Orientierung und auch sein Zeitgefühl verloren. Hatte er geschlafen? War er jetzt wach?

Er fühlte sich benommen. Sein Mund war so ausgetrocknet, dass er keine Chance hatte, ihn noch irgendwie zu befeuchten. Er erinnerte sich an das Wort, das jetzt auf seiner Stirn stand. Die acht Buchstaben.

VERRÄTER.

Er winkelte seinen rechten Arm an und betastete mit den Fingerspitzen die Haut auf seiner Stirn. Natürlich konnte er die Buchstaben nicht fühlen. Waren sie etwa mit einem dieser Marker geschrieben worden, die man tagelang nicht mehr abbekam? Aber wozu? Und warum?

Weil ich das Spiel verraten habe, gab er sich die Antwort selbst.

Indem er öffentlich darüber berichtet hatte. Aber nicht nur das. Er hatte auch die Absicht dahinter verraten, indem er Mirjam Rüttgers Amputationen mit Photoshop hatte fälschen wollen. Was davon mochte den anderen dazu veranlasst haben, ihm das Wort auf die Stirn zu schreiben?

Unwichtig, wusste er. Er stellte sich die falschen Fragen, um der richtigen auszuweichen.

Was. Mache. Ich. In. Einem. Sarg?

Immer, wenn ihn die Erkenntnis traf, spürte er seine Panik

aufs Neue. Wie sie ihn auffraß. Verrückt machte. Bis nichts mehr von ihm übrig blieb. Er durfte sie nicht zulassen. Er musste unbedingt Ruhe bewahren. Langsam atmen. Luft sparen. Kein Sarg war völlig luftdicht. Ein bisschen Sauerstoff konnte immer eindringen, ein bisschen Kohlendioxid entweichen.

Solange ich nicht unter der Erde bin.

»Schluss!«, ermahnte er sich selbst.

Er hatte überlegt, um Hilfe zu rufen, den Gedanken aber wieder verworfen. Aus demselben Grund, aus dem er so langsam und flach atmete wie möglich. Er ahnte, dass seine Benommenheit vom Sauerstoffmangel herrührte. Er musste versuchen, damit zu haushalten.

Aber wofür? Und für wen?

Er hatte alles verbockt. So, wie er jetzt vermutlich aussah, konnte er unmöglich unter die Leute gehen. Was auch bedeutete, dass er kein weiteres Opfer mehr finden würde.

Besser so.

Er fühlte, wie sich abgrundtiefe Traurigkeit ihn ihm ausbreitete. Tränen sammelten sich in seinen Augen. Er schluchzte. Er war ein Versager und würde es immer bleiben. Mirjam Rüttgers war tot, und auch wenn er sie nicht eigenhändig ermordet hatte, hatte er es dem anderen doch um einiges leichter gemacht, ihn vielleicht sogar zu ihr geführt. Nein, es zählte nicht allein der gute Wille, schon gar nicht hier. Auch gute Absichten konnten Menschen töten. Jeder würde ihm zu Recht die Mitschuld geben. Alles, was er anfasste, ging kaputt. Sein Verschwinden von dieser Welt würde kein Verlust sein. Im Gegenteil.

Er heulte. Spürte, wie sein Zwerchfell krampfte. Fühlte die Tränen, die über sein Gesicht liefen. Wie konnten sie nur so ungehemmt hervorquellen, während sein Körper schon halb vertrocknet war?

Da merkte er, wie sich der Sarg bewegte. Oder spielten ihm die Sinne einen Streich? Nein, der Sarg bewegte sich tatsächlich. Zuerst an seinen Füßen, dann am Kopf. Auf und nieder, wie im Takt von Schritten, ganz leicht nur, doch deutlich genug.

Ich bin nicht unter der Erde.

Schon im nächsten Moment überkam ihn der Drang, sich bemerkbar zu machen. Am liebsten hätte er laut geschrien, doch das durfte er nicht.

Wohin wurde er gebracht? Und vor allem: von wem? Fuhr man ihn zum Friedhof, um ihn lebendig zu begraben? Oder würde er gleich in der Brennkammer eines Krematoriums landen?

Nur eines war sicher: Der Jäger hatte ihn in seine Gewalt gebracht und entschieden, was mit ihm passieren sollte. Vielleicht war er da draußen. Wenn Krakauer jetzt um Hilfe schrie, gab er ihm möglicherweise einen Grund, ihn vorzeitig ruhigzustellen. Nein, er musste leise bleiben. Auch wenn es ihn verrückt machte.

Jetzt hörte er ein Schleifen unter sich. Metallisch. Das nächste Geräusch konnte Krakauer eindeutig identifizieren: Es war die Heckklappe eines Fahrzeugs, die zugeworfen wurde.

Ein alter Dieselmotor startete.

Dann fuhren sie los.

50

Am Stadtrand von Stettin, 05.38 Uhr

Mavie Nauenstein

Mavie erwachte im Halbdunkel. Sie musste lang und traumlos geschlafen haben. Sie lag an Silas' Seite, ihr rechter Arm auf seiner Brust. Unter den Decken war ihr warm. Sie glaubte, ein paar Stunden lang tief geschlafen zu haben. Dazu fühlte sie die Unbeschwertheit des neuen Morgens. Egal, wie schlimm die Welt am Vorabend ausgesehen haben mochte, der Morgen machte alles wieder gut.

Dabei war, von Silas abgesehen, gar nichts gut.

Das Knistern und Knacken aus dem Ofen, das den letzten Abend so romantisch gemacht hatte, war nicht mehr zu hören. Sie setzte sich auf und spürte, wie sehr sich die Küche über Nacht abgekühlt hatte. Behutsam deckte sie Silas wieder zu. Dann stand sie auf und sah durchs Fenster. Die ganze Umgebung war in kaltem, diffusem Grau gefangen. Das brachliegende Feld, die Bauzäune und Plakate, der Wald – Trostlosigkeit, wohin man sah. Der Regen rauschte. Immerhin stürmte es jetzt nicht mehr. Trotzdem würde bei diesem Wetter niemand freiwillig einen Fuß vor die Tür setzen.

Doch sie musste genau das tun. In diese Trostlosigkeit hinaus. Um sich ihrer Vergangenheit zu stellen. Sie konnte nur hoffen, dass ihr die positive Grundstimmung des Morgens noch ein paar Stunden erhalten blieb.

Sie sah zu Silas hinunter. Sein Brustkorb hob und senkte sich so zuverlässig wie ein Uhrwerk. Wie gerne hätte sie sich wieder zu ihm gelegt und gewartet, bis er aufwachte und sie gemeinsam aufbrechen konnten. Aber sie hatte inzwischen beschlossen, es anders zu machen. Silas hatte schon genug für sie getan, indem er sie hierher gebracht hatte. Sie ahnte, nein, sie wusste – wusste ganz genau –, dass sie die nächsten Schritte und damit auch die ersten Schritte in ihr neues Leben alleine machen musste. Sie musste die Initiative ergreifen. Genau wie gestern.

Bald würde sie wissen, wer sie war, was mit ihr war und wer für das Unrecht in ihrem Leben verantwortlich war. Dann würde sie neu anfangen können.

Mit Silas.

So leise sie konnte, schlüpfte sie in die Schuhe, die sie zum Trocknen an den Ofen gestellt hatte und die jetzt so kalt waren wie alles hier. Dann verließ sie die Küche, ging zur Haustür und trat hinaus ins Freie.

Bevor sie losging, holte sie den Schirm aus dem Geländewagen, den Silas gestern auf der Rückbank entdeckt hatte. Sie spannte ihn auf und streckte ihn dem schweren Regen entgegen. Dann marschierte sie los. Und obwohl ihr schon nach wenigen Metern kalt war, fühlte es sich immer noch richtig an.

Bald gelangte sie zu der asphaltierten Straße, über die sie zum verlassenen Bauernhof gekommen waren. Bis ins Zentrum war es zu Fuß zwar weit, aber in einer Stunde oder so konnte sie es bestimmt schaffen. Sie hatte sich schon gestern etwas orientieren können. Sie waren fast im Stadtzentrum gewesen, bevor Silas kehrtgemacht hatte. Sie wusste ziemlich genau, in welche Richtung sie gehen musste.

Silas.

Ihr wurde bewusst, dass sie ihm keine Nachricht hinterlassen hatte. Er würde sich bestimmt Sorgen machen und sie suchen.

Ich kann nicht zurück. Er würde mich niemals alleine losziehen lassen.

Sie zwang sich, nicht weiter an ihn zu denken. Nicht jetzt. So schnell und unauffällig sie konnte, ging sie durch die Straßen, die hier nur einspurig waren und an gepflegten Einfamilienhäusern vorbeiführten. Bestimmt stand der eine oder andere Bewohner gerade an seinem Fenster und fragte sich, was die Fremde hier wollte. Das war in Polen gewiss nicht anders als in Deutschland oder sonst wo auf der Welt. Sie durfte kein Aufsehen erregen.

Ein Auto näherte sich von hinten. Im ersten Moment dachte Mavie an Silas, doch der Geländewagen hätte ein völlig anderes Geräusch gemacht. Sie drehte sich nicht um, ließ sich nichts anmerken, bis der Wagen an ihr vorbeigefahren war. Er hatte sein Tempo verlangsamt, um sie nicht nass zu spritzen, und beschleunigte jetzt wieder.

An der nächsten Kreuzung entdeckte Mavie ein Hinweisschild Richtung Zentrum. Ihr Weg mündete in eine breitere Straße ein, die bald an einem großen Krankenhaus vorbeiführte. Ein Rettungswagen raste mit Blaulicht herbei und schoss wenige Meter vor Mavie die Auffahrt hoch.

Sie ging weiter. Trotz der frühen Stunde waren schon überraschend viele Leute in ihren Autos unterwegs. Sie rollten in einem konstanten Strom ins Zentrum.

Sie wunderte sich, dass sie kaum an »Vater« und »Mutter« dachte. *Zwei Tote … Bluttat in Hamburg …* Entweder war es einem psychischen Abwehrmechanismus geschuldet, dass sie nichts als Leere empfand, oder sie war wirklich froh, die beiden los zu sein. Sie wusste es nicht. *Aber wer hätte die beiden umbringen sollen oder vor allem – warum?*

Die Straße führte konstant bergab, ganz leicht nur, aber genug, um ihr das Gehen zu erleichtern. Die Häuser wurden höher. Nun waren es bereits drei-, teilweise auch vierstöckige Gebäude. In der Mitte der Straße bildeten zwei Reihen von Laubbäumen eine Allee, in der nur die Straßenbahn fuhr. Links und rechts davon sah sie zwei Kopfsteinpflasterstraßen, daneben die Gehwege, dann hübsche Zäune, Häuser und noch mehr Grün. Vieles hier erinnerte sie an Hamburg. Auch der Regen.

Nach einer knappen Stunde Fußmarsch erreichte sie das Zentrum, das schon erstaunlich belebt war. Sie kam in einen großen, kreisförmigen Park, auf den die Straßen streng geometrisch aus allen Himmelsrichtungen zuführten. Wenn Stettin ein Zentrum hatte, dann konnte es nur das hier sein. Doch Mavie fand den Straßennamen nicht, der in den Papieren vermerkt war. Nach einigen Minuten erfolglosen Suchens hielt sie einen Mann an, der vertrauenswürdig aussah, und fragte ihn einfach. Auf Englisch.

»Ach, das ist gleich da drüben! Die Straße läuft hinter dem Gebäude vorbei. Sie kommen aber auch vorne rein«, antwortete er auf Deutsch und lachte. »Haben Sie einen schönen Tag!«

»Sie auch … danke!«

Keine drei Minuten später stand sie schon vor dem Eingang, neben dem das Schild der Anwaltskanzlei hing. Allerdings sah sie auch, dass diese erst in einer knappen Stunde öffnete.

51

Autobahn A115, 06.27 Uhr

Christian Brand

Sie waren noch nicht über die Stadtgrenzen von Berlin hinausgekommen, da hatte sich Brands erster Eindruck von Eric Duchamps schon verfestigt: Er war ein aufgeblasener Idiot. Bestimmt weinte ihm die französische Kriminalpolizei keine Träne nach.

Kaum hatten sie im Auto gesessen, hatte er auch schon zu labern begonnen. Über Berlin, Deutschland im Allgemeinen, dass *wir Nichtdeutschen* doch zusammenhalten müssten – was wohl Brand als Österreicher einschließen sollte – und wie schwer es sei, sich im Kompetenzdschungel der europäischen Polizeibehörden zurechtzufinden. Der Grad an Frustration, den er dabei durchscheinen ließ, passte nicht zu seinem Alter. Wenn es hochkam, war er vielleicht ein paar Jahre älter als Brand, aber bestimmt noch keine fünfunddreißig. Er war erst seit Kurzem bei Europol, und schon redete er, als ginge er demnächst dort in Rente.

»Was wissen Sie über das Jagdspiel?«, fragte Brand, als sie endlich aus Berlin raus waren und auf der A115 beschleunigen konnten. In der anderen Richtung kamen ihnen zahllose Pendler entgegen, doch sie hatten freie Bahn. Auch das Wetter ließ es endlich wieder zu, schnell zu fahren.

»Pardon?«

»Sie wissen doch über den Fall Bescheid, oder?«

»Nicht so wirklich ... Kirchhoff hat mich aus Den Haag mitgenommen.«

»Und?«

»Und was?«

»Er muss Ihnen doch gesagt haben, worum es geht, oder nicht?« Brand warf dem Franzosen einen skeptischen Seitenblick zu.

»Ach so. Ja ... wir arbeiten da seit ungefähr zwei Wochen dran. Aber ich hatte bisher nichts weiter damit zu tun.«

Und besonders zu interessieren schien es ihn auch nicht.

»Was ist in London passiert?«, wollte Brand wissen. »Kirchhoff hat gemeint, Sie würden mir davon erzählen?«

»Da ist wohl eine englische Verbindungsbeamtin gestorben.«

So gesprächig Duchamps vorhin gewesen war, so zugeknöpft gab er sich jetzt. Brand hatte das Gefühl, ihm jede Information einzeln entlocken zu müssen. »Erzählen Sie mir davon«, forderte er den Franzosen auf.

»Ich weiß eigentlich nichts. Björk war auch dort. Aber ihr ist nichts passiert.«

Ach was, lag ihm auf der Zunge. »Die beiden wollten doch zusammen diesen ... Jimmy Fields in Sicherheit bringen, oder? Björk und die englische Beamtin? Diese Lucy ...?«

»So wird es wohl gewesen sein. Björk ist scharf, oder?«

»Was?« Brand schnappte nach Luft.

»So groß und schön dünn. Klasse Gesicht. Die Haare könnten länger sein. Haben Sie ihr Tattoo gesehen? Den Baum? Den würde ich liebend gerne mal aus der Nähe inspizieren.« Er gab ein Geräusch von sich, das wie das Meckern einer Ziege klang, aber vermutlich ein Lachen sein sollte.

Brand stellte sich vor, dem Kerl seine Faust ins Gesicht zu drücken. Er fürchtete nur, dass das zu neuem Redebedarf vonseiten

Oberst Hintereggers, wenn nicht gar zu neuen Therapievorschlägen geführt hätte.

Sie fuhren ein paar Minuten, ohne ein weiteres Wort zu wechseln. Dann murmelte Duchamps etwas, das wie »eine Million« klang.

»Was?«

»Eine Million«, wiederholte er lauter. »Was würden Sie mit einer Million machen, Brand?«

»Wie kommen Sie darauf?«

»Ach, nur so.«

»Sie sprechen vom Jagdspiel, oder?«

»Das wäre schon was.« Duchamps nickte. »Dann müsste man nie mehr arbeiten gehen.«

»Ist das die Gewinnsumme? Eine Million?« Brand überschlug die Summe im Kopf. Dreizehn Jäger, bestimmt waren es sogar mehr, die jeweils hunderttausend Euro Teilnahmegebühr zahlten – machte zusammen einen Jackpot von eins Komma drei Millionen.

»Nicht ganz«, konkretisierte Duchamps. »Eine Hälfte bekommt der Gewinner, die andere der Veranstalter.«

Brand hob die Augenbrauen. In jedem Fall war es mehr Geld, als die meisten Menschen jemals zu Gesicht bekommen würden. Aber wer konnte so krank sein, dafür andere Menschen zu verstümmeln?

Mindestens ein Dutzend, gab er sich die Antwort gleich selbst.

»Eine Million«, murmelte sein Beifahrer erneut. Dann piepste es in seinem Sakko. Duchamps zog sein Handy heraus und ging ran. Unmittelbar danach informierte er Brand, dass Björk den Transportwagen des Jägers in der Arndtstraße in Magdeburg entdeckt hatte.

Brand tippte die Adresse ins Navigationsgerät ein.

Route wird neu berechnet … Dauer bis zur Ankunft: eine Stunde einundzwanzig Minuten.

Das muss schneller gehen, dachte Brand und drückte das Gaspedal bis zum Anschlag durch.

52

Magdeburg, 07.29 Uhr

Adam Kuhn

Adam sah Mick Kirkowsky kommen.

Endlich.

In den vergangenen Stunden hatte er weder die Straße vor seinem Haus noch die Anzeige der Uhr an der gegenüberliegenden Apotheke aus den Augen gelassen. Er hatte schon befürchtet, Mick würde gar nicht auftauchen. Er hatte ihn per Textnachricht erinnern wollen, dass er sofort vorbeikommen solle, um sich sein Geld zu holen, doch dann hatte er befürchtet, dass er sich mit seinem Anruf bereits verdächtig genug gemacht hatte.

Mick durfte nicht misstrauisch werden.

Adam war benebelt von dem Opiat, das ihm der Mann gegen die Schmerzen aufs Hotelbett gelegt hatte. »Nimm es, bevor du gehst. Das ist retardierend, wirkt bis zu vierundzwanzig Stunden. Da würde ich persönlich längst im Krankenhaus liegen wollen. Aber mach, wie du meinst«, hatte er gesagt, so ruhig, als ginge es um ein Kratzen im Hals.

Adam konnte sich kaum noch auf den Beinen halten. Geschweige denn aufrecht gehen. Doch er wusste, dass er diese Sache nicht vermasseln durfte. Wollte er es wiederhaben.

Wollte er *ihn* wiederhaben.

Adam hatte geglaubt, dass er vor Schock und Schmerzen sterben würde. Er hatte alles mit angesehen. Die Klinge des Skalpells, die mühelos durch sein Fleisch glitt. Den Mann, der sich als russische Freierin verkleidet hatte und sich nicht im Geringsten von Adams erstickten Schreien und Abwehrversuchen aus der Ruhe bringen ließ. Im Gegenteil: Er schien sogar noch ruhiger zu werden. »Ja, wehr dich nur kräftig. Das macht's den Chirurgen schwerer. Aber die lieben ja Herausforderungen.«

Anschließend hatte ihm der Mann, das »Lied der Schlümpfe« summend, einen Druckverband angelegt und war mit seinem Penis ins Badezimmer verschwunden, während Adam sich beim Anblick des verbundenen Stumpfes fast übergeben hätte. Was fatal gewesen wäre. Durch den Knebel wäre er dann wohl am eigenen Erbrochenen erstickt.

»Ich werde mal nicht so sein«, hatte der Mann gesagt, als er aus dem Bad zurückkam. »Sieh her, ich werde das gute Stück ordentlich gekühlt für dich aufbewahren. So hält es ein paar Stunden. Aber nein, du brauchst dich nicht extra zu bedanken. Wer wohl morgen Dienst hat? Es soll ja Chirurgen geben, die so ein Teil schon nach ein paar Stunden in den Abfall werfen, weil sie es nicht anders gelernt haben. Also: Je schneller du ablieferst, desto schneller bekommst du ihn wieder. Und jetzt hör genau zu, was ich von dir will.«

Der Mann hatte ihm aufgetragen, Mick zu finden, zu überwältigen und ihn dann anzurufen. Wenn alles lief wie gewünscht, würde jemand den Penis zu einem Krankenhaus *seiner Wahl* bringen. Das war der Deal. Und der Preis.

Mick war endlich unten am Hauseingang angekommen und klingelte. Adam wankte zum Türöffner. Er spürte, dass er zusehends schwächer wurde. Hatte er Fieber? War das vielleicht schon die Infektion? Er glaubte, sich an den Begriff »Wundbrand« zu erinnern. Dann wurde es lebensgefährlich.

Er weinte, wie so oft in den letzten Stunden, dabei wusste er, dass das auch nichts nützte. Genauso wenig wie es nützte, die Polizei zu rufen. Im Gegenteil. Man würde ihn in ein Krankenhaus bringen, ohne die geringste Chance, sein Ding jemals wiederzusehen.

Die paar Stunden, die zum Annähen blieben, waren fast verstrichen. Danach wäre sein Penis ein wertloses Stück Fleisch, zum Verrotten verdammt, genau wie er. Wieder packte ihn der blanke Horror, wenn er sich sein Leben als Kastrat vorzustellen versuchte.

Auch an Selbstmord hatte er in den letzten Stunden mehrmals gedacht. Denn selbst wenn man den Penis wieder annähen konnte, würde er bestenfalls an ihm herunterhängen wie ein Rüssel, gefühllos, funktionslos, lustlos – ein Schlauch, der nur noch dazu taugte, im Stehen pinkeln zu können. Jedes Mal, wenn er ihn anfasste, würde er sich an das erinnern, was passiert war, und sich dabei ekeln.

Ich werde nie wieder ein ganzer Mann sein.

Vielleicht kam sein Fieber auch vom Harndrang, der in den letzten Stunden unerträglich geworden war.

»Ja?«

»Ey, ich bin's, dein Zuhälter!«, brüllte Mick in die Gegensprechanlage vor dem Haus.

»Komm rauf«, sagte Adam und drückte auf den Summer.

Er presste die Beine zusammen, wie die ganze Zeit schon. Die Muskeln zitterten von der ungewohnten Belastung. Das Brennen wurde schlimmer.

»Ich würde dir raten, aufs Trinken zu verzichten«, hatte der Mann ihm geraten, ein eiskaltes Grinsen auf den Lippen, dann hatte er seine Sachen in einen Koffer gepackt, ihn losgebunden und zurückgelassen, nackt, entmannt und traumatisiert, inmitten der Schweinerei.

Jetzt hörte er, wie Mick die Treppen hinaufschlenderte. In aller Ruhe.

Ich hasse dich.

Adam erinnerte sich, wie er sich in seine Kleidung gezwängt hatte. In die enge Anzughose, die er hatte offenlassen müssen. Wie er aus dem Zimmer und dann aus dem Hotel geflohen war, durch die Eingangshalle hindurch, die wie zum Spott so voller Leute gewesen war, als seien mehrere Touristenbusse gleichzeitig eingetroffen. Die vielsagenden Blicke. Die belustigten Gesichter. Die Möglichkeit, dass sie ihn später wiedererkannten. Wenn die Polizei das Hotelzimmer untersuchte und eine Verbindung zu dem herstellte, was jetzt gleich mit Mick passieren würde.

Adam hielt den Türgriff in der linken Hand, den Baseballschläger in der rechten und konnte seine Tränen kaum stoppen. Aber er musste.

Mick darf nichts merken. Das hier war seine letzte Chance.

Mick klopfte.

Adam versteckte den Schläger hinter seinem Rücken und zog die Tür auf. »Komm rei…«

Er sah in den Lauf einer Waffe.

»So, Adam. Und jetzt erzählst du mir haarklein, was sich da abgespielt hat«, forderte Mick ohne den Hauch von Udo Lindenberg in seiner Stimme und drückte ihm den kalten Stahl des Schalldämpfers an die Stirn.

Fünfzehn Minuten darauf saß er in seiner Küche, an einen Stuhl gefesselt, Mick ihm gegenüber. Er hatte ihm alles erzählt. *Alles.* Dass es keine russische Freierin, sondern ein Mann gewesen war, was dieser mit ihm gemacht hatte und dass er ihn anrufen sollte, sobald Mick in seiner Gewalt war – einfach alles.

Adam konnte den Harndrang jetzt nicht mehr zurückhalten. Also gab er auf. Er spürte, wie sich der Urin am Verband staute und die Wunde zu brennen begann. Aber es ging nichts durch den Druckverband. Was würde als Nächstes passieren? Würde seine Blase platzen? Würde er an einer Blutvergiftung sterben? *Warum nicht?*, dachte er. Es gab viel schlimmere Arten, ums Leben zu kommen. Er wollte ohnehin nicht mehr leben.

»Dafür also«, sagte Mick.

Adam verstand nicht, was er meinte. Dafür wurde ihm etwas anderes klar: *Mick hat gewusst, dass es eine Falle war. Er war nicht bekifft. Er hat mich absichtlich ins Verderben geschickt.*

Seine Wut war uferlos. Er riss an seinen Fesseln, wollte Mick umbringen, aber das Seil war stärker.

Mick beachtete es nicht, fuchtelte gedankenverloren mit der Pistole vor sich herum und sagte dann: »Weißt du, ich hab nie verstanden, woher ich dieses UV-Ding habe und was es bedeuten soll. Mann, ich war jahrelang so drauf auf allem, was Spaß macht ... wenn mir jemand einen Pimmel auf die Stirn tätowiert hätte, hätt's mich auch nicht gewundert. Aber dieses Ding ...«

»Der Skorpion«, sagte Adam.

»Der Skorpion, ja. Weißt du, wo er sitzt? Auf meinem Arsch. Irgendeine Bitch hat ihn fotografiert und gepostet, in so einem Forum für spezielle Bedürfnisse. Ich hab probiert, das Bild rauszubekommen, aber keine Chance. Du kannst dir vorstellen, wie misstrauisch mich die Sache gemacht hat ... Und du, mein *lieber Freund*, hättest es also tatsächlich getan«, sagte Mick und zielte mit der Waffe auf ihn. »Du hättest mich verraten.«

»Mick, versteh doch ...«

»Nein, ich versteh es nicht!«

»Mick, wir könnten doch versuchen, es ...«

»Wir könnten gar nichts mehr versuchen, Adam«, sagte

Mick und stand auf. »Immer gut, zu wissen, auf welchen seiner ›Freunde‹ man sich verlassen kann, nicht wahr?«

Mick stand auf, um zu gehen.

»Du kannst mich doch hier nicht so sitzen lassen!«, brüllte Adam ihm nach.

»Ich ruf dir einen Krankenwagen, Adam. Sobald mein Schwanz und ich vor dir in Sicherheit sind. Schönes Leben noch.«

Mick ging.

»Wir sind doch Freunde!«

»Falsch, Adam. Falsch!«

Micks Schritte wurden leiser. Dann ...

»Ey, wer bist'n du jetzt?«

Von draußen waren die Geräusche eines Handgemenges zu vernehmen. Ein Keuchen. Stoff, der zerriss.

Ein erstickter Schrei. Ein Poltern. Ein Knochen, der brach. Noch ein Schrei, noch ein Schlag.

Dann nichts mehr.

Langsame Schritte. »Ich wusste, du würdest es nicht schaffen«, sagte ein Mann. Adam erkannte seine Stimme sofort. Der Mann aus dem Hotel.

Adam drehte den Kopf und sah ihn in der Küchentür stehen.

Sein Peiniger rieb sich die Handknöchel. »Na dann«, sagte er und wandte sich ab.

»Warten Sie! Was ist jetzt mit ...«

»Womit? Deinem Ding? Wir hatten einen Deal, oder? Kein Anruf, kein Schwanz. Tja. Dumm gelaufen, Adam. Hübscher Name übrigens. Irgendwie ... passend.«

Adam war zu aufgewühlt, um noch irgendetwas herauszubringen. Er hörte, wie der Mann zu Mick in den Gang zurückging. Dann eine Gürtelschnalle. Und dazu das wahnsinnige Summen, genau wie gestern. *Das Lied der Schlümpfe.*

53

Magdeburg, 07.59 Uhr

Christian Brand

Der Frühverkehr war dicht, doch nun waren sie fast da. Das Navi zeigte nur noch dreihundert Meter bis zu jener Adresse, die Björk ihnen mitgeteilt hatte.

»Dann suchen wir einfach den Kleintransporter aus dem Video, oder?«, sprach Brand ins Mikrofon der Freisprecheinrichtung, über die er mit Björk telefonierte.

»Genau. Er steht gleich nach der Abzweigung von der Großen Diesdorfer Straße in die Arndtstraße. Gegenüber ist eine Apotheke.«

»Haben Sie den Fahrer aussteigen sehen?«

»Nein.«

»Dann haben Sie das Kennzeichen identifiziert?«

»Nein. Aber es ist dasselbe Fahrzeug, Brand. Eindeutig.«

Er fragte sich, woher sie das wissen wollte. Funktionierten ihre *Super-Recogniser*-Fähigkeiten vielleicht auch bei Fahrzeugen? Er selbst hatte in diesem Überwachungsvideo bloß einen weißen Allerweltstransporter gesehen – aber bestimmt hatte sie gute Gründe für ihre Behauptung. »Und was machen wir, wenn wir den Wagen entdeckt haben? Warten, bis jemand auftaucht?«

»Moment. Ich sehe mir gerade neue Bilder an.«

Noch fünfzig Meter bis zur Einmündung in die Arndtstraße.

Björk klang jetzt aufgeregt. »Brand, ich glaube, ich habe ihn gerade in einer Spiegelung entdeckt!«

»Wen?«

»Moment ... ich möchte das verifizieren ... ja, er ist es! Der Mann vom Foto. Das männliche Opfer. Vor zwanzig Minuten hat er ein Haus in der Arndtstraße betreten.«

»Welches?«

»Von Ihnen aus gesehen das zweite Wohnhaus auf der linken Seite. Wenn Sie aus der Großen Diesdorfer Straße kommen. Brand, da passiert gerade etwas. Sie müssen sich beeilen.«

»Wir sind schon da. Ich sehe den weißen Kombi. Das zweite Wohnhaus links?«

»Ja.«

»Wir gehen rein.«

»Seien Sie auf alles gefasst. Und vergessen Sie nicht ...«

»Schnappen und nach Berlin bringen. Klar. Ich melde mich wieder.«

Er hielt direkt vor dem Hauseingang, zog seine Glock aus dem Holster und überprüfte sie. »Sie haben eine Waffe?«, fragte er, doch Duchamps war schon aus dem Wagen gesprungen, rannte darum herum und drückte am Hauseingang wahllos auf die Klingeltafel.

»Hey!«, schimpfte Brand und eilte hinterher. Der Türöffner summte, der Franzose stürmte ins Treppenhaus. Ja, natürlich hatte auch er eine Waffe – wie in Frankreich üblich eine SIG Sauer. Aus den geübt aussehenden Bewegungen schloss Brand, dass der Kollege ein Faible für taktische Einsätze zu haben schien, noch mehr aber wohl für Ego-Shooter-Computerspiele, weil er sich kein Stück um Brand kümmerte und so tat, als müsse er alles im Alleingang machen.

»Hey!«, rief Brand erneut, darum bemüht, jene Ecken und

Winkel des Treppenhauses abzudecken, die Duchamps wissentlich oder unwissentlich übersah. Da waren sie auch schon im zweiten Stock.

Endlich bekam Brand Duchamps' Arm zu fassen und riss ihn zurück. »Was soll der Blödsinn?«, zischte er.

Ihre Blicke trafen sich. Duchamps schien wie berauscht, dabei war er wacher und ernster, als Brand ihn bisher erlebt hatte. Fast wirkte es, als befände er sich auf einem persönlichen Feldzug. Er sagte nichts, deutete nur hoch und wollte weiter, aber Brand hielt ihn eisern fest. »Sie bleiben hier und sichern! Ich bin dafür trainiert!«

Nun war eine Stimme zu hören. Von oben. »Nicht!«, schrie ein Mann. Duchamps riss sich los, stürmte hinauf und warf sich mit der Schulter voran gegen die Wohnungstür. Brand folgte ihm. Spätestens jetzt war ihm klar, dass der Franzose keine Ahnung von Einsatztaktik hatte – niemand konnte auf diese Weise eine halbwegs moderne Tür aufkriegen.

Aber der Täter war gewarnt. Duchamps rieb sich die Schulter. Brand musste handeln, bevor der Jäger die Gelegenheit hatte, sich in der Wohnung zu verschanzen. Also versuchte er das einzig Naheliegende und Mögliche: den Türgriff.

Unversperrt.

Jetzt musste es schnell gehen. Geduckt drückte er gegen das Türblatt, die Waffe im Anschlag. Die Tür schwang nach rechts auf, er war Rechtshänder – alles andere als optimal.

Auf halbem Weg wurde sie von etwas gestoppt, das auf dem Boden lag. Die Vernunft riet zum Rückzug, doch plötzlich war Duchamps wieder da, warf sich über ihm mehrmals gegen die halb offene Tür, die sich nur Zentimeter für Zentimeter öffnete.

»Rückzug! Hey! Rückzug!«, schrie Brand, aber Duchamps

dachte gar nicht daran, riss seinen Kollegen zur Seite und drängte sich an ihm vorbei durch den Türspalt. Die Aktion dauerte schon viel zu lange. Der Täter hatte sich längst darauf einstellen können, gleich würde er …

Da krachte es.

Alles wurde gleißend hell.

Blendgranate, sagte Brands Intuition.

Er spürte, wie er nach hinten gedrückt und umgeworfen wurde, vermutlich von Duchamps. Wollte Brand leben, musste er sich sofort orientieren. Aber er konnte nicht. Er sah und hörte nichts. Seine Ohren schrillten.

Idiot!, verfluchte er Duchamps, ob in Gedanken oder tatsächlich, machte keinen Unterschied, da der Franzose vor ihm bestimmt noch viel mehr unter den Folgen der Blendgranate zu leiden hatte und ihn bestimmt nicht hätte hören können.

Brand tastete nach seiner Waffe, mühte sich auf die Beine, konnte die Balance kaum halten, schüttelte den Kopf, was es auch nicht besser machte, und zog den bewusstlos wirkenden Duchamps einhändig aus dem Spalt und die Treppe hinunter, ohne Rücksicht auf weitere Blessuren. Jetzt ging es nur noch darum, irgendwie aus der Gefahrenzone zu kommen. Zu überleben. Er hielt die Glock nach oben, dorthin, wo er die Tür vermutete, sah aber nur Abstufungen von Grau – und einen dunklen Schatten.

Der Jäger? Der Bewohner?

»Halt! Ich schieße!«

Ich darf nicht schießen.

Hätte der andere jetzt etwas gesagt, Brand hätte es nicht gehört. Der Schatten bewegte sich zur Gangmitte, wurde länger, fast so, als strecke er seine Hände nach oben. Ergab er sich?

Weißes Licht kam von der Decke. Er musste die Dachluke

gefunden und geöffnet haben. Einen Moment später war der Schatten verschwunden.

Ganz langsam wurde die Umgebung um Brand herum klarer. Er durfte nicht zögern. Er ließ Duchamps, wo er war, hastete nach oben, entdeckte die Leiter, kletterte ins Freie, spürte den Regen, legte die Waffe in alle Richtungen an. Zuerst sah er nichts, dann die Umrisse eines Mannes, der davonlief und nur einen Moment später über die Dachkante hinuntersprang, aufs nächste Wohnhaus, das ein Geschoss niedriger sein musste als dieses.

Er lief hinterher, zuerst zögerlich, dann schneller, kam ebenfalls zum Abgrund, der bestimmt zwei Meter in die Tiefe führte. Der Mann war schon ein Haus weiter. Dahinter kam das nächste und noch eins – vier oder fünf große Gebäude, alle in etwa gleich hoch, teils mit Kaminen und Aufbauten, die hervorragende Deckung boten.

Brand sprang, kam auf und rollte sich ab, dann stemmte er sich hoch und lief weiter. Im Nu war er nass. Seine Kleidung klebte am Körper, dafür sah er jetzt fast wieder klar.

Seine Chancen verbesserten sich mit jeder Sekunde. Trotzdem durfte er nicht zögern. Er legte im Laufen seine Waffe an, bereit zu schießen, wenn der andere ihm einen Grund gab.

Der sah seinen Ausweg weiterhin in der Flucht, sprintete über das Dach des nächsten Gebäudes, versuchte erst gar nicht, einen der Schornsteine als Deckung zu verwenden, sondern sprang auf das letzte, nur etwas tiefere Haus in der Reihe hinunter. Dort wollte er in den mannshohen Aufbau einer Liftanlage eindringen, doch es gelang ihm nicht.

Brand holte weiter auf. Immer noch hatte er dieses Pfeifen im Ohr, aber das war egal, solange er nur genug sah und seine Beine ihn trugen. Runter, über das Flachdach, wieder hinauf.

Vorne kam das letzte Haus, auf dessen Dach der Mann stand und sich an der Tür der Liftanlage zu schaffen machte.

Er hätte ihn jetzt erschießen können. Vermutlich wäre das die beste Lösung gewesen. Den *gefährlichsten Täter von allen* einfach aus dem Spiel nehmen und so vermeiden, dass er noch mehr anrichten konnte. Aber das ging nicht. Er war Polizist und kein Henker.

Er ging in Deckung und richtete die Waffe auf den Kerl, der keine Pistole bei sich zu haben schien. Aber er hielt etwas anderes in der Hand. Einen rundlichen Gegenstand. Brand ahnte, dass es ein Sprengsatz war.

»Lassen Sie das fallen!«, befahl er und hörte sich selbst viel zu leise.

Der andere lachte auf. Fast hörte es sich so an, als wolle er Brand damit provozieren. »Das werde ich ganz bestimmt nicht tun«, glaubte Brand zu verstehen.

»Auf den Boden!«

Der Jäger trat langsam an eine der Dachkanten und sah in die Tiefe, dann ging er zur nächsten. Schließlich machte er ein paar Schritte rückwärts und drehte sich langsam zu Brand um.

Brand hielt die Glock auf die Brust des Mannes gerichtet. Selbst wenn er eine schusssichere Weste trug, würde ihm die Wucht der Kugel die Rippen brechen und die Luft nehmen, lange genug, um ihn zu überwältigen.

Der andere sagte etwas, aber Brand verstand ihn nicht.

»Auf den Boden! Sofort!«, befahl er.

»Nein!«, schrie der Mann und fuchtelte mit dem Gegenstand in seiner Hand herum. Er schien sich nicht entscheiden zu können, was er tun sollte. Der Rückweg war abgeschnitten. Er konnte nur aufgeben.

Doch das tat er nicht.

Stattdessen streckte er die Hand mit dem rundlichen Gegenstand aus und rannte auf Brand zu.

Brand schoss sofort. Einmal in den Oberschenkel, aber der Kerl rannte einfach weiter. Einmal in die Brust, auch das brachte nichts. Dann in den Kopf.

Knapp vor Brand fiel der Mann leblos zu Boden.

Direkt auf seinen Sprengkörper.

54

Stettin, 08.05 Uhr

Mavie Nauenstein

Mavie ging zu dem großen Haus zurück, in dem sich die Anwaltskanzlei befand. Wie vorhin schon bemühte sie sich, so wenig Aufsehen wie möglich zu erregen, fühlte sich inzwischen aber sicherer.

Während der letzten Stunde hatte sie in einem Café gesessen, das sich in unmittelbarer Nähe befand. Dort hatte sie sich einen Tee bestellt. Das Frühstück, das ihr der Kellner gleich mit angeboten hatte, hatte sie dankend abgelehnt – wie hätte sie an diesem Morgen nur den kleinsten Bissen hinunterbringen sollen?

Der Haupteingang des Hauses stand jetzt offen. Ein Schild wies in den ersten Stock, wo Mavie klingelte und eingelassen wurde. Eine ältere Empfangsdame begrüßte sie auf Polnisch und fragte etwas.

Mavie schüttelte den Kopf.

»Ach, Sie sprechen Deutsch?«

»Ja. Ich möchte bitte zu Herrn Wojciech Hlasko.«

»Oh. Das ... ist leider nicht mehr möglich. Um welche Angelegenheit geht es denn? Um das da?«, fragte sie und deutete auf ihr Auge. »Dafür müssen Sie zuerst zur Polizei gehen.«

»Nein, nein ... es ist wegen eines Vertrags«, sagte Mavie, zog die Unterlagen aus ihrem Rucksack und hielt sie der Dame hin.

Die nahm sie, blätterte einige Zeit darin herum, nickte, dann sah sie wieder auf. »Ja. Darf ich fragen, in welcher Beziehung Sie zu den Vertragsparteien stehen?«

»Ich bin die da«, antwortete Mavie und zeigte mit dem Zeigefinger auf ihren Namen im Dokument. »Mavie.«

»Oh. Was wollen Sie denn dazu wissen?«

»Ich will wissen, was das alles soll!«, antwortete Mavie und merkte selbst, wie verzweifelt sie sich anhörte.

Die Frau senkte den Blick und sagte dann: »Ich befürchte, das wird sich nicht machen lassen. Es liegt schon so lange zurück. Außerdem hat Herr Hlasko diesen Vertrag bloß aufgesetzt.«

»Aber er hat doch auch unterschrieben, oder? Da, auf der letzten Seite? Das muss doch bedeuten, dass er selbst einer der Vertragspartner ist, oder nicht? Dass er meinem Vater ... also Wilhelm von Nauenstein, fünfhunderttausend Euro zahlt, wenn ich ...«

»Nein, das muss es nicht bedeuten. Sicher hat er bloß eine andere Partei treuhänderisch vertreten. Das passiert oft. Allerdings darf ich Ihnen darüber keine Auskunft geben.«

»Dann will ich mit Wojciech Hlasko selbst sprechen. Vorher werde ich nicht gehen.«

»Wie schon gesagt, das ist leider nicht mehr möglich.«

»Wieso nicht?«

»Weil er nicht mehr lebt«, sagte jemand hinter ihrem Rücken.

Erschrocken wandte sie sich um und sah einen jungen Mann im Anzug. Er trat an ihre Seite, griff über die Theke und nahm den Vertrag an sich. Ohne eine Miene zu verziehen, überflog er die Seiten, dann schaute er auf und sagte: »Mein lieber Herr Papa, Wojciech Hlasko, ist leider schon vor einigen Jahren von uns gegangen.«

»Das ... tut mir leid«, erwiderte Mavie verschämt, doch sie wusste, dass sie jetzt nicht aufgeben durfte. »Aber dann können

Sie mir doch bestimmt erklären, was das alles soll, oder? Bitte … ich weiß nicht mehr, was ich machen soll.« Tränen stiegen in ihre Augen.

Der Mann sah sie an, dann auf seine Uhr, dann wechselte er ein paar polnische Sätze mit der Frau am Empfang.

»Also gut, Frau von Nauenstein«, sagte er und lächelte freundlich, »Sie haben Glück. Mein erster Mandant ist noch nicht eingetroffen. Kommen Sie mit.«

Mavie folgte dem jungen Mann in ein Zimmer, an dessen Wänden zahllose Uhren hingen. Überall tickte es – die vielen mechanischen Pendel zogen die Blicke auf sich, ob man nun hinsehen wollte oder nicht.

»Das war so ein Spleen meines Vaters. Er hat sein Leben lang Uhren gesammelt«, erklärte der Mann und bat sie, vor seinem Schreibtisch Platz zu nehmen. »Ich wollte sie eigentlich weggeben, aber nun ja – wie Sie sehen, habe ich sie doch behalten.«

Mavie fragte sich, wie er es nur fünf Minuten bei diesem Ticken aushalten konnte. Es wirkte fast, als könnte man die Zeit hier drin anfassen. Ihr beim Verrinnen zuhören. Man fühlte sich automatisch in Unruhe versetzt, genau wie die vielen Pendel überall.

»Die Uhren waren nicht die einzige … Leidenschaft … meines lieben Herrn Papa«, sagte der Mann. »Ach, wie unhöflich von mir. Lukasz Hlasko, Strafverteidiger. Sie haben Fragen zu diesem Pflegschaftsvertrag, habe ich gehört?«

Der Anwalt hatte den Vertrag vom Empfang mitgenommen und las diesen jetzt aufmerksamer durch. »Ja«, antwortete Mavie, um eine feste Stimme bemüht. »Ich möchte wissen, was das alles soll.«

»Pfft … Wem sagen Sie das?« Er schnaubte.

»Bitte?«

»Frau von Nauenstein, ich versuche schon mein ganzes Leben lang darauf zu kommen, was das mit meinem Vater sollte. Ich meine, was ihn dazu antrieb ... zu solchen Sachen eben.«

Mavie verstand nur Bahnhof.

»Sie wissen, dass in Deutschland nach Ihnen gefahndet wird?«, fragte Hlasko unvermittelt.

Mavie schnappte nach Luft. Ihr Kopf wurde heiß. Sie spürte wieder den Drang, aufzustehen und wegzurennen, wusste aber, dass sie nicht auf ewig davonlaufen konnte.

»Keine Sorge, von mir erfährt niemand etwas. Das ist ja sozusagen mein tägliches Geschäft. Aber an Ihrer Stelle würde ich sehr vorsichtig sein. Europa wächst zusammen, wissen Sie?«

»Ich habe nichts mit der Sache in Hamburg zu tun«, stammelte Mavie. »Ich weiß nicht, was passiert ist!«

»Natürlich nicht«, erwiderte Hlasko in einem Tonfall, der das genaue Gegenteil vermuten ließ. »Was dort gewesen ist, geht mich ohnehin nichts an. So, zurück zu Ihrem Vertrag. Was ist Ihnen unklar?«

Alles, hätte sie am liebsten gesagt, aber sie ahnte schon, dass sie seine Zeit nicht verschwenden durfte und genaue Fragen stellen musste. »Ihr Vater hat diesen Vertrag unterschrieben. Das heißt doch, dass er fünfhunderttausend Euro an die Familie Nauenstein zahlen muss, sobald ich achtzehn bin, oder?« Noch während sie die Worte aussprach, wurde ihr eines bewusst: Wenn Wojciech Hlasko tot war, war der Mann vor ihr mit ziemlicher Sicherheit sein Erbe, was bedeutete, dass er an dessen Stelle würde bezahlen müssen. Ob er gerade das Gleiche dachte?

Hlasko seufzte. »So sieht es aus, ja. Wissen Sie, mein Vater war in vielerlei Hinsicht extrem. Ein ... wie sagt man auf Deutsch? Schwerenöter? Er liebte nicht nur schöne Uhren, sondern auch schöne Frauen. Neben der Kanzlei hat er sich immer wieder politisch engagiert. Da ist es wichtig, nach außen die heile Familie zu spielen. Affären haben keinen Platz. Verstehen Sie, was ich sagen will?«

Natürlich verstand sie es. Aber es war zu unglaublich. Wenn es stimmte, was er da gerade andeutete, war Wojciech Hlasko nicht nur sein Vater, sondern auch ihrer. Was Lukasz und sie zu Halbgeschwistern machte.

»Familientreffen!«, rief der Mann wie aufs Stichwort und lachte gekünstelt auf. Er klang alles andere als erfreut. Verständlich.

Mein Halbbruder, dachte Mavie.

Sie hatte keine Gelegenheit, nach gemeinsamen äußeren Merkmalen zu suchen, weil sich schon die nächste Frage in ihr Bewusstsein vordrängte: »Was ist mit meiner Mutter?«

Hlasko starrte sie schweigend an. Er schien angestrengt nachzudenken. Sicher suchte er nach einem Weg, wie er aus dieser Sache herauskam. Ob er sie womöglich aus der Kanzlei warf? Sie musste sich beeilen. »Bitte sagen Sie es mir. Ich muss es wissen!«, drängte sie ihn beinahe flehentlich. »Ich habe keine Ahnung, was mit mir passiert ist. Bitte verstehen Sie. Ich *muss* wissen, wo ich herkomme.«

»Nun, jetzt wissen Sie es ja.«

»Bitte!«, brachte sie noch heraus, dann kamen ihr endgültig die Tränen. Sie schämte sich dafür, wollte keine dieser Tussis sein, die alles über die Mitleidsnummer zu erreichen versuchten, konnte sich aber nicht dagegen wehren.

Eine der vielen Uhren an den Wänden schlug zur Viertelstunde, gleich darauf die zweite, dann mehrere zugleich, darunter auch ein Kuckucksschrei. Der hektische Lärm machte es unmöglich, etwas zu sagen, geschweige denn, klar zu denken.

Als die Uhren wieder in ihren stoischen Rhythmus zurückgefallen waren, schob Hlasko ihr den Vertrag hin und stand auf. »Ich kann Ihnen leider keine Auskunft geben, wer Ihre Mutter ist. Wenn das alles war, dann muss ich Sie jetzt bitten zu gehen. Suchen Sie sich einen guten Anwalt – für die Sache zu Hause, aber auch für das Papier da. Auf Wiedersehen, Frau von Nauenstein.« Er machte einen Schritt auf die Tür zu.

Mavie erkannte, dass sie bis zum Äußersten gehen musste. »Warten Sie!«, bat sie, erhob sich ebenfalls und zog ihr schwarzes Langarmshirt in die Höhe.

»Stopp! Lassen Sie das!«, protestierte er.

Mavie dachte gar nicht daran. Sie streifte ihr Shirt über den Kopf ab und wandte ihm den Rücken zu. Den Rücken mit der Narbe. Vom Bügeleisen. »Mutters« Bügeleisen.

Er sagte nichts. Ein Moment verstrich, dann zwei. Sie hörte das Ticken der Uhren, sonst nichts. Mavie drehte sich zu ihm um und sah Fassungslosigkeit in seinen Augen.

»Was ist das?«, fragte er entgeistert.

»Das ist ... das *war* ... meine Mutter. Meine Hamburger Mutter ... mit einem Bügeleisen. Sie hat Stimmen gehört.« Jetzt war es raus. Sie hatte es einfach so ausgesprochen. Zum ersten Mal überhaupt.

»Mein Gott.«

»Dieser Vertrag da ist schuld. An allem!«, rief Mavie, dann kamen ihr wieder diese verdammten Tränen. Sie hätte zu gerne noch den Skorpion erwähnt, das Tattoo, das aus ihrer Kindheit stammen musste, aber sie brachte es nicht heraus, konnte nur noch heulen und darauf hoffen, dass der Mann vor ihr einen Funken Anstand besaß. Sie vergrub den Kopf in ihren Händen, schluchzte, heulte und schniefte.

Da spürte sie, wie er sie am rechten Oberarm berührte. Als sie aufblickte, sah sie, dass er ihr ein Taschentuch entgegenstreckte. Sie nahm es widerwillig an.

»Das tut mir leid für Sie.« Es klang ehrlich.

Mavie kratzte den letzten Rest an Beherrschung zusammen. »Dann sagen Sie mir, wer meine Mutter ist.«

Er zögerte. Mavie erkannte, dass er es wusste. Sie musste es nur aus ihm herausbringen. »Bitte, Herr Hlasko. Bitte!«, flehte sie und wäre um ein Haar bettelnd auf die Knie gegangen.

Lukasz Hlasko atmete laut aus. Dann sah er zu einem Schrank, wieder zu ihr, zurück zum Schrank – und setzte sich in Bewegung.

»Ziehen Sie sich wieder an«, sagte er, ohne noch einmal zu ihr zu sehen.

Sie schlüpfte in die Ärmel des Shirts und zog es sich hastig über den Kopf.

Hinter einer der Schranktüren war ein Safe versteckt. Hlasko tippte eine Kombination ein und öffnete ihn. Dann zog er eine schwarze Mappe heraus. »Vielleicht ist es besser, wenn Sie sich hinsetzen.«

Sie blieb stehen.

Hlasko ließ die Schultern hängen. »Mein Vater hat mir viele Probleme vermacht. Eines davon ist dieser Vertrag. Papa wollte, dass sein Kind eine gute Zukunft hat. Dass es unter besten Umständen aufwachsen kann. Er wollte bestimmt nicht, dass das da passiert«, sagte er und deutete auf ihren Rücken.

Mavie verstand, aber darum ging es jetzt nicht mehr. »Was war mit meiner Mutter? Meiner richtigen Mutter?« Sie spürte, wie ihre Beine zitterten. Wie sie sich vor der Antwort fürchtete.

Er blätterte in der Mappe und las. »Ihre Mutter war noch sehr jung. Sie hätte Sie unmöglich behalten können. Also hat Vater sie überzeugt, Sie nach Hamburg zu geben.«

»Wer ist sie?«

»Also gut. Hier«, sagte er, zog ein Blatt aus der Mappe und überreichte es ihr wie in Zeitlupe. »Mein Vater hätte nicht gewollt, dass Ihnen etwas zustößt.«

Mavie hörte seine Worte zwar, nahm sie aber nicht mehr auf. Sie war voll auf dieses Blatt konzentriert. Das Blatt, in dessen Zentrum ein Name stand.

Krystyna Lewandowska.

Darunter eine Adresse in Stettin. Mavie versuchte, sich diese einzuprägen.

Rydla 36.

»Wissen Sie, was mit ihr ist?«, stotterte sie, als sie sicher war, die Anschrift im Kopf zu behalten.

»Nein, tut mir leid. Ich weiß überhaupt nichts von ihr. Ich hätte Ihnen das Papier niemals zeigen dürfen, aber aufgrund der Umstände mache ich eine Ausnahme. Sagen Sie niemandem, dass Sie die Information von mir haben. Auch ihr nicht. Ich werde es abstreiten, verstanden?«

»Okay.« Sie wischte sich übers Gesicht. »Danke.«

Krystyna Lewandowska. Rydla 36.

Als sie aus dem Haus eilte, rannte sie beinahe in Silas' Arme. Sie erschrak so sehr darüber, ihn zu sehen, dass sie einfach an ihm vorbeilief.

»Mavie!«, hörte sie hinter sich.

Sie stoppte. Natürlich suchte er sie hier. Wo sonst. Er kannte ja Namen und Adresse der Kanzlei. Und genauso natürlich konnte sie jetzt nicht davonlaufen. Sie musste ihm ihr Verhalten wohl oder übel erklären. Also blieb sie stehen und drehte sich um.

»Ich bin so froh, dass ich dich gefunden habe«, haspelte er. »Ich wollte dich bestimmt zu nichts drängen.« Er kam mit ausgebreiteten Armen auf sie zu.

Unter anderen Umständen hätte sie jetzt gelacht. Er dachte wirklich, er hätte sie gestern Abend gedrängt? Er – sie?

»Was hast du jetzt vor, Mavie? Wieso bist du einfach so abgehauen?«

Sie überlegte, wie viel sie ihm sagen konnte. Etwas in ihr freute sich darüber, dass er hier war, und wünschte sich, dass sich ihre Wege niemals wieder trennten. Aber der Verstand sagte ihr, dass das genauso falsch gewesen wäre, wie es ihr schon beim Aufwachen vorgekommen war.

»Ich muss was erledigen«, sagte sie fest.

»Was denn?«, drängte er weiter.

»Ich muss zu einer Frau. Meiner … Mutter.« Wie schön es doch war, das sagen zu können!

»Ich fahr dich hin«, bot er an und zeigte in eine Nebenstraße, wo sie den geklauten Geländewagen entdeckte.

Sie schüttelte den Kopf. Ihre Entscheidung stand fest. »Silas, ich muss das jetzt alleine durchziehen. Und zwar alles. Ich schaffe das schon. Wir treffen uns auf dem Bauernhof, sobald ich fertig bin.«

»Aber ich könnte …«

Es tat unendlich weh. »Wir sehen uns später, Silas«, sagte sie bestimmt, drehte sich um und ging los.

55

Magdeburg, 09.08

Christian Brand

Vor dem Haus in der Arndtstraße wimmelte es von Einsatzfahrzeugen. Immer noch. Rettung, Polizei, Feuerwehr, dazu zwei zivile Wagen der Kripo und mit ihnen zahllose Schaulustige.

In der letzten Dreiviertelstunde war passiert, was nach Einsätzen wie diesem zu erwarten war, aber auch Überraschendes.

Jemand musste den Notruf gewählt haben, während Brand und der Jäger noch auf dem Dach gewesen waren, denn kaum eine Minute nach der Detonation des Sprengkörpers war bereits die erste Sirene in den Straßen zu hören gewesen. Brand hatte sich ein paar Minuten hinkauern müssen, unfähig, irgendetwas zu denken oder zu tun. Das Adrenalin, das ihm geholfen hatte, den Jäger zur Strecke zu bringen, war während der Aktion draufgegangen. Jetzt forderte der Körper seinen Tribut. Ihm war schlecht, die Sinne waren wie in Watte gepackt, und dieses Ohrenklingeln machte ihn ganz schwindelig.

Die Kollegen waren ins selbe Haus gestürmt, in das auch Brand und Duchamps eingedrungen waren, und hatten einige Minuten gebraucht, bis sie bei Brand auf dem Dach gewesen waren, am Ende der Häuserzeile. Diese Zeit hatte Brand gebraucht, um sich wieder zu sammeln, und dann hatte er sich plötzlich mehreren auf ihn gerichteten Dienstwaffen gegenübergesehen. Klar. Denn der Anblick, den der *gefährlichste Jäger von allen* abgab, nur ein paar Meter von ihm entfernt, war, vorsichtig gesagt, erklärungsbedürftig. Die Sprengladung, auf der er zu liegen gekommen war, hatte ganze Arbeit geleistet. Was leider auch hieß, dass Brand ihn schlecht nach Berlin mitnehmen konnte, wie Björk es von ihm gefordert hatte – wozu auch immer.

Nachdem er sich ausgewiesen hatte, war er zu dem Haus zurückgelaufen, durch dessen Luke er aufs Dach gestiegen war. Er hatte die Leiter nach unten genommen und gesehen, dass sich gerade ein Notarzt um den bewusstlosen Duchamps kümmerte. Er wusste, wie viel Glück sie gehabt hatten. Der Kollege aus Frankreich hätte sie mit seinem testosterongeschwängerten Sturmlauf beinahe umgebracht. *Idiot.* Alleingänge waren eine Sache. Selbstmord eine andere. Brand hasste sich dafür, sich diesem Wahnsinn ausgeliefert zu haben. Duchamps würde im Krankenhaus genügend Gelegenheit haben, darüber nachzudenken, ob er die nächste Situation wieder wie ein Ego-Shooter aufzulösen gedachte. Nur würde Brand dann garantiert nicht mehr an seiner Seite stehen.

Brand hatte Duchamps' SIG Sauer an sich genommen und war in die Wohnung gerannt. Überall auf dem Boden war Blut gewesen, in der Küche hatte hektische Betriebsamkeit geherrscht. Ein Notarzt hatte einen jungen Mann versorgt, der zwischen den Beinen blutete. Adam Kuhn. Brand hatte Einschnitte von Fesseln an seinen Hand- und Fußgelenken entdeckt. Kuhn war ansprechbar gewesen und hatte Brand etwas von einer Falle erzählt, in die er geraten sei, weil er sich für einen Freund ausgegeben hatte. Der Jäger habe ihnen beiden die Schwänze abschneiden wollen, sei aber wohl nur in seinem Fall erfolgreich gewesen.

»Wie heißt Ihr Freund?«, hatte Brand wissen wollen

»Mick Kirkowsky.«

»War er die zweite Person im Gang?«

»Ja.«

»Wo ist er hin?«

»Ich weiß nicht. Aber bestimmt ist er geflüchtet.«

»Wir werden ihn suchen.«

»Nein ... bitte warten Sie. Sie müssen etwas anderes suchen ... bitte!«

Kuhn hatte ihm von der Erpressung erzählt. Freund gegen Penis. Dass der Jäger ihn abgeschnitten und aufbewahrt hatte, als Druckmittel. Dass nur noch wenig Zeit blieb, ihn zu finden und wieder anzunähen. Und nichts konnte Brand als Mann besser verstehen als den Wunsch des jungen Kerls, sein Teil wiederzubekommen.

»Ich sehe nach«, hatte Brand versprochen, schon mit einer Idee im Hinterkopf. Er hatte sich zur verantwortlichen Einsatzleiterin durchgefragt und ihr die Situation geschildert, sie auf den Lieferwagen des Jägers aufmerksam gemacht, der sie überhaupt erst hierher geführt hatte, und damit auf das Amputat, das er darin vermutete. Ein Kollege hatte es dann auch sofort gefunden. Am Boden vor dem Beifahrersitz, in einer Styroporbox, eisgekühlt und gut verpackt. Gerade fuhr es Adam Kuhn ins Krankenhaus voraus.

Jetzt, um kurz nach neun, stand Brand im Treppenhaus vor Kuhns Wohnung und beantwortete die Fragen der verantwortlichen Kriminalbeamtin. Fragen, die sich weniger um das Geschehen in der Wohnung als um die Explosion auf dem Dach drehten ...

»Sie wollen also sagen, er hat sich selbst in die Luft gesprengt?«, fragte die Frau, deren Namen er sich in all dem Trubel nicht hatte merken können.

»Exakt«, bemühte er das Lieblingswort seines neuen Chefs.

Wobei es streng genommen nicht stimmte. Jedenfalls nicht

so, wie die Beamtin es wohl gerade auffasste. Zum Zeitpunkt der Explosion hatten sich drei Kugeln im Körper des Mannes befunden, zum aktiven Handeln war ihm da wohl kaum noch die Möglichkeit geblieben. Wahrscheinlich war die Explosion ein Unfall gewesen. Oder ein missglückter Fluchtversuch. Vielleicht war der Jäger davon ausgegangen, dass Brand in Deckung sprang, wie es jeder normale Mensch getan hätte. Aber da war er an den Falschen geraten.

Wieso hatte er keine Handfeuerwaffe bei sich?, fragte sich Brand nicht zum ersten Mal. Hatte er ein Faible für Sprengladungen? Es hatte fast so ausgesehen.

Kuhn wurde auf einer Transportbahre aus der Wohnung getragen.

»Alles Gute«, wünschte Brand, als sie ihn um die erste Biegung der Treppe schafften.

Kuhn sah zu ihm hoch und versuchte zu lächeln. Doch in seinem Gesicht spiegelten sich nur die Qualen der vergangenen Stunden wider.

Die andere Person – dieser Mick Kirkowsky – blieb verschwunden. Ob auch ihm jetzt sein Penis fehlte oder ob er tatsächlich davongekommen war, ließ sich auf die Schnelle nicht sagen. Blut war einiges auf dem Boden, auch im Treppenhaus – aber kein Amputat.

»Ich muss weiter«, sagte Brand zur Beamtin vom LKA, die nach wie vor in ihre Notizen vertieft war und leicht überfordert wirkte. Verständlich, doch Brand konnte keine Rücksicht nehmen. »Sie haben alles, oder?«

Sie sah ihn an und schien zu überlegen, was er gerade gefragt hatte, dann antwortete sie: »Vorerst. Aber ich brauche Ihren vollständigen Bericht. Wir werden bestimmt noch weitere Fragen haben.« Sie gab ihm ihre Visitenkarte und ging in die Wohnung.

Womit also die nächste Rechtfertigung anstand. Berichte, Fragen, Zwangsurlaube, Therapien – wie schlimm würde es dieses Mal werden? Fast hätte man denken können, Polizisten, die gar nichts taten, hatten es einfacher.

Egal. Er hastete die Stufen hinunter, in der rechten Hand die Autoschlüssel, links seine Glock und Duchamps' SIG Sauer.

Als er unten im Wagen saß, versuchte er Björk anzurufen. Er hatte sie vorhin schon über den Einsatz informieren wollen. Möglicherweise hatte sie über die Kameras beobachtet, wohin dieser Mick Kirkowsky gelaufen war. Doch sie war nicht an ihr Telefon gegangen.

Dieses Mal hörte er kein Anrufsignal wie vorhin, sondern eine Ansage: *Dieser Anschluss ist vorübergehend nicht erreichbar. Bitte rufen Sie später wieder an.*

Brand dachte nach. Ohne Björks Informationen konnte er sich unmöglich auf die Suche nach Kirkowsky machen, der das wahre Opfer im Jagdspiel war. Eine Blutspur zu verfolgen, war in den regennassen Straßen hier unmöglich. Nein, das Beste war wohl, auf schnellstem Weg nach Berlin zurückzufahren.

Er bedeutete dem Fahrer eines Einsatzwagens, die Fahrbahn frei zu machen. Noch während er seinen Mietwagen aus der Arndtstraße steuerte, vorbei an zahllosen Schaulustigen, verband er sein neumodisches Handy mit der Freisprechanlage, was zu seiner eigenen Verwunderung sogar klappte. Dann versuchte er erneut, Björk zu erreichen.

Dieser Anschluss ist vorübergehend nicht erreichbar. Bitte rufen Sie später wieder an.

56

Berlin, 09.15 Uhr

Werner Krakauer

Er hatte das Gefühl, wach zu sein. Zuletzt waren die Grenzen zwischen Schlaf- und Wachzustand immer weiter verschwommen. Jetzt war etwas anders.

Er erinnerte sich an die Autofahrt. An zahllose Kurven, in denen er die Beschleunigungskräfte gespürt hatte. Dann vermutlich eine Autobahn. Die Reifengeräusche waren lauter geworden, der Weg hatte nur geradeaus geführt, stundenlang. Zwischendurch war er immer wieder eingeschlafen.

Er hasste sich für die Schläfrigkeit, genau wie für alles andere, das passiert war. Immer wenn er zu Bewusstsein kam, wurde die Wut auf sich selbst noch größer. Wieso nur hatte er geglaubt, sich mit diesen Menschen anlegen zu können? Sie spielten in einer ganz anderen Liga. Er war bloß ein Schmierfink, talentfrei noch dazu, einer, der Fehler machte, über die man jahrzehntelang lachte. Genau *das* würde von ihm übrig bleiben: Werner Krakauer, der Möchtegern-Journalist, der nicht nur sein eigenes Leben verpfuscht, sondern am Ende auch eine wehrlose Frau ans Messer geliefert hatte.

Diese Wut war mittlerweile größer als die Angst. Er hatte jede Strafe verdient. Er hoffte nur, dass es schnell gehen würde. Ohne sinnlose Qualen, ohne Schmerz. Einfach sterben. Er betete, dass man ihm diese eine Gnade noch erweisen würde.

Krakauer hatte Mirjam Rüttgers ihrem Mörder ausgeliefert. Dieser hatte ihr bei lebendigem Leib die Gliedmaßen abgetrennt, mit einer elektrischen Kettensäge, nicht bloß Finger oder Zehen, sondern einen Arm und ein Bein, ihr beim Schreien zugehört, beim Verbluten zugesehen, und als es vorbei war, in aller Ruhe seine Fotos gemacht.

Wieder hatte Krakauer den Eindruck, dass etwas anders war. Er bekam deutlich mehr Luft als vorhin. Konnte besser denken. Er räusperte sich, und auch die akustische Rückmeldung war neu, nicht mehr erstickt, verschluckt vom Samtpolster, sondern frei verhallend, wie in einem großen Saal. Über allem hing ein Rauschen, fast wie auf der Autofahrt, aber irgendwie klarer.

Regen?, überlegte er.

Er spannte seine Bauchmuskeln an, wollte sich aufsetzen und bemerkte erst da eine weitere Veränderung: Seine Hände waren an den Handgelenken zusammengebunden, so straff, dass er sie keinen Millimeter weit auseinanderbrachte. Er könnte versuchen, sich seitlich hochzudrücken – und genau das tat er dann auch. Im zweiten Anlauf gelang es ihm, ins Sitzen zu kommen. Da war kein Deckel mehr, nur freier Raum. Und Sauerstoff. Genügend Sauerstoff. Bald wäre er wieder ganz bei sich.

Er versuchte, etwas zu erkennen, doch um ihn herum war alles stockfinster.

»Hallo?«, rief er. Keine Reaktion. Aber der Nachhall ließ darauf schließen, dass er sich tatsächlich in einem großen Raum befand. *In einer Kirche?*

Er tastete mit den gefesselten Händen nach rechts und links und stellte fest, dass er sich immer noch in diesem Sarg befinden musste, nur eben ohne Deckel. Er musste versuchen, da rauszukommen. Die Finger um die Seitenwand geschlossen, stemmte er sich hoch. Dann schaffte er es tatsächlich auf die Knie, stellte dabei aber fest, dass auch seine Füße gefesselt waren. *Egal.* Bestimmt konnte er es trotzdem irgendwie schaffen. Er schob sich mühevoll in den Stand hoch. Sofort bereute er es, denn ihm wurde schwindlig. Wieso hatte er denn nicht auf allen vieren versucht, aus dem Sarg zu kommen? Er wollte wieder runter, aber zu spät, er war schon aus der Balance, versuchte einen Ausfallschritt nach vorne zu machen, der mit den Fesseln natürlich nicht möglich war, und stürzte über den Rand. Zum Glück konnte er den Sturz mit den Händen abfedern, doch im linken Bein hatte etwas nachgegeben, verbunden mit einem lauten Knall. Sofort begann das Knie zu schmerzen. Auf dem Bauch liegend stöhnt Krakauer auf, unfähig, sich zu bewegen.

Da hörte er Schritte. Langsame Schritte. Er drehte seinen Kopf in die Richtung, doch immer noch war alles schwarz.

Das änderte sich schlagartig, als eine Taschenlampe anging. Das grelle Licht blendete ihn.

»Bitte!«, flehte er. »Was wollen Sie von mir?«

»Das wirst du sehen, wenn es so weit ist.«

Diese Stimme. Diese unfassbare Gelassenheit. Krakauer jagte ein Schauer über den Rücken. »Wo bin ich? Wieso tun Sie das? Was haben Sie vor?«

»Oh, ich habe viel vor. Jede Menge, und zwar schon bald. Aber alles zu seiner Zeit.«

Krakauer spürte, wie er unter den Achseln gepackt und hochgehoben wurde. Jemand zog ihn mit schleifenden Beinen rückwärts über den Boden. Er versuchte, im Lichtkegel der Taschenlampe etwas zu erkennen, doch sonderlich viel konnte er nicht ausmachen. Nein, das hier war keine Kirche. Tatsächlich befand er sich in einer Halle mit Betonboden. Einige Objekte standen in den Ecken, mit dunklem Stoff verhangen. Kabelstränge verliefen auf dem Boden. An den Wänden glaubte Krakauer dunkle Verzierungen zu erahnen, an der Decke hingen Lampen, vielleicht vier oder fünf Meter über ihnen. Es war eine Halle, wie es sie wohl tausendfach überall gab.

»So. Gleich hast du's geschafft«, flüsterte der Mann und lehnte Krakauer mit dem Bauch voran gegen eine Säule.

Die Taschenlampe ging aus. Krakauer meinte zu hören, wie der andere Gewebeband von einer Rolle zog, und tatsächlich: Er wurde an die Säule gefesselt, fester und immer fester, bis er nur noch flach atmen konnte.

»Was wollen Sie?«, stammelte er erstickt.

»Schschsch ...«, machte der andere und klebte ihm das Gewebeband auch noch über den Mund. »Bald werden alle hier sein.«

57

Stettin, 10.25 Uhr

Mavie Nauenstein

Mavie war endlich an der Adresse angekommen.

Rydla 36.

Ein riesiger Plattenbau, vierzehn Stockwerke hoch, vermutlich irgendwann in den Siebzigern oder Achtzigern des letzten Jahrhunderts erbaut.

Es hatte einige Anläufe gebraucht, bis ihr jemand hatte erklären können, wie sie hierherkam, was vor allem daran lag, dass sie den Straßennamen falsch ausgesprochen hatte. Sie hatte gehofft, zu Fuß laufen zu können, doch der Mann, der sie als Erster verstanden hatte, hatte bloß gelacht und ihr mit Händen und Füßen zu verstehen gegeben, dass dieses *Rydla* wohl ziemlich weit außerhalb lag und sie in jedem Fall mit dem Bus fahren musste. In einer Mischung aus Polnisch und Deutsch hatte er ihr den Weg zur Haltestelle erklärt und sie auf den ersten Metern begleitet.

Im Nachhinein betrachtet, hätte sie sich besser ein Taxi genommen. Sie hatte zwar die richtige Buslinie gefunden, war aber in die falsche Richtung eingestiegen, was sie erst gemerkt hatte, als es ihr nach einer Weile verdächtig vorgekommen war und sie die Busfahrerin gefragt hatte. Diese hatte den Kopf geschüttelt, vielsagend über ihre Schulter gezeigt und sie an der nächsten Haltestelle rausgelassen. So war Mavie irgendwann doch noch in die richtige Linie eingestiegen und hatte den Fahrer gebeten, ihr Bescheid zu sagen, wann sie aussteigen musste.

Es wäre tatsächlich schwer gewesen, *Rydla* zu Fuß zu erreichen. Nachdem sich der Bus einige hundert Meter weit durch die Innenstadt geschlängelt hatte, ging es über eine Brücke und vorbei an einem Haus, das wie ein Schloss aussah, auf eine Autobahn, die wiederum über einen Fluss führte, immer weiter aus der Stadt heraus. Mavie hatte sich schon gefragt, ob der Fahrer sie vielleicht vergessen hatte. Nach einem kleinen Flugplatz war der Bus rechts von der Autobahn abgefahren, direkt auf einen ganzen Wald aus Plattenbauten zu. Der Fahrer hatte angehalten, sie zu sich gerufen und auf das Haus gezeigt, zu dem sie musste.

Das Haus, vor dem sie jetzt stand.

Los jetzt!, trieb sie sich an und ging auf den offen stehenden Eingang des Wohnhauses zu. Dahinter wartete die nächste Tür, daneben eine ganze Batterie von Klingelknöpfen. Mavie zitterte, als sie die Namen von oben nach unten durchging und nach *Lewandowska* suchte. Gleich in der zweiten Zeile blieb sie hängen, doch der Name lautete Lewandowsk*i*, also machte sie weiter. Als sie schon glaubte, umsonst hergekommen zu sein, hielt sie in der drittletzten Zeile erneut inne.

Lewandowska, K.

K wie *Krystyna.*

Sie legte ihren Finger auf den Klingelknopf. Nur noch ein sanfter Druck – so nah war sie ihrer echten Mutter jetzt. Würde Mavie sie gleich sehen?

Aber sollte sie das überhaupt tun? Etwas so Elementares so beiläufig hinter sich bringen? Klingeln, hochgehen, ihrer Mutter in die Augen sehen und sagen: *Ich bin's, Mavie, dein Kind, das dir weggenommen wurde.* Wie würde sie reagieren? Würde sie es überhaupt glauben? Sich freuen? Und selbst wenn es so war:

Würde sie Mavie sagen können, was mit ihr passiert war, als sie ganz klein gewesen war, sich nicht hatte wehren können gegen den Menschen, der ihr den Skorpion in den Rücken gestochen hatte? Hatte sie es überhaupt mitbekommen? Hatte sie versucht, sie davor zu schützen?

Mavie nahm ihren Finger wieder weg. Sie drehte den Kopf zum Ausgang und hoffte fast, dass jemand kam, ihr einen Grund gab zu gehen. Aber das geschah nicht. Es war, als wollte ihr die Welt alle Zeit geben, ihre eigene Entscheidung zu treffen. Klingeln? Oder kneifen und zusehen, wie sie auf schnellstem Weg nach Hause kam? Nach Hamburg?

Bluttat in Hamburg.

Mavie N. (17) auf der Flucht?

Sie wusste, dass sie nicht nach Hause konnte. Es gab kein Zuhause mehr. Sie musste alles wissen. Wer sie war. Was geschehen war. Dann erst würde sie sich der Welt und dem Leben stellen können.

Sie wandte sich der Klingeltafel zu und drückte.

Gleich darauf knisterte es. »*Tak?*«, sagte jemand.

Eine Frau.

Mavie spürte, wie ihr das Herz bis zum Hals schlug. Sie wollte etwas sagen, musste aber zuerst schlucken. »Hallo?«, presste sie schließlich hervor. »Mavie Nauenstein … Ich komme aus Hamburg und … muss mit Ihnen sprechen.«

»Ah?«, sagte die Frau und ließ sie hinein.

Mit zitternden Knien betrat Mavie das Treppenhaus, das kalt und abgenutzt wirkte. Sie wunderte sich, dass ihr das auffiel, jetzt, da nur noch die unmittelbar bevorstehende Begegnung zählte. Trotzdem nahm sie alles um sich herum bis ins Detail wahr – die abgeplatzte Farbe an den Wänden, den muffigen Geruch, den bleiernen Hall, den ihre Schritte auslösten. Sie stieg in den ersten Stock und weiter in den zweiten, wo eine Tür offen stand.

Eine Frau trat heraus.

Das Erste, was Mavie registrierte, waren die langen blonden Haare, die in eleganten Wellen von ihrem Kopf zu fließen schienen, über die Schultern hinab und weiter. Vielleicht war es albern, aber Mavie musste kurz an eine Disney-Prinzessin denken. Ihr hübsches, dezent geschminktes Gesicht mit den großen Augen, ihre grazile Figur und das wunderschöne, lange Sommerkleid, das überhaupt nicht in diese Siedlung passte.

Die Frau sah Mavie mit großen Augen an, dann öffnete sie die zart geschminkten Lippen.

»Mavie?«

Mavie nickte und spürte, wie ihr die Tränen in die Augen traten.

Die Frau schlug sich die Hand vor den Mund, schnappte nach Luft und breitete schluchzend die Arme aus. »Mavie!«

Mavie stürzte sich in die Arme der Frau, presste sich an sie und ließ ihren Tränen freien Lauf. Endlich war sie angekommen. War dort, wo ihr Leben begonnen hatte. In den Armen der Frau, die es ihr geschenkt hatte.

»Mavie«, hörte sie und spürte eine Hand in ihrem Haar. »Oh, Mavie!« Mavie spürte, wie sie in die Wohnung gezogen wurde.

Hinter ihr fiel die Tür ins Schloss.

»Come in!«, sagte die Disney-Prinzessin auf Englisch und schob sie durch den Flur ins Wohnzimmer.

Mavie hob den Kopf und blickte sich um. Die Wohnung wirkte heimelig und geschmackvoll, wenngleich die Möbel – waren es Antiquitäten? – zu dunkel und schwer waren für die Frau, die hier wohnte. Überall hingen Kunstdrucke, aber keine Familienfotos. Auf dem Boden lagen Teppiche, an der Wand stand ein Klavier. War Krystyna Lewandowska musikalisch? Es hätte jedenfalls gut zu ihr gepasst.

»*Tea? Coffee? ... Juice?*«

Mavie schüttelte den Kopf.

»*I cannot believe*«, stammelte die Frau in ungelenkem Englisch und wischte sich die Tränen vom Gesicht. »*I never knew ... you come from Hamburg, you said?*«

»*Yes.*« Mavie durfte nicht an Hamburg denken, geschweige denn darüber reden. Sie wusste aber auch nicht, was sie stattdessen sagen sollte. Welche Frage sie zuerst stellen sollte. Noch dazu auf Englisch.

Stille senkte sich zwischen sie herab, eine Stille, die Mavie kaum noch aushielt, doch da seufzte die Frau, sagte: »*Mavie, Ma vie ... my life!*«, und schlug sich erneut die Hände vors Gesicht.

Bitte weine nicht. Jetzt bin ich ja da. Ich gehe nicht mehr fort. Es waren schrecklich banale Sätze, die Mavie auf der Zunge lagen, zu banal, um sie auszusprechen. Sie war völlig überfordert. Da saß sie jetzt, an der Seite dieser wunderschönen Frau, und all die Fragen, die sie hatte stellen wollen, kamen ihr auf einmal belanglos vor.

»*What is with your ...?*«, fing die Frau an und deutete dabei auf ihr blaues Auge.

»*Nothing*«, antwortete Mavie schnell.

Stille.

Die Frau sah auf ihre Hände. »*I cannot believe*«, wiederholte sie, dann stand sie abrupt auf. »*We need drink*«, sagte sie. »*We must celebrate!*« Ein glückliches Lachen auf dem Gesicht, verließ sie das Wohnzimmer.

Mavie hörte, wie sie den Kühlschrank öffnete. Kurz darauf knallte ein Korken. Mavie fuhr vor Schreck zusammen, doch da kam die Frau auch schon mit zwei gefüllten Sektgläsern in der Hand zurück und reichte ihr eines davon.

»*I am so lucky, Mavie! You are here!*«, sagte sie mit bebender Stimme.

Mavie stieß mit ihr an und trank. Es schmeckte ihr nicht. Natürlich nicht. Alkohol hatte ihr noch nie geschmeckt. Aber genau wie auf Silas' Party machte sie mit, weil es sich eben so gehörte.

Sie nahmen wieder Platz.

»*How long you will stay, Mavie?*«, wollte die Frau wissen.

»Ich ... *I don't know.*«

»*As long as you want. We need to talk. Talk so much!*« Die Frau nahm einen großen Schluck und stellte dann das Glas auf dem schweren Beistelltisch vor ihr ab.

Mavie verstand nicht, wieso die Fragen nicht aus ihr heraussprudelten wie die Perlen in ihrem Sektglas. Um überhaupt etwas zu sagen, stieß sie das Erstbeste hervor, das ihr einfiel: »*What do you do?*«

Die Frau deutete mit dem Kinn auf das Klavier.

»*Something ... with music?*«, fragte Mavie.

»*Yes! Bravissimo! ... I teach! Do you play an instrument?*«

Mavie nickte. »*Cello. But not so good.*«

»*Oh, how nice, Cello! My daughter plays a classical instrument, she plays so well for sure!*«

Mavie hätte das nur zu gerne bestätigt, aber ihr Lehrer hätte mit Sicherheit das Gegenteil behauptet. Mavie wusste genau, dass ihr jegliches Talent fehlte und dass die Cellostunden nur allzu oft ein Vorwand gewesen waren, um aus der Villa Nauenstein herauszukommen.

Bluttat in Hamburg.

Sie verbot sich, weiter daran zu denken. Sie brauchte ein neues Thema. Doch welches?

Der Skorpion.

Er war die große Unbekannte. Er stand zwischen ihr und dieser Frau. Früher oder später musste sie die Frage stellen, woher die Tätowierung stammte. Warum nicht gleich jetzt? Was hieß Skorpion auf Englisch?

Sie holte schon Luft, um ihre Frage zu stellen, als ihr plötzlich schwindelig wurde. Ihr Blick driftete ab. Alles wurde schwer. Ihre Augenlider waren wie aus Blei.

»*What is with you, Mavie? Are you feeling sick?*«

»Nein, ich ... *no, I'm ... I'm ...*«

»Schwindlig?«

»Mhm.«

»Das ist ganz normal bei Benzos. Aber K.-o.-Tropfen versteht ein Blümchen wie du sicher besser.«

Nein, Mavie verstand überhaupt nichts. *K.-o.-Tropfen? Woher ... und wozu? Aber wie ... und wieso spricht meine Mutter plötzlich deutsch ...*

»Mavie, Mavie. So vorsichtig, wie du am Glas genippt hast, wundert es mich fast, dass sie schon wirken. Aber vermutlich bist du keinen Alkohol gewöhnt und auch sonst nichts, was? Mavie VON Nauenstein? Meine Güte, was für eine Mischpoche!«

Wieso gibt meine Mutter mir K.-o.-Tropfen? ... Und wieso Mischpoche?

Ihre Gedanken flossen zäh wie Honig. Sie spürte, wie sämtliche Energie aus ihr wich. Schon in wenigen Momenten würde sie sich nicht mehr rühren können. Sie wollte aufstehen, fliehen, aber sie konnte nicht einmal mehr ihre Hand heben. Kraftlos sackte sie in die Couchpolster zurück und wandte mühsam den Kopf, um die Frau noch einmal anzusehen.

Und zu verstehen.

Sie ist nicht meine Mutter.

58

Berlin, 11.15 Uhr

Inga Björk

Ihr war schlecht, und sie fühlte sich müde. Etwas roch eigenartig chemisch, wie Farbe. Ihr Kopf schmerzte, aber nicht von einem Schlag, eher so, als wäre sie verkatert.

Und da war noch etwas.

Jemand.

Er.

Sie wusste, dass er hier war. Ganz nah. Obwohl sie nichts sehen konnte und nur ihren eigenen Atem hörte. Aber es war genau wie früher. Wie bei keinem anderen Menschen konnte sie spüren, wenn er in ihrer Nähe war.

Bram Spieker. Alias Stephane Boll. Alias Markus Ferst.

Fast war es, als freute sich ein Teil von ihr darüber, dass er noch lebte. Dass sie ihn gefunden hatte. Dass er seinen Unfalltod in Südtirol bloß inszeniert hatte und sich ihre Wege ein letztes Mal kreuzten. Obwohl damit auch feststand, was folgen würde.

Das Finale.

Sein Finale. Sein größter Traum. Die alles umspannende Fantasie, die zu seiner Religion geworden war.

Sie zwang sich, ruhig zu bleiben. Überlegte. Was war mit Kirchhoff passiert? Hatte Bram ihn umgebracht? Natürlich war es ein Fehler gewesen, auf Brand zu verzichten. Er sollte in ihrer Nähe bleiben, wenn es kritisch wurde. Aber sie hatte nicht auf seine Rückkehr aus Magdeburg warten können. Sie hatte Kirchhoff über den Fund informiert, dann waren sie zu zweit hierhergerast, und dann ...

»Mein ... Engel«, sagte jemand. ER. Genauso sanft wie früher.

Ein Schauer lief über ihren nackten, gefesselten Körper. Ein Schauer der Angst, aber auch der Erregung. Ihr Körper erinnerte sich an alles, was sie mit ihm geteilt hatte. An Drogen, Sex und Ekstase. An wilde Lust. Und Schmerzen ...

»Aua!«

»Halt still, sonst wird es nicht richtig!«

Sie biss die Zähne zusammen. Aber das Brennen in der linken Achsel, wo er gerade mit seiner Tätowiermaschine herumfuhrwerkte, raubte ihr den Atem. Ihr Gesicht verkrampfte sich. Das Morphin, das er ihr gegeben hatte, ließ die Schmerzen kaum erträglicher werden. Sie hätte sich gewünscht, die Sitzung einfach verschlafen zu können wie schon manch andere zuvor. Aber das konnte sie vergessen. Sie war hellwach.

»Sollen wir eine Pause machen?«

Sie schüttelte den Kopf. Aufschieben brachte nichts. Jedes einzelne ihrer alten Tattoos, die in den letzten Jahren tausendfach fotografiert, angestarrt oder abgeleckt worden waren, musste weg. Die meisten davon waren bereits unter Brams neuem Meisterwerk verschwunden. Nun ging es an die letzten so delikaten wie schmerzhaften Stellen. Aber auch die mussten sein. Nichts sollte sie mehr an die Vergangenheit erinnern. Wobei sie wusste, dass es mit dem Tattoo alleine nicht getan war. Dass sie auch aus London verschwinden musste. Bald schon.

Bram machte weiter.

Ahnte er es? Dass sie fortgehen würde, egal, ob er mitkam oder nicht? Sie hatte ihm gesagt, dass sie nicht mehr modeln wollte und auch die anderen Jobs für sie Geschichte waren. Weil sie ihr die Seele aussaugten. Kein Geld der Welt war es wert, keine Seele mehr zu haben.

Sie hatte Bram gebeten, ihr bei der Metamorphose zu helfen, vor einigen Wochen schon. »Ich möchte einen Baum. Einen einzigen, großen Baum, der alles überwuchert«, hatte sie zu ihm gesagt. »Aber ich kann dir nichts dafür geben.«

Er hatte bloß gegrinst. »Du gibst mir schon so viel, Inga.« Nun, Dutzende Sitzungen später, war sein Werk fast vollendet.

Bram und sie waren seit ein paar Monaten zusammen. Genauer konnte sie es nicht sagen, weil sie zur Zeit ihres Kennenlernens auf allem Möglichen drauf gewesen war und kaum etwas mitbekommen hatte.

Bram hatte sie so weit von dem harten Zeug heruntergebracht, dass sie sich erstmals seit Jahren wieder selber spüren und über sich und ihr Leben nachdenken konnte. Er war ein Glücksfall. Nicht nur, weil er sie gerettet hatte. Bram war groß, attraktiv, ein aufstrebender Tattoo-Künstler, fantastisch im Bett. Und als Medizinstudent ganz nebenbei die beste Quelle für verbotene Substanzen aller Art. Ein Argument, das mittlerweile stark an Bedeutung verloren hatte.

Vermutlich ahnte er, was sie vorhatte. Hier in London lebten viel zu viele Leute, die sie kannten. Die sie anhimmelten. Reiche Säcke, die ihr Geld gaben, damit sie mit ihnen schlief … nein: damit ihre Tattoos mit ihnen schliefen, die sie aus den Magazinen kannten. Bram wusste über alles Bescheid, mehr noch: Er fand es toll. Aber Bram fand alles toll, was sie tat. Wäre sie in ein Kloster eingetreten, hätte er bestimmt auch das noch toll gefunden.

Sie lachte auf, als sie sich vorstellte, wie sie wohl in einer Nonnenkutte aussah.

»Was? Was hast du?«

»Ich musste nur gerade an etwas denken … Ahh!«

»Bald geschafft. Ich habe auch nachgedacht.«

»Worüber denn?«

»Über den Traum von letzter Woche.«

Sie schnappte nach Luft, mehr aus Schreck als vor Schmerzen. Sie hatte gehofft, er hätte ihn vergessen, diesen Albtraum, den er gehabt hatte, während die Ärzte im King's College Hospital um sein Leben gekämpft hatten. Beinahe hätten sie diesen Kampf verloren. Überdosis Heroin, aus Versehen. Weil das Zeug zu rein gewesen war und Bram auch gar keine Erfahrung damit gehabt hatte. Genauso wenig wie sie. Von Heroin und Spritzen hatte sie immer die Finger gelassen. »Kleiner Beitrag zur Medizinforschung«, hatte er gesagt und sich vor ihren Augen beinahe umgebracht.

Das Krankenhaus. Die Fragen. Die Blicke!

Dieses Mal hatte sie ihn gerettet. Sie war an dem Tag völlig clean gewesen, weil sie ihre Rolle als Tripsitter sehr ernst genommen hatte. Trotzdem hätte sie Bram in jener Nacht beinahe verloren.

»Den … Traum?«, tat sie, als wüsste sie nicht ganz genau, wovon er sprach. Von zwei Engeln, mit denen zusammen er in einem Todesdreieck gefangen war. Davon, dass ein Sünder kam und zuerst die Engel und dann ihn tötete, in einem Akt ultimativer Ungerechtigkeit, wie Bram es ausgedrückt hatte.

»Ich weiß schon, es klingt merkwürdig, aber mir kommt das alles so real vor. So richtig. Wie die Vollendung meines Lebens.«

»Du redest davon zu sterben, Bram.«

»Ich weiß.«

Sie ahnte, dass das Heroin eine Psychose ausgelöst haben könnte. Vielleicht hatte es auch eine latent vorhandene psychi-

sche Erkrankung zum Aufflammen gebracht – aber so direkt durfte sie es ihm natürlich nicht sagen. »Du warst auf einer Überdosis Heroin. Das sind bloß die Nachwirkungen. Dein Gehirn spielt dir Streiche. Du darfst dich da nicht hineinsteigern, Bram.«

Er wischte Blut aus ihrer Achsel. »Immer, wenn ich die Augen schließe, bin ich wieder dort, Inga.«

»Du willst doch nicht wirklich sterben, Bram«, versuchte sie, ihm die Lächerlichkeit vor Augen zu führen.

»Ich will mein Leben vollenden. Mit dir an meiner Seite.«

»Mit mir? … Vergiss es. Ich mache dir nie wieder den Tripsitter, und schon gar nicht werde ich dir dabei zusehen, wie du …«

»Das meine ich nicht. Ich rede von … ach, vergiss es.«

Sie schwiegen sich an. Er füllte eine Fläche auf ihrer Haut mit Farbe aus. Sie zwang sich, nicht zu schreien.

Bald geschafft …

»Wovon sprichst du dann?«, fragte sie nach einer Weile, warum auch immer. Vermutlich aus schlechtem Gewissen, das sie ihm gegenüber hatte. Er hatte sie aus dem Drogensumpf geholt und arbeitete nun schon seit Wochen an der Beseitigung aller Spuren, die die Vergangenheit auf ihrer Haut hinterlassen hatte. Und sie? Hatte ihn fast draufgehen lassen und würde demnächst aus London verschwinden. Vielleicht sogar, ohne ihm etwas davon zu sagen. Denn unterm Strich war er genauso Teil ihres alten Lebens. Eines Lebens, das sie abstreifen musste.

»Wie meinst du das – mit mir an deiner Seite?«, erneuerte sie die Frage.

Er holte tief Luft und setzte die Maschine ab, bevor er sagte: »Du sollst einer der beiden Engel sein, Inga.«

»Wie lange ist es her? Fünfzehn Jahre?«, fragte er.

Tatsächlich waren es sechzehn. Aber Björk schwieg. Sechzehn Jahre. Genug Zeit, um vergessen zu können. Um einen ganzen Lebensabschnitt aus dem Gedächtnis zu verbannen. Um ein neues Leben zu führen.

Bis die Skorpione auftauchten.

»Was hast du mit Kirchhoff gemacht?«, fragte sie, so beherrscht sie konnte.

»Was interessiert dich das, Inga? Du weißt doch, dass jetzt nichts mehr wichtig ist. Bald ist es so weit.«

Sie hörte die Erregung in seiner Stimme und ahnte, dass es keinen Sinn machen würde, ihm die *Vollendung* seines Lebens ausreden zu wollen. Natürlich hatte sie ihn und seine Engelsvision niemals vergessen. Genauso wenig wie die Skorpione. Sein Sternzeichen war schon damals eines seiner Lieblingsmotive gewesen.

Aber etwas passte nicht ins Bild.

»Wozu das Spiel?«, fragte sie.

»Was?«

»Du verstehst mich genau, Bram. Wozu das Jagdspiel? Wozu so viele Opfer? Und Jäger? Und das ... Geld? Du hast Geld doch immer verabscheut.«

Keine Reaktion. Sie hörte ihn atmen.

»Diese grässliche Jagd war nie Teil deiner Träume, Bram.«

Er schwieg.

»Wozu, Bram? Du hättest mich auch so gefunden. Den zweiten Engel auch. Du, ich, sie – mehr brauchst du doch nicht. Wer ist sie, Bram? Wen hast du dir noch ausgesucht? Das Mädchen aus Hamburg? Ist sie dein anderer ... dein *himmlischer* Engel?«

»Meine Engel«, sagte er mit bebender Stimme.

Wut stieg in ihr auf und verdrängte alle anderen Emotionen. »Du hast, was du wolltest, Bram. Beende das Jagdspiel! Niemand sonst muss sterben.«

»Ich kann es nicht beenden«, sagte er nach einem Moment des Zögerns.

»Komm schon, Bram, das ist Schwachsinn!«, schimpfte sie. »Du, ich, sie! Mehr braucht es nicht!«

Wieder keine Reaktion.

Sie horchte auf seinen Atem.

Nichts.

Da spürte sie, dass sie wieder allein war.

59

Berlin, 11.30 Uhr

Christian Brand

Endlich war er zurück in Berlin, wo er gleich erfahren würde, was inzwischen geschehen war.

Er hatte Björk nicht erreicht, trotz zahlreicher Versuche auf der Fahrt hierher. Andere Nummern als ihre waren nicht in seinem Europol-Smartphone gespeichert gewesen, und er konnte ja schlecht versuchen, übers Internet an weitere Kontakte zu kommen, während er den Wagen lenkte. Nie wieder würde er sich ohne genaue Anweisungen und Kontaktdaten auf einen Auftrag einlassen. Aber jetzt war es eh zu spät.

Vielleicht machte er sich auch einfach zu viele Gedanken. Er hatte seine Aufgabe in Magdeburg erledigt, zwar nicht vollständig zu seiner Zufriedenheit – er hatte die männliche Zielperson nicht in Sicherheit bringen können –, aber immerhin hatte er den *gefährlichsten Jäger von allen* gestoppt. Wahrscheinlich wusste Björk bereits davon und war mit der Auswertung neuer Bilder beschäftigt. Vielleicht war ihr Akku leer. Möglicherweise hatte sie noch bei Duchamps anzurufen versucht wie auf der Hinfahrt, es aber irgendwann aufgegeben.

Brand erreichte das Alte Stadthaus und wollte durch den Torbogen in den Innenhof fahren, genau wie am Vortag, doch jetzt versperrte ihm ein großes, massives Gittertor den Weg.

Er stieg aus und drückte auf die Klingel.

»Ja?«

»Christian Brand, Europol«, sagte er und wunderte sich fast, wie leicht ihm das mittlerweile über die Lippen ging.

»Ja, bitte?«

»Meine Kollegen Björk und Kirchhoff sind hier, in der …« Er musste nachdenken. Wie drückte er das jetzt am besten aus? »Beim Verfassungsschutz.«

»Wie kann ich Ihnen helfen?«

»In dem Sie mich reinlassen?«, schlug er vor.

»Ohne Parkberechtigung kann ich das nicht tun.«

»Hören Sie, ich habe jetzt keine Zeit dafür. Ich muss sofort zu meinen Kollegen hoch. Lassen Sie mich rein.«

»Sie können hier nicht reinfahren.«

Brand erkannte, dass es sinnlos war, in den Hof kommen zu wollen. Aber wozu sollte er darauf bestehen? Er stieg wieder in den Mietwagen und parkte ihn irgendwo, ohne darauf zu achten, ob er im Halteverbot stand oder nicht. Am Haupteingang wartete schon die nächste Barriere: eine Kontrollschleuse.

»Brand, Europol. Meine Kollegen Björk und Kirchhoff sind oben beim Verfassungsschutz. Ich muss zu ihnen.« Er zeigte seinen Ausweis vor.

»Einen Moment«, antwortete die Frau, musterte demonstrativ seinen verdreckten Anzug und telefonierte. Nach einer Minute sagte sie: »Jemand wird Sie abholen.«

Brand nickte und entfernte sich etwas. Die Wartezeit nutzte er, um es zum gefühlt tausendsten Mal bei Björk zu probieren – wieder erfolglos.

Aber gleich würde er alles wissen. Was los war. Wie er helfen konnte. Und was es als Nächstes zu tun gab, um dieses *Spiel* aus der Welt zu schaffen.

»Herr Brand?«, sprach ihn jemand nach einer Minute von hinten an. Er erkannte die Frau, die sie gestern an der oberen, zweiten Kontrolle abgeholt und in den Videoraum begleitet hatte. Auch sie schaffte es nicht, seine schmutzige Kleidung zu ignorieren.

»Ja.«

»Wir haben uns noch nicht vorgestellt. Inge Pelster, interne Sicherheit. Es tut mir leid, aber Ihre Kollegen sind nicht mehr hier.«

»Was? Wo sind Sie denn?«

»Das haben sie mir leider nicht gesagt.«

»Wissen Sie, wie ich sie erreichen kann?«

Pelster hob eine Augenbraue, was Brand dazu veranlasste, eine Erklärung nachzuschieben: »Ich bin erst vor zwei Tagen angefordert worden. Wir hatten noch keine Gelegenheit, alle Kontakte auszutauschen. Der Einsatz ging vor. Ich muss wissen, wie ich meine Kollegen erreichen kann.«

»Da werde ich Ihnen auch nicht weiterhelfen können. Wir haben die Anfrage ebenfalls sehr kurzfristig bekommen. Genaue Kontaktdaten haben wir nicht.«

Langsam hatte er ein ganz mieses Gefühl bei der Sache. »Wann sind die beiden gegangen?«, fragte er.

»Gegen acht Uhr zwanzig.«

»Und davor?«

»Wie meinen Sie das … davor?«

»Was hat Björk gemacht, bevor sie aufgebrochen ist?«

»Soweit ich weiß, war sie im Videoraum. Wie die ganze Nacht schon.«

»Dann muss ich mich jetzt dort umsehen.«

»Wozu?«

»Weil ich wissen muss, was genau sie sich angesehen hat. Dieser Assistent, der die Aufzeichnungen bedient hat … der ist doch noch da, oder?«

»Nein, der ist schon lange zu Hause. Er hatte die Nachtschicht, ist aber extra noch länger geblieben.«

»Dann holen Sie ihn wieder her«, forderte Brand und merkte selbst, dass er sich gerade ziemlich affig anhörte. Aber er konnte jetzt nicht diplomatisch sein. Bestimmt hatte Björk etwas gesehen. Dann war sie mit Kirchhoff aufgebrochen. Womöglich waren sie in Gefahr. Er musste unbedingt wissen, wo sie steckten.

»Ich kann versuchen, ihn anzurufen.«

»Tun Sie das … bitte.«

Pelster musterte ihn skeptisch. Brand konnte nur hoffen, dass sie sich nicht zu sehr auf den Schlips getreten fühlte …

»Also gut. Dann kommen Sie mit.«

Eine halbe Stunde später traf der Mann endlich ein, der seit dem Vorabend an Björks Seite gesessen hatte. Man konnte ihm ansehen, dass er sich nach seinem Bett sehnte. Aber das würde warten müssen.

Leider konnte er Brand keine neuen Informationen geben, außer dass Björk wohl tatsächlich etwas entdeckt und plötzlich sehr aufgeregt gewirkt hatte. Was es war, wusste der Assistent nicht. Sie habe überhaupt kaum mit ihm gesprochen, nur Anweisungen gegeben, meinte er, was Brand nicht wirklich wunderte. Offensichtlich brauchte Björk ihre Zeit, um aufzutauen.

»Und dann ist sie los? Einfach so?«

»Nein. Sie hat sich etwas auf ihrem Laptop angesehen, dann ist sie rausgelaufen. Ich habe noch mitbekommen, wie sie mit dem Dicken gesprochen hat …«

»Kirchhoff.«

»Genau. Worüber sie geredet haben, hab ich nicht gehört. Dann sind sie los – und ich bin nach Hause.« Er gähnte und streckte sich ausgiebig.

Björk und Kirchhoff. Brand wollte sich die beiden lieber nicht bei einem gefährlichen Einsatz vorstellen. Kirchhoff mochte ein angenehmer Vorgesetzter mit etwas zu ausgeprägter Körperlichkeit sein, aber er war der Falsche, um auf Björk aufzupassen. Womit wahrscheinlich wurde, dass hier in Berlin tatsächlich etwas aus dem Ruder gelaufen war.

»Zeigen Sie mir die Bilder, die sie sich zuletzt angesehen hat.«

Der Assistent seufzte, fuhr dann aber den Computer hoch, loggte sich ein, rief Programme auf und durchforstete verschiedene Unterverzeichnisse und Protokolle.

»Das dauert viel zu lange«, drängte Brand.

»Das ist nicht so leicht«, entschuldigte sich der Assistent, »ich muss mir zuerst die Logfiles genau ansehen.«

Brand war das egal. Er brauchte diese Bilder, wie auch immer sie auf den Bildschirm gelangten, und zwar so schnell wie möglich.

»Okay. Also, zuletzt waren wir in Berlin ... Hauptbahnhof, Überwachungskameras siebzehn und achtzehn, jeweils achtundvierzig Stunden zurück. Moment«, murmelte er und sah auf seine Armbanduhr. Dann schrieb er etwas auf ein Blatt Papier und tippte eine Zahlenfolge in die Tastatur, bevor er die Maus zu Hilfe nahm. Gleich darauf erschienen zwei Perspektiven auf den mittleren Bildschirmen. Brand sah eine Bahnhofshalle und jede Menge Leute.

Der Assistent erklärte: »Das Problem ist, dass Björk sich immer mehrere Sachen parallel angesehen hat, außerdem hat sie sich alles im Schnelldurchlauf vorführen lassen. So ungefähr.«

Wieder klickte er mit der Maus, worauf sich das Tempo der Bilder drastisch erhöhte. Die Szenen aus der Bahnhofshalle erinnerten jetzt an einen alten Slapstick-Film.

Brand konnte nicht glauben, dass Björk auf diese Weise irgendetwas erkennen, geschweige denn jemanden identifizieren konnte. »Gehen Sie wieder auf normales Tempo, bitte. An welcher Position waren die Aufnahmen, bevor Björk wegwollte?«

»Sie meinen die Zeitposition?« Der junge Mann rieb sich Stirn und Schläfen. »Es tut mir leid, aber es waren so wahnsinnig viele. Ich hatte keine Chance, mir irgendetwas davon zu merken. Ich war schon so müde.«

»Können Sie die Position ungefähr eingrenzen?«

Wieder schien der andere angestrengt nachzudenken, dann murmelte er: »Sie war schon eine Weile dran. Beim fünffachen Tempo und geschätzt zwanzig Minuten ...«

Brand rechnete mit und vervollständigte: »Wären wir irgendwo vor der dritten bis zur vierten Stunde des Materials, oder?«

Der Assistent nickte und brachte die beiden Aufnahmen an die entsprechenden Zeitpositionen.

Brand versuchte, sich auf die Bilder zu konzentrieren. Zu jeder Zeit waren mindestens zehn, manchmal sogar zwanzig oder mehr Personen zugleich im Bild, nicht besonders scharf aufgelöst und noch dazu in Schwarz-Weiß. Er ahnte, dass selbst seine Mum jetzt unentdeckt durchs Bild hätte spazieren können. Aber er musste es trotzdem versuchen.

Nach ein paar Minuten hatte er sich halbwegs an die Ansichten gewöhnt und erkannt, dass man das Tempo tatsächlich steigern konnte, weil die Leute lange genug im Bild waren, um sie trotzdem abarbeiten zu können. Minute um Minute lief vor

Brand ab, neue Personen kamen hinzu, andere verließen das Bild, wieder andere liefen schnell hindurch – aber er erkannte nichts und niemanden.

Er ahnte, wie aussichtslos sein Plan war, wusste er doch nicht einmal, wonach er überhaupt suchen sollte. Hatte Björk vielleicht eines der Opfer gesehen? Oder einen Täter identifiziert? Er hätte weder beim einen noch beim anderen gewusst, worauf er hätte achten sollen. Er hatte einfach zu wenig Informationen über diesen Fall. Selbst wenn jetzt genau vor seiner Nase etwas passierte, das mit diesem Jagdspiel zu tun hatte, würde er es vermutlich nicht mitbekommen. Nein, das brachte alles nichts. Er musste es anders versuchen. Den Haag anrufen. Oder vielleicht …

Moment.

»Anhalten!«, rief er aufgeregt. »Zurück! Zurückfahren!« Er hob den Arm und legte den Zeigefinger auf den Bildschirm, deutete auf einen großen Mann mit Glatze, der jetzt rückwärts spazierte und … »Stopp! Bekommen Sie das Bild irgendwie schärfer? Den Mann da?«

»Ich versuch's.«

Brand ahnte bereits, wer er war. Und er wusste, dass es dieser Mann gewesen war, der Björk in Aufregung versetzt hatte. Er kannte ihn.

Obwohl er ihm noch nie persönlich begegnet war. Nur einmal hatte er sein Bild gesehen, flüchtig, auf Björks Handy. Auf der Aufnahme hatte er noch seine Haare gehabt. Jetzt nicht mehr. Aber es passte.

Es war der Arzt.

Der Arzt, der Peter Gruber in Südtirol behandelt hatte. Der Arzt, der seine Papiere gefälscht, seine Aufenthaltsorte geändert und verschiedene Identitäten benutzt hatte, um über Jahre und

Jahrzehnte unerkannt zu bleiben. Der Arzt, der angeblich vor einem Jahr tödlich verunglückt war.

Wie konnte er dann vor nicht einmal zwei Tagen am Berliner Hauptbahnhof gewesen sein?

60

Berlin, 20.15 Uhr

Mavie Nauenstein

Mavie war schwindlig und schlecht. Ihr Kopf dröhnte.

Und ihr war kalt. Sie schlotterte regelrecht. Sie konnte sich nicht erinnern, dass ihr jemals so kalt gewesen wäre. Die Kälte beschäftigte sie derart, dass sie keinen anderen Gedanken fassen konnte. Wieder und wieder schüttelte sie sich, klapperte mit den Zähnen.

Sie öffnete die Augen, sah aber nichts. Sie zwinkerte ein paarmal, als hätte es das besser machen können. Nein, da war nur Dunkelheit. Und diese Eiseskälte.

Mavie glaubte, dass sie stand. Besser gesagt, mehr hing als stand, an mehreren Punkten fixiert. Sie konnte sich kaum bewegen. Ihre Gliedmaßen waren irgendwie abgespreizt, auch um ihre Hüften herum lag etwas, das nicht nachgab. Sie musste aussehen wie der Mann auf dieser berühmten Zeichnung von Leonardo da Vinci, *Quadratur und Proportion*, die sie kürzlich in der Schule besprochen hatten. Sie war ein großes X. Nur ihr Kopf war frei, weshalb er nach vorne gekippt war, als sie geschlafen hatte. Jetzt schmerzte ihre Nackenmuskulatur.

Aber warum hatte sie geschlafen? Noch dazu in einer solchen Pose? Wie war sie hierhergekommen, wo war sie überhaupt, und warum war ihr so furchtbar kalt und schlecht? Sie strengte ihren Kopf an, konnte sich aber an nichts erinnern. Das Letzte, was sie noch wusste, war der Abend mit Silas in dem Bauernhaus. Und dann? Hatte *er* sie etwa hierher …

Nein. Silas hätte das bestimmt nicht getan.

Aber wo steckte er? Wieso war er nicht hier? Ging es ihm gut?

Etwas rauschte schon die ganze Zeit. Wie Regen, der auf ein großes Dach prasselte. Dann hörte sie noch etwas. Ein Klicken, gefolgt von elektrischem Surren.

Sie entdeckte Lichter, über ihr, ganz schwach zuerst. Violette Linien, die schnell heller wurden, immer heller, und damit den ganzen Raum zum Leuchten brachten. Er war so groß wie eine Turnhalle. Jeder Quadratmeter war mit Zeichnungen, Linien und Formen übersät. Oben, unten und an den Seiten – wohin man auch sah, erstrahlten in grellen Farben die unterschiedlichsten Motive. Mavie musste an Höhlenmalereien denken, aber auch an etwas ganz anderes.

An den Skorpion.

Den Skorpion an ihrem Rücken, der ebenso strahlte, wenn UV-Licht darauf fiel.

Jemand näherte sich. Von hinten. Sie bemerkte ihn erst, als er schon ganz nah bei ihr war.

»Du bist wach, mein Engel«, sagte ein Mann mit leiser Stimme. Zugleich spürte sie, wie sich Finger auf ihre nackte Haut legten. Finger, die über ihre Brandnarbe fuhren, dann aber auch die Linien des Skorpions nachzeichneten, langsam und sanft. Ein neuerlicher Schauer überlief sie. Jedes einzelne Härchen stellte sich auf. Mavie wollte sich der Berührung dieses Mannes entziehen und konnte es nicht.

Sie hatte ihn sofort an der Stimme erkannt. Es war der Arzt, der sie vor drei Jahren wegen der Sache mit dem Bügeleisen behandelt hatte. Der Riese ohne Haare. Sie kannte niemanden sonst, der so sanft sprechen konnte.

Aber noch jemand war da. Gegenüber stand ein Mann und glotzte an einer Säule vorbei direkt in ihre Richtung. Auf seiner Stirn stand etwas geschrieben, in großen, weiß leuchtenden Buchstaben. Was es war, konnte sie auf die Entfernung jedoch nicht lesen.

»Hilfe!«, rief sie hinüber. »Sie da! Helfen Sie mir!«

»Schschsch … er kann dir nicht helfen, mein Engel. Glaub mir, es ist besser so«, sagte der Mann hinter ihr und lachte kurz auf. Immer noch fuhren seine Finger zwischen ihren Schulterblättern hin und her.

»Lassen Sie das!«

Er machte einfach weiter.

»Hören Sie auf!«

Da fühlte sie seine Drecksfinger nicht mehr. *Endlich*. Aber was tat er jetzt? »Wo bin ich?«, stellte sie die erstbeste Frage, die ihr einfiel.

»Du bist in Berlin. Erinnerst du dich nicht?«, fragte er.

Sie schwieg. Doch, sie erinnerte sich, auch wenn sie nicht gewusst hatte, dass sie damals in Berlin gewesen war, aber das wollte sie ihm nicht sagen.

»Erinnerst du dich?«, wiederholte er.

»Lassen Sie mich frei!«

»Das ist leider nicht möglich. Aber wieso bist du denn so angriffslustig? So kenne ich dich ja gar nicht, Mavie.«

Wut stieg in ihr auf und ließ sie an ihren Metallfesseln reißen, aber nichts rührte sich. Sie versuchte, ihren Kopf so weit zur Seite zu drehen, bis sie den Mann sehen konnte, doch es gelang ihr nicht. Also blickte sie wieder geradeaus und atmete tief durch. Ihr war immer noch übel. So sehr, dass sie sich vielleicht bald übergeben musste.

»Hier bist du gewesen, mein Engel. Dann verlor ich dich aus

den Augen, und jetzt bist du einfach wieder zu mir gebracht worden. Ein Segen Gottes. Mein himmlischer Engel!«

Das musste die Klinik sein, die es gar nicht wirklich gab. In die »Vater« sie gebracht hatte, auf den Tipp eines seiner merkwürdigen Freunde hin, weil eine offizielle Klinik nicht infrage gekommen war. Weil »Mutter« sonst Fragen gestellt worden wären, die sie unmöglich hätte beantworten können.

Aber jetzt sah es hier ganz anders aus. Und bei all den leuchtenden Motiven, Formen und Linien um sie herum wurde ihr gleich noch etwas klar: dass dieser Skorpion ebenfalls von hier stammen musste. Mutter hatte ihn gar nicht aus ihrer Haut herausbrennen wollen. Wie hätte sie ihn sehen sollen? Zuerst das Bügeleisen, dann der Skorpion.

Zuerst das Bügeleisen, dann der Skorpion.

Das UV-Tattoo stammte gar nicht aus ihrer Kindheit, sondern aus der Zeit, die sie hier hatte verbringen müssen, vor drei Jahren.

Weil Mutter mich verbrannt hat.

Weshalb sie in die Gewalt des Mannes geraten war, der jetzt hinter ihr stand.

Er hat mir den Skorpion gestochen.

»Ich spüre, dass du es weißt. Und, wie gefällt es dir jetzt?«

»Wieso tun Sie das? Was wollen Sie von mir?«

»Schschsch ... Nicht mehr lange, dann wirst du es sehen. Alles wird Sinn machen, mein Engel. Alles.«

Plötzlich hörte Mavie etwas, das nach hochhackigen Frauenschuhen klang. Die Schritte näherten sich von hinten. Dann verstummten sie. »Wahnsinn«, sagte die Frau.

Mavie fühlte neue Finger. Finger mit scharfkantigen Nägeln. Auch sie fuhren über die Brandwunde und dann den Skorpion.

»Wieso misshandelt man sein Kind?«, fragte der Mann.

»Sie war nicht ihr Kind«, antwortete die Frau.

»Nein?«

»Sie haben bloß so getan.«

»Der Mann hat so besorgt gewirkt, als er sie zu mir gebracht hat.«

»Ich glaube nicht, dass die sich jemals um jemand anderen gesorgt haben als um sich selbst.«

Wieder die Bleistiftabsätze. *Tack, tack, tack.* Langsam kam die Frau in Mavies Blickfeld. Ihre Haare waren hell, auch das Oberteil ihres Kostüms leuchtete, ihr Gesicht dagegen blieb dunkel. Sie stellte sich vor Mavie, in einer Pose, die zu einem Fotomodell gepasst hätte, eine Hand in die Hüfte gestützt, die andere an ihrem Kinn. »Du erinnerst dich nicht an mich, oder?«, fragte sie dann. Ihre Zähne leuchteten auf. *»Mavie? ... Mavie, my daughter!«*, sagte sie theatralisch und breitete ihre Arme aus. *»I missed you so much!«* Sie tat so, als würde sie schluchzen. »Nein? Gar nichts? Oh, wie schade! Ich glaube, das war meine Glanzrolle.«

Mavie hatte keine Ahnung, was die Frau von ihr wollte.

»Ach, Mavie. Weißt du, woher ich wusste, wo du steckst? Nein? Dein lieber, falscher Papa hat's mir gesagt. Einfach so. Er hat dich verraten, Mavie.«

Mavie wollte es nicht verstehen – und tat es doch. Die Frau musste in der Villa Nauenstein gewesen sein.

Bluttat in Hamburg.

»Und *wie* er sich den Kopf für mich zerbrochen hat, wohin du abgehauen sein könntest. Na ja, vielleicht hat's ihm beim Nachdenken geholfen, dass er seiner Frau beim Sterben zugesehen hat. Meine Güte, was für eine dumme Kuh. Wie hast du's bloß mit der ausgehalten?«

»Sie haben sie umgebracht!«, platzte sie heraus.

»Gern geschehen«, sagte die Frau. »Ich fürchte nur, deine echte Familie ist auch nicht viel besser.«

Meine echte Familie?

»Dein Bruder ... also Halbbruder, Lukasz, war gleich der Zweite, der dich verraten hat. Stell dir vor, ich erspare ihm nicht nur die halbe Million für die inoffizielle Pflegschaft, ich schaffe ihm auch gleich seine Miterbin aus dem Weg. Du glaubst gar nicht, wie schnell er sich auf den Deal eingelassen hat. Er hat mir sogar die Wohnung zur Verfügung gestellt. Und du bist drauf reingefallen. Mavie, Mavie. Die Welt ist schlecht. Überall ... Verräter«, sagte sie, drehte sich um und sah kurz zu dem Mann an der Säule. »Hey, du!«, rief sie zu ihm hinüber. »Du hast auch keine Ahnung, wer ich bin, oder dämmert's dir langsam? Krake?«

Der Mann riss die Lider auf – Mavie sah es am Weiß seiner Augen. Er wand sich hin und her und brüllte etwas, doch seine Worte klangen erstickt. Anscheinend war er geknebelt.

»Ich hätte dich gleich in dieser Scheune töten sollen. Wie erbärmlich du bist, Krake! Versuchst zu bescheißen und lässt dich einfach so von einem anderen übertölpeln!« Ihr Lachen hallte von den Wänden wider, und für einen Augenblick schien es aus allen Richtungen zu kommen. Dann verschwand die Frau wieder nach hinten.

»Keine Angst, kleine Mavie«, sagte der Mann mit der sanften Stimme beruhigend, »bald schon wirst du verstehen. Du wirst nicht leiden müssen. DU nicht.«

Ein Knall.

Direkt hinter ihr, wie von einer Peitsche. Mavie zuckte zusammen. Doch sie spürte nichts.

61

Berlin, 20.26 Uhr

Christian Brand

Brand konnte sich nicht mehr auf die Bilder an der Wand konzentrieren. Sie waren längst zu einem Brei geworden, aus Leuten, die einander glichen wie ein Ei dem anderen.

Nach langem Zögern hatte sich Pelster vom Verfassungsschutz doch noch davon überzeugen lassen, dass es unbedingt nötig war, den Mann aus den Aufzeichnungen vom Hauptbahnhof aufzuspüren. Schließlich hatte Björk vermutet, dass bald eine Art Finale stattfand und dass sich alles auf Berlin zuzubewegen schien. Wozu auch gepasst hätte, dass dieser Mann vor zwei Tagen hier aufgetaucht war. Brand hatte Pelster zu überzeugen versucht, dass nicht nur Björk und Kirchhoff, sondern noch weitere Menschen in Gefahr waren. Aber die Frau, die für eine Mitarbeiterin der internen Sicherheit ziemlich viele Entscheidungen alleine traf, hatte zunächst nur von Zuständigkeiten gefaselt. Von Europol, das auf die eigenen Ressourcen zurückgreifen solle, und offiziellen Wegen, die einzuhalten seien. Man sei hier nur die Berliner Niederlassung, alles müsse über die Zentrale des Verfassungsschutzes in Köln laufen und so weiter. Brand hatte schließlich keinen anderen Ausweg gesehen, als Pelster in alles einzuweihen, was er über das Jagdspiel wusste. Alles. Den Modus, die Jäger, die Opfer, das Motiv, bei dem Spiel mitzumachen, und den letzten ihm bekannten Spielstand. Es hatte ihn gewundert, dass man hier noch gar nichts davon wusste.

Schließlich hatte sie ihm einen neuen Assistenten für die Kamerabilder zur Verfügung gestellt und zugesagt, Auswertungsprogramme laufen zu lassen. Außerdem hatte sie Kontakt zur Berliner Polizei aufgenommen, wo man ebenfalls nach diesem Phantom suchen wollte. Gehört hat Brand seither nichts mehr. Aber klar. Das Jagdspiel lief so schnell seinem Ende zu, dass jede größere Organisation damit überfordert sein musste.

Wie mochte Björk draufgekommen sein, wo dieser Arzt steckte? Bestimmt hatte sie noch etwas anderes auf den Aufnahmen entdeckt. Etwas, was Brand bisher verborgen geblieben war. Er sah dort bloß einen Mann, der durch den Hauptbahnhof schritt und dann aus der Reichweite der Kameras verschwand. Es war nichts Besonderes an ihm, abgesehen von seiner allgemeinen Erscheinung – von seiner Größe, der Glatze und dem Gang, der trotz seines Tempos so vorsichtig wirkte, als wollte er nicht versehentlich auf eine Ameise treten.

Brand konnte Björk nicht annähernd das Wasser reichen, was die Deutung von Kamerabildern betraf. Wie auch? Es wäre anmaßend gewesen, ihrer Spezialbegabung auch nur irgendwie nacheifern zu wollen.

Es ist aussichtslos, erkannte er und wandte sich von den Bildern ab.

»Immer noch nichts?«, fragte er den neuen Assistenten, der sich schlicht als »Daniel« vorgestellt hatte und mit seinen Rastalocken, dem Zehn-Tage-Bart und der farbenfrohen Kleidung eher wie ein jamaikanischer Tour-Guide als wie ein Mitarbeiter des Deutschen Verfassungsschutzes aussah. Am Computer entwickelte er ein solches Tempo, dass man auch bei ihm von einer »Spezialbegabung« ausgehen konnte.

»Nö«, lautete seine schlichte Antwort.

Brand stemmte die Hände in die Hüften und starrte den Parkettboden an. Etwas spukte durch sein Bewusstsein, eine Idee, aber er bekam sie nicht zu fassen.

»Vielleicht liegt es gar nicht an diesen Bildern«, schlug Daniel vor.

»Was meinen Sie?«

»Hier, sehen Sie sich das mal an.« Er deutete auf einen der Bildschirme.

Brand stellte sich zu ihm und sah einen Raum aus der Vogelperspektive. Einen Raum wie diesen hier. Nein, es *war* dieser hier, erkannte Brand nach einem Blick an die Decke, wo eine Kamera hing. Aber das Bild war nicht live, sondern zeigte Björk mit dem anderen Assistenten. Zunächst stand sie noch vorne an der Wand mit den vielen Bildschirmen. Dann ging sie schnell zum Platz zurück, setzte sich und klappte ihren Laptop auf.

»*Das* war's!«, rief Brand aus.

Der erste Assistent hatte ihm auch schon gesagt, dass sie nach der Entdeckung des Glatzkopfs noch auf ihren Laptop geschaut hatte. Brand hatte dem Detail zu wenig Bedeutung beigemessen. Er sah, wie Björk das Gerät nur wenige Momente später wieder zusammenklappte und eilig den Raum verließ.

»Zeigen Sie mir noch mal das mit dem Laptop«, forderte Brand den Rasta-Mann auf.

Der Assistent brachte die Aufzeichnung an die entsprechende Stelle, aber was auf dem Display stand, war nicht zu erkennen. Brand wusste, dass es keinen Sinn machte, näher heranzugehen, weil der Winkel davon auch nicht besser wurde und Björk zusätzlich diesen Bildschirmfilter verwendete.

Was mochte sie gesehen haben? Eine Nachricht? Oder etwas im Internet … vielleicht im Darknet?

Im Jagdspiel ...

Brand hatte eine neue Idee. Er konnte nur hoffen, dass dieser Daniel tatsächlich so gut war, wie er vermutete. »Kennen Sie sich im Darknet aus?«, fragte er ihn.

Daniel zog eine Augenbraue in die Höhe und sah ihn an, als könnte die Antwort gegen ihn verwendet werden. »Wieso?«

»Weil wir da jetzt reinmüssen.«

»O-kay? Was brauchen Sie? Waffen? Drogen?«, schlug er vor und grinste.

»Wir müssen ins Jagdspiel kommen.«

»Jagdspiel?«

»Suchen Sie im Darknet, in Foren und so weiter.«

»Schon passiert«, sagte er und zeigte auf ein Login-Formular. »Zugangsdaten?«

Brand staunte einmal mehr über das Tempo, das der Mann an den Tag legte. Aber Zugangsdaten hatte er auch keine. »Die müssen wir irgendwie aus diesen Aufnahmen herausbringen«, erklärte er. »Aus den Aufnahmen von vorhin. Von der Deckenkamera. Wir müssen wissen, was Björk in ihren Laptop eingetippt hat.«

»Das heißt, *ich* soll das herausfinden«, beklagte sich Daniel, doch er legte bereits los. Er vergrößerte den Bildausschnitt und brachte die entsprechende Zeitpassage in eine Endlosschleife, schüttelte den Kopf, rief ein Programm auf, tippte einzelne Buchstaben ein und setzte es auf das Login-Formular an. »Der Benutzername ist ziemlich sicher Zeppelin«, erklärte er, »das Wort lässt sich im Zehnfingersystem gut erkennen, sehen Sie? Danach drückt sie die Tabulatortaste. Aber das Passwort ist irgendeine sinnlose Zahlen-Buchstaben-Kombination. Genau wie es sein soll, aber das macht's uns schwerer. Beim ersten Buchstaben bin ich mir ziemlich sicher, auch bei zwei anderen und der Passwortlänge. Müsste eigentlich reichen.«

Brand sah, wie das Programm in schneller Abfolge immer neue Passwörter versuchte, gefolgt von der immer gleichen Fehlermeldung.

»Das könnte jetzt etwas dau…«, erklärte der Assistent und stockte.

Sie waren drin.

_ □ ×

Halali und Weidmannsheil, Zeppelin!

Ihr Jägercode: ZU93WK
Ihre Trophäen: 1
Kurswert des Jackpots: € 1.167.943
» Opferbereich
» Spielregeln
» Forum
» Persönliche Nachrichten (0)
» Ausloggen

Ohne Brand zu fragen, klickte Daniel auf den ersten Link. Bilder von zwölf Menschen erschienen auf dem Bildschirm. Über sieben von ihnen lag ein rotes X. Brand wusste, was das hieß.

»Was soll ich machen?«, fragte der Assistent.

»Moment.« Brand versuchte, sich an den letzten ihm bekannten Stand zu erinnern. Kirchhoff hatte ihm gesagt, dass Europol zwei der Opfer in Sicherheit gebracht hatte und drei noch frei herumliefen – dieser Mann aus Magdeburg, außerdem zwei Frauen. Machte fünf verfügbare Ziele, genau wie es auf dem Bildschirm zu sehen war. Demnach hatte es noch kein weiteres Opfer erwischt. »Es muss da noch etwas sein«, sagte Brand,

»irgendwas mit Berlin. Finden Sie was? Vielleicht einen Hinweis auf ein Finale?«

Daniel tippte wieder etwas in die Tastatur, worauf ein Kauderwelsch erschien, das für Brand nach einem Programmiercode aussah. »Ich seh mir gerade den Seitenquelltext an«, kommentierte er sein Tun. Dann stöberte er über die Suchfunktion nach verschiedenen Begriffen, zu schnell, als dass Brand ihm hätte folgen können. Zwischendurch schüttelte er den Kopf.

»Wieso sehen wir nicht einfach im Postfach nach?«, schlug Brand vor und fürchtete, sich laienhaft anzuhören.

Wie erwartet runzelte Daniel die Stirn, doch er tat es. Bereits gelesene Nachrichten erschienen. Er öffnete die erste, die vom Benutzer *Schöpfer* stammte und nichts außer der Betreffzeile enthielt.

Flottenstraße 67.

Brand erinnerte sich daran, dass Björk in Bozen das Wort *Schöpfer* benutzt hatte, als es um den Spielleiter ging. Die Nachricht kam also von ganz oben.

»Flottenstraße 67 … ist das hier in Berlin?«

»Genau. Gewerbegebiet.«

»Danke!«, rief er über die Schulter und rannte zur Tür hinaus.

62

Berlin, 20.45 Uhr

Werner Krakauer

Krakauer starrte zu dem Mädchen hinüber, das bis auf die Unterwäsche entkleidet und in eine Konstruktion eingespannt war, die wie ein riesiger Kasten ohne Wände aussah. Ein Infusionsschlauch führte in ihre rechte Armbeuge.

Er kannte sie. Sie war das Opfer aus Hamburg, zu ihr hatte er fahren wollen, sobald er in Leipzig fertig gewesen wäre.

Da knallte etwas. Unvermittelt, scharf und gemein, irgendwo hinter dem Mädchen. Krakauer sah, wie sie zusammenzuckte. Im ersten Moment dachte er an einen Pistolenschuss. Aber dafür war der Knall zu leise gewesen. Ein Peitschenhieb?

Jemand stöhnte auf, aber das Mädchen war es nicht. Es musste die Frau sein. Die Frau, die sich ihm vorhin als Paul zu erkennen gegeben und bedauert hatte, dass sie ihn nicht gleich in der Scheune umgebracht hatte. Die Frau, die eine andere Frau in zwei Teile zerschnitten hatte und auch für den Doppelmord in Hamburg verantwortlich zu sein schien. Aber warum stöhnte ausgerechnet sie jetzt?

Krakauer sah, wie der Mann ins Licht trat. Er wirkte riesig. Sein Körper leuchtete überall dort, wo er nicht von Kleidung bedeckt war. Über Arme, Hals, Gesicht und den kahlen Schädel zogen sich grellweiße Linien, Formen und Motive, die denen in der Halle hier glichen. Krakauer meinte, in einem psychedelischen

Albtraum gefangen zu sein, doch nein, das hier war die Wirklichkeit.

Der Mann zog etwas hinter sich her.

Die Frau.

Er hatte sie an den Haaren gepackt, schleifte sie in die Mitte der Halle, zwischen das gefesselte Mädchen und die Säule, an der Krakauer mit dem Gewebeband fixiert war. Sie schien völlig überrascht zu sein, versuchte, sich an irgendetwas festzuhalten, und wehrte sich, aber der Kraft des Mannes hatte sie nichts entgegenzusetzen. Dann ließ er sie los. Mit einem Stöhnen sackte die Frau auf den Betonboden, krümmte sich zusammen und blieb liegen.

Der Mann zog einen Gegenstand aus seiner Hosentasche und schien auf eine Taste zu drücken. Gleich darauf hörte Krakauer ein Quietschen und Schnarren. Ein Stahlseil mit einem Haken am Ende, der Krakauer an den Fleischerhaken eines Metzgers erinnerte, kam von der Decke. Der Mann griff danach, kniete sich vor die Füße der stöhnenden Frau und zog mit der freien Hand einen weiteren Gegenstand aus seiner Hosentasche. *Ein Springmesser.* Krakauer wollte nicht hinsehen und tat es doch. Der Mann legte das Messer an einen Fuß der Frau und schnitt in ihre Ferse. Sie schrie auf und trat mit den Beinen nach ihm, doch der Mann ließ ihre Tritte an sich abprallen, nahm den Haken und führte ihn an ihren Körper, *in* ihren Körper. Krakauer wusste, dass man Schlachtvieh an längs gespaltenen Achillessehnen aufhängte, bevor man sie ausnahm, und genau das machte der Mann jetzt mit ihr. Anschließend drückte er auf die Fernbedienung. Die Seilwinde fuhr in die Höhe. Die Frau schrie auf. Sekunden später hing sie kopfüber etwa einen Meter über dem Boden. Ihr freies Bein schwang haltsuchend durch die Luft, Blut rann von ihrer Ferse in ihr Kostüm, lief am Dekolleté wieder hinaus und in ihr Gesicht. Krakauer bemerkte, dass sie auch in der Kniekehle blutete. Er dachte an das Geräusch, das sein eigenes Knie gemacht hatte, als er sich vorhin verletzt hatte. Es hatte ganz ähnlich geklungen. Der Mann musste ihr im Stehen die Sehnen durchtrennt haben.

»Gut, gut«, sagte er leise. »Du hast selbst gemerkt, dass es nur schmerzhafter wird, wenn du dich bewegst. Aber ganz wie du willst ...« Er wandte sich ab und ging auf Krakauer zu.

Bevor dieser auch nur Luft holen konnte, entleerte sich seine Blase. Er konnte, wollte, durfte sich nicht ausmalen, was der Mann mit ihm vorhatte, und doch ließ ihn die Angst an nichts anderes mehr denken. Mit zusammengepressten Augen erwartete er sein Schicksal. Den Stich, den Schnitt oder was auch immer. Er wagte kaum zu atmen.

Plötzlich spürte er, wie seine Fesseln durchtrennt wurden. Es folgten zwei Schnitte, und auch seine Füße waren frei. Krakauers Beine gaben nach, er rutschte an der Säule hinunter, doch der Mann fasste in unter der linken Achsel, richtete ihn auf und zwang ihn, ein paar Schritte in Richtung der Frau zu machen. Krakauers Knie schmerzte höllisch.

Einen Meter vor ihr blieben sie stehen.

»Du bist ein Verräter«, hauchte der Mann beinahe stimmlos in sein Ohr, »aber jetzt bekommst du die Chance, alles wiedergutzumachen. Mehr noch. Du kannst den letzten Opfern das Leben retten. Du wirst ein Held sein. Ein Held. Hier ...« Er hielt ihm sein Springmesser hin. Krakauer starrte entsetzt darauf. »Dafür musst du aber zuerst die Welt von ihr hier befreien. Auch sie hat das Spiel verraten. Sie hat es pervertiert. Drei Menschen hat sie getötet, ohne dass es notwendig gewesen wäre. Sie hat es mir erzählt. Kein Jäger tötet öfter als unbedingt nötig. Sie schon. Sie hat geglaubt, sie könnte sich mit mir verbünden, dabei würde ich niemals jemanden einfach so töten. Sie hingegen konnte gar nicht genug davon kriegen. SIE ist das Böse!«

Krakauer starrte die Frau an, und ja, er ahnte, nein: wusste, wie böse sie war. Dann sah er zum Messer, wollte die Hand danach ausstrecken, hielt sich aber zurück. Bestimmt war es eine Falle.

»Du kannst die Unschuldigen retten. Töte sie, und ich sage dir, wie.«

Krakauer zitterte am ganzen Körper. Er durfte keinesfalls über den Vorschlag des Mannes nachdenken und tat es nun doch. Er wusste, dass manche Opfer des Jagdspiels noch nicht aufgespürt worden waren. Ging es um die? Aber wie sollte er sie retten? Das Spiel ließ sich nicht aufhalten.

Es muss eine Falle sein.

»Nimm das Messer. Befreie die Welt von diesem Bösen, und ich verrate dir, wie du alle retten kannst, die noch da draußen sind. Alle. Tu es.« Der Mann wollte ihm das Messer in die Hand drücken, doch Krakauer zog sie zurück.

Er konnte niemanden umbringen. Er hatte niemals vorgehabt, an diesem Spiel teilzunehmen, hatte bloß darüber berichten wollen. Aber dann war alles schiefgegangen. Von dem Moment an, als der stellvertretende Chefredakteur des *Stuttgarter Blatts* – Fischer, dieser Grünschnabel – ihm die Chance genommen hatte, seinen Job zu machen, war alles aus dem Ruder gelaufen.

Da kam ihm ein anderer Gedanke. Er konnte das Messer nehmen, aber nicht, um es der Frau oder dem leuchtenden Mann hineinzustoßen, sondern sich selbst. Er überlegte, wohin. Am ehesten ein tiefer Schnitt in den Unterarm. Oder ein Stich in die Halsschlagader? Nichts davon hörte sich schnell und schon gar nicht schmerzlos an. Doch sein Tod war definitiv eine Lösung. Ein schneller Exit.

Der Mann sprach weiter: »Sie hat ihren eigenen Mann getötet. Weißt du, warum? Weil sie ihn für einen Schwächling gehalten hat. Das Jagdspiel war ihr wichtiger als ihr wichtigster … *Vertrauter*. Dann ist sie nach Hamburg gefahren, um meinen Engel hier zu suchen. Dort hat sie zwei weitere unschuldige Menschen getötet. Sie hat es verdient zu sterben, nicht du. Rette die, die noch da draußen sind. Tu es jetzt. Zeig der Welt, dass du es wert bist, sich an dich zu erinnern.«

Krakauer keuchte ähnlich schnell wie die Frau vor ihm. Seine Lungen schmerzten. Wieder sah er zum Messer, wie es aufblitzte, nur wenige Zentimeter von seiner Hand entfernt.

»Tu es. Es gibt nichts mehr zu verlieren. Nur noch zu gewinnen. Ich weiß, dass du nicht mehr lange hast. Ich kann es dir ansehen. Verlass diese Welt nicht als Verräter, sondern als Retter. Als Held.«

Dann ging alles wie von selbst.

Aus Krakauers tiefstem Inneren bahnte sich ein Impuls seinen Weg. Wie ein Magmastrom, der den Pfropfen eines Vulkans zum Explodieren brachte, bohrte er sich durch alles, was sich ihm noch in den Weg stellte.

Krakauer griff nach dem Messer.

Riss es dem Mann aus der Hand.

Und stach zu.

63

Berlin, 20:54 Uhr

Christian Brand

Zwanzig Minuten nachdem er in der Klosterstraße in den Mietwagen gesprungen war und gleich noch mal in den Regen hinausmusste, um den Strafzettel unter dem Scheibenwischer wegzuziehen, traf er bei der Adresse im Gewerbegebiet ein, die in der E-Mail gestanden hatte. *Flottenstraße 67* stand auf dem verwitterten Schild an einer halbhohen Klinkermauer, die um ein Firmengelände herumführte. Nach wie vor schüttete es wie aus Eimern, was den alten Industriebau – ebenfalls aus Klinkersteinen gemauert – noch trostloser machte.

Brand ließ den Wagen ein paar Meter weiterrollen, um kein Aufsehen zu erregen. Im Vorbeifahren hatte er nichts Auffälliges bemerkt. Keine Fahrzeuge, keine Menschen, kein Licht. Es hatte so ausgesehen, als läge das Gelände schon seit Jahren brach.

Da entdeckte Brand einen Audi mit niederländischem Kennzeichen. Er wettete, dass es Kirchhoffs Wagen war. Brand blieb direkt dahinter stehen, schlug den Kragen seines Sakkos nach oben und stieg aus. Im prasselnden Regen umrundete er Kirchhoffs Audi, spähte hinein und versuchte die Beifahrertür zu öffnen, aber diese war verschlossen. Im Innenraum lag nichts, was irgendwelche Hinweise oder neue Informationen versprochen hätte, nur eine hellbraune Tasche wie jene, die Björk immer bei sich trug, um ihren Laptop zu transportieren.

Sie müssen hier sein.

Er entfernte sich von den Fahrzeugen und lief geduckt an der Klinkermauer entlang zur Einfahrt des Firmengeländes, an deren Seiten kunstvoll verzierte rechteckige Betonsäulen in die Höhe ragten. In der Deckung der linken Säule blieb er kurz stehen, zog seine Glock aus dem Holster und warf einen vorsichtigen Blick um die Ecke. Sein Eindruck von vorhin verfestigte sich: Alles schien brach zu liegen. Verrostete Container, überwuchert von Pflanzen, standen auf dem rissigen Beton, überall lag Müll.

Die Glock in der Hand, lief Brand zum Eingang der Haupthalle. Verschlossen. Brand umrundete die Fabrik auf der Suche nach einer Einstiegsmöglichkeit.

An der Längsseite, an der ein Baucontainer stand, kam er nicht ins Gebäude hinein, und weder vorne noch an der anderen Längsseite gab es Fenster oder Türen, nur eine Zeile mit Oberlichtern gleich unterhalb des Daches, doch dort kam er unmöglich hoch. Blieb noch die Rückseite. Wieder spähte er zuerst um die Ecke, bevor er aus der Deckung trat, die Waffe stets im Anschlag.

Hier stand ein Fahrzeug, das ebenso verwahrlost war wie alles hier. Es wäre Brand nicht weiter aufgefallen, wäre es nicht ein Leichenwagen gewesen. Aber selbst das musste nichts bedeuten. So verrostet, wie der Wagen aussah, konnte er ebenfalls schon seit Jahren hier stehen. Und dennoch sagte ihm irgendetwas, dass das ein Zufall zu viel war.

Endlich entdeckte er ein Tor. Ein großes Tor aus verwittertem, aufgequollenem Holz, das an massiven Metallscharnieren hing, die bestimmt einen Riesenkrach machten, wenn sie bewegt wurden. Dennoch musste er es versuchen.

Er schlich hin, legte sein Ohr an einen Spalt im Holz, doch all die Regengeräusche um ihn herum machten ihn taub für das, was möglicherweise aus dem Inneren kam. Er versuchte, etwas zu erkennen, legte seine freie Hand zwischen den Spalt und seine Augen, um das Außenlicht abzuschirmen – doch da war nur Dunkelheit.

Neue Zweifel stiegen in ihm auf. Was, wenn das hier nur ein Ablenkungsmanöver war? Vielleicht war die Textzeile auf der Homepage des Jagdspiels gar nicht neu? Vielleicht hatte Björk etwas ganz anderes entdeckt, bevor sie mit Kirchhoff aufgebrochen war? Alles hier wirkte verlassen und tot.

Wären nicht der Leichenwagen und der Audi mit dem niederländischen Kennzeichen gewesen, hätte Brand das Holztor jetzt einfach aufgerissen und hineingesehen, doch so zögerte er, blieb vorsichtig. Plötzlich hörte er einen Schrei. Zuerst glaubte er an ein Tier, das irgendwo auf dem Gelände in eine Falle geraten war, aber dann hörte er es wieder, ein Kreischen wie von einer Frau – einer Frau, die sich in diesem Gebäude befand. Eindeutig.

Björk?

Er musste rein. Sofort. Brand legte seine Finger in den Spalt zwischen Tor und Mauer und zog mit aller Kraft am Holz, auch wenn er nicht glaubte, mit bloßen Händen etwas ausrichten zu können. Überrascht stellte er fest, dass es sich tatsächlich bewegte, doch genau wie er befürchtet hatte, quietschte es durchdringend. Brand erstarrte, lauschte, ob jemand kam, sah durch den nun etwa zehn Zentimeter breiten Spalt ins Innere. Die Frau kreischte erneut, was er nutzte, um das Tor noch weiter aufzuziehen und hindurchzuschlüpfen. Er hoffte, das Licht von draußen würde ihm helfen, etwas zu erkennen, doch vor ihm war nichts als Schwärze. Als sich seine Augen ein wenig an die Dunkelheit gewöhnt hatten, sah er auch, warum. In der Fabrikhalle befand sich eine weitere Halle – ein riesiger Kubus, rabenschwarz und deutlich neuer als seine Backsteinhülle.

Geräuschlos schlich Brand um den Kubus auf der Suche nach

einem Einlass, doch da war nichts, nur die regelmäßigen Fugen, wo die einzelnen Bauteile aneinanderstießen.

Die Frau stieß einen weiteren Schrei aus, so durchdringend, dass Brand jede Vorsicht aufgab. Er rannte los, die Finger seiner linken Hand an die Wand gelegt, entschlossen, die erste auftauchende Unregelmäßigkeit für sich zu nutzen.

64 Berlin, 20.59 Uhr

Mavie Nauenstein

Die Kälte, die Übelkeit, der Erinnerungsverlust – alles hatte seine Bedeutung verloren. Mavie konnte nur noch die Frau anstarren, die vor ihren Augen ausblutete, höchstens drei Meter von ihr entfernt. Der geknebelte Dicke hatte sie erstochen. Einmal nur hatte er ihr das Messer in den Körper gerammt, aber das hatte gereicht. Sie hatte ein letztes Mal geschrien und sich gekrümmt, dann war das Blut gekommen, hatte sich schnell am Boden unter ihr ausgebreitet und die Neonmalereien auf dem Beton verschwinden lassen.

Der Mann mit der Leuchtschrift auf der Stirn gab dem Riesen das Messer zurück und sackte zusammen, direkt in das Blut der Frau hinein, sah ihr beim Sterben zu, genau wie der andere, der mit seinen unzähligen Leucht-Tattoos aussah wie ein Fabelwesen.

Er sprach wieder auf den anderen ein, zu leise, als dass sie ihn hätte verstehen können.

Mavie durfte nicht darüber nachdenken, was noch kommen würde. Es hätte sie verrückt gemacht. Sie versuchte, sich am letzten Satz festzuhalten, den der Riese an sie gerichtet hatte.

Du wirst nicht leiden müssen. DU nicht.

Sie klammerte sich an die Hoffnung, dass sie das alles nur mit ansehen sollte. Dass er sie als Zeugin brauchte. Aber wieso? Warum ausgerechnet sie?

Mittlerweile wusste sie, dass eine Infusionsnadel in ihrer linken Armbeuge steckte. Wofür war die?

Sie fühlte, wie ihr die Tränen übers Gesicht rannen. Sie musste versuchen, an etwas Schönes zu denken. Sich abzulenken. Das Erste, was ihr einfiel, war Silas. Und schon tauchten die nächsten Fragen auf. Wieso war er nicht hier bei ihr? Was war nach gestern Abend nur passiert? Sie stellte sich vor, wie er jetzt irgendwo lag, bewusstlos, verletzt ... oder suchte er sie etwa?

»Silas!«, flüsterte sie, wissend, dass es nichts brachte. Sie hätte ihm so gerne in die Augen gesehen. Ihm gesagt, dass er der Richtige war. Dass sie ihn liebte und für immer lieben würde. Sie wollte, dass er es wusste.

Der Riese entfernte sich, trat aus dem Licht, ließ die anderen beiden in der Mitte der Halle zurück, die tote Frau und den dicken Mann. Dessen Mund war immer noch zugeklebt. Er atmete schnell durch die Nase, dann hustete er, zog angestrengt die Luft ein, hustete wieder. Ganz offensichtlich litt er an Atemnot.

Mavie hörte ein Rollen und Knirschen, kurz darauf sah sie, wie der Riese etwas ins Licht schob, das der Größe und Form nach ein Wandschrank sein konnte, mit schwarzem Stoff verhängt. Schräg rechts von Mavie ließ er das Ding stehen, vielleicht vier Meter von ihr entfernt, dann verschwand er wieder und holte ein weiteres solches Schrankding, das er links positionierte. Die beiden Teile bildeten nun zusammen mit Mavie eine Art gleichseitiges Dreieck. Er bückte sich, fasste unter den Stoff und zog etwas hervor, das wie ein riesiger Schalter aussah – ein Buzzer, wie man ihn in Quizshows verwendete, wenn man die Antwort wusste. Er leuchtete grellrot. Der Mann legte ihn etwa einen Meter vor dem verhüllten Schrank auf den Boden, dann kam er zu Mavie, zog auch unter ihr einen solchen Buzzer hervor und beim letzten Schrank ebenfalls. Es war unmöglich, die roten Dinger zu ignorieren. Wozu dienten sie? Was setzten sie in Bewegung?

Der Riese ging zu dem Mann in der Mitte, half ihm auf die Beine und schob ihn zu dem kastenförmigen Ding links von Mavie. Dort zog er mit der freien Hand am Tuch, bis dieses zu Boden fiel und den Blick auf eine nackte Frau freigab. Und noch viel mehr. Aber Mavie konnte nur die Frau anstarren. Sie war dünn, hatte kurze helle Haare, die grell aufleuchteten. Ihr ganzer Körper war tätowiert, schwarz und verästelt, bis zu den Hand- und Fußgelenken. Aber das war nicht alles. Auch an ihrem Körper leuchtete etwas. Rund um ihren Bauchnabel, wo das riesige Tattoo seinen Ursprung hatte und vollflächig schwarz war, wanden sich gleich drei leuchtende Skorpione.

Sie stand in einer Art Metallkäfig ohne Gitter. Ein massiver Rahmen auf Transportrollen, vielleicht drei Meter hoch, zwei Meter breit und einen Meter tief, aus dicken Stangen gebaut, massiv und unnachgiebig. Mavie sah sich um – es musste sich um dieselbe Konstruktion handeln wie die, in der sie gefesselt war.

Die Frau wirkte so blass, als wäre sie schon tot. Dabei hatte Mavie gesehen, wie sie ihren Kopf bewegte, kurz, aber deutlich.

Hinter ihrem Nacken glänzte etwas. Etwas Rundes, mit Zacken am Rand.

Ein Sägeblatt.

Der Riese sprach jetzt wieder mit dem Mann, zeigte zuerst in Mavies Richtung, dann auf den Buzzer vor der nackten Frau, schließlich zum letzten, noch verdeckten Schrank. Der Dicke schüttelte heftig den Kopf. Doch wie vorhin sprach der Riese einfach weiter, gestikulierte, dann schien es fast, als rechnete er ihm etwas vor.

Irgendwann nickte der Dicke.

Der Riese wandte sich ab und kam zu ihr.

»Auf Wiedersehen, mein Engel«, sagte er sanft und verschwand hinter ihrem Käfig. Etwas klickte, als hätte er gerade einen Schalter umgelegt.

Mavie wollte schreien, brachte aber immer noch keinen Ton heraus.

Der Riese tauchte vor dem letzten Kasten wieder auf, zog auch dort am Stoff – aber das Ding war leer. Von der Grundkonstruktion her schien es ganz ähnlich zu sein, doch bei genauerem Hinsehen wirkte es viel komplizierter als jenes, in das die Frau eingespannt war. Es hatte nicht nur ein einziges Sägeblatt in Höhe des Kopfes, sondern viele, links und rechts, oben wie unten.

Aber für wen …

Plötzlich zog sich der Riese sein Oberteil über den Kopf. Darunter kam nackte, leuchtende Haut zum Vorschein, genau wie an Armen, Hals und Kopf. So viele Motive strahlten gleichzeitig im UV-Licht auf, dass er beinahe selbst wie eine Lichtquelle wirkte. Nun zog er auch die Schuhe aus, die Socken, dann die Hose, bis er schließlich ganz nackt war, nackt und erregt. Auch sein Glied strahlte und wurde größer, als er sich selbst in den letzten Metallrahmen einspannte. Mavie hörte es viermal klicken, dann war auch er gefesselt. Nur einen Moment später liefen die Sägeblätter an, auch die hinter der Frau fingen an, sich zu drehen, erst langsam, dann immer schneller, bis sie schließlich ein hochfrequentes, metallisches Geräusch von sich gaben. Nur bei Mavie blieb alles still.

Dafür wurde ihr plötzlich warm. Viel zu warm für die Kälte, die noch in ihr steckte. Die Wärme kam von hinten und wurde schnell zur Hitze. Mavie riss ihren Kopf herum und erahnte glühendes Metall.

Obwohl sie es nicht sehen konnte, dachte sie sofort an ein Bügeleisen. Eines wie das, mit dem Mutter sie verbrannt hatte, nur zehnmal so groß.

Da spürte sie ein Brennen in der rechten Armbeuge. Mavie sah hin und merkte, dass jetzt etwas durch den Infusionsschlauch in ihren Körper floss. Etwas, das alles lähmte. Funken erschienen vor ihren Augen.

Du wirst nicht leiden müssen. DU nicht.

Der Mann mit der leuchtenden Stirn hinkte auf ihren Buzzer zu.

Mavie holte Luft.

Sie schrie, so laut sie noch konnte.

Und dann war alles still.

65

Berlin, 21.17 Uhr

Christian Brand

Endlich stieß Brand auf eine Schwingtür, durch die er in den schwarzen Kubus hineingelangte. Im ersten Moment war er geblendet, verwirrt von all dem Licht, den Farben und Zeichnungen um ihn herum, sodass er nicht wusste, wohin er zuerst sehen sollte.

Dann entdeckte er sie. Björk. Von hinten, an einen hochkant stehenden Metallrahmen mit seltsamen Anbauten gefesselt, nackt. Das Baum-Tattoo, das sich auch über ihre Rückseite zog, machte jeden Zweifel überflüssig. Ein Sägeblatt hinter ihrem Kopf drehte sich und drohte sie jeden Moment zu enthaupten.

Rechts von ihr war ein Mädchen, ebenso fixiert, ebenso bewusstlos, hinter ihr eine glühende Metallplatte. Und noch eine weitere Maschine befand sich im Raum. Darin steckte ein Mann, übersät mit gleißenden Leuchtmotiven – gemalt oder tätowiert, die Augen halb geöffnet, ruhig und gelassen. Brand glaubte nicht, ihn schon mal gesehen zu haben.

In der Mitte baumelte ein schlaffer, lebloser Körper von der Decke. Eine Frau. An der Ferse aufgehängt. Brand konnte ihr Gesicht nicht sehen.

Jetzt bemerkte er jemanden, der sich frei bewegen konnte – einen dicken Mann – und in Richtung des Mädchens hinkte. Offenbar hatte er eine Verletzung am linken Bein.

Brands Blick fiel auf die Buzzer vor den Maschinen. Der hinkende Mann war nur noch anderthalb Meter vom ersten entfernt.

»Stehen bleiben!«, rief Brand und stürmte mit vorgehaltener Pistole los.

Der Dicke erstarrte.

»Gehen Sie von dem Ding da weg!«

Der Mann hob beide Arme zugleich, nicht in die Luft, sondern an den Mund, der, wie Brand jetzt sah, mit Gewebeband zugeklebt war. Er riss es mit einem festen Ruck ab und rief: »Bitte … Sie verstehen das nicht! Ich muss das machen, wenn ich die anderen retten will!«

Verräter, stand auf seiner Stirn geschrieben. Brand hätte ihn auch so erkannt. Es war der Typ auf dem Foto mit der zersägten Frau in Leipzig. Der Journalist. Der Mann, in dessen Wohnung Brand mit Björk gewesen war. Der Krebskranke, der einen OP-Termin in seinem Kalender stehen hatte, irgendwann in den nächsten Tagen. *Krakauer*, fiel ihm der Name wieder ein.

Krakauer machte einen weiteren Schritt auf den Buzzer zu.

»Stopp, Krakauer! Ich schieße!«, rief Brand, zielte auf das gesunde Bein des Mannes und hätte seine Drohung ohne Zögern wahr gemacht – doch da drückte ihm jemand von hinten etwas Hartes an den Kopf. Brand wusste sofort, was es war.

Der Lauf einer Waffe.

»Nein, das tun Sie nicht, Brand. Lassen Sie das Ding fallen.«

Brand erkannte Julian Kirchhoffs Stimme. Bei all dem Trubel hatte er Björks Chef völlig vergessen.

»Runter mit dem Ding!«, forderte Kirchhoff erneut.

Immer noch hatte Brand Krakauers rechtes Bein im Visier. Er überschlug seine Chancen. Er wusste, wie man sich gegen Angreifer wehrte, die von hinten kamen. Aber er wusste auch, dass

Kirchhoff selbst Polizist war und nicht einmal halb so schnell sein musste wie er.

Also ließ er die Glock sinken.

Kirchhoff nahm sie ihm ab. »Flach auf den Boden«, befahl er dann.

Brand sah zu Krakauer. Dieser wirkte verwirrt. Auch er schien nichts von Kirchhoff gewusst zu haben.

»Auf den Boden, Brand. Ich will Ihnen nichts tun müssen.«

Er ahnte, dass das gelogen war. Kirchhoff würde ihn kaum am Leben lassen, zumal Brand ihn identifizieren konnte. Was die Frage aufwarf, welche Rolle Kirchhoff in diesem Jagdspiel übernommen hatte.

»Drei«, sagte dieser jetzt.

Brand versuchte, das neue Puzzlestück irgendwie einzuordnen, während er gleichzeitig fieberhaft überlegte, womit er Kirchhoff in eine Diskussion verwickeln könnte, aber ihm wollte einfach nichts einfallen. Nichts passte zusammen. Was ritt einen hohen Europol-Beamten, sich auf eine solche Sache einzulassen?

»Zwei.«

Wenn Brand runterging, konnte er niemandem mehr helfen. Aber vielleicht gelang es ihm, Kirchhoff zu überraschen, sobald dieser ihn zu fesseln versuchte und nicht zur selben Zeit eine Waffe halten konnte? Nein – seine Chancen waren auf dem Boden jedenfalls geringer als im Stehen. Er durfte Kirchhoffs Befehl nicht folgen.

»Eins.«

Er würde es also doch versuchen müssen. Ducken, nach hinten ausschlagen und auf sein Glück hoffen.

Jetzt.

In dem Moment setzte sich Krakauer in Bewegung, stolperte

auf die Maschine zu, in die der leuchtende Mann eingespannt war, und ließ sich mit einem Hechtsprung auf den Buzzer fallen.

Die Gelegenheit nutzend, wirbelte Brand herum und holte aus, doch Kirchhoff war einen Schritt zurückgewichen und nicht mehr in Reichweite.

Brand drehte seinen Kopf in Krakauers Richtung und stellte fest, dass sich die Maschine mit den vielen Sägeblättern vor ihm nicht in Gang gesetzt hatte.

Kirchhoff lachte und rief höhnisch: »Das hätte dir so gepasst, was? Hast du nicht zugehört, was Bram dir über die Reihenfolge gesagt hat? Zuerst das Mädchen, dann die Frau, dann er. Sonst funktioniert es nicht.«

Er ging zu dem eingespannten Mann, der plötzlich gar nicht mehr ruhig und gelassen wirkte und hektisch seinen Kopf hin und her riss. »Bleib ganz ruhig, mein Lieber«, beschwichtigte ihn Kirchhoff. »Bald wird es vollendet sein.«

Der Mann in der Maschine sagte etwas, was Brand auf die Entfernung nicht verstehen konnte. Kirchhoff antwortete ihm, dann war wieder der andere an der Reihe, der plötzlich an den Metallringen zerrte, die sich um seine Gelenke schlossen. Etwas schien hier aus dem Ruder zu laufen. Etwas, was Brand für sich nutzen musste. Niemand durfte den Buzzer vor dem Mädchen betätigen. Krakauer war weit genug weg. Dafür ging Kirchhoff jetzt darauf zu.

»Julian, ER muss es tun!«, rief der andere.

Kirchhoff blieb stehen, sah zu dem Mädchen hinüber und zögerte, dann wandte er sich um. »Okay, mein Lieber. Ganz ruhig. Du weißt, du kannst mir vertrauen. Immer.«

»Ja.«

»Du hast's gehört. Auf die Beine, Krakauer.« Kirchhoff ging zu ihm und zog ihn hoch. »Bringen wir es ordentlich zu Ende, dann wird draußen keiner mehr sterben. Und Sie«, rief er Brand zu, »Sie gehen aus dem Weg, und zwar sofort, sonst war's das.«

Brand machte einen winzigen Schritt zur Seite, dann noch einen. Krakauer hinkte in die Richtung des Mädchens. Auch er versuchte, so viel Zeit wie möglich herauszuschinden, doch Kirchhoff schob ihn mit Gewalt vorwärts.

Unvermittelt stemmte sich Krakauer mit letzter Kraft gegen ihn, fuhr herum und schrie: »Sie waren das!«

»Was?«, blaffte Kirchhoff.

»In Leipzig! Sie waren es. Ich habe Sie doch gehört! Das war Ihre Stimme!«

Kirchhoff schien für einen Moment irritiert zu sein. Dann verpasste er Krakauer einen Schlag mit der Waffe. »Weiter, sonst mach ich's!«

»Julian!«, schrie der Mann in der Maschine empört auf. »Du hast es mir immer versprochen!«

Kirchhoff reagierte nicht.

Krakauer stolperte einen weiteren Schritt auf den Buzzer zu. Er atmete schwer. Sein Blick wanderte zu Brand, den er mit großen Augen anstarrte. Fast sah es so aus, als wollte Krakauer ihm etwas mitteilen. Jetzt zwinkerte der Journalist ihm zu und riss die Augen demonstrativ noch weiter auf. Dann, kaum merklich, damit Kirchhoff es nicht mitbekam, nickte er.

Brand wusste, dass Krakauer krank war, todkrank und in einer schier ausweglosen Zwickmühle gefangen. Aus seinem Verhalten ging eindeutig hervor, dass er ihm gerade einen Vorschlag machte.

Einen finalen Deal.

Brand rannte los.

Der erste Schuss aus Kirchhoffs Waffe traf den Körper der Frau, die leblos im Raum hing. Der zweite verfehlte jedes Ziel.

Dann war Brand auch schon bei Krakauer und hängte sich an seinen menschlichen Schutzschild an.

Ein Schuss, gleich darauf noch einer. Beide trafen Krakauer, doch dieser humpelte weiter, bis Kirchhoffs Magazin leer geschossen war, dann erst fiel er leblos zu Boden.

Brand sprang über ihn hinweg und schlug Kirchhoff die Faust ins Gesicht. Kirchhoff wankte, schüttelte sich und verpasste Brand einen Schlag in die Leber, der ihn kurz bewegungsunfähig machte, lange genug für Kirchhoff, um zu dem Mädchen laufen zu können. Brand hechtete hinterher, erwischte Kirchhoffs Beine und brachte ihn der Länge nach zu Fall. Kirchhoffs Kopf schlug auf den Beton. *Nicht hart genug*. Brand schnellte hoch und stürzte sich auf ihn, doch Kirchhoff wusste genau, wie man sich im Nahkampf verhielt.

Er schlug um sich, doch Brand konnte ihm ausweichen und die fehlgeleitete Kraft gleich ausnutzen, um seinen Gegner auf die Seite zu legen. Er ließ seinen Ellenbogen in Kirchhoffs Nieren krachen, der stöhnte auf, doch gerade, als Brand sich schon als Gewinner aus diesem Kampf hervorgehen sah, hatte Kirchhoff eine weitere Überraschung zu bieten. Er richtete sich auf und holte zum Schlag aus, doch statt Brand einen Hieb zu verpassen, nutzte er den Schwung, um sich auf den Buzzer des Mädchens zu werfen, bevor er wieder mit dem Kopf auf dem Betonboden aufschlug.

Sofort begann die Maschine zu rütteln. Das rot glühende Metall bewegte sich auf den nackten Rücken des Mädchens zu. In wenigen Sekunden würde es die Haut verbrennen, dann das Fleisch, dann …

Es war keine Zeit mehr, das Mädchen irgendwie zu befreien. Brand musste die Maschine selbst sabotieren. Er sah die Kabel, die aus dem Ding herauskamen und über den Boden verliefen.

Ohne eine Sekunde zu verschwenden, rannte er los, dem Strang entlang, der nach einer kurzen Strecke in ein Loch in der Wand mündete. Etwa einen Meter davor packte er ihn und riss mit aller Kraft daran. Als sich nichts tat, stemmte er seine Füße in den Boden und zerrte, so fest er konnte, doch wieder geschah nichts. In seiner Verzweiflung versuchte er es Kabel für Kabel. Und tatsächlich – eins löste sich. Dann das zweite. Jetzt fehlte nur noch eins …

Ein lauter Knall zerriss die Luft. Eine Kugel schlug direkt neben Brands Kopf in die Wand. Er zuckte zusammen, gab jedoch nicht auf und riss auch noch das dritte Kabel heraus. Dann drehte er sich keuchend um.

Das Glühen erlosch, die Mechanik der Maschine kam zum Stillstand.

Dafür stürmte nun Kirchhoff mit Brands eigener Waffe auf ihn zu und baute sich zwei Meter vor ihm auf. »Ich verliere Sie wirklich ungern, Brand«, sagte er und klang fast ehrlich dabei.

Brand suchte nach einer Erwiderung, doch ihm fiel nichts ein. Sein Blick fiel auf Kirchhoffs Unterarm. Dort, wo sein Hemd im Kampf zerrissen war, leuchtete etwas auf seiner Haut. Brand wusste sofort, worum es sich handelte.

»Sie jagen selbst?«

»Was?«, blaffte Kirchhoff. Seine Augen schweiften zu dem Jägercode an seinem Arm, doch er schüttelte den Kopf.

»Dann stimmt das mit Leipzig? *Sie* haben diese Frau verstümmelt?« Brand merkte, dass er schrie.

Kirchhoff verzog das Gesicht. Nicht selbstgefällig und nicht stolz, eher so, als erinnerte er sich an das Grauen.

»Wieso haben Sie das getan?«, setzte Brand nach.

»Wieso? Wieso? Ist das nicht offensichtlich, Brand?«

»Wegen des Geldes? Oder hat es Ihnen Spaß gemacht?«

Kirchhoff richtete die Waffe auf Brands Kopf. »Spaß!«, blaffte er und verzog angewidert das Gesicht.

Nein, dachte Brand. *Spaß* hatte er definitiv keinen empfunden. Vielleicht Wut. Vielleicht war er auch in eine Art Blutrausch verfallen, heraufbeschworen von Krakauers Schnüffelei und Verrat? Aber was trieb Kirchhoff an? »Und was hält Ihr Freak davon, dass Sie selbst ein Jäger sind?«, provozierte er sein Gegenüber.

»Mein ... *Freak?* Sie meinen *ihn*?«, fragte Kirchhoff und deutete mit dem Kopf auf die Maschine mit dem leuchtenden Mann und den vielen Sägeblättern.

Brand nickte und sah sich fieberhaft nach etwas um, was er als Waffe nutzen könnte, aber er entdeckte nichts. Nur die paar Kabel, und die konnte er vergessen.

»Er ist einer von den – wie sagt man so schön? –, von den guten Geistern. Ohne ihn wäre es uns nie gelungen, dieses Spiel auf die Beine zu stellen«, hörte er Kirchhoff sagen und konzentrierte sich wieder auf den Europol-Mann mit der Glock in der Hand.

»Wer ist ›uns‹?«, hakte Brand nach. »Wozu jagen Sie selbst, wenn Sie das Spiel doch erschaffen haben, Kirchhoff? Sie sind der ›Schöpfer‹. Wie viele Leute haben Sie noch getötet? Wie oft haben Sie das Vertrauen Ihres Freaks hier schon missbraucht, nur um Gott zu spielen? Oder geht es Ihnen um das Geld? Wollen Sie es nicht mit den anderen teilen?«

Kirchhoff lachte verächtlich. »Wirklich schade um Sie, Brand. Was soll ich sagen? Ja, Sie haben recht. Aber was nützt Ihnen das noch? Auf Wiedersehen, Brand. Wir sehen uns in der Hö...«

Er verstummte abrupt.

Brand wusste nicht gleich, warum Kirchhoff den Satz nicht beendet hatte. Ihm fiel auf, dass seine Brille verrutscht war, doch Kirchhoff griff nicht danach, um sie zu richten.

Kirchhoff sank auf die Knie.

Noch bevor sein Oberkörper zu Boden sackte, fiel ihm der Kopf von den Schultern.

Dort, wo eben noch Kirchhoff gestanden hatte, stand jetzt der Mann aus der Maschine. Im Vergleich zu seinem strahlenden Körper wirkte das Schwert in seiner Hand fast schwarz. Brand spannte sich an, um zu seiner Glock zu hechten, die jetzt nur anderthalb Meter von ihm entfernt auf dem Boden lag …

Doch auch der Kampf des Mannes, der unbemerkt seiner Tötungsmaschine entstiegen war, war vorbei. Er ließ das Schwert fallen, sank auf die Knie, legte die flache Hand an Kirchhoffs Rücken und weinte wie ein Kind, das gerade seinen Vater verloren hat.

Nachdem Brand dafür gesorgt hatte, dass von ihm keine Gefahr mehr ausging – weder für andere noch für den nackten Mann selbst –, unterbrach er auch die Stromversorgung der anderen beiden Maschinen. Anschließend kümmerte er sich um das Mädchen. Er zog ihr die Infusionsnadel aus dem Arm, löste die Metallklammern um ihre Hand- und Fußgelenke, die mit einer Art Bügelverschluss gesichert waren, legte sie in stabiler Seitenlage auf eine Decke und prüfte die Vitalzeichen. Das Mädchen schien unter Narkose zu stehen. Ihr Rücken fühlte sich zwar heiß an, und ihr ganzer Körper war schweißnass, doch es gab keine Anzeichen einer ernsten Verbrennung – wenn man von einer alten, großflächigen Narbe absah.

Dann ging er zu Björk. Sie war bei Bewusstsein, wirkte aber sehr schläfrig. Brand betrachtete ihren Bauchnabel, wo ihr Baum-Tattoo seinen Ursprung nahm, genau wie die drei Skorpione, die darum herumkrochen.

Sie murmelte etwas, doch es war zu leise, als dass er es hätte verstehen können. Oder hatte sie Schwedisch gesprochen?

»Wie bitte?«, fragte er.

»Hören Sie auf, mich anzuglotzen!«

Nein, kein Schwedisch.

Er befreite auch sie, half ihr herunter, doch sie konnte sich nicht auf den Beinen halten, also legte er sie auf die schwarze Stoffbahn, die auf dem Boden vor der Maschine lag, und deckte sie mit dem Rest des Stoffes zu. »Ich rufe Verstärkung«, sagte er und zog sein Handy aus der Hosentasche, doch Björk setzte sich auf und fasste ihn überraschend kräftig am Arm.

»Nein! Holen Sie meine Tasche! Sie muss noch draußen im Auto sein. Beeilen Sie sich!«

Brand wunderte sich zwar, tat aber, was sie wollte. »Hier!«, sagte er wenige Minuten später – zuvor hatte er noch die Autoschlüssel aus Kirchhoffs Hosentasche kramen müssen.

Björk holte einen UV-Marker heraus und schrieb ihm eine Zahlen-Buchstaben-Kombination auf den Unterarm.

ZU93WK

Anschließend trug sie ihm auf, die Unterarme von Kirchhoff und der toten Frau zusammen mit seinem eigenen zu fotografieren und weitere Bilder von den beiden Leichen zu schießen.

Wozu das bei der Frau gut sein sollte, erklärte sich von selbst, als er sich ihr näherte – auch sie trug einen Jägercode am Unterarm. Brand machte die verlangten Fotos und gab Björk das Smartphone. Sie hatte inzwischen ihren Laptop in Betrieb genommen, überspielte die Aufnahmen und lud sie hoch. »Unglaublich«, sagte sie und zeigte Brand die Homepage des Jagdspiels, genauer gesagt, eine Zahl neben einem der Jäger. »Das ist Kirchhoff! Er hatte schon fünf Trophäen. Wie es aussieht, haben Sie ihm drei davon verschafft.«

»Ich?«

»Irgendwie muss er an den toten Jäger in Magdeburg gekommen sein. Den Sie entgegen meiner Anweisung dort liegen ließen.«

Brand wollte protestieren, er habe erstens nicht gewusst, dass er diesen *gefährlichsten Jäger von allen* auch tot nach Berlin hätte bringen sollen, und dass es ihm zweitens auch gar nicht möglich gewesen wäre – jedenfalls nicht in einem Stück –, ließ es aber bleiben.

»Spielregel Nummer sieben«, sagte Björk kryptisch.

»Aha?«

»Jäger können andere Jäger töten und bekommen ihre Trophäen gutgeschrieben. Bis einer sieben hat. Dann …«

»Hat er gewonnen?«

»Haben WIR gewonnen, Brand. Team Europol hat soeben das Jagdspiel für sich entschieden.«

Brand überschlug die Anzahl der Trophäen im Kopf. Fünf von Kirchhoff plus eine vom Jäger *Zeppelin*, den Europol bereits geschnappt und seinen Benutzerzugang gekapert hatte, plus mindestens eine weitere von der Frau, die tot im Raum hing – machte tatsächlich sieben.

Das Jagdspiel war vorbei.

»Jetzt können Sie … von mir aus … Verstärkung holen … Brand«, sagte Björk und sackte kraftlos zusammen.

Eine Woche später

66

Stuttgart

Christian Brand

Der Tag, an dem Werner Krakauer beerdigt wurde, war einer wie viele andere. Das Wetter war nicht herausragend und auch nicht schlecht, die Tagesthemen waren belanglos, die Sommerferien noch nicht vorbei – und doch stellte sich langsam wieder die Geschäftigkeit ein, die man vom Rest des Jahres kannte. Wie die Natur im Frühling, so erblühte das Leben in den Städten im Herbst.

Hier am Stuttgarter Pragfriedhof drehte sich alles um die Toten. Um Trauer und Vergänglichkeit. Um Andenken. Und an diesem Tag ganz besonders um Werner Krakauer.

Brand stand irgendwo im hinteren Drittel der Menge, während der Geistliche vorne die liturgische Formel sprach. Brand interessierte sich nicht dafür. Er brauchte konkrete Antworten auf konkrete Fragen, und zwar von der Frau, die ebenfalls zu diesem Begräbnis hatte kommen wollen. In Berlin hatten sich ihre Wege zu schnell getrennt. Björk war gleich am nächsten Tag zu Europol zitiert worden. Bestimmt interessierte es die Leute dort brennend, weshalb sie sich auf diesen Fall eingelassen hatte. Genau das hatte auch Brand wissen wollen, während sie noch auf Verstärkung gewartet hatten. Ihre körperliche Schwäche hin oder her – er hatte sich von dem Moment an benutzt gefühlt, als er die drei Skorpione an ihrem Bauch gesehen hatte.

»Wie war das mit Ihnen, Björk?«, hatte er sie noch in dieser Halle in Berlin gefragt.

»Mit mir?«

»Ihnen ist schon klar, dass Sie befangen waren, oder? Befangener geht's ja kaum noch«, hatte er gesagt und auf ihren Bauch gedeutet. »Was sind Sie überhaupt? Was haben Sie mit diesem Jagdspiel zu tun? Im Darknet hab ich Sie nicht gesehen. Haben Sie eine andere Rolle übernommen? Machen Sie vielleicht selber mit?«

»Blödsinn.«

»Wozu haben Sie dann das da an Ihrem Bauch?«

»Ich weiß es nicht.«

»Jetzt kommen Sie schon. Woher sind die Skorpione?«

»Das ist lange her.«

»Das ist keine Antwort.«

Björk schwieg.

»Von Spieker, nicht wahr?« Mittlerweile war ihm klar, dass nur der Mann mit den vielen Namen, Berufen und Aufenthaltsorten in der Lage gewesen sein konnte, die leuchtenden Skorpione auf den Opfern zu hinterlassen. Als kunstinteressierter Maler hatte Brand sofort gesehen, dass Björks Skorpion-Tattoos derselben Hand entstammen mussten. »Haben Sie sich von ihm stechen lassen?«, hatte er nachgesetzt.

»Das ist eine lange Geschichte.«

»Ist mir scheißegal«, hatte er gesagt, während er spürte, wie Wut in ihm aufstieg. Kurz hatte er sogar überlegt, Björk genauso von den Berliner Kollegen verhaften zu lassen wie Spieker.

Sie hatte eine ganze Weile nachgedacht, bevor sie schließlich gemurmelt hatte: »Wir waren ein Paar.«

»*Was?*« Brand war fassungslos gewesen. »Der – und Sie?«

Sie hatte den Mund verzogen. »Er sah früher wesentlich besser aus. Vor sechzehn Jahren, in London. Ich war Tattoo-Model, er Medizinstudent und Nachwuchskünstler. Viele Jahre, bevor das alles hier arrangiert worden sein muss.«

»Er hat Sie tätowiert?«

»Den Baum, der andere Tattoos zudeckt. Von den Skorpionen wusste ich lange nichts.«

Brand hatte nicht anders können, als eine Grimasse zu schneiden.

»Ich weiß, das klingt seltsam ...«

»Ach?«

»Er muss die Tattoos wie bei den anderen Opfern ... eingeschmuggelt haben.«

Brand schaute immer noch skeptisch, was sie zum Weiterreden brachte: »Bram war sehr geschickt. Es ist nicht leicht, ein UV-Tattoo so zu stechen, dass es bei normalem Licht unsichtbar bleibt. Selbst wenn andere Tattoos oder Narben davon ablenken. Er war ein Meister darin. Die Opfer konnten höchstens zufällig draufkommen.«

»Sie gehörten aber gar nicht zu diesen Opfern.«

»Nein. Jedenfalls nicht zu denen des Jagdspiels.«

»Sondern?«

»Das ist kompliziert.«

»Dann fangen Sie mal an.«

Sie hatte ein paarmal tief durchgeatmet, bevor sie mit ausladender Geste die Halle umfasste und sagte: »Er brauchte mich für das hier. Sein Finale. Es war eine Art ... falsche Religion, bis hin zur Besessenheit. Alles hat mit so einem Traum begonnen. Er wollte so sterben. Zu dritt, mit einem himmlischen und einem höllischen Engel in seine Einzelteile zerlegt werden, in einem letzten Akt der Ungerechtigkeit. Okay?«

Brand hatte den abstrusen Quatsch ignoriert und war gleich

auf Björks Rolle zurückgekommen. »Seit wann wissen Sie von Ihren Skorpionen?«

»Seit ungefähr drei, vier Jahren.«

»Aber natürlich haben Sie keinen Zusammenhang zu den anderen Verbrechen hergestellt, als die ersten Opfer aufgetaucht sind, oder?« Brands Frage triefte vor Sarkasmus, so absurd klang das Ganze in seinen Ohren. »Spätestens dann hätten Sie sich darauf berufen und den Fall abgeben müssen.«

»Glauben Sie, ja?«, hatte sie nur gesagt und auf Kirchhoffs Leiche gedeutet.

Da hatte Brand erkannt, dass die Sache wohl doch diffiziler gewesen war, als dass simple Dienstvorschriften zur Klärung ausgereicht hätten.

Mehr hatte er an jenem Abend nicht aus Björk herausgebracht. Die Verstärkung samt Spurensicherung war eingetroffen und mit ihr die Rettungskräfte und die Feuerwehr. Es war erstaunlich, wie viele Menschen mitunter an einem Tatort herumwuselten.

Ein Gedanke, der ihn wieder auf den Friedhof hier zurückbrachte.

Brand staunte einmal mehr darüber, wie viele Trauergäste zu Werner Krakauers Begräbnis gekommen waren. Fast hätte man meinen können, ein verdienter Staatsmann sei gestorben. Dieses öffentliche Interesse hatte vor allem mit der medialen Berichterstattung zu tun, die Krakauer posthum zu einer Berühmtheit gemacht hatte. *Der Mann, der sich geopfert hat*. Die Zeitung, die ihn fristlos entlassen hatte, hatte von einer Finte gesprochen, von verdeckten Ermittlungen und der Notwendigkeit, falsche Informationen streuen zu müssen, wozu auch die fristlose Entlassung gehört habe. Brand wusste, dass das ausgemachter Blödsinn war, wenngleich diese Version bestimmt ganz in Werner Krakauers Sinn war: Er, dem das Wort »Verräter« auf die Stirn geschrieben worden war, wurde von den Medien rehabilitiert und als derjenige verkauft, dem die Welt das Ende des Jagdspiels zu verdanken hatte. Es sollte so sein. Brand war nicht scharf darauf, irgendwelche Lorbeeren einzuheimsen, und bei Björk würde es wohl genauso sein – schon aus Eigeninteresse. Zu Krakauers Glück wollte die Öffentlichkeit gar nicht genau wissen, wie sich das alles zugetragen hatte. Er war der perfekte Held. Auch die Staatsanwaltschaft in Berlin konnte ihm nichts mehr zum Vorwurf machen. Ja, bestimmt war alles ganz in seinem Sinn.

Vorne am Sarg schwangen die ersten Trauergäste den Zweig mit Weihwasser und machten ein Kreuzzeichen. Dann entfernten sie sich. Rasch bildete sich eine Warteschlange, in die sich auch Brand einreihte. Noch einmal nutzte er die Gelegenheit, in der Masse nach Björk zu suchen – erfolglos. Drückte sie sich vor der Begegnung? Vielleicht, weil sie wusste, dass er noch viele weitere Fragen hatte? Oder war ihr etwas dazwischengekommen?

Als Brand endlich an die Reihe kam, tauchte auch er den Zweig ins Wasser und besprenkelte das Sargende, auf dem ein gerahmtes Foto stand. Es zeigte einen Mann, der der dickere Bruder jenes Menschen hätte sein können, den Brand kennengelernt hatte. Brand hätte ihn anhand dieses Bilds kaum identifiziert. Genau wie er Bram Spieker erst im normalen Licht als denselben Mann wiedererkannt hatte, den er zuvor auf den Aufnahmen vom Hauptbahnhof entdeckt hatte. Menschen sahen eben zu verschiedenen Gelegenheiten verschieden aus, je nachdem, wie viel sie wogen, wie alt sie waren, wie sie ihre Haare trugen, ob sie *überhaupt* Haare trugen – oder ob sie Farbe im Gesicht hatten, sei es Make-up, Clownschminke oder – wie Spieker – eine grelle UV-Maske. Brand wusste inzwischen, dass *Super Recogniser* wie

Björk genau hier ihre Stärken hatten. Sie erkannten die Menschen trotzdem.

Gerade als er sich nach Angehörigen umsehen wollte, denen er hätte kondolieren können, entdeckte er Björk. Mit schnellen Schritten entfernte sie sich von der Begräbnisgesellschaft. Brand eilte ihr nach. Doch noch ehe er zu ihr aufschließen oder nach ihr rufen konnte, stieg sie in ein Taxi und fuhr davon.

67

Hamburg

KHK Sebastian Borchert

Borchert hatte vom ersten Moment an geahnt, dass ihn dieser Fall viel länger beschäftigen würde als üblich. Dass er ihn mit nach Hause nehmen würde. Mehr noch: mit nach Hause nehmen *wollte*. Obwohl das unprofessionell war. Jeder Polizeiermittler, jeder Arzt und jeder Krankenpfleger legte sich früher oder später einen Schutzmechanismus zu, der ihn das Unerträgliche ertragen ließ. Auch Borchert hatte seit vielen Jahren ein dickes Fell. Und dennoch gab es da diese Anlässe, zu denen er es ablegte und einen Fall ganz bewusst an seine Haut heranließ.

Vielleicht lag es an der Brutalität, mit der die von Nauensteins hingerichtet worden waren, vielleicht an jenen fünf mit Blut an die Schlafzimmerwand geschriebenen Buchstaben M-A-V-I-E – dem Namen des Mädchens, das einer inoffiziellen Information nach das Ziel einer Geistesgestörten gewesen war –, oder auch daran, dass Borchert selbst eine Tochter großgezogen hatte. Wahrscheinlich an allem zusammen. Er hatte beschlossen, wenigstens einmal mit der jungen Frau zu sprechen. Mehr aus privaten Gründen als aus beruflichen. Denn mittlerweile hatte die kriminaltechnische Untersuchung eindeutig ergeben, dass sie nichts mit der Bluttat bei sich zu Hause zu tun gehabt haben konnte.

Also hatte er sie vor drei Tagen besucht, in der Kriseneinrichtung der Kinder- und Jugendhilfe Hamburg, in der sie bis auf Weiteres untergebracht war. Mit siebzehn war Mavie von Nauenstein zwar beinahe schon volljährig, aber *beinahe* reichte eben nicht. Weshalb nun die Mühlen der Bürokratie zu mahlen begannen und darüber entschieden, was mit der jungen Frau und ihrem Erbe passieren sollte, bis sie achtzehn war.

Mavie, eine hübsche junge Frau mit langen braunen Haaren, hatte bei ihrer ersten Begegnung erstaunlich gefasst gewirkt und Borchert einiges erzählt. Dass sie aus den Medien von der Bluttat erfahren habe, auf dem Weg nach Stettin, wo sie zusammen mit einem Mitschüler nach ihrer richtigen Mutter habe suchen wollen. Dort hätte sie dann alleine weitergemacht und sei vermutlich in eine Falle getappt. Genaueres konnte sie nicht sagen, da ihr ab einem bestimmten Zeitpunkt die Erinnerung fehlte. Sie hatte sich aber sofort gegen Borcherts Theorie gewehrt, dass dieser Junge – Silas Dahrendorf – eine Rolle gespielt haben könnte. »Ganz bestimmt nicht!«, hatte sie sich empört. »Lassen Sie ihn bloß in Ruhe, ja?«

Der Fall an sich – die Ermordung der Adoptiveltern des Mädchens – war offenbar Teil eines wesentlich größeren Verbrechens, das der höchsten Geheimhaltungsstufe unterlag. Andere, mächtigere Behörden hatten auch die Mordermittlungen in Hamburg an sich gezogen. Borchert musste gut aufpassen, niemandem ans Bein zu pinkeln, weil er sich heute schon wieder mit dem Mädchen traf. Aber er musste. Weil er etwas herausgefunden hatte. Etwas, das Mavie von Nauenstein als kleine Starthilfe in ihr neues Leben dienen konnte.

Er klopfte an ihre Tür.

»Ja?«, hörte er nach einer Weile.

Borchert atmete einmal tief durch, dann trat er ein, in dieses Zimmer, das ähnlich karg eingerichtet war wie jenes, in dem Mavie groß geworden war.

Er sah zuerst das Mädchen und dann den Jungen mit den blonden Haaren. War er der Mitschüler, mit dem Mavie nach Stettin aufgebrochen war? Er schien ein ziemlich attraktiver junger Mann zu sein, jedenfalls soweit Borchert das beurteilen konnte.

»Guten Tag«, grüßte Mavie.

»Hallo, Mavie.« Er bemerkte ihr verheultes Gesicht. Taschentücher lagen herum. Möglicherweise setzte bereits die Trauer ein. Was ein gutes Zeichen wäre.

Er verkniff sich das *Wie geht's dir?* und setzte sich schweigend zu den beiden an den Tisch. Ein Buch lag da. Einer dieser Ratgeber, die einem zeigen wollten, wie man glücklich wurde. Seiner Meinung nach waren diese Dinger samt und sonders für die Tonne. Das Leben lehrte einen, was Glück bedeutete, und ganz sicher kein schlaues Büchlein.

»Das ist Silas«, bestätigte Mavie seine Vermutung, und Borchert hatte den Eindruck, dass Stolz in ihrer Stimme mitschwang.

Er schüttelte dem Jungen die Hand. Er und Mavie gäben ein nettes Paar ab, wie er fand. Einen kurzen Moment lang dachte er an seine eigene Jugend zurück. An eine Zeit, in der das Leben noch vor einem lag. In der man Pioniertaten setzte, von denen manche jahrzehntelange Auswirkungen haben würden, oder Brücken abbrach, die in andere Leben hätten führen können. Er beneidete die beiden nicht. Mavie schon gar nicht.

Aber für Gefühlsduselei war keine Zeit. Ein neuer Fall wartete. Borchert war nur schnell vorbeigekommen, weil er etwas für Mavie hatte. Weil er etwas *gefunden* hatte. Er zog ein Kuvert aus der Innentasche seiner Jacke und legte es hin. »Mavie, ich wollte dir nur das hier geben. Schau hinein, wenn du eine Idee brauchst, wie es weitergehen soll. Aber bitte nicht wieder auf eigene Faust, okay?«, sagte er zu beiden zugleich.

Sie nickte, ließ den Umschlag aber liegen. Silas schaute schuldbewusst drein und versuchte zu lächeln, was ihm gründlich misslang. Bestimmt wusste er genau, wie leichtsinnig die Aktion mit Stettin gewesen war. Welch großes Glück sie gehabt hatten, dass sie jetzt hier waren, allen Umständen zum Trotz. Borchert konnte nur hoffen, dass sie von nun an besser auf sich achtgaben. Vor allem aber hoffte er, dass Mavie etwas mit der Information anfangen konnte, die im Umschlag auf sie wartete.

Als er vor drei Tagen hier gewesen war, hatte sie immer wieder von einem Vertrag gesprochen, der sie überhaupt erst darauf gebracht hatte, dass sie adoptiert worden war, aber nicht offiziell, sondern irgendwie anders. Das sei auch der Grund dafür gewesen, dass sie so überstürzt nach Stettin aufgebrochen sei – übrigens nur wenige Stunden, bevor sich die Bluttat in der Villa ereignet hatte. Sie war nur um Haaresbreite dem eigenen Tod entronnen. Inmitten all ihres Unglücks hatte sie riesiges Glück gehabt.

Obwohl der Vertrag nicht mehr auffindbar war, hatte sie dessen Inhalt sinngemäß wiedergeben und sich auch an den Namen der Unterzeichner erinnern können. Von dem Anwalt, den sie ihm genannt hatte – einem gewissen Wojciech Hlasko –, besser gesagt, von dessen Nachfahren, hatte Borchert nichts erfahren. Lukasz Hlasko hatte steif und fest behauptet, Mavie sei niemals bei ihm gewesen.

Dafür hatten sich Borcherts Recherchen im Internet gelohnt. Er hatte einfach nach dem anderen Namen gesucht, den Mavie von Nauenstein ihm mitgeteilt hatte: Krystyna Lewandowska. Leider gab es in Polen viele Frauen, die so hießen, doch nur eine von ihnen war Mavie so aus dem Gesicht geschnitten, dass sich jeder weitere Zweifel erübrigte: die Leiterin eines staatlichen Tierheims, eine Stunde östlich von Stettin. Borchert hatte Erkundigungen über sie eingeholt – nicht ganz offiziell – und unter einem Vorwand mit ihr telefoniert. Viel hatte er nicht herausgefunden. Aber zumindest war sie unbescholten und wirkte wie ein Mensch, der nicht nur sich selbst wichtig war, sondern Ideale hatte und in seiner Tätigkeit aufzugehen schien.

Dann hatte er bloß noch die *Team*-Seite des Tierheims ausgedruckt und in das Kuvert gesteckt. Was Mavie damit anfing, war ihre Entscheidung. Aber wenn Borchert die junge Frau vor sich ansah und diese Frau in Polen hinzudachte, möglicherweise auch Silas, dann gab es Grund zur Hoffnung, dass sie sich irgendwann auf ein neues Schicksal einlassen konnte.

»Ich muss wieder los. Wenn du etwas brauchst oder Lust auf einen Ausflug hast, sagst du mir Bescheid, ja?«

Sie nickte still.

»Alles Gute euch beiden«, sagte Borchert, stand auf und ging.

Zwei Wochen später

68 Den Haag

Christian Brand

Brand saß im Garten eines Cafés am Plein in Den Haag, kritzelte Ideen in sein Skizzenbuch und wartete auf Björk. Er hatte ihr diesen Ort vorgeschlagen, ohne ihn selbst zu kennen. Ein Reiseführer hatte ihn als beliebten, stark frequentierten Treffpunkt ausgewiesen, was ihm eindeutig angenehmer war, als zu ihr ins Europol-Gebäude hineinzuspazieren. Er und Europol hatten einen verdammt schlechten Start gehabt. Solange es nicht unbedingt sein musste, wollte er nicht dorthin.

Immer noch wusste er nicht, was er glauben und wem er trauen konnte. Er hatte Björk eine simple SMS geschickt – sie könne es sich aussuchen: Entweder traf sie sich hier und jetzt mit ihm, oder er würde mit den Behörden sprechen. Er konnte nur hoffen, dass die Skorpione an ihrem Bauch immer noch ihr gemeinsames Geheimnis waren, denn sonst war sein Druckmittel nichts als heiße Luft, und die Einzelheiten, wie es zu diesem Jagdspiel gekommen war, würden ihm vielleicht für immer verborgen bleiben.

Als er nach einer halben Stunde des Wartens schon aufstehen und gehen wollte, entdeckte er sie plötzlich, wie sie durch die Menge auf ihn zusteuerte, hochgeschlossen gekleidet, elegant und selbstbewusst.

»Hallo, Brand«, sagte sie ohne einen Hauch von Unsicherheit.

»Hallo, Björk. Bitte!« Er klappte sein Skizzenbuch zu und bedeutete ihr, Platz zu nehmen.

Sie setzte sich auf den Stuhl rechts von ihm, bestellte sich einen doppelten Espresso und fing sofort an zu reden: »Wie war eigentlich die Hochzeit?«

Brand hatte ja mit vielem gerechnet, aber damit nicht. »Die Hochzeit? Die war …« Ja, wie war sie gewesen? Abgesehen von der Überzeugung, nicht mehr in seinen kleinen Heimatort am Hallstätter See zu passen, war nicht viel davon hängen geblieben. »Rauschend«, antwortete er daher vage. »Bootsfahrt, Blasmusik und Menschen in Trachtenkleidung. Hätte Ihnen bestimmt gefallen.«

»Warum nicht?«, gab sie zurück. »Aber dann hätte ich mir ein Dirndl von Ihrer Schwester ausborgen müssen.«

Er hob unwillkürlich die Augenbrauen. Sie grinste. Oder war es ein Lächeln? Björk war schon ein Hingucker, das musste man ihr lassen. Dennoch …

Dennoch gab es keine Alternative, als die Fragen zu klären, die zwischen ihnen standen.

»Wieso sind Sie abgehauen?«, fing er an.

Sie machte ein fragendes Gesicht.

»Aus Stuttgart.«

»Abgehauen? Ich musste gleich weiter, Brand. Wieso sollte ich denn vor Ihnen abhauen?«

»Was hat Spieker gesagt?«, fragte er, ohne auf ihre Rückfrage einzugehen.

Björk sah sich nach möglichen Mithörern um, bevor sie sich seufzend zurücklehnte und antwortete: »Nichts. Kein Wort. Er ist in der geschlossenen Psychiatrie, wegen akuter Selbstgefährdung. Man wird sehen. Aber seine Aussage ist nicht mehr nötig.«

»Nicht mehr nötig oder nicht bequem?«

Er sah den Ärger in ihrem Gesicht, doch ihr Ausdruck war nur ein Spiegel seiner eigenen Emotionen. Immer noch fühlte er sich betrogen. Betrogen um eine faire Chance, sich voll in diesen Fall einzubringen, der ihn fast das Leben gekostet hätte.

»Nicht … bequem?«, blaffte sie.

»Weil Sie selbst ja längst über alles Bescheid wussten und dieses Wissen für sich behalten haben«, setzte Brand nach.

»Nein, Brand. So war es nicht.« Wieder sah sie sich zuerst um, bevor sie weitersprach. »Ich wusste nicht Bescheid. Aber es gab keine andere Möglichkeit für mich, als mitzuspielen. Wobei auch immer.«

»Und andere mit hineinzuziehen. Mich zum Beispiel.«

»Ja.« Sie nickte, ohne eine Miene zu verziehen. Als sie merken musste, dass ihm das nicht reichte, sprach sie weiter: »Brand, ich habe gesehen, was Sie in Wien geleistet haben. Bei dieser Sache in der Fußgängerzone.«

»Und?«, fragte er und versuchte, seine neuerliche Überraschung zu verbergen.

»Und … es war überzeugend.«

Er glaubte zu verstehen. »*Sie* haben mich ausgewählt?«

Sie nickte kurz. »Kirchhoff hat auf Personenschutz bestanden, nachdem ich nur knapp einem Anschlag entgangen bin. Er musste meine Wahl akzeptieren, wenn er nicht auf mich verzichten wollte. Es war übrigens sehr hilfreich, wie Sie in Bozen aufgetaucht sind. Betrunken und in diesen merkwürdigen Sachen.«

»Das waren nicht meine.«

»Das hätte mich auch gewundert.«

Für einen Moment hätte er sich beinahe geschmeichelt gefühlt, doch jetzt ging es nicht um sein Ego. Mit Kirchhoff waren sie beim entscheidenden Thema angekommen.

»Erzählen Sie mir das mit Kirchhoff, Björk«, forderte Brand sie auf und straffte die Schultern. »Ohne Ratespiel, bitte.«

Sie wartete, bis die Kellnerin ihren Kaffee gebracht hatte, und nahm einen großen Schluck.

»Okay«, sagte sie dann. »Wir wissen manches, manches aber noch nicht. Ich weiß, es klingt seltsam, doch ich hatte ihn niemals als Drahtzieher im Verdacht. Momentan sieht es so aus, als sei es auch für ihn eine Art Lebenswerk gewesen.«

»Wie für Spieker.«

»Ja. Wobei sie unterschiedliche Ziele verfolgten.«

»Wie ist er auf Sie gekommen?«

»Kirchhoff? Es hat sich alles glücklich gefügt, Brand. Oder vielmehr unglücklich. Sehen Sie, Kirchhoff war früher bei der Berliner Polizei und hat sich vor acht Jahren als Direktionsleiter im Polizeipräsidium beworben. Offensichtlich wurde er dann ... wie nennt man das? Ausgebootet.«

»Er war gekränkt.«

»Wobei das alleine kaum als Erklärung reicht, oder? Einem seiner damaligen Mitarbeiter zufolge war ihm die Stelle des Direktionsleiters versprochen worden, aber aus irgendwelchen Gründen kam er nicht zum Zug. Im selben Jahr wurde er geschieden. Vermutlich war Kirchhoff narzisstisch veranlagt und konnte die mehrfache Abweisung nicht aushalten. Also wollte er allen beweisen, wozu er wirklich in der Lage war, und hat die Seiten gewechselt. Wir prüfen das noch. Aber das ist zweitrangig. Wichtiger ist, wie er dann auf Spieker gekommen ist. Da sind Akten verschwunden. Offensichtlich sind die beiden in einer Ermittlung gegen Spieker zusammengetroffen, die Kirchhoff unter den Tisch gekehrt hat.«

»Statt zu ermitteln, hat er seine eigenen Pläne verfolgt.«

»Der Kontakt zu Spieker schien ihn auf eine Möglichkeit gebracht zu haben, wie er sich rächen konnte. Wir rollen gerade einen Mordfall neu auf. Eine Heilpraktikerin aus Berlin. Der Täter wurde nie gefunden, aber Stephane Boll alias Bram Spieker tauchte in ihrer Kartei auf. Auch Kirchhoff war laut unseren Daten zumindest einmal bei ihr. Sie könnte das entscheidende Bindeglied gewesen sein.«

»Aber Kirchhoff war doch bei Europol?«

»Erst nach seinem Abschied von Berlin. Vor fünf Jahren wurde die Abteilung Strukturierte Serienverbrechen gegründet, mit ihm als Leiter. Vielleicht war seine Empfehlung als eine Art Wiedergutmachung dafür gedacht, dass er in Berlin übergangen worden ist. Dabei saß die Kränkung längst zu tief. In Den Haag konnte er schalten und walten, wie er wollte, und er hat mich auch gleich von der schwedischen Polizei abgeworben. Er hat mir die besten Ausbildungen besorgt, die Europol zu bieten hatte. Alles nur, um ... aber wie sollte ich denn wissen, dass er ... und ...«

Eine Welle von Emotionen schien Björk zu erfassen. Doch schon eine Sekunde später hatte sie ihre Beherrschung wiedergefunden und sprach weiter: »Kirchhoff hat uns alle benutzt. Auch Spieker.«

»Weil er dessen Fantasien ...«, fing Brand an und machte eine kreisende Bewegung mit der rechten Hand, »zu seinen eigenen gemacht hat?«

»Er hat Spiekers spirituelle Vision in die Bahnen gelenkt, die am Ende in sein Jagdspiel mündeten. Er hat ihm für die Vorbereitungen den Rücken freigehalten. Also ... ja.«

Brand erinnerte sich, was Kirchhoff im Finale über Spieker gesagt hatte. Dass dieser ein »guter Geist« gewesen sei. Dass er tat, was man ihm sagte, wenn man sein Vertrauen gewonnen hatte. Und dass es ohne ihn nie möglich gewesen wäre, das Jagdspiel auf die Beine zu stellen. Es klang plausibel. »Das eine hatte mit dem anderen nichts zu tun«, sagte er.

»Nein. Spieker träumte von seinem großen Finale, Kirchhoff vom großen Geld. Im Jagdspiel konnte er beides kombinieren. Ein genialer Plan, Spiekers Leidenschaft für seine eigenen Zwecke einzusetzen.«

»Wieso hat Spieker das mit sich machen lassen?«

»Weil er Kirchhoff vertraute. Das war ihm damals in London schon wichtiger als alles andere. Sich jemandem anvertrauen zu können. Das machte ihn blind. Wie in der Liebe. Er hat sich blind anvertraut. Wichtig war für Kirchhoff nur, ihn in dem Glauben zu lassen.«

»Aber Kirchhoff hat auch selbst gejagt«, sprach Brand weiter. »Weil ihn die Gier getrieben hat. Er war das in Leipzig, dazu hatte er noch die drei Trophäen von dem Jäger aus Magdeburg. Fehlt noch eine. Wer?«

»Gruber.«

Brand horchte auf, sagte aber nichts. Letzte Puzzlestücke setzten sich zusammen.

Björk sprach weiter: »In Bozen hat Kirchhoff selbst zu sammeln begonnen. Zwei Tage, bevor er mit mir hingeflogen ist. Es klingt zwar bitter, aber das war Grubers Glück.«

Brand glaubte zu verstehen. »Sie meinen, sonst wäre Gruber tot.«

Sie nickte. »Kirchhoff wollte den Punkt, aber er hat es so gemacht, dass Gruber die Chance hatte zu überleben. So würde es auch zu seinem psychologischen Profil passen. Leipzig nicht. Wir vermuten, dass die überschießende Gewalt mit Krakauers Versuch zusammenhängt, Mirjam Rüttgers zu schützen. In den Augen eines Jägers ist so etwas natürlich Hochverrat. Außerdem war Kirchhoffs Schwelle durch die Tat in Bozen ohnehin schon gesenkt.«

Ein Pärchen ging knapp an ihnen vorbei und nahm Platz.

»Wie geht es jetzt weiter?«, fragte Brand nach einigen Momenten der Stille.

»Nachbearbeitung«, antwortete Björk leiser und stöhnte. »Es sieht so aus, als hätte Kirchhoff Helfer gehabt. Programmierer, Schiedsrichter und so weiter. Digitale Söldner.«

»Finden Sie die?«

»Darauf würde ich nicht wetten. Aber wir versuchen es.«

»Was ist mit den vielen anderen Jägern?«

»Die meisten von ihnen haben wohl bloß zugesehen. Einige halten sich auf anderen Kontinenten auf. Die mit Trophäen sind entweder tot oder sitzen in Haft.«

»Was nicht heißt, dass es andere nicht zumindest versucht haben könnten.«

»Nein.«

Brand dachte an die erstaunliche Anzahl von Menschen, die die Teilnahmegebühr bezahlt hatten. Dreizehn Jäger. Wer von ihnen mochte krank genug gewesen sein, um aktiv mitzumachen, und wer hatte voyeuristische Gründe? Waren weitere Behörden oder Medien mit eingestiegen, um an Informationen aus erster Hand zu gelangen? Und wie sollte man das auch nur ansatzweise nachvollziehen, im Darknet, dessen Existenzzweck die Anonymität war? Brand ahnte, dass die Nachbearbeitung dieses Falls ein Albtraum war, der ihm zum Glück erspart bleiben würde.

»Schöne neue Welt, oder?«, sagte er.

»Ja«, antwortete sie.

»Und Sie?«

»Ich?«

»Was machen Sie? Bleiben Sie bei Europol?«

»Ich weiß es noch nicht.«

»Weiß man dort eigentlich … alles?«, fragte er und sah kurz auf ihren Bauch.

Ihr Schweigen war Antwort genug.

Und jetzt? Musste er sie zu einem Geständnis drängen, oder sollte er ihr die Entscheidung überlassen, was sie Europol sagte und was nicht? Er wusste, dass diese Frage vor allem davon abhing, ob er die ganze Wahrheit kannte. Immerhin glaubte er mittlerweile, den Fall gut genug einschätzen zu können. Die Motivlage klang plausibel. Kirchhoff, der frustrierte Polizist auf dem Abstellgleis, der sich die Vorlieben, Fähigkeiten und Schwächen eines anderen zunutze gemacht hatte, um sein eigenes Spiel auf die Beine zu stellen. Des Geldes wegen, aber bestimmt auch als Rache am System. Kirchhoff, der Schöpfer. Björk war das Bindeglied zu Spiekers Vergangenheit. Als Vorgesetzter konnte Kirchhoff jederzeit über sie verfügen und sie bei Spieker als Druckmittel einsetzen. Tat er, was von ihm verlangt wurde, half Kirchhoff ihm bei der Verwirklichung seines großen Finales, seines Lebenstraums, für den Björk unersetzlich war. Am Ende war sie wohl nicht mehr als ein Werkzeug. Ein Rad im Getriebe, das Kirchhoff sabotieren konnte, wie er wollte. Indem er Björk mit ausgewählten Bildern fütterte oder sie hierhin und dorthin schickte. Und Brand gleich mit.

Er griff zu seiner Tasse und trank den kalten Rest Kaffee. Dann sah er Björk an und beschloss, dass er fürs Erste genug wusste. Das Jagdspiel war vorbei und damit auch sein sogenannter *Assistenzeinsatz*. Ob er Björk trauen konnte, würde sich nicht hier und jetzt entscheiden lassen. Er würde noch ein wenig mit ihr plaudern und sich dann in Ruhe Den Haag ansehen, bevor er am späten Nachmittag nach Wien zurückfahren würde.

Schon am kommenden Montag hatte er sich dort bei Oberst Hinteregger zu melden. Seine eigene berufliche Zukunft war ungewiss. Die letzten beiden Wochen hatte er Urlaub gemacht, genau wie der Leiter des EKO Cobra es von ihm verlangt hatte.

Aber statt zu dieser Psychologin zu gehen, hatte er Bilder gemalt. In jeder freien Minute. Genug, um eine mittelgroße Galerie damit ausstatten zu können. Brand war nicht stolz auf die Werke. Er würde sie verbrennen, irgendwo am Ufer der Donau. Nur eines würde er behalten. Das von Björk und ihrem Baum.

»Ach so, ich habe hier etwas für Sie«, sagte diese, kramte in ihrer Tasche und zog ein Paket heraus, das als Geschenk verpackt war.

»Für mich?«, fragte Brand überrascht.

»Für die Hochzeit ihrer Schwester käme es wohl zu spät.«

Brand grinste und riss das Papier auf.

Es war sein Handy. Nicht dasselbe, aber wenigstens das gleiche Modell wie sein altes. Von Nokia.

»Wir haben die halbe Zentrale auf den Kopf gestellt, aber Ihres war nicht mehr zu finden. Kirchhoff muss es weggeworfen haben. Gar nicht so leicht, das Ding da aufzutreiben.«

»Danke, Björk«, sagte er und musste sich bemühen, sich seine Freude nicht allzu deutlich anmerken zu lassen. Sein Bedarf an moderner Technik, an Smartphones, Internet, Darknet und viralen Trends war auf Jahre hinaus gedeckt. Man sah ja, dass einen der Quatsch bloß ins Grab brachte.

Danksagung

Ich danke allen, die dazu beigetragen haben, dass DAS SPIEL zum Leben erwachen durfte.

Ganz besonders:
Reinhard Kleindl
Lisbeth Körbelin
Nadja Kossack
Lisa Krämer
Kristina Lake-Zapp
Martin Pircher
Lars Schultze-Kossack
Michael Thode

Auch bei Ihnen, liebe Leserinnen und Leser, möchte ich mich bedanken. Ich hoffe, DAS SPIEL konnte Ihnen einige spannende Lesestunden bereiten.
Haben Sie Lust, gleich weiterzulesen? Dann finden Sie auf meiner Homepage www.jan-beck.com einen kostenlosen Kurzthriller aus Inga Björks Vergangenheit, den es nirgendwo sonst zu lesen gibt.
Viel Spaß beim Lesen und bis zum nächsten Mal!
Ihr
Jan Beck